W0469619

Mystère en Alaska

La montagne des disparues

ELIZABETH HEITER

Mystère en Alaska

Traduction française de
FLORENCE BERTRAND

BLACK ROSE

HARLEQUIN

Collection : BLACK ROSE

Titre original :
K-9 DEFENSE

© 2019, Elizabeth Heiter.
© 2020, HarperCollins France pour la traduction française.

Ce livre est publié avec l'autorisation de HARLEQUIN BOOKS S.A.

Tous droits réservés, y compris le droit de reproduction de tout ou partie de l'ouvrage, sous quelque forme que ce soit.
Toute représentation ou reproduction, par quelque procédé que ce soit, constituerait une contrefaçon sanctionnée par les articles 425 et suivants du Code pénal.

Si vous achetez ce livre privé de tout ou partie de sa couverture, nous vous signalons qu'il est en vente irrégulière. Il est considéré comme « invendu » et l'éditeur comme l'auteur n'ont reçu aucun paiement pour ce livre « détérioré ».

Cette œuvre est une œuvre de fiction. Les noms propres, les personnages, les lieux, les intrigues, sont soit le fruit de l'imagination de l'auteur, soit utilisés dans le cadre d'une œuvre de fiction. Toute ressemblance avec des personnes réelles, vivantes ou décédées, des entreprises, des événements ou des lieux, serait une pure coïncidence.

Le visuel de couverture est reproduit avec l'autorisation de :
HARLEQUIN BOOKS S.A.
Réalisation graphique : E. COURTECUISSE (HarperCollins France)

Tous droits réservés.

HARPERCOLLINS FRANCE
83-85, boulevard Vincent-Auriol, 75646 PARIS CEDEX 13
Service Lectrices — Tél. : 01 45 82 47 47

www.harlequin.fr

ISBN 978-2-2804-3666-3 — ISSN 1950-2753

1

Je suis encore en vie.

Quatre petits mots sur une feuille. À la lecture de ce message signé par la sœur qu'elle n'avait pas vue depuis quatorze ans, Kensie Morgan s'était précipitée tête baissée dans un voyage long de plus de cinq mille kilomètres. Après avoir laissé à son supérieur un bref message expliquant qu'elle avait besoin d'un congé, elle avait appelé sa famille, laquelle ne lui avait caché sa réticence.

Cette fois, cependant, Kensie voulait croire que la piste était la bonne.

Cet espoir l'avait soutenue d'une étape à l'autre, et réchauffée à sa descente de l'avion en Alaska. Pour un début octobre, la température était beaucoup plus basse qu'elle ne l'avait escompté, et le froid n'avait fait qu'empirer depuis qu'elle était partie pour le Nord dans son pick-up de location.

Desparre était le genre d'endroit où on venait lorsqu'on voulait disparaître. Le genre d'endroit où personne ne songerait à vous chercher – et, même si on y songeait, on ne vous trouverait peut-être jamais.

Son GPS avait renoncé, et elle s'était trompée dix fois de route avant de croiser un autochtone qui lui avait indiqué le chemin.

À peine descendue de son pick-up, Kensie se mit à grelotter. Sa grosse veste fourrée n'était pas de taille à lutter contre le vent glacial. Le visage fouetté par ses longs cheveux, elle remonta son col pour se protéger des rafales. Les pieds déjà trempés par la neige qui tapissait les trottoirs, elle se promit d'aller acheter une paire de bottes après sa visite au commissariat. Ses doigts la picotaient à cause du froid. Elle serra les poings et les enfonça dans ses poches, espérant calmer ses nerfs par la même occasion. Elle avait prévu de se rendre d'abord au magasin où on avait découvert le message de sa sœur, mais elle n'avait pas pu le trouver et s'était résignée à venir au centre-ville.

Centre-ville était un bien grand mot. Kensie jeta un coup d'œil à l'assortiment de bâtiments : bureau de poste, magasin de vêtements, bar, drugstore, épicerie, église. Elle avait l'impression d'avoir remonté le temps et atterri au milieu du XIXe siècle. Seules les voitures à cheval manquaient à l'appel. Sans doute le climat était-il trop rude pour les chevaux. Même le monstrueux pick-up tout terrain garé un peu plus haut semblait mal préparé à l'hiver à Desparre.

À Chicago aussi, il faisait froid, mais pas à ce point-là.

À l'exception d'un type qui jouait avec son chien, elle était la seule idiote dehors. Elle pressa le pas, veillant à ne pas glisser dans la neige en tirant la porte du minuscule poste de police. Son estomac se noua alors que la réalité s'imposait à elle. Enfin, elle était arrivée.

Cette fois sera différente, se promit-elle en rassemblant son courage.

L'agent assis à l'accueil leva les yeux à son entrée. Quant à savoir si son expression renfrognée était due à la bouffée d'air hivernal qui venait de s'engouffrer dans le local ou à la présence de Kensie, cette dernière n'aurait su le dire.

— Que puis-je pour vous ?

Desparre n'accueillait sans doute guère d'étrangers, si bien qu'elle ne passait pas inaperçue. Elle avait rencontré le même regard interrogateur chaque fois qu'elle s'était arrêtée pour se renseigner aux abords de la ville.

Si sa sœur Alanna était bel et bien ici, peut-être serait-ce elle qui trouverait Kensie.

Si seulement ce pouvait être aussi facile ! Quatorze années d'espoirs anéantis l'un après l'autre au terme d'une longue attente, dans d'autres villes oubliées du monde, lui disaient qu'elle ne devait pas se bercer d'illusions.

Pourtant, si la note était authentique…

Cette pensée lui fit venir les larmes aux yeux.

L'agent se leva et se hâta vers elle.

— Ça va ? Vous avez besoin d'aide ?

Kensie refoula ses larmes et s'efforça de maîtriser sa voix.

— Je voudrais parler à quelqu'un au sujet du message laissé par Alanna Morgan.

Des plis se creusèrent sur le front du policier. Il aurait semblé plus à sa place dans un rocking-chair avec ses petits-enfants sur ses genoux que vêtu d'un uniforme.

— Pourquoi ?

— Je suis sa sœur.

Une série d'émotions se succédèrent sur son visage, que Kensie n'aurait peut-être pas su déchiffrer si elle n'y avait pas été confrontée aussi souvent par le passé. La surprise, la gêne, la pitié, d'abord. Puis quelque chose de dur et de distant – les représentants de l'ordre apprenaient sans doute à se détacher des faits divers qu'ils traitaient pour ne pas perdre la raison, victime après victime.

— Vous n'auriez pas dû faire tout ce chemin. Vous n'avez pas parlé au FBI ?

Le FBI avait contacté sa famille, bien sûr. C'était par

son intermédiaire que Kensie avait appris l'existence du message laissé à Desparre. Mais peu importait.

— Je voulais venir voir par moi-même.

L'agent fronça les sourcils de nouveau, cette fois avec inquiétude. Cependant, il hocha la tête, et lui tapota gentiment le bras.

— Je reviens tout de suite.

Il disparut derrière une porte indiquant

« INTERDIT À TOUTE PERSONNE ÉTRANGÈRE AU SERVICE ».

Kensie prit une profonde inspiration.

Tu peux le faire, se rappela-t-elle. Elle avait perdu l'habitude, voilà tout. Des années s'étaient écoulées depuis la dernière fois qu'il y avait eu une piste.

Debout dans ce commissariat, elle était ramenée droit à son enfance. À toutes ces années passées à attendre sur des chaises en plastique dur, la main de sa mère cramponnée à la sienne alors qu'elle priait pour la moindre bribe de bonne nouvelle. Son père debout, rigide, à côté d'elles, un bras autour de son frère, le tenant près de lui comme si cela suffisait à le protéger. Les policiers croisant leur regard et se détournant aussitôt. Les paumes moites de Kensie, son cœur qui battait bien trop vite.

Alanna lui manquait. Et elle savait que c'était par sa faute que sa sœur avait disparu.

— Madame ?

Kensie leva les yeux, soudain consciente de s'être perdue dans le passé. Elle se redressa, s'efforça de ressembler à la femme bien élevée et sûre d'elle qu'elle était devenue et non à l'adolescente de treize ans terrifiée qui resurgissait chaque fois qu'elle entendait le nom d'Alanna.

Elle tendit une main froide et ferme à la policière qui venait d'apparaître, et la regarda droit dans les yeux. Histoire de lui faire comprendre qu'on n'allait pas se débarrasser d'elle avec quelques mots d'excuses et une petite tape sur l'épaule.

— Je suis le chef de police Hernandez.

Au léger sourire qu'elle esquissa, Kensie comprit qu'elle avait dû trahir sa surprise. La femme était très jeune, sans doute à peine plus âgée qu'elle.

Cependant, la sagesse se lisait dans son regard, et la détermination dans sa poignée de main.

— Kensie Morgan. Je voudrais voir le message qui a été laissé au magasin.

Le chef Hernandez lui tendit une feuille de papier. Kensie prit la photocopie, mais son cœur se mit à battre plus vite alors qu'elle déchiffrait l'écriture penchée.

Je suis Alanna Morgan, de Chicago. Je suis encore en vie. Je ne suis pas la seule.

— Vous reconnaissez l'écriture ? demanda la policière d'une voix sceptique.

— Celle d'Alanna ? Non.

Sa sœur avait cinq ans lorsqu'elle avait été kidnappée devant leur maison. À cet âge-là, elle n'écrivait que de grosses lettres maladroites, des mots souvent pleins de fautes d'orthographe. Il était impossible de savoir à quoi ressemblait l'écriture d'Alanna à présent. Si elle était encore en vie, elle avait dix-neuf ans.

Dix-neuf ans. Cette seule pensée éveillait en elle un mélange de chagrin et d'espoir. Comment serait Alanna à dix-neuf ans ? Que s'était-il passé pendant toutes les années qui s'étaient écoulées ? Kensie avait manqué toutes les dates importantes dans la vie de sa sœur.

Concentre-toi sur le présent, s'ordonna-t-elle. *Concentre-toi sur ce que tu peux changer.*

— Que savez-vous ?

La policière haussa les épaules, puis fronça les sourcils, comme si elle regrettait son geste.

— Peu de chose, malheureusement. Nous ne savons

pas qui a laissé cette note. Nous ne pouvons même pas être sûrs qu'elle soit authentique…

— Je sais, coupa Kensie, peu encline à entendre une fois de plus l'analyse déprimante du FBI. Mais vous devez bien savoir quelque chose. Que dit le commerçant qui l'a trouvée ?

— Elle était au milieu d'une pile de factures. Il était incapable d'expliquer comment elle est arrivée là.

La femme inclina la tête de côté, un signe de pitié que Kensie avait voilà longtemps appris à reconnaître.

— Je suis désolée. Vous avez fait tout ce chemin pour rien.

Les larmes la prirent par surprise. Elles jaillirent dans ses yeux si vite que Kensie baissa la tête pour tenter de les repousser.

— Mademoiselle Morgan…

— Merci, dit-elle, rendant la photocopie de la pièce à conviction – la photocopie de ce qui était peut-être un message de sa sœur.

Sans un mot de plus, elle se dirigea vers la porte.

Cette fois, le froid était précisément ce dont elle avait besoin. Il la frappa en plein visage, lui picotant les yeux, gelant sans doute les larmes sur ses joues.

Ressaisis-toi. Tête baissée contre le vent, elle se hâta vers sa voiture de location, garée de l'autre côté de la rue.

Peu importait l'opinion de la police. Peu importait l'opinion du FBI. Seul comptait le cri de son cœur.

Alanna était toujours en vie. Et Kensie allait peut-être enfin pouvoir la ramener à la maison.

Le grondement d'un moteur l'arracha à ses pensées pleines d'espoir. Elle releva brusquement la tête et la tourna vers l'origine du bruit.

Une énorme familiale fonçait droit sur elle, crachant des jets de neige sur son passage.

Colter Hayes n'aurait su dire ce qui s'était passé. L'instant d'avant, sa chienne, Rebel – chienne renifleuse à la retraite –, gambadait sur le trottoir, poursuivant un bâton aussi naturellement qu'elle traquait autrefois les poseurs de bombe jusqu'à leur cachette. Soudain, elle avait détalé si vite qu'il s'était dit que sa patte blessée la ferait souffrir plus tard.

Une seconde plus tard, il avait entendu le rugissement du moteur, repéré la vieille familiale qui déboîtait à toute allure et se frayait bien trop vite un chemin dans la neige glissante. Et la femme paralysée sur place au milieu de la chaussée.

— Bougez-vous ! hurla-t-il.

Maudissant sa propre blessure à la jambe, survenue au même moment que celle de Rebel, il se rua vers elle.

Jamais il n'arriverait à temps.

Autour de lui, la scène semblait se dérouler au ralenti. La panique et le froid lui nouaient la gorge au point qu'il avait du mal à respirer. Le break dérapait, comme hors de contrôle. Sa chienne malinois – un croisement de berger allemand et sa seule amie au monde désormais – fonçait droit vers le véhicule.

Colter accéléra. En vain.

Rebel fit un bond en l'air, ses pattes avant percutant la poitrine de la femme, les renversant toutes les deux à l'instant où le break passait à la hauteur de Colter. Une seconde, l'automobiliste parut ralentir, puis il prit la fuite.

La panique de Colter changea de nature. Le cœur cognant contre ses côtes, le souffle court, il revivait le moment où, un an plus tôt, Rebel avait sauté sur lui tandis qu'une balle lui effleurait le crâne, si proche qu'il l'avait entendue siffler à son oreille.

Il refoula ce souvenir, résolu à ne pas se laisser happer par les ténèbres alors qu'il se précipitait vers les deux silhouettes étendues sur la chaussée. Il se laissa tomber à genoux, ignorant le clic dans son articulation et l'élancement de douleur dans sa cuisse.

Un autre souvenir l'envahit, qui remontait à un an plus tôt : une succession d'interventions chirurgicales, et lui qui suppliait les médecins de lui dire comment allaient ses camarades. Personne ne voulait lui répondre.

Il cilla et revint au présent.

Rebel se relevait, les mouvements un peu raides. Comme si elle avait deviné qu'il avait mal, elle s'approcha de lui et nicha le museau sous son bras. Il enfouit la main dans la fourrure soyeuse de l'animal pour s'assurer qu'elle n'avait pas été blessée.

Encore allongée par terre, la femme gémit et porta une main tremblante à l'arrière de sa tête, tâtonnant comme si elle cherchait du sang. Mais sa main revint propre, et Colter l'aida à s'asseoir.

Elle le dévisagea avec de grands yeux marron tourmentés, encadrés de cils sombres. De longs cheveux bruns soyeux drapaient ses épaules et le dos de la main de Colter. Il y avait eu un temps où il n'aurait pas pu résister à ce genre de femme.

Mais elle était aussi écervelée qu'elle était belle.

— À quoi pensiez-vous ? Vous ne pouviez pas faire attention en traversant la rue ?

Il avait élevé la voix malgré Rebel, qui lui flairait le cou avec son museau humide. D'ordinaire, cette marque d'affection ne manquait jamais de le faire rire, mais pas ce jour-là.

— Vous avez failli vous faire tuer. Et mon chien avec !

— Je suis vraiment désolée.

Elle semblait plus abasourdie qu'effrayée après avoir frôlé la mort. Elle tendit une main tremblante vers Rebel, caressant doucement la fourrure noire et marron de la chienne.

Rebel y prit un plaisir manifeste, la traîtresse, et alla

même jusqu'à lui donner un petit coup de museau pour quémander davantage.

L'inconnue se mit à rire. Un rire grave, harmonieux, qui sembla s'enrouler autour de Colter.

Il fronça les sourcils en les regardant toutes les deux, s'efforçant de dominer sa colère. Ecervelée ou pas, elle avait failli mourir quelques minutes plus tôt. Et elle n'était pas un soldat au combat mais une citoyenne qui n'était visiblement pas dans son élément en Alaska.

À sa grande surprise, il parla d'une voix calme, presque réconfortante.

— Sortons-nous de là avant qu'une autre voiture arrive. Tout le monde roule trop vite aujourd'hui. Les gens d'ici devraient savoir conduire sur la neige mais, avec la première chute de la saison, c'est comme s'ils avaient oublié.

— Merci, souffla-t-elle de cette même voix douce, légèrement rauque.

Cela aurait été la voix de ses rêves, à l'époque où il en faisait encore. Désormais, ses nuits n'étaient plus peuplées que de cauchemars.

— Viens, bébé, dit-il à Rebel en plantant ses mains dans la neige pour se relever tant bien que mal.

— Ça va ? demanda l'inconnue avec sollicitude.

— Oui, très bien.

Il avait le genou en feu, mais l'expérience lui avait appris que cela ne valait pas la peine d'aller consulter un médecin. Il se l'était tordu, voilà tout, et les vis et boulons qui maintenaient sa cuisse droite n'avaient pas apprécié.

Il devrait passer quelques nuits avec le genou en l'air et recouvert de glace, mais il avait connu pire. Bien pire.

— Je suis vraiment désolée.

Sa voix tremblait comme si elle était au bord des larmes.

Il pria pour qu'elle les retienne.

— Vous n'y êtes pour rien. C'est une vieille blessure de guerre.

Il lui tendit la main pour l'aider à se relever, mais elle fronça les sourcils et se remit lentement debout toute seule.

Colter se sentit rougir. Il mesurait plus d'un mètre quatre-vingt, pesait quatre-vingt-dix kilos – surtout de muscle, même après son accident – et était habitué à voir les gens accepter son aide. Ce refus le blessait plus que le coup qu'il venait d'encaisser au genou.

Lorsqu'ils furent en sécurité sur le trottoir, elle se balança d'un pied sur l'autre et fourra les mains dans les poches de son anorak trop mince, signe évident qu'elle n'était pas de la région. Le vêtement n'était pas approprié aux rigueurs de l'hiver à Desparre.

Son regard se posait tantôt sur Rebel, tantôt sur le lointain, comme si elle redoutait qu'il ne se mette à crier de nouveau.

Colter retint un soupir. Superbe ou pas, il n'avait pas assez d'énergie pour la dorloter. Elle commençait à grelotter et il devina que ce n'était pas seulement à cause du froid, mais aussi du choc. Par conséquent, il tenta de lui sourire.

Le geste lui parut tout sauf naturel. Il avait l'impression que ses muscles avaient oublié comment faire. Malgré tout, elle se détendit légèrement.

— Je m'appelle Colter Hayes. Et voici Rebel.

Elle lui tendit la main.

— Kensie Morgan.

Il lui serrait déjà la main fermement lorsque le nom pénétra sa conscience.

— Morgan ? Comme…

— Oui. Je suis la sœur d'Alanna Morgan. Je suis venue ici pour la retrouver.

Il sentait sa main frémir dans la sienne, mais sa voix décidée le mettait presque au défi de la contredire. Il n'aurait pas osé. S'il y avait une qualité qu'il comprenait, c'était la loyauté envers un frère ou une sœur, qu'il soit ou non du même sang que vous.

Et l'espoir. Il savait que l'espoir pouvait vous faire tenir bon quand tout en vous hurlait qu'il était temps de renoncer.

— J'espère que vous y arriverez.

— Merci, répondit-elle tandis qu'il lâchait sa main à regret. Rebel est extraordinaire. J'étais figée sur place. Elle m'a sauvé la vie.

— Elle était dans l'armée. En fait, elle a le grade de sergent artilleur.

Un rang plus élevé que le sien, car l'armée enseignait à ses soldats le respect de leurs équipiers canins.

— Vraiment ?

Le regard de Kensie s'abaissa sur Rebel qui, sentant qu'on parlait d'elle, remuait la queue.

— Oui.

Il n'aurait su dire pourquoi il lui avait révélé cela. Maintenant que Kensie paraissait moins secouée, il fallait qu'il s'en aille. Qu'il s'éloigne de son regard intense et de ses lèvres pulpeuses. De cette brusque attirance physique qui le prenait par surprise.

— Qu'est-ce qu'elle faisait dans l'armée ?

— Elle était pisteuse, déclara Colter très vite, sachant que, comme la plupart des gens, elle n'aurait qu'une vague idée de ce que cela signifiait. Vous devriez rentrer au chaud. Vous n'êtes pas habillée pour Desparre.

À vrai dire, ses lèvres se teintaient déjà d'un soupçon de bleu, mais elle ignora sa remarque, le regard rivé sur Rebel.

— Pisteuse ?

Trop d'espoir s'entendait dans sa voix. Une dizaine de jurons défilèrent dans l'esprit de Colter.

— Pas ce genre de pisteuse.

— Mais que…

— Elle remontait la piste de gens qui avaient provoqué des explosions.

Le seul fait de prononcer ces mots suffit à faire surgir la vision d'un convoi militaire dévasté par un attentat. De membres arrachés. D'amis anéantis en l'espace d'un instant.

L'embuscade s'était déroulée en deux temps, la première pour les gens qu'il était venu aider, la seconde pour les secours. Sa poitrine se comprima de nouveau, sa vision devint floue.

— Mais est-ce qu'elle ne pourrait pas…

— Non, répliqua Colter, plus durement qu'il n'en avait eu l'intention.

Même si Rebel et lui avaient eu l'expérience du genre de pistage dont elle parlait, Kensie n'avait pas la moindre idée de ce qu'elle lui demandait. S'il essayait de l'aider, il savait ce qui arriverait. Il aurait une nouvelle mission. Une raison de renouer le contact avec le monde.

Et le contact était synonyme de souffrance.

— Je suis désolé.

Sur quoi il fit volte-face, sifflant Rebel pour qu'elle le suive.

2

Kensie Morgan était une source d'ennuis.

Colter regarda sa silhouette rapetisser dans son rétroviseur arrière et tenta de se convaincre qu'il avait pris la bonne décision. La vérité, c'était qu'il avait envie de rebrousser chemin et de lui proposer son aide, quand bien même il n'était pas le genre de pisteur dont elle avait besoin. Et Rebel non plus.

Assise sur la banquette arrière, celle-ci lâcha une plainte brève, comme si elle n'était pas d'accord avec le choix qu'il avait fait.

— Elle n'est pas bien pour nous, bébé.

Sa conversation avec Kensie lui semblait la plus longue qu'il ait eue avec quiconque durant toute une année. Il savait que ce n'était pas le cas, mais peut-être était-elle en revanche la première personne avec qui il avait senti une sorte de lien depuis tout ce temps. La première personne à qui il aurait aimé parler davantage. Et, ça, c'était un territoire dangereux.

Lâche ou pas, il en avait terminé avec les contacts humains. Il avait Rebel. Il avait la beauté rude et simple de l'Alaska. Cela lui suffisait.

Rebel ne lui en voulait pas de ses cauchemars. Sans doute en avait-elle aussi, la pauvre. À présent qu'ils avaient tous les deux été congédiés de l'armée, elle n'allait pas lui mourir sur les bras dans un avenir proche. Tant qu'elle ne s'évertuait pas à sauver la vie des gens.

Elle glissa la tête entre les sièges avant et posa le menton sur son bras alors qu'il négociait avec la route inégale et sinueuse qui montait vers son chalet. L'altitude rendait le trajet délicat en hiver, mais le panorama en valait la peine.

Le paysage de sapins aux cimes enneigées, l'air froid et sec qu'il respirait, si différents des déserts où il avait servi, lui apportaient autant de paix qu'il pensait pouvoir en attendre de la vie. Quand on a été soldat, on le reste. Mais le fait de vivre à flanc de montagne l'aidait à se détendre.

Son voisin le plus proche était à des kilomètres, au fond de la vallée. Il croisait rarement d'autres véhicules en sortant de la ville, et jamais dans la dernière partie du trajet. Si un véhicule grimpait la colline, cela signifiait qu'il avait un visiteur. Ce qui était rarissime.

Ses parents l'appelaient encore régulièrement, persuadés qu'il souffrait de la solitude. Cependant, ils avaient eu peur de faire le voyage jusqu'à Desparre, redoutant les animaux sauvages qu'ils imaginaient partout, et les hivers rigoureux qui, parfois, vous interdisaient de voyager jusqu'au printemps suivant. Ils ne comprenaient pas pourquoi il avait choisi de s'installer dans cet endroit. Cela dit, ils ne l'avaient jamais vraiment compris. Ni quand il avait décidé de s'engager dans l'armée juste après le lycée, ni quand, une décennie plus tard, il avait été contraint de la quitter.

Malgré l'affection qu'ils avaient pour lui, ils ne pouvaient pas savoir ce qu'il cherchait, ni ce qu'il avait perdu. La fraternité. Un lien qu'il ne partageait qu'avec Rebel désormais, parce qu'elle avait traversé l'enfer avec lui.

Comme il ralentissait pour s'arrêter devant son chalet, sa respiration s'apaisa. Les grands espaces avaient cet effet-là sur lui. Rebel aussi parut se détendre.

Il ouvrit sa portière et ordonna à la chienne de rester où

elle était pendant qu'il contournait le véhicule en boitant. En temps normal, elle sautait sur le siège passager et descendait derrière lui, mais il connaissait sa blessure presque aussi bien qu'il connaissait la sienne. Elle ne le montrait peut-être pas, mais elle souffrait.

— Viens, bébé, dit-il alors qu'elle descendait avec précaution, en protégeant sa patte arrière gauche. On va s'installer au coin du feu et se reposer.

Dès qu'il eut ouvert la porte, elle alla s'étendre devant l'âtre, en lui lançant un regard qui semblait dire : « Dépêche-toi. Il fait froid ici. »

Il avait réglé la température trop bas, ne s'attendant pas à ce que le froid vienne si vite. Pourtant, il aurait dû s'y habituer. Lorsqu'il avait emménagé en octobre, la neige était si profonde que l'agent immobilier et lui avaient dû déblayer avant même de pouvoir ouvrir la porte.

Il monta le radiateur, puis se mit en devoir de faire du feu et apporta des croquettes à Rebel. Il avait faim aussi, mais sa jambe exigeait des soins plus pressants que son estomac. Par conséquent, au lieu de faire la cuisine, il s'assit dans son fauteuil inclinable et souleva avec précaution sa jambe droite, regrettant de ne pas avoir songé à sortir un pack de glace d'abord. Tant pis. Maintenant qu'il était installé, il ne comptait pas bouger avant plusieurs heures.

À mesure que le chalet se réchauffait, les muscles raidis de Colter se détendirent lentement. Une heure plus tard, sa jambe le lançait toujours, mais la douleur était nettement plus supportable.

Un feu pétillant d'un côté de lui, le spectacle de la vallée tapissée de neige de l'autre, Rebel à ses pieds, Colter se sentait entier. C'était exactement pour cela qu'il était venu en Alaska. Oui, ses parents avaient raison : il se cachait là. Il se cachait de gens bien intentionnés mais incapables de comprendre – exactement comme eux. De gens qui s'évertuaient à vouloir le guérir. Qui n'avaient aucune idée de ce que cela signifiait de survivre à une embuscade où tous vos frères avaient péri.

Rebel lâcha un gémissement. Colter jeta un coup d'œil vers elle. Il aurait juré qu'elle savait à quoi il pensait.

— Tout va bien, bébé.

Au lieu de s'apaiser, elle se leva, se dirigea vers la fenêtre et se mit à aboyer.

Quelqu'un était là. Comme il ne connaissait personne assez bien en Alaska pour avoir des invités, c'était forcément un intrus.

Il était venu là pour cacher ce qui restait de sa vie. Il était prêt à l'admettre. Cependant, quantité d'autres voyaient l'Alaska comme la dernière frontière : un lieu où échapper à leur conscience, voire à la justice.

Avec une grimace, Colter se leva puis gagna clopin-clopant le placard où il rangeait son arme. Il ne la portait plus pour se rendre en ville mais, à cet instant précis, il se félicitait de ne pas y avoir totalement renoncé.

— Silence, Rebel.

En trois ans de service dans l'armée, jamais Rebel ne lui avait désobéi. Ce jour-là, cependant, elle aboya plus fort.

Colter retira le cran de sécurité et s'avança vers la porte, se préparant à des ennuis.

Kensie se cramponnait au volant avec tant de force qu'elle en avait mal aux doigts, et son pied écrasait la pédale de freins. En vain. Son pick-up de location continuait à glisser en arrière, vers le bord de la route et le vide.

Pourquoi diable fallait-il que Colter Hayes habite au milieu de nulle part ?

D'après les rares personnes qui avaient accepté de lui parler, c'était un ex-membre des marines qui s'était retiré du monde après avoir subi une grave blessure. Personne ne semblait savoir au juste comment cela lui était arrivé ni pourquoi il tenait à vivre en reclus. En fait personne ne semblait en savoir très long sur lui en dehors des quelques détails qu'il lui avait donnés dans la rue. Et pourtant, il était à Desparre depuis près d'un an.

— Les gens viennent au fin fond de l'Alaska pour trois raisons, mon chou, avait déclaré l'épicière en les énumérant sur ses doigts noueux. Soit ils aiment l'aventure au point de mourir pour elle, soit ils veulent que le monde entier leur fiche la paix, soit ils ont fait quelque chose qu'ils veulent garder secret – sans doute quelque chose d'illégal – et ils pensent qu'on ne viendra jamais les chercher ici.

Elle avait étréci les yeux.

— On suppose tous que Colter fait partie de la deuxième catégorie. Mais vous ne devez pas faire confiance à n'importe qui.

Ses paroles résonnèrent dans le cerveau de Kensie alors que son pick-up s'immobilisait enfin. Elle garda le pied enfoncé sur la pédale, les mains serrées autour du volant, redoutant de bouger. Devait-elle continuer ou faire demi-tour ?

Elle se pencha en avant et tendit le cou vers le sommet de la colline. La neige continuait à tomber, obscurcissant ce qui n'était guère qu'une mauvaise piste. Elle avait encore une crête à franchir et n'était pas certaine que son pick-up puisse y parvenir. Cela dit, elle n'était pas sûre de pouvoir rebrousser chemin non plus.

La voix de son frère Flynn résonna dans sa tête.

« Tu vas en Alaska, Kens ? Tu es devenue folle ? Là-bas, les gens s'enfoncent dans les bois et n'en ressortent jamais. Tu pourrais mourir je ne sais où et nous ne saurions même pas où commencer à te chercher. »

Sur le moment, elle avait pensé qu'il exagérait. Cela

avait toujours été un léger travers chez lui, et il l'avait gardé à l'âge adulte. Il avait perdu sa petite sœur et elle savait que, tout au fond de lui-même et bien qu'il ne l'ait jamais admis, il avait peur de perdre la grande aussi.

Elle comprenait à présent combien elle s'était mal préparée à ce voyage. Les habitants de Desparre se méfiaient les uns des autres, mais encore davantage des inconnus. Certains avaient été gentils, d'autres, ouvertement hostiles. Ses efforts lui avaient appris que soit personne en ville ne savait rien concernant Alanna, soit personne ne voulait lui parler.

Cependant, Colter comprenait cet endroit. Et, quoi qu'il ait dit de ses talents de pisteur, elle savait une chose : les pisteurs retrouvaient des gens. Qu'il s'agisse de poseurs de bombe ou de victimes d'enlèvement. Elle devait croire qu'il pourrait l'aider.

Sa détermination compensait son manque de préparation. Si Alanna était réellement dans cette région, Kensie ne partirait pas sans elle.

À supposer qu'elle puisse atteindre le sommet de cette fichue colline.

Serrant les dents, elle transféra son pied de la pédale de frein à celle de l'accélérateur aussi vite que possible pour ne pas reculer. Les roues du pick-up tournèrent sur place, crachant de la neige à un angle insensé, puis le véhicule fit un bond en avant et s'élança à l'assaut de la pente.

Kensie batailla avec le volant, les muscles douloureux. Le pick-up fit une embardée à gauche, puis à droite, mais continua à progresser jusqu'à ce qu'elle aperçoive enfin le sommet. Elle allait y arriver.

Comme si cette pensée lui avait porté la poisse, le pick-up fit une nouvelle embardée et, cette fois, bascula dans le fossé qui bordait la route, la précipitant en avant alors que le capot percutait une congère.

Kensie lâcha un juron, aveuglée par des larmes de frustration qui lui montaient aux yeux. Quatorze ans durant, les pistes concernant Alanna avaient surgi et disparu comme autant de lapins dans un tour de magie. D'abord prometteuses, solides, tangibles. L'instant d'après, évanouies comme si elles n'avaient jamais existé.

Il n'en irait peut-être pas autrement cette fois-ci. Sa famille était de cet avis. Les siens s'étaient résignés des années plus tôt à ce qui, selon les statistiques, était une quasi-certitude : Alanna était morte. Elle ne reviendrait jamais à la maison.

Kensie n'avait jamais pu accepter cela. Et elle ne croyait pas obéir seulement à un sentiment de culpabilité. Son instinct lui soufflait que, si elle cherchait suffisamment, le tour de magie deviendrait réalité.

Colter pouvait l'aider. Elle le sentait. Il suffisait qu'elle le trouve. Qu'elle le persuade.

Était-elle encore loin de son chalet ? Elle n'en avait pas la moindre idée. Elle pensait avoir suivi les instructions correctement, mais si elle s'était trompée ? Elle pourrait être à des kilomètres de chez lui !

Elle scruta les flocons à travers le pare-brise. Ils tombaient de plus en plus drus. Il faisait déjà froid quand elle était arrivée, mais la température avait chuté radicalement depuis. Et sans doute encore plus dans les montagnes où Colter vivait !

La peur au ventre, elle remonta la fermeture de son anorak jusqu'au menton et noua étroitement la capuche sur ses cheveux. Inutile de mettre le moteur en marche pour savoir qu'il lui serait impossible de sortir le pick-up du fossé.

À partir d'ici, elle devrait marcher. Elle n'avait plus qu'à prier pour que le chalet de Colter soit tout près et qu'elle puisse l'apercevoir dans la tempête de neige.

Sinon, elle risquait fort de mourir de froid.

3

Dès la seconde où elle descendit du pick-up, Kensie se demanda si elle avait commis une erreur. Ses pieds s'enfoncèrent dans la neige molle, et son corps tout entier en fut glacé. Les jambes trempées, elle dut tenir ses bottes pour s'assurer qu'elle ne les laissait pas dans la neige en s'extrayant du fossé, et ce fut au tour de ses mains d'être trempées malgré ses gants.

D'énormes flocons s'écrasaient sur sa tête, glissaient sur le côté de sa capuche. Le vent en projetait certains sur son visage, où ils laissaient un sillon humide sur son cou avant de se couler dans ses vêtements.

Elle allait mourir là. Elle sentait déjà la morsure du froid dans ses poumons à chaque inspiration. Qu'avait-elle lu à propos de gens dont les poumons avaient éclaté à cause d'un froid extrême ?

Du calme, se dit-elle. Le chalet de Colter ne pouvait pas être loin. L'épicière avait dit qu'il habitait au sommet de la dernière crête. Il n'y avait plus de crêtes à franchir. Et pourtant, pas de chalet en vue.

En revanche, il y avait une foule d'arbres, bien plus qu'elle ne l'avait escompté à cette altitude. Elle crut distinguer un poteau devant elle, qui menait à un sentier sinueux entre les troncs. Et si elle rencontrait des ours ? Ou si elle se perdait et qu'elle ne pouvait pas retrouver le pick-up ? Tous les deux ou trois mètres, elle jetait des regards anxieux derrière elle.

Bientôt, elle ne discerna plus son véhicule. Submergée de panique, elle s'immobilisa. Devait-elle continuer à avancer ou renoncer ?

Soudain, un bruit lui parvint. Un aboiement ? Rebel ? À moins que l'hypothermie n'ait déjà fait son œuvre et qu'elle n'ait commencé à souffrir d'hallucinations ?

Kensie se mit à courir. Ses poumons protestaient à chaque foulée mais, alors qu'elle contournait un dernier bouquet d'arbres, le chalet se dressa devant elle. Un ravissant petit chalet, qui jouissait d'une vue dégagée, splendide, sur la vallée en contrebas. Elle apercevait même un glacier. Dans d'autres circonstances, elle se serait arrêtée pour admirer le panorama.

Des larmes de soulagement roulèrent sur ses joues et gelèrent aussitôt. L'instant d'après, Colter était là, son bras puissant autour de ses épaules, et la conduisait chez lui.

Il ne lui vint même pas à l'esprit de se demander si c'était une bonne idée de se fier à un homme qu'elle venait de rencontrer.

Dès que Kensie eut franchi le seuil, Rebel vint se presser contre elle et resta là tandis que Colter la faisait asseoir dans le grand fauteuil inclinable placé au coin du feu. Alors la chienne s'assit sagement à côté d'elle, ses grands yeux marron pleins d'inquiétude.

La chaleur qui émanait du foyer fit frissonner Kensie. C'était absurde, mais elle ne semblait pas pouvoir s'empêcher de grelotter. Avec un grognement de douleur, Colter se mit à genoux et lui retira ses bottes trempées, puis lui fit étendre les jambes pour qu'elles soient près du feu. Il lui ôta ensuite ses gants et frotta ses mains entre les siennes jusqu'à ce que la chaleur pénètre enfin.

En même temps que ses paroles.

— Que faites-vous ici ? C'est dangereux de sortir par un temps pareil. Vous voulez vous tuer ou quoi ?

Avant qu'elle ait eu le temps de se hérisser, il lâcha un soupir et cessa de lui frictionner les mains.

— Tenez-les devant le feu. Je vais vous préparer un chocolat chaud.

— Mon pick-up a percuté une congère, parvint-elle à articuler tout en claquant des dents.

— Mais que faisiez-vous ici pour commencer ? insista-t-il en se dirigeant vers la cuisine, l'air de ne pas trop savoir s'il désirait entendre la réponse.

— Je venais vous voir. J'ai besoin de votre aide. Personne d'autre ne veut me parler. Vous connaissez la région. Vous savez comment…

— Kensie, je vous ai déjà dit que Rebel et moi ne faisons plus ce genre de choses. D'ailleurs, nous n'avons jamais fait le type de pistage dont vous parlez. Ce n'est pas pareil. Les chiens sont entraînés pour une tâche bien précise. On ne peut pas leur en demander une autre, exiger d'un chien renifleur de drogues qu'il trouve des explosifs. Ça ne marche pas comme ça. Quant à retrouver quelqu'un sans le moindre indice, c'est quasiment impossible.

Les épaules de Kensie s'affaissèrent malgré elle. Elle était venue jusqu'ici. Ce ne pouvait pas être la fin.

Colter continua à parler tout en versant du lait et du cacao dans une petite casserole. Elle entendait à peine ce qu'il disait. Elle songeait au message qui avait été découvert. À sa sœur Alanna, quelque part dans les étendues sauvages de l'Alaska avec son ravisseur.

— … la police militaire ne fait pas ça. Dans une zone de guerre…

Kensie releva brusquement la tête.

— Qu'est-ce que vous avez dit ?

— Ce genre de pistage, répéta Colter, alors que l'arôme du cacao commençait à embaumer la pièce. Nous ne…

— Non, pas ça. Vous disiez que vous faisiez partie de la police militaire ?

— Oui.

Sa réponse était empreinte de méfiance.

— Par conséquent, vous savez mener une enquête.

— La police normale aussi, rétorqua-t-il en lui tendant une tasse fumante.

— Elle refuse de m'aider.

Les sourcils froncés, il s'assit avec raideur dans le fauteuil en face d'elle.

— Pourquoi ?

Intérieurement, elle se reprocha sa stupidité. S'il apprenait les conclusions du FBI, il penserait qu'elle était folle. Il se joindrait sans doute au chœur de gens qui essayaient de la convaincre de rentrer chez elle.

Elle but une gorgée de cacao pour gagner du temps. La boisson lui brûla la gorge et lui fit venir les larmes aux yeux, mais la réchauffa de l'intérieur, si bien qu'elle continua à le siroter. Quand la tasse fut presque vide, elle la posa sur ses genoux et se rendit compte qu'elle ne claquait plus des dents.

Ses mains et ses pieds, engourdis un instant plus tôt, la picotaient à présent. Le retour de ses sensations, même douloureuses, était une bonne chose.

— Kensie ?

Colter la dévisageait de ses yeux bleu pâle, bordés de cils châtain clair.

Il était plus que séduisant, en dépit de l'expression désabusée qu'il semblait arborer la plupart du temps. Et, à cet instant précis, ses traits exprimaient une curiosité mêlée de compassion qui parut soudain irrésistible à Kensie.

Ses cheveux blond foncé étaient coupés court, dans le style militaire, mais elle soupçonnait qu'ils seraient doux sous ses doigts. Aucune barbe naissante n'était visible sur les contours déterminés de son menton, qu'elle brûlait de caresser. Réussirait-il à rester maître de lui si elle l'embrassait ?

Comme elle le fixait, les pupilles de Colter se dilatèrent. Les joues de Kensie s'embrasèrent sous son regard. Elle baissa la tête, s'efforçant de se ressaisir.

Que lui arrivait-il ? C'était sans doute un effet de l'hypothermie, la peur de mourir seule. Ou le stress provoqué par la recherche d'Alanna. À moins qu'elle n'ait trop longtemps négligé ses propres besoins.

— C'est vieux, balbutia-t-elle, espérant qu'il n'avait pas remarqué la manière dont elle l'avait dévoré des yeux.

Mais bien sûr que si, sans quoi elle n'aurait pas saisi le désir réciproque dans son regard.

— Qu'est-ce qui est vieux ?

Un léger trouble perçait dans sa voix. Elle réprima un sourire en l'entendant, une petite partie d'elle contente de ne pas le laisser indifférent. La zone la plus raisonnable de son cerveau cherchait à lui rappeler qu'elle était seule avec lui dans son chalet alors qu'elle le connaissait à peine.

La raison l'emporta. Kensie se redressa sur son siège.

— L'affaire est vieille.

Elle haussa les épaules. Pourvu qu'il la croie ! C'était la vérité, mais pas toute la vérité.

De sa main libre, elle caressa le menton de Rebel pour ne plus songer à son mensonge par omission. Elle pria pour qu'il ne le lise pas sur son visage.

— Et, par conséquent, la police s'en désintéresse ? se récria-t-il sur un ton incrédule, presque indigné.

Il ne lui plut que davantage. Cependant, elle ne pouvait se laisser distraire. Pas alors qu'Alanna était peut-être dans les parages. Pas quand tout en elle lui hurlait que cet indice était peut-être celui qu'elle attendait depuis toujours.

Elle l'avait mis de son côté. Elle le sentait. Il avait

de la compassion pour sa douleur et il possédait des compétences qu'elle n'avait pas. Avec son aide, elle pourrait peut-être vraiment ramener Alanna à la maison.

— C'est une question de ressources, dit-elle, paraphrasant un argument maintes fois invoqué au fil des années.

La police enquêtait constamment sur de nouvelles affaires, des enlèvements récents, qui avaient plus de chances d'être élucidés. Plus une disparition était ancienne, moins la personne avait de chances d'être retrouvée.

Sa famille et elle avaient compris cela à mesure que les mois s'écoulaient sans apporter de résultat. Ses parents s'étaient alors juré de tout tenter pour qu'Alanna ne soit jamais oubliée.

Néanmoins, après quatorze ans de vains efforts, ils avaient baissé les bras. Kensie savait que c'était à son tour de reprendre le flambeau.

Elle dévisagea Colter avec espoir, devinant qu'il allait capituler, fût-ce à regret.

Au contraire, il secoua la tête tristement.

— Croyez-moi, je comprends votre chagrin, Kensie. Sans doute mieux que vous ne l'imaginez. Mais je ne vous servirais à rien. Je ne servirais à rien à personne. Je ne peux pas vous aider.

Peut-être était-elle réellement devenue folle.

Ses parents et Flynn n'avaient pas été les seuls à essayer de la dissuader de s'envoler pour l'Alaska sur la base d'une pièce à conviction douteuse. Ses amis aussi, ceux qui étaient à ses côtés depuis l'enfance, ceux qui avaient observé les constantes vagues d'espoir suivies d'inévitables et amères déceptions, déchirantes.

Elle avait entendu des conversations entre des amis de sa famille à propos de l'accident de voiture de Flynn. À leurs yeux, cela avait été un déclic nécessaire pour leurs parents, une prise de conscience des besoins de leurs deux enfants restants. En un sens, c'était vrai. Mais, ce jour-là, ils avaient aussi accepté un fait auquel Kensie ne pourrait jamais se résigner : Alanna ne reviendrait pas.

Cependant, à présent, elle sentait le désespoir l'envahir.

Après avoir annoncé qu'il ne l'aiderait pas, Colter était sorti dégager son pick-up, au mépris de ses objections. Tout le temps pendant lequel il avait été parti, elle avait craint qu'il ne se fasse mal à la jambe ou qu'il meure de froid. Cela dit, il portait des vêtements d'hiver nettement plus efficaces que les siens. Quarante-cinq minutes plus tard, il était de retour.

Elle comprit qu'il essayait de lui cacher combien sa jambe était douloureuse, de sorte qu'elle se força à se taire au lieu de lui demander s'il souffrait. Cependant, le remords l'avait accompagnée durant son trajet de retour en ville, tandis que Colter roulait derrière sa voiture de location.

Elle se gara à côté du poste de police, à l'endroit où elle l'avait vu jouer avec Rebel ce matin-là, abaissa la vitre et se demanda quoi lui dire. Elle ne le connaissait que depuis quelques heures et pourtant elle était réticente à lui dire au revoir.

Apparemment, il ne partageait pas son dilemme. Il lui adressa un signe d'adieu, un « Bonne chance » solennel, après quoi il disparut avec Rebel.

Sans doute ne le reverrait-elle jamais.

Cette pensée lui laissa un goût amer dans la bouche.

Enfin, dans l'immédiat, elle devait trouver un moyen d'aller de l'avant. Elle était venue seule, sans s'attendre à obtenir le soutien d'un ancien soldat doté d'une solide expérience en matière d'enquêtes et de pistage. Rien n'avait changé.

Kensie avait beau se répéter cela, le refus de Colter lui apparaissait tout de même comme un coup dur pour son entreprise. Et peut-être aussi sur le plan personnel, bien qu'elle ne l'eût pas connu assez bien pour éprouver à son égard davantage qu'un désir inassouvi.

— Remets-t'en, marmonna-t-elle à sa propre intention.

Puisque Colter ne voulait pas l'aider, elle se débrouillerait toute seule.

Après sa mésaventure en montagne, sa première étape aurait dû être d'aller acheter des vêtements plus chauds. Cependant, au centre-ville, il neigeait moins fort et Kensie avait plus besoin d'encouragement moral que d'une paire de bottes fourrées. Elle voulait se rassurer, avoir la certitude qu'elle n'était pas à la recherche d'un fantôme. Peut-être trouverait-elle un indice au magasin où le message avait été découvert. Restait à localiser l'endroit.

Avoir un but précis lui fit du bien. Rassemblant son courage, elle descendit du pick-up et affronta le froid de nouveau, mais ne put réprimer le frisson qui lui parcourut l'échine. Elle regagna en hâte l'épicerie où la femme l'avait renseignée plus tôt.

Celle-ci – qui était sans doute à la fois caissière et propriétaire des lieux – leva les yeux à son entrée. Ses yeux gris acier, de la même teinte que sa longue tresse, l'enveloppèrent d'un regard perçant.

— Il n'a rien voulu entendre ?

En guise de réponse, Kensie se contenta de hausser les épaules. Elle ne voulait pas dire de mal de Colter après qu'il lui avait préparé un chocolat chaud, réchauffé les mains dans les siennes et sorti son pick-up de la neige en dépit de sa jambe blessée.

— C'était une idée idiote.

La femme lâcha un grognement suggérant qu'elle n'était pas d'accord.

— Que vous faut-il d'autre ?

Un léger sourire naquit sur les lèvres de Kensie. Vivre dans un tel endroit devait vous apprendre à déchiffrer les gens.

— Colter Hayes a ses propres soucis, déclara-t-elle alors que la sonnette tintait derrière elle, annonçant l'arrivée d'un nouveau client. Mais j'ai besoin de savoir où le message a été laissé. Pourriez-vous me faire un plan ? Les routes sont vraiment difficiles à suivre par ici.

— C'est parce que ce sont des pistes plutôt que des routes. Mon petit, vous devriez attendre que la neige ait fondu. Le magasin est en dehors du centre – si éloigné que la plupart des gens ne considèrent même pas qu'il fait partie de Desparre. Il est tenu par un vieux type grognon qui n'hésite pas à fermer pour la journée si ça lui chante.

Kensie secoua la tête.

— Je veux essayer aujourd'hui. J'ai besoin de bonnes nouvelles.

— Il n'en aura peut-être pas.

— Je sais.

La gorge nouée, elle ravala sa salive. Il fallait qu'elle reste positive. Si elle renonçait à chercher sa sœur, qui d'autre le ferait ?

— Très bien.

La femme eut un froncement de sourcils désapprobateur, mais dessina une carte et la lui expliqua trois fois.

Kensie la remercia. De retour dans le froid, elle jeta un coup d'œil en direction du magasin de vêtements situé de l'autre côté de la rue, puis au soleil qui baissait à l'horizon, répandant de splendides lueurs orangées dans le ciel. Si elle voulait parler au propriétaire du magasin et rentrer à son hôtel avant la nuit, elle devait partir dès maintenant.

Une petite tape sur son épaule la fit tressaillir.

L'homme qui se tenait là recula d'un pas alors qu'elle se tournait vers lui.

— Pardon, je ne voulais pas vous faire peur.

Il était presque aussi grand et aussi musclé que Colter. Presque aussi séduisant, aussi, avec des cheveux noirs comme le jais et des yeux couleur chocolat. Kensie se détendit.

— Je vous ai entendue parler à Talise, reprit-il.

Elle dut paraître perplexe, aussi ajouta-t-il :

— À l'épicerie. Vous cherchez le magasin général de Jasper ?

Kensie acquiesça, la main cramponnée au plan qu'elle n'était pas tout à fait certaine de pouvoir suivre.

— Je peux vous emmener si vous voulez. Mon pick-up est par là.

Il désignait un énorme véhicule garé juste devant le sien.

Sans doute était-il nettement plus stable dans la neige, mais que savait-elle de cet homme ? En temps normal, elle ne serait jamais montée dans la voiture d'un inconnu. Cela dit, en temps normal, elle ne se serait jamais rendue dans le chalet isolé d'un inconnu non plus.

Car, même si une petite voix lui soufflait que Colter et elle avaient des affinités particulières, en réalité elle ne le connaissait pas.

Comme s'il avait lu dans ses pensées, l'homme lui tendit la main.

— Je m'appelle Danny Weston. Ancien militaire, comme votre ami Colter.

Il lui décocha un grand sourire juvénile.

— Quoique Colter ait fait partie des marines. J'étais dans l'aviation.

Elle serra la main qu'il lui tendait. Il referma la sienne lâchement autour de ses doigts, comme s'il redoutait de lui faire mal. Puis il la serra avec fermeté après tout. Un truc de militaire, peut-être.

Kensie était en proie à un débat intérieur. Elle ne connaissait pas Danny mais, d'un autre côté, elle ne connaissait pas Colter non plus. Et tout s'était bien passé avec lui. D'ailleurs, il s'agissait de sa sœur. Si elle avait fait plus attention, sa sœur n'aurait jamais été enlevée.

Elle hocha la tête.

— Ce serait super. Merci beaucoup.

— De rien.

Il la guida vers son véhicule et lui tint la portière ouverte.

— Nous pourrons parler à Jasper et je vous ramènerai d'ici une heure, avant qu'il fasse nuit.

Les derniers doutes de Kensie s'évanouirent alors qu'elle prenait place sur le siège confortable.

— Ce sera parfait.

Danny lui sourit de nouveau, puis claqua la portière et contourna le capot pour gagner son côté. Il démarra et était sur le point de boucler sa ceinture quand sa propre portière s'ouvrit à la volée, et il fut jeté sans ménagement hors du véhicule.

Une bouffée de surprise mêlée de panique déferla en Kensie lorsqu'elle reconnut l'agresseur.

Colter.

— Descendez tout de suite ! cria-t-il, d'une voix sourde, autoritaire.

Debout à côté de lui, Rebel montrait les dents.

La panique de Kensie s'intensifia. Elle batailla avec sa ceinture pendant que Danny se relevait. Cependant, elle eut beau tenter d'ouvrir, elle n'y parvint pas : il n'y avait pas de poignée à l'intérieur, seulement un espace vide là où celle-ci aurait dû se trouver.

Kensie poussa la portière, mais rien ne se produisit. Elle se jeta de l'autre côté, en direction de Danny qui se dressait face à Colter, comme prêt à lui décocher un coup de poing. Cependant, des gens commençaient à apparaître dans la rue, sans doute parce qu'ils avaient entendu Colter crier.

Danny s'immobilisa. Kensie en profita pour se propulser hors du véhicule, le frôlant au passage. Aussitôt, il pivota vers elle.

Le cœur cognant à toute allure, les gestes ralentis par la peur, elle sentit soudain la main de Colter se refermer sur la sienne. En un éclair, il la tira en arrière puis la fit passer derrière lui. L'angoisse de Kensie changea, se focalisa sur lui.

Deux hommes qui étaient sortis de la quincaillerie se dirigeaient vers eux à pas lents. Talise se tenait sur le seuil de son magasin, un téléphone pressé contre son oreille, les yeux rivés sur le poste de police un peu plus bas.

Kensie savait que Colter était fort. C'était évident à la manière dont il l'avait pratiquement soulevée de terre à l'instant. Malgré tout, avec sa mauvaise jambe, risquait-il d'être blessé par Danny ? Elle se mit à trembler de tout son corps et jeta un regard par-dessus son épaule, priant pour que les policiers arrivent.

— Fiche le camp pendant que tu peux encore, ordonna Colter sur un ton menaçant.

De son côté, Rebel s'accroupit et fit un pas en avant, lâchant un grognement sourd.

Danny lança un dernier coup d'œil aux hommes qui approchaient, puis à Rebel. Tout en éructant une bordée de jurons, il sauta dans son pick-up et démarra en trombe, si brutalement que Colter et Kensie durent faire un bond pour éviter d'être renversés.

Dès qu'il fut parti, ce dernier se tourna vers elle. Jamais elle n'avait vu quelqu'un d'aussi furieux. Sa mâchoire était rigide, ses lèvres serrées, ses yeux étrécis en fentes minces. Cependant, il prit une profonde inspiration et sa tension se dissipa aussitôt, son visage retrouvant l'aspect qu'il semblait avoir par défaut – non pas doux et heureux, mais calme et grave.

Près de lui, Rebel se redressa et s'assit comme si de rien n'était.

— Je vais vous aider, dit-il.

— Comment ?

Elle était presque plus choquée que lorsqu'il avait tiré Danny hors de son pick-up.

— À une condition.

— D'accord.

— C'est moi qui vous aide, et moi seul. Vous ne montez pas dans la voiture de n'importe quel abruti. Ce type…

Il s'interrompit, expira un bon coup, puis reprit :

— Moi et moi seul.

La terreur qui l'avait envahie un instant plus tôt s'évanouit, la laissant épuisée. En revanche, un sourire naissait en elle. C'était de cela qu'elle avait besoin. C'était de lui qu'elle avait besoin. Colter incarnait sa meilleure chance de changer tout ce qui était douloureux dans sa vie.

Il tendit la main.

— Marché conclu ?

Kensie mit sa main dans sa paume, savourant la manière dont les doigts puissants de Colter se refermaient fermement autour des siens, comme s'il savait qu'elle était assez forte pour le supporter.

— Marché conclu.

4

Danny Weston avait failli lui flanquer une raclée.

Colter refoula sa gêne et s'efforça d'être reconnaissant envers les habitants de la ville pour leur soutien. Il avait beau habiter Desparre depuis plus d'un an, les gens le connaissaient à peine. En revanche, ils connaissaient certainement Danny. Et il était presque sûr que ce dernier ne leur plaisait pas.

Dans un bon jour, Colter aurait pu maîtriser un type comme Danny sans difficulté. Mais il y avait belle lurette qu'il n'avait pas eu de bon jour. Il était conscient de ses limites et, à cet instant précis, sa jambe lui faisait un mal de chien.

C'était une maigre rançon en comparaison du prix que ses frères avaient payé, mais cela le blessait de se sentir si inutile dans une situation où il aurait dû pouvoir se défendre seul. Quel piètre soldat il faisait !

Bien sûr, il n'était plus militaire désormais, sauf dans sa tête.

C'était un coup de chance qu'il ait fait demi-tour après avoir quitté Kensie. Une sorte de pressentiment l'avertissant qu'il le regretterait s'il ne l'aidait pas à chercher sa sœur, bien qu'il n'eût pas la moindre idée de par où commencer.

Il jeta un coup d'œil vers elle, qui caressait distraitement Rebel assise à côté lui. Ses lèvres formaient un trait mince et elle baissait légèrement la tête, comme si elle se sentait vaincue par Desparre. Elle avait à peine ouvert la bouche depuis qu'elle était montée dans son pick-up, mais elle n'avait pas réussi à lui dissimuler ses tremblements.

Il maudit Danny pour l'avoir effrayée ainsi, mais sa colère céda vite le pas à la peur. La peur de ce qui aurait pu arriver si elle était partie avec lui.

Et rien n'avait été fait à ce sujet. La police était venue et avait pris sa déposition – et celle de Kensie au sujet de la poignée absente. Cependant, les agents avaient secoué la tête et dit à Colter de s'estimer heureux que Danny n'ait pas porté plainte pour agression. Quand il avait parlé de la poignée – manifestement retirée à dessein pour empêcher quelqu'un de descendre –, ils s'étaient contentés de déclarer qu'avoir un pick-up en mauvais état ne constituait pas un délit.

Pour avoir mené sa part d'enquêtes, Colter comprenait leur dilemme. Malgré tout, son expérience lui soufflait que Danny demeurait une menace.

Il ne put s'empêcher de jeter un nouveau coup d'œil en direction de Kensie. Comme pour se rassurer.

Elle saisit son regard.

— Danny m'a dit qu'il était dans l'aviation. J'ai cru que je pouvais lui faire confiance.

— Je doute que Danny Weston ait jamais été soldat, commenta Colter.

— Je n'aurais pas dû le croire.

Elle avait parlé si bas qu'il l'entendit à peine. Ses mains se crispèrent sur le volant du pick-up.

— Ce type est une crapule, mais il est intelligent. Il sait persuader les gens de lui faire confiance. Surtout les femmes.

— Il était dans l'épicerie. Il m'a entendue parler de vous. Il m'a donné l'impression que vous vous connaissiez.

— Il me connaît, oui. Mais nous ne sommes pas amis.

En réalité, Colter et Danny s'étaient heurtés à plusieurs reprises depuis son arrivée à Desparre. Une fois au bar, alors que Danny se montrait un peu trop insistant avec une femme. Colter avait raccompagné celle-ci à sa voiture, mais il soupçonnait que, s'il n'y avait pas eu de témoins, Danny l'aurait pris à partie ce soir-là. Par la suite, d'autres incidents n'avaient fait que renforcer sa méfiance.

Il ne savait pas ce qui avait amené Danny Weston à Desparre, mais il suspectait que ce n'était rien de bon.

— Gardez vos distances avec lui, Kensie.

— Oui, j'ai compris.

La tension qui perçait dans sa voix était due au moins autant à la peur qu'à la colère.

Il prit une inspiration, luttant pour dominer son émotion. Certes, Kensie n'avait pas réfléchi avant de monter dans le pick-up d'un inconnu, mais comment aurait-il pu lui en vouloir après lui avoir demandé de faire la même chose avec lui ?

Elle ne savait rien de lui. Elle obéissait à une foi aveugle et au désespoir. Des sentiments qu'il connaissait bien. Et, malgré sa réticence à se lancer dans une entreprise ressemblant de près ou de loin à une mission, il ne pouvait la laisser s'exposer au danger de nouveau.

Car si Alanna avait été enlevée par un individu tel que Danny, il était sans doute trop tard pour la sauver.

Cette pensée dérangeante lui laissa un goût amer à la bouche, et il refoula les inévitables souvenirs qui suivirent, ceux des derniers instants partagés avec ses camarades. Des camarades pour qui il aurait donné sa vie s'il l'avait pu.

Il pria pour que Kensie n'ait pas à vivre avec le même chagrin.

— Bon, ce magasin, marmonna-t-il, s'efforçant de chasser le brouillard qui menaçait chaque fois qu'il s'autorisait à penser à ce jour-là, son dernier jour dans l'armée. Dites-moi ce que vous savez.

Elle le regarda, ses beaux yeux se focalisant soudain, comme si elle avait besoin de se changer les idées aussi.

— Je ne sais pas grand-chose. Apparemment, Jasper, le propriétaire, a découvert le message dans une pile de factures. D'après le chef de la police, il ne sait pas qui l'a laissé, mais je me disais que nous pourrions l'interroger sur les gens qui sont venus ce jour-là. Il pourrait me reconnaître. Ma sœur me ressemble peut-être encore.

Ses dernières paroles étaient pleines d'espoir et de nostalgie. Il tenta de se rappeler à combien de temps remontait la disparition.

— Vous dites que c'est arrivé il y a quatorze ans ?

— Oui. Elle aurait dix-neuf ans à présent.

— Quel âge aviez-vous quand… ?

— Quand elle a été enlevée ? Treize ans.

Elle n'ajouta rien, et Colter n'insista pas, laissant Rebel prendre la relève et essayer de la détendre. La chienne semblait plus que disposée à le faire. Penchée entre les sièges, elle avait pratiquement la tête sur les genoux de Kensie.

— Je crois qu'elle m'aime bien, commenta celle-ci sur un ton amusé.

— Oui. Elle s'est mieux accoutumée que moi au retour à la vie civile. Je crois qu'elle serait amie avec tout le monde si elle le pouvait.

Ce n'était pas tout à fait vrai. À l'instar de la plupart des chiens, elle semblait avoir un sens inné qui lui permettait de savoir en qui placer sa confiance.

Kensie lâcha un petit rire alors que Rebel s'approchait encore, les pattes avant sur la banquette à présent.

— Eh bien, merci d'avoir fait une exception pour moi et d'être mon ami.

Avait-il fait cela ? Il tourna l'idée dans sa tête tout en

se garant devant une petite rangée de magasins à l'écart de la route. Oui, sans doute. Il lui avait sauvé la vie, elle était venue chez lui, et il se souciait de ce qui allait lui arrivait. En outre, il avait de la compassion pour elle à cause de ce qui était arrivé à sa sœur. Un an après avoir quitté l'armée, il s'était fait sa première nouvelle amie. Cette prise de conscience le déconcerta.

— Allons voir ce que nous pouvons tirer de Jasper.

Alors qu'il parlait, il sentit une détermination familière l'envahir, une sensation dont il avait espéré le retour. Le sentiment d'être en mission.

Aussitôt, sa poitrine se serra et il eut du mal à respirer. À l'hôpital, les médecins l'avaient averti que le syndrome post-traumatique demeurerait à vie, que ce soit sous forme de flash-back, de crises de panique ou de cauchemars. Ils avaient dit qu'il devait apprendre à reconnaître les signes avant-coureurs d'une attaque et à gérer ses réactions. Plus facile à dire qu'à faire.

Rebel tourna la tête vers lui, les oreilles frémissantes. Les premiers mois, il y avait eu des moments où le craquement d'une branche le ramenait droit au champ dc bataille, au premier coup de feu du tireur embusqué. Et il n'était pas le seul : plus d'une fois durant un orage, il avait découvert Rebel recroquevillée sur elle-même dans la baignoire. Ou bien elle bondissait sur lui pour essayer de le protéger, et réveillait leurs blessures à tous deux.

Rebel savait précisément ce qui lui arrivait à cet instant. Cependant, il ne voulait pas que Kensie s'en aperçoive, si bien qu'il ouvrit sa portière à la volée et se jeta pratiquement au-dehors.

L'air froid s'engouffra dans ses poumons, calmant les spasmes qui lui secouaient la poitrine. Il serra et desserra les poings, une tactique qu'il avait apprise accidentellement à l'hôpital. Elle l'aidait à se calmer en lui redonnant le contrôle d'un geste simple.

Le temps que Rebel ait sauté à terre à côté de lui et que Kensie ait contourné le véhicule pour le rejoindre, il se sentait de nouveau maître de lui-même.

Elle plissa les yeux.

— Ça va ?

— Oui. Allons-y.

C'était la formule qu'il utilisait toujours avec Rebel quand ils étaient sur le point de se lancer sur une piste. Elle lui était venue instinctivement et, loin de déclencher une nouvelle attaque, elle l'emplit de force. Il redressa les épaules.

À ses côtés, Rebel sembla se pencher en avant, bien qu'elle ne fût pas tenue en laisse. Tout comme lui, elle sentait qu'une nouvelle mission débutait. Contrairement à lui, elle paraissait tout à fait prête.

Dieu merci, sa blessure n'avait pas complètement guéri.

Cette pensée égoïste le prit par surprise. Si Rebel s'était parfaitement rétablie et lui non, elle aurait été renvoyée à la guerre, assignée à un autre soldat. La seule raison pour laquelle il avait eu le droit de la garder, c'était que le gros éclat de métal qui lui avait transpercé la jambe avait aussi abîmé la patte de Rebel. Ni l'un ni l'autre ne se remettrait jamais complètement.

— D'accord, lança Kensie, qui n'avait visiblement aucune idée des pensées qui lui traversaient l'esprit.

Elle partit à grands pas dans l'allée enneigée qui menait au magasin. Il l'imita, s'efforçant de ne pas se laisser distraire par le gracieux balancement de ses hanches sous son parka.

Comme ils franchissaient le seuil, une sonnette tinta et Jasper Starn les enveloppa de son regard méfiant. Avec ses cheveux argentés coiffés en arrière sur son crâne, et sa peau mate, burinée par le vent de l'Alaska, il pouvait avoir soixante ans ou bien cent. Il avait passé toute sa vie aux abords de Desparre et il tenait ce magasin depuis aussi longtemps que quiconque s'en souvenait. Et c'était probablement le commerçant le plus maussade que Colter ait jamais rencontré.

Voyant qu'ils venaient vers lui au lieu de se promener dans les rayons, Jasper les détailla comme s'il cataloguait les endroits où ils auraient pu cacher des armes, puis émit un grognement.

Sans paraître s'émouvoir de cet accueil peu amène, Kensie lui adressa un grand sourire. Cela ne changea pas grand-chose à l'humeur de Jasper, mais Colter, lui, se sentit tout à coup plus léger.

— Je m'appelle Kensie Morgan.

Le commerçant pinça les lèvres sans répondre.

Le sourire de Kensie se voila un peu.

— Je suis la sœur d'Alanna Morgan. Je sais que vous avez trouvé le message…

— Je n'ai rien à dire à ce sujet, coupa Jasper avant de foudroyer Colter du regard. Pas d'animaux domestiques dans le magasin. Je vous l'ai déjà dit.

Colter hocha la tête en direction de Rebel, qui s'assit aussitôt. Avec ses trente-deux kilos de muscle, toujours sur le qui-vive, elle pouvait paraître intimidante.

— Nous avons juste quelques questions à vous poser. Plus vite vous y répondrez, plus vite nous nous en irons.

— J'ai déjà parlé au FBI et à la police. Si vous voulez des renseignements, adressez-vous à eux.

Le sourire de Kensie s'effaça. Sans doute était-elle habituée à ce que les gens soient accommodants – ou du moins polis – lorsqu'elle les interrogeait à propos de sa sœur disparue.

Colter fit un pas menaçant en avant, et abattit sa paume sur le comptoir. Sensible à son humeur, Rebel le suivit, montrant légèrement les dents.

Soudain, la main de Kensie se posa sur la sienne. Douce et mince, et inattendue, elle fit voler son plan en éclats.

— J'étais là le jour où elle a disparu, dit-elle, avec une telle douleur dans la voix que Jasper lui-même se figea. J'avais treize ans. J'étais censée la surveiller, mais je lisais un livre à côté de la maison pendant qu'elle jouait devant.

Un sourire ému se dessina sur son visage.

— Alanna avait cinq ans. Elle portait une petite robe bleue à fleurs, déjà toute sale parce qu'elle aimait jouer avec tout. Elle avait de la terre sur les joues, sur les mains, mais elle était adorable. Elle avait de petites fossettes qu'on ne voyait que quand elle souriait, et une lueur espiègle dans les yeux qui vous disait qu'elle allait vous causer des ennuis.

Kensie prit une profonde inspiration, et Colter sentit sa main trembler. Il retourna la sienne et la referma sur sa paume, s'efforçant de la soutenir alors même qu'une petite voix l'avertissait qu'il entrait en territoire dangereux. Qu'il établissait un lien.

Les doigts de Kensie frémirent légèrement, mais ce fut le seuil signe suggérant qu'elle avait remarqué son geste. Son regard était focalisé sur Jasper.

— J'ai vu la voiture s'arrêter. J'ai vu l'homme prendre Alanna.

Sa voix se brisa.

— J'ai laissé tomber mon fichu livre et je me suis mise à courir derrière eux, mais la voiture a filé. Je n'ai jamais revu ma sœur.

Colter était venu assez souvent au magasin de Jasper depuis qu'il s'était installé à Desparre. Pour la première fois, il vit ce dernier ciller et son regard s'adoucir.

— Écoutez, je ne vous raconte pas d'histoires, dit-il sur un ton conciliant. J'ai trouvé le message dans une liasse de billets dans ma caisse à la fin de la journée, il y a deux semaines. Je ne sais pas comment il est arrivé là.

Kensie se pencha en avant.

— Vous souvenez-vous des clients qui sont venus ce jour-là ? Peut-être d'une jeune femme – de dix-neuf ans à peu près – qui me ressemblait ?

Jasper fixa Kensie, esquissant une grimace.

— Peut-être. Une jeune fille aux cheveux bruns comme vous est bien venue ce jour-là, mais elle était avec sa famille. Je ne sais pas son nom. Je ne l'avais jamais vue avant et je ne l'ai pas revue depuis.

Le magasin était un point de ravitaillement régulier pour les gens qui vivaient dans des endroits isolés. Si Jasper n'avait vu cette jeune fille qu'une seule fois – à supposer qu'il s'agît d'Alanna –, elle était peut-être seulement de passage.

Kensie se tassa un peu et son regard chercha celui de Colter, comme si elle espérait qu'il fasse une suggestion.

Il n'était pas certain d'avoir autre chose à proposer.

Si Alanna était entrée dans le magasin en route pour une région encore plus sauvage de l'Alaska, comment pourraient-ils jamais retrouver sa trace ?

Colter savait ce qu'il en était de vivre avec un espoir dévorant, brûlant, aussi douloureux qu'il était puissant. Il savait aussi que c'est parfois un soulagement que d'en être délivré. Lorsqu'il avait repris connaissance à l'hôpital et que personne n'avait voulu lui dire ce qu'il était advenu des autres, il avait été comme engourdi. Il lui arrivait de regretter cette période d'ignorance pleine d'espoir, mais elle signifiait aussi qu'on était en suspens, incapable d'aller de l'avant.

Retrouver Alanna serait peut-être impossible. Si c'était le cas, la vie de Kensie serait-elle à jamais en suspens ?

— Il faut qu'on parle à la police, répéta Colter, avec toute l'autorité dont il se sentait capable.

Kensie était assise en face de lui dans le minuscule

restaurant situé à l'écart de la route principale. Il s'était arrêté là sur une impulsion, parce qu'elle avait l'air si abattu après leur conversation avec Jasper qu'il n'avait pas voulu la laisser seule. À vrai dire, il n'avait pas envie de lui dire au revoir si vite.

Comme il fréquentait assez régulièrement l'établissement et que Desparre était un endroit sans prétention, Rebel était autorisée à rester assise à côté de leur banquette pendant qu'ils sirotaient leur café.

Kensie baissait les yeux, peut-être pour éviter son regard.

— Pourquoi hésitez-vous ? Je sais que vous avez déjà parlé au chef de la police mais, si nous y retournons avec des questions précises, nous aurons peut-être plus de succès.

— C'est possible.

Il fronça les sourcils, essayant de comprendre si son entretien avec Jasper l'avait découragée à ce point ou s'il y avait autre chose.

— Ça vaut la peine d'essayer, non ? insista-t-il, surpris de se retrouver dans le rôle de l'optimiste.

Il connaissait cette femme depuis moins de vingt-quatre heures et il avait déjà passé plus de temps avec elle qu'avec n'importe qui depuis ses médecins à l'hôpital. En plus, il l'encourageait à aller de l'avant, alors qu'il avait tenté de l'en dissuader quelques heures plus tôt.

À vrai dire, il était encore réticent à s'engager. Seulement, il éprouvait envers Kensie une attirance à laquelle il était difficile de résister.

Elle poussa un profond soupir avant d'affronter son regard.

— Vous avez raison.

— Bien. Dans ce cas, allons-y !

Il s'était forcé à parler sur un ton positif, priant pour ne pas lui donner pas de faux espoirs.

À ces mots, Rebel avait relevé la tête, et un sourire se dessina sur les lèvres de Colter. Brusquement, la perspective d'une mission l'emplissait de nostalgie.

— On n'est pas au travail, bébé, dit-il à la chienne.

Celle-ci bâilla et s'allongea de nouveau.

Kensie les observait, incrédule.

— Elle vous comprend !

Le sourire de Colter s'élargit.

— Vous n'avez jamais eu de chien ? Croyez-moi, ils vous comprennent bien mieux qu'on le pense.

Elle secoua la tête.

— Non. Je pensais qu'Alanna finirait par persuader mes parents d'adopter un chien mais, quand elle a disparu, aucun d'entre nous n'a plus eu le temps de songer à ce genre de choses.

Ce genre de choses ? Les joies de l'enfance ? Il la dévisagea, s'efforçant d'imaginer sa vie après l'enlèvement de sa sœur. D'imaginer le sentiment de culpabilité qui l'avait hantée à un si jeune âge, alors qu'elle n'était manifestement pas en faute.

Il était bien placé pour savoir que le remords, si irrationnel soit-il, ne disparaissait pas à force de raisonnement. Il avait été confronté à une conséquence inévitable de la guerre en tant qu'adulte. Elle, en revanche, n'était qu'une enfant au moment du drame. Avant de l'entendre parler à Jasper, il n'aurait pas soupçonné qu'elle s'accablait de reproches.

Il la connaissait à peine, mais elle donnait l'impression d'être sûre d'elle, optimiste. Bien sûr, l'image qu'on donnait de soi-même ne concordait pas toujours avec la réalité.

Colter déposa quelques pièces sur la table et se leva, réprimant une grimace en prenant appui sur sa jambe douloureuse. Ils devaient se dépêcher pour arriver au poste, car celui-ci fermait la nuit : Desparre n'était pas assez peuplé pour justifier une présence policière vingt-quatre heures sur vingt-quatre. Il jeta un coup d'œil à sa montre : 20 heures. Ils n'avaient qu'une heure devant eux.

Kensie se leva plus lentement, et but une dernière longue gorgée de café, comme si elle voulait retarder le moment de partir. Rebel attendait – sans doute avait-elle mal à la patte aussi.

Vingt minutes plus tard, ils étaient de retour au centre-ville. Quelques lampadaires démodés éclairaient faiblement la rue, car la nuit était tombée pendant qu'ils étaient au café. Sans la lumière vive et les accents de musique rock qui émanaient du bar, Desparre aurait ressemblé à une ville fantôme.

Kensie sortit la première du pick-up et partit d'un pas vif, Rebel trottinant à côté d'elle.

Colter s'agrippa à la portière et descendit plus précautionneusement. Sa jambe s'était engourdie après le trajet en voiture. Le muscle au-dessus de son genou s'était noué.

Il s'obligea à bouger, serrant les dents et s'efforçant de ne pas boiter au cas où Kensie aurait jeté un coup d'œil en arrière. À l'armée, on lui avait inculqué que l'échec et la faiblesse étaient inacceptables. Il ne voulait pas paraître diminué devant elle.

Kensie tendait la main vers la porte du commissariat quand celle-ci s'ouvrit de l'intérieur. Surprise, elle recula d'un pas. À côté d'elle, Rebel se retourna vers lui, comme si elle se demandait s'il avait plus besoin d'elle que Kensie.

Jamais elle ne s'était attachée à quiconque autant qu'à Kensie depuis qu'ils formaient une équipe. Cela dit, il ne lui avait guère donné l'occasion de faire connaissance avec d'autres gens.

Ayant apparemment décidé qu'il se débrouillerait seul, Rebel se retourna vers Kensie, qui se tenait maintenant face au chef Hernandez. Celle-ci était emmitouflée, visiblement prête à rentrer chez elle, et ne paraissait guère ravie d'avoir des visiteurs.

Colter pressa le pas, ignorant la douleur. Il paierait le prix fort plus tard, mais il avait vu trop d'anciens soldats devenir dépendants à l'alcool ou aux calmants après d'atroces blessures. Par conséquent, il ne prenait ni l'un ni l'autre et endurait. Peut-être était-ce sa pénitence pour avoir survécu alors que tous les autres avaient péri.

— Mademoiselle Morgan, nous ne pouvons pas vous dire grand-chose de plus concernant votre sœur, disait le chef Hernandez quand il arriva à leur hauteur. Bonsoir, Colter.

— Bonsoir, chef. Et la fille qui est venue au magasin le jour où le message a été trouvé ?

— Quelle fille ?

— Celle qui ressemblait à Kensie. Elle était là en même temps qu'une famille.

La policière eut un sourire crispé.

— Vous voulez parler de celle qui était avec sa famille ? Nous ne savons pas qui c'était, mais nous avons questionné Jasper à propos de ce jour-là. Il s'agissait d'une famille, pas d'une fille effrayée qui essayait de s'échapper.

Elle jeta un coup d'œil en direction de Kensie, qui s'était tassée dans son parka.

— Je suis désolée. J'aimerais pouvoir vous aider.

Comme elle faisait mine de s'éloigner, Colter lui barra le chemin.

— Quel est le problème ? Pourquoi l'enquête a-t-elle été close ?

L'agressivité perçait dans sa voix, mais il n'avait pu se maîtriser.

Le chef Hernandez fronça les sourcils et enfonça les mains dans ses poches.

— Techniquement parlant, le FBI a pris la relève.

Nous avons procédé à des vérifications. Nous ne pouvons rien faire de plus.

Elle regarda Kensie de nouveau.

— Je sais que c'est dur à accepter, mais…

— Qu'est-ce qui est dur à accepter ? Que la police refuse de faire son travail ? lâcha Colter malgré lui.

Soit il avait perdu tout son savoir-vivre au cours de sa retraite volontaire, soit il était en mode militaire, traitant tout le monde en ennemi jusqu'à ce qu'on lui apporte la preuve du contraire.

Il jura intérieurement. Cependant, avant qu'il ait pu trouver une manière de se rétracter, le chef de police fit un pas vers lui.

Rebel montra les dents et même Kensie s'approcha de lui en signe de soutien, mais la policière semblait plus lasse qu'en colère.

— Nous avons fait notre travail. Je crois que vous êtes mal informé, Colter. Nous avons collaboré étroitement avec les agents du FBI sur cette enquête. En fin de compte, ce sont eux qui ont tranché, mais nous étions d'accord avec eux.

Son regard se posa brièvement sur Kensie avant de se focaliser de nouveau sur lui.

— Kensie est déjà au courant parce que le FBI l'a informée, mais permettez-moi de vous faire part de leur décision : après avoir examiné toutes les pistes, ils ont conclu au geste d'un mauvais plaisant.

5

Il avait passé toute la journée à batailler avec sa jambe blessée, à lutter contre les flash-back des pires heures de sa vie. Et pendant tout ce temps, elle lui avait menti ?

Colter ravala les paroles brutales qui lui venaient à l'esprit et attendit que le chef Hernandez se soit éloigné. *Contrôle tes émotions*, s'ordonna-t-il. Malgré tout, la colère et la frustration le submergèrent. Il avait entrepris une mission pour elle. Pour une piste qui avait déjà été étudiée et rejetée.

— Colter, avant que vous disiez quoi que ce soit…

Kensie mit une main sur son bras. Une heure plus tôt, il aurait savouré son contact, si léger fût-il. À présent, il se raidit instinctivement, comme pour la repousser.

Elle dut le sentir, car elle retira sa main et caressa la fourrure de Rebel à la place. Sa chienne inclina la tête, quémandant davantage, et Colter ne put réprimer un froncement de sourcils.

— Je sais que vous avez l'impression que je vous ai induit en erreur…

— Vous l'avez fait.

Elle lâcha un soupir.

— Oui. Mais je ne serais pas venue si j'avais cru le FBI. J'ai fait un voyage de cinq mille kilomètres ! Je sais que, cette fois, c'est la bonne.

La colère de Colter fondit un peu lorsqu'il perçut le tremblement de sa voix. Elle se berçait d'illusions. Sans doute le savait-elle, mais elle ne pouvait pas davantage se l'admettre que l'admettre devant autrui.

Peut-être la raison la convaincrait-elle.

— Pourquoi le FBI est-il persuadé que le message est un faux ?

Il avait eu l'intention de parler sur un ton posé, mais ce fut l'agressivité qui l'emporta.

Pas de doute, il avait besoin de travailler son approche de la conversation. Avant son accident, il n'avait aucun mal à établir des contacts avec les autres. Apparemment, un an de solitude avait fait de lui un quasi-homme des cavernes.

— Le message disait : Je m'appelle Alanna Morgan, de Chicago. Je suis encore en vie. Je ne suis pas la seule.

Elle avait prononcé ces mots comme si elle les avait non seulement mémorisés, mais aussi intériorisés. Comme s'ils étaient un lien direct avec la sœur qu'elle n'avait pas vue depuis quatorze ans.

— OK, dit-il comme elle n'ajoutait rien.

— Nous n'habitions plus à Chicago mais dans la banlieue. Nous avions déménagé quand Alanna avait trois ans et elle connaissait son adresse. Le FBI pense que quelqu'un a lu les détails dans la presse, parce qu'en général les journalistes parlaient de Chicago pour simplifier.

— Qu'est-ce qui vous fait penser que ce n'est pas le cas ?

— Qui ferait cela, tant d'années plus tard, et si loin ?

Sa voix était plaintive, empreinte de désespoir.

Il comprit. Elle ne pouvait pas savoir que la théorie du FBI était erronée. Simplement, elle ne pouvait supporter l'idée qu'elle soit correcte.

— Kensie…

— Je sais ce que vous pensez. Vous avez raison, d'accord ? Mais il y a eu tant de fausses pistes au fil des années. Ça ne peut pas en être une de plus. Ce n'est pas possible. Et il y a autre chose. Je le sens au fond de moi d'une manière inexplicable. C'est une vraie piste. Je le sais. Je pensais que l'enquête du FBI allait aboutir à quelque chose. Quand elle n'a rien donné, j'ai compris qu'il fallait que je vienne moi-même.

— Les agents du FBI ont beaucoup d'expérience…

La main de Kensie caressa plus rapidement la tête de Rebel.

— Les agents du FBI ne connaissent pas ma sœur.

— Par conséquent, ils sont totalement objectifs. Écoutez…

Il poursuivit sans lui laisser le temps de l'interrompre.

— On dirait que ce message a été écrit par quelqu'un qui cherche à attirer l'attention. Ce n'est pas une vraie lettre. Si elle était authentique, pourquoi votre sœur n'aurait-elle pas fourni de détails pour prouver son identité ?

— Elle avait cinq ans lorsqu'elle a été enlevée, Colter. De quoi se souvient-elle, à votre avis ? Que pourrait-elle dire ?

Elle parut un instant vaincue, mais prit une profonde inspiration et continua :

— Des années durant, mes parents ont consacré tout leur temps et toute leur énergie à la retrouver. C'était le bébé de la famille. On ne pouvait plus fonctionner normalement sans elle. Et puis mon frère Flynn a eu seize ans. J'en avais vingt, Alanna était disparue depuis sept ans, et mes parents n'avaient pas renoncé. J'ai essayé de mieux veiller sur Flynn que je ne l'avais fait avec Alanna, mais il s'est attiré pas mal d'ennuis. Il a eu un accident de voiture et a failli mourir. Et cela a tout changé.

Colter soupira. Comme avec Jasper, Kensie essayait de jouer sur ses sentiments en lui donnant des détails personnels sur le jour où sa sœur avait disparu.

Cependant, malgré toute la compassion qu'il avait

à son égard, entreprendre de vaines recherches ne leur ferait aucun bien ni à l'un ni à l'autre.

— Je suis désolé pour ce que votre famille a subi, Kensie, mais…

— Nous nous sommes donné tant de mal pour rester proches, pour être affectueux les uns envers les autres, mais parfois j'ai l'impression que nous ne faisons que jouer un rôle. Qu'aucun de nous n'a été lui-même depuis qu'Alanna a disparu et que nous ne pourrons le redevenir avant de l'avoir trouvée.

— Peut-être que vous devez chercher une nouvelle normalité.

— Comme vous ? rétorqua-t-elle en croisant les bras.

— Oui, riposta-t-il. Ce n'est certainement pas parfait, mais ça me convient.

— Ça vous convient ? D'être tout seul dans ce chalet, de vivre en ermite ?

Rebel geignit, touchant la cuisse de Kensie, mais celle-ci l'ignora.

— Vous ne savez rien de ma vie, Kensie.

— Et vous ne savez rien de la mienne ! Vous ne savez pas ce qu'il en est de perdre sa petite sœur, de la voir enlevée sous vos yeux.

Il serra les dents, s'efforçant de refouler les mots, mais ils jaillirent malgré lui.

— J'en sais plus long sur le deuil et le chagrin que vous ne pouvez l'imaginer. Vous débarquez ici, vous insistez pour que je vous aide, mais en fin de compte vous êtes égoïste. Vous me dissimulez la vérité, vous perdez mon temps autant que le vôtre. Vous pensez réellement à votre sœur, ou s'agit-il de vous, au fond ? De réparer une erreur idiote que vous avez commise à treize ans ?

Regrettant aussitôt ses paroles, il tenta de faire marche arrière.

— Ce n’était pas votre faute. Mais, si vous vous êtes imposé cette mission, c’est surtout pour vous.

— Ah oui, parce que, vous, vous êtes dévoué à autrui ? Je ne sais pas ce qui est arrivé à votre jambe, Colter, et je suis désolée que vous ne puissiez plus être soldat, mais peut-être que vous devriez vous en remettre ! Tout ce que je vous demande, c’est de faire quelque chose qui relève de vos compétences. Je n’ai besoin que d’un peu d’aide. Le FBI se trompe. Je le sais.

Sa jambe tressaillit. Rebel geignit de nouveau et se détacha de Kensie pour venir se presser contre lui, comme pour le soutenir. Il pouvait lui raconter ce qui était arrivé à son unité et combien il comprenait son désir de ne pas lâcher prise même si, au fond de soi, on savait qu’il le fallait. Pourtant, il garda le silence. Ses propos ne feraient que la peiner et ne lui apporteraient aucune satisfaction. Il n’était même pas sûr de pouvoir les prononcer.

Au lieu de quoi il secoua la tête tristement.

— J’espère que vous avez raison, Kensie, mais j’en doute. Et je ne peux pas vous suivre dans une quête vouée à l’échec. Je suis désolé. Je crois que vous devriez rentrer chez vous.

Il pivota et s’éloigna.

Rebel le suivit plus lentement. Régulièrement, elle tournait la tête vers Kensie, encore immobile devant le commissariat.

Il se conduisait comme un malotru. Il le savait. Certes, une partie de ce qu’il avait dit était vraie, même lorsqu’il l’avait taxée d’égoïsme. Elle s’imaginait le comprendre parce qu’elle l’avait vu boiter. Au lieu de chercher à savoir ce qu’il avait subi, elle s’était focalisée sur sa propre douleur.

Cela dit, n’était-il pas coupable du même défaut ? S’il la quittait maintenant, c’était seulement en partie parce que sa quête allait se terminer par des larmes et qu'il ne voulait pas voir sa déception. L'autre raison, c'était que Kensie le ramenait peu à peu parmi les vivants.

Il savait que, pour guérir, il devrait se réintégrer au monde un jour. Non parce que les thérapeutes le lui avaient dit, à l'époque où l'armée avait essayé de le forcer à accepter un soutien psychologique. Il n'était pas aveugle au point de ne pas se rendre compte que son choix de vie actuel n'était pas des plus sains. Cependant, ce choix lui avait apporté une certaine paix de l'esprit. Plus de paix, en tout cas, qu'il n'en avait éprouvé à l'hôpital ou même avec sa famille et ses amis.

Leurs platitudes, leur insistance à affirmer qu'ils savaient ce qu'il traversait lui avaient donné l'impression de ne pas être aimé. Elles l'avaient mis en colère. Parce que quiconque n'avait pas connu une guerre et perdu des proches ne pouvait pas comprendre.

Peut-être était-ce en partie ce qui l'avait séduit dans l'idée d'aider Kensie. Elle ignorait tout de son passé. Et voilà qu'il lui avait lancé ce reproche à la figure.

Il ferma les yeux, ralentit le pas et s'arrêta. Il sentit Rebel s'immobiliser à côté de lui, en sa fidèle compagne.

Réprimant un juron, il jeta un coup d'œil en arrière. Exactement comme il le présumait, Kensie était toujours à la même place, et il sentit le remords l'envahir.

Elle semblait seule, perdue. Mais invaincue. Elle gardait la tête haute, les épaules droites. Elle n'allait pas renoncer à trouver Alanna, si infimes soient ses chances de réussite.

Il comprenait sa loyauté. Il l'admirait.

Semper fi. C'était le cri de guerre des marines, leur devise. Une des convictions profondes de Colter.

Il se retourna lentement. Rebel fit volte-face avec enthousiasme, remuant la queue contre sa cuisse.

Avec chaque pas qui le ramenait à Kensie, son cœur

battait plus fort, l'avertissant qu'il commettait une erreur. Déjà, elle éveillait en lui des sentiments dangereux. L'envie de repartir en mission, le désir de contact avec un autre être.

Il ne voulait pas de tout cela. Il ne voulait pas réintégrer le monde, parce que, au bout du compte, cela le forcerait à faire face à tout ce qu'il avait perdu, à l'immensité de son chagrin.

Il voulait rester dans la montagne avec Rebel. Laisser la nature sauvage apaiser son âme. Il projetait de vivre là jusqu'à la fin de ses jours. Certes, ce serait une existence solitaire, surtout quand Rebel ne serait plus là. Malgré tout, cela lui paraissait le choix le plus sûr, le plus heureux.

Kensie le regardait approcher, l'air méfiant, sans se douter le moins du monde du bouleversement qu'elle avait provoqué dans sa vie.

— Je suis désolé.

L'émotion perçait dans sa voix, il avait les joues en feu.

Rebel nicha la tête dans la main de Kensie, agitant toujours la queue avec entrain. Un rire étonné jaillit des lèvres de la jeune femme et, à cet instant, Colter eut envie de s'avancer. De rire comme elle, librement et sans contrainte. Il avait envie de passer du temps en compagnie d'une femme telle que Kensie. Un an plus tôt, non seulement il aurait tenté tout ce qui était en son pouvoir pour l'aider, quelles que fussent les chances de succès, mais il aurait aussi essayé de la séduire.

Elle paraissait toujours sur ses gardes, comme si elle ne savait pas si elle devait accepter ses excuses. Comme si elle n'était pas sûre de vouloir son aide.

— Colter…

L'idée de retourner dans le monde, ne serait-ce qu'un peu, avec elle, l'effrayait. Ou plutôt le terrifiait. Mais il avait pris sa décision, et il savait qu'il n'aurait pas dû se détourner sous prétexte qu'elle ne lui avait pas dit toute la vérité.

Il avait accepté une mission. Qu'elle puisse être menée à bien ou non, il devait la tenter.

Pour Kensie. Et pour lui aussi. Pour voir s'il en était réellement capable.

Devançant la réponse qu'elle s'apprêtait à faire, il s'avança plus près. Assez près pour qu'elle ne puisse pas se méprendre.

Elle se figea, les lèvres entrouvertes.

Il n'hésita pas. Il enroula un bras autour de sa taille et l'attira contre lui avant d'avoir eu le temps de se raisonner.

Elle chancela, mais Colter la soutint sans même que sa jambe blessée ne proteste. L'instant d'après, il capturait ses lèvres.

Elle avait un goût de café et de menthe poivrée. Elle avait le goût de tous les rêves qu'il avait eus autrefois, avant que son univers ne vole en éclats.

Il passa son autre bras autour d'elle, la serrant plus étroitement contre lui, et oublia tout le reste. Pendant un bref moment, tout s'évanouit. Le passé, ses camarades, la sœur de Kensie, même la certitude qu'elle retournerait inévitablement à Chicago. L'espace d'un instant, il fut de nouveau vivant. Vraiment vivant.

Chaque cellule de son être sembla se réveiller alors qu'elle posait une main sur son torse, puis nouait les bras autour de son cou. Quand elle se hissa sur la pointe des pieds pour lui rendre son baiser, les genoux de Colter faillirent se dérober. Et pas à cause de sa blessure.

Il aurait pu se dire que c'était parce que plus d'un an s'était écoulé depuis la dernière fois qu'il avait embrassé une femme. Mais ce n'était pas vrai. C'était Kensie. Son parfum légèrement épicé, enivrant. La sensation de son corps contre le sien, si vague fût-il à travers l'épais parka. Les petits bruits de gorge qui lui échappaient.

C'était trop.

Colter se redressa, haletant. Il baissa les yeux sur le regard troublé de Kensie et tenta de se ressaisir.

— Je suis désolé, souffla-t-il, à peine capable d'articuler un son.

Un pli perplexe se forma sur son front, et elle redressa le menton.

— Moi pas.

Elle tapota le côté de sa cuisse, comme elle l'avait vu faire lorsqu'il voulait que Rebel le suive, puis se dirigea vers le pick-up. Comme il restait figé sur place, elle jeta un coup d'œil en arrière, ses cheveux volant derrière son épaule, l'audace incarnée.

— Tu viens ?

Rebel le regardait, l'air plaintif, sa queue balayant lentement la neige.

Après ce baiser, s'imaginait-elle qu'il n'allait pas la suivre ? Colter se hâta derrière elle, le cœur cognant comme un fou dans sa poitrine.

Il avait oublié la douleur à sa jambe.

6

Kensie avait à peine fermé l'œil de la nuit, le baiser échangé avec Colter passant et repassant en boucle dans son esprit. Elle s'était tournée et retournée dans le lit étonnamment confortable de son hôtel, à quelques kilomètres de Desparre. De l'extérieur, l'établissement ressemblait à une cabane en rondins, mais l'intérieur était aussi luxueux que n'importe quel hôtel chic à Chicago.

D'après le gérant, les clients étaient surtout des touristes qui venaient durant les mois d'été. La direction avait espéré faire de Desparre une destination recherchée, pour découvrir l'Alaska « profond ». En réalité, avait-il avoué tristement, l'hôtel périclitait lentement. Kensie était pour ainsi dire la seule résidente.

Elle aurait dû se sentir dorlotée. Cependant, elle n'avait qu'une envie : monter dans son pick-up de location et se rendre dans un autre chalet en rondins, beaucoup plus petit, et dominé par la présence imposante d'un homme qui ne lui apporterait rien de bon.

Elle avait encore du mal à croire qu'il l'avait embrassée. Bien sûr, elle avait dès le début senti une attirance réciproque entre eux. Mais c'était un homme marqué, plus traumatisé encore qu'elle ne l'était.

Il ne lui avait presque rien dit sur sa vie, hormis qu'il avait été soldat pendant près de dix ans. Peut-être ne savait-il tout simplement rien faire d'autre. Ou peut-être le soldat en lui était-il incapable de supporter un handicap physique.

Kensie, elle, ne s'en souciait pas. En revanche, elle savait deux choses : la première, c'était qu'il était émotionnellement trop perturbé pour lui offrir une relation durable, à supposer qu'elle ait désiré cela. La seconde, c'était qu'elle ne pouvait pas se laisser détourner de ses recherches.

Encore fatiguée après sa nuit blanche, Kensie lui jeta un coup d'œil à la dérobée. Il marchait à côté d'elle, Rebel entre eux, près du magasin où le message avait été découvert. Ce matin, le plan d'action consistait à interroger les commerçants voisins, au cas où ils auraient vu quelque chose d'intéressant.

Colter ne semblait pas avoir mieux dormi qu'elle. Sur son teint clair, les cernes qui entouraient ses yeux étaient encore plus visibles. Tous les quatre ou cinq mètres, il traînait un peu la jambe droite. Elle devait le faire beaucoup souffrir, se dit Kensie, pour qu'il ne tente pas de lui dissimuler. Peut-être était-ce cette blessure qui avait causé sa nuit sans sommeil, et sa mauvaise humeur.

Cependant, elle soupçonnait que celle-ci était plutôt due au baiser de la veille. Quand il était venu la chercher en ville, il lui avait tendu une tasse de café fumante et l'avait saluée d'un « Bonjour » un peu sec. Pas exactement le sourire intime auquel elle s'attendait, mais sans doute était-ce une bonne chose.

Sauf que, maintenant, son silence commençait à l'agacer. Elle ne voulait pas se montrer ingrate, mais elle ne voulait pas davantage avoir à marcher sur des œufs avec lui.

— Si on se séparait ?

Il fronça les sourcils et lui accorda le premier regard direct de la matinée.

— Pourquoi ?

Elle pointa le doigt vers deux commerces qui partageaient un parking : un magasin de chasse-neige et un restaurant d'aspect minable qui sentait la graisse même de loin.

— On fera plus vite.

Il répondit par un grognement suggérant qu'il ne croyait guère à son explication, mais elle fut soulagée de le voir se diriger vers le troquet avec Rebel. En dépit de sa mauvaise humeur, le simple fait de marcher à côté de lui la troublait étrangement.

Il était temps de se concentrer sur Alanna.

Kensie entra dans le magasin de chasse-neige et ouvrit des yeux écarquillés tandis que la lourde porte se refermait derrière elle. Rempli d'énormes machines, l'endroit tenait plus de l'entrepôt que du magasin proprement dit. À l'autre bout, elle aperçut un comptoir et une immense porte de garage.

Contrairement à la plupart des gens qu'elle avait croisés jusque-là à Desparre, l'employé était un jeune d'une vingtaine d'années. Il avait des piercings au visage, des tatouages qui serpentaient sous ses manches de chemise.

Elle plaqua un sourire aimable sur ses lèvres et se dirigea vers lui. Des années de fréquentation des stations de radio et des plateaux télévisés avec ses parents lui avaient appris que les gens réagissaient favorablement à deux choses : la gentillesse et une histoire émouvante.

C'était la partie qu'elle détestait le plus, celle où elle devait monnayer ses souvenirs d'Alanna dans l'espoir de ramener sa sœur à la maison. Enfin, si elle réussissait un jour, cela vaudrait la peine d'avoir supporté tous les types douteux qui avaient offert de la « consoler », tous les journalistes ambitieux qui avaient salivé à la perspective de diffuser leur détresse à une audience aussi vaste que possible. Cela effacerait toutes les occasions manquées, toutes les relations ratées. Y compris celles qui n'avaient jamais eu lieu, rompues avant même d'avoir commencé.

— Bonjour, lança-t-elle. Je m'appelle Kensie Morgan. Je suis à la recherche de ma sœur et…

Le jeune secoua la tête, reportant déjà son attention sur le jeu vidéo à demi dissimulé par le comptoir.

— Aucune femme n'est venue ici aujourd'hui.

— Je ne parle pas d'aujourd'hui. Il y a quelques semaines, un message a été laissé au magasin de Jasper un peu plus bas…

— Vous cherchez la fille qui a été kidnappée ?

Il avait brusquement relevé la tête, oubliant son jeu.

— On a dit aux infos qu'elle avait disparu depuis quatorze ans.

— C'est exact. Elle a les cheveux bruns, comme moi. Et les yeux marron, un peu plus foncés que les miens.

Ces détails étaient-ils encore vrais ? Kensie le supposait, sans pourtant avoir aucun moyen d'en être sûre. Peut-être Alanna avait-elle les cheveux teints, peut-être portait-elle des lentilles de contact ?

L'adolescent haussa les épaules.

— Je n'ai commencé à travailler ici que cette semaine. C'est génial, plutôt calme. Ça me donne le temps de faire mes devoirs.

Kensie sentit ses espoirs s'effondrer.

— Et vous ne savez pas si votre patron a vu quelqu'un qui me ressemblait au cours de ces dernières semaines, vers l'époque où on a trouvé ce message ?

— Non, désolé. Mais est-ce que je peux vous demander…

— Merci, coupa-t-elle, peu désireuse d'être bombardée de questions sur ce qui était arrivé à sa sœur.

Même les gens compatissants avaient parfois du mal à distinguer la frontière entre le soutien et la curiosité morbide. La ligne était plus mince que la plupart des gens ne s'en doutaient.

Comme elle s'en retournait par où elle était venue, la

porte s'ouvrit, livrant passage à un homme aussi grand que Colter, mais nettement plus âgé.

— Hé ! Où est Derick ? cria-t-il depuis l'entrée.

— Il ne travaille pas aujourd'hui.

— Excusez-moi, intervint Kensie, reprenant espoir. Vous habitez dans les environs ?

— Oui.

L'homme fronça les sourcils et braqua sur elle ses yeux marron.

Ces sourcils froncés, irrités, parurent vaguement familiers à Kensie. Le cœur battant, elle comprit pourquoi. Cette expression lui rappelait l'homme qui avait enlevé sa petite sœur.

Quatorze ans plus tôt, il était descendu d'une berline bleu marine, vêtu entièrement de bleu : jean et pull léger. Ses longs bras avaient soulevé Alanna de terre. La fillette avait émis un cri étouffé, et puis Kensie avait poussé un hurlement assez perçant pour ameuter toute la ville.

L'espace de quelques secondes, il avait croisé son regard. Elle n'avait pu distinguer la couleur de ses yeux, mais jamais elle n'avait oublié le froncement furieux de ses sourcils. À présent, il aurait à peu près l'âge qu'avait l'individu qui se tenait là. Il avait les cheveux bruns, tandis que cet homme-ci commençait à grisonner, mais peut-être était-ce seulement à cause du passage du temps.

Kensie lâcha un petit rire, qui lui valut un regard perplexe, légèrement inquiet, de la part de l'homme. C'était bizarre, mais elle avait fait ce genre de chose à plusieurs reprises au fil des années. Parfois, elle voyait quelqu'un dans la rue, et tout en elle se figeait, jusqu'à sa respiration. Puis l'adrénaline se mettait à courir dans ses veines, et son cœur et son esprit s'affolaient. Quelques minutes plus tard, son bon sens revenait. Le psy que ses parents l'avaient emmenée consulter avait donné un nom à ce symptôme, mais Kensie ne parvenait pas à s'en souvenir.

Elle avait vu si brièvement le ravisseur d'Alanna ! Elle n'aurait sans doute pas été capable de l'identifier voilà quatorze ans, sans parler de maintenant.

Le client fit mine de s'en aller, mais Kensie le saisit par le bras, surprise par les muscles noueux qu'elle sentait sous son épaisse veste. Il se raidit et se dégagea, la renversant presque.

— Vous avez besoin de quelque chose, madame ?

Il la toisait, la dévisageait avec trop d'attention. Dans d'autres circonstances, il aurait pu paraître séduisant, mais la colère qui retroussait l'ourlet de ses lèvres et le pli dur qui barrait son front lui donnait l'air franchement antipathique.

Elle leva les mains en signe d'excuse.

— Désolée. C'est juste que… Vous habitez ici depuis un certain temps ?

— Oui. Pourquoi ?

Elle tenta de sourire, espérant l'amadouer.

— Vous semblez connaître les gens du coin, et je suis à la recherche de quelqu'un.

Il changea de position, se détournant à demi. Son regard alla du jeune assis derrière le comptoir à l'énorme porte de garage tout au fond de l'entrepôt. Enfin, il se focalisa de nouveau sur elle, la mine soupçonneuse.

— Qui ?

— Ma sœur. Elle a été enlevée il y a longtemps.

— Votre sœur, hein ? répéta-t-il, fronçant les sourcils de plus belle. Où ça ?

— Dans le Midwest.

Elle avait répondu instinctivement. En temps normal, elle disait Chicago mais, bien qu'elle tentât de se raisonner, quelque chose chez ce type éveillait sa méfiance. Peut-être était-il seulement désagréable. D'un autre côté, peut-être savait-il quelque chose, auquel cas elle devait se montrer prudente. Si elle donnait trop de détails concernant Alanna – et si cet homme la connaissait bel et bien, si par quelque hasard insensé, c'était vraiment lui qui l'avait kidnappée autrefois – prendrait-il la fuite ?

Le type jeta un nouveau coup d'œil vers la porte du fond.

— Je ne connais pas votre sœur, madame.

— Mais…

Il fit volte-face, ouvrit la porte à la volée, et sortit pratiquement au pas de course.

Une seconde interloquée, Kensie se rua derrière lui dans la neige et sortit son téléphone de sa poche. S'arrêtant dans une glissade, elle le prit en photo d'une main tremblante alors qu'il s'engouffrait dans son pick-up. Un instant, il se figea, comme s'il allait redescendre et lui arracher l'appareil. Puis, dans un rugissement de moteur, le véhicule recula en trombe hors du parking, avant de s'immobiliser dans un sursaut et de repartir dans la direction opposée.

Il fallait qu'il sorte davantage.

Cette pensée prit Colter par surprise. En général, quand il venait en ville et que les gens voulaient lui poser des questions ou simplement engager la conversation, il avait hâte de regagner son chalet et de tenir le monde à distance.

Cependant, ce jour-là, alors qu'il tenait entre les mains un cookie aux pépites de chocolat maison offert par le grand-père qui tenait le restaurant et que Rebel bavait gaiement sur un biscuit pour chien à côté de lui, Colter se sentait le cœur plus léger que depuis bien longtemps. Il accéléra le pas en se dirigeant vers le magasin où il avait laissé Kensie.

Il y avait eu un temps où elle aurait été exactement

la femme dont il rêvait. À l'époque, il était le genre d'homme qui avait un plan précis pour sa vie. Un coup d'œil sur elle, et il aurait pressenti la possibilité d'un mariage et d'une famille. D'un foyer qui l'attendrait entre ses missions.

Voilà la vie qu'il s'était imaginée. Le genre de vie que ses camarades avaient : des conversations vidéo avec leurs épouses, des lettres écrites au crayon arrivant aux quatre coins du monde, des photos à porter sous leur casque. Quelqu'un pour qui se battre. Quelqu'un à qui retourner.

C'en était fini de ces espoirs-là. Sans l'armée, cette vision n'avait plus de sens. Il ne pouvait s'imaginer mener une existence tranquille, avec une femme qui acceptait volontiers sa faiblesse quand sa blessure le faisait trop souffrir, des enfants qui acceptaient que leur père ne puisse pas courir avec eux comme les autres pères. Il ne voulait pas de cette vie-là.

Il était venu en Alaska non seulement pour se terrer, mais aussi pour guérir. D'une manière ou d'une autre, au cours de l'année écoulée, il avait perdu de vue le deuxième volet de son plan. Kensie l'avait forcé à quitter sa zone de confort, à sortir de sa solitude, et cela lui rappelait la raison pour laquelle il adorait cet endroit. La raison pour laquelle il l'avait choisi.

Certes, il y avait des types comme Danny Weston, des gens qui étaient venus profiter des grands espaces de l'Alaska pour se cacher des méfaits qu'ils avaient commis. Mais on y rencontrait aussi des gens comme ce grand-père qui tenait le restaurant depuis trente ans. Des gens travailleurs, venus mener une vie plus simple, plus proche de la nature et d'eux-mêmes. C'était à cela qu'il aspirait.

Embrasser Kensie la veille au soir avait rallumé tous ses vieux rêves et, ce matin, il s'était réveillé la tête aussi lourde que s'il avait pris une bonne cuite. Submergé par l'inévitable déception qui suivait les moments où il s'autorisait à songer au passé. Ce cycle-là l'avait plus d'une fois mené au bord de la dépression. Il n'allait pas recommencer.

Kensie ne serait jamais qu'un souvenir pour lui. Mais peut-être que son irruption dans sa vie était précisément le coup de pied aux fesses dont il avait besoin pour reprendre sa place dans le monde.

Non, la vie ne serait jamais telle qu'il l'avait imaginée à dix-huit ans, lorsqu'il avait embarqué pour sa première mission. Mais pour combien d'entre nous la vie se déroule-t-elle de la manière dont nous l'avions espéré au sortir de l'enfance ?

À côté de lui, Rebel trottinait tranquillement, une miette sur le museau, seul vestige de son biscuit. Un sourire se forma sur les lèvres de Colter. Il pouvait encore être heureux ici. Le fait que sa trajectoire avait changé ne signifiait pas qu'elle était absurde. Il pouvait encore donner un sens à sa vie, savourer la solitude de son chalet, sa vue imprenable sur la vallée.

Il prit une profonde bouffée d'air froid. Il était temps d'affronter son avenir.

7

Kensie lui avait à peine adressé la parole depuis qu'il l'avait retrouvée au magasin de chasse-neige.

Tout en roulant, Colter jeta un nouveau coup d'œil vers elle. Il ne la connaissait pas depuis longtemps, mais elle n'était pas si silencieuse d'ordinaire. Peut-être sa propre mauvaise humeur avait-elle provoqué cette réaction, mais il en doutait.

Lui en voulait-elle de l'avoir embrassée ?

Pour la centième fois depuis que c'était arrivé, il s'accabla de reproches. Cependant, son regret n'était soudain plus tout à fait sincère. Comment regretter sincèrement un acte qui lui avait donné une autre perspective sur la vie ? Bien sûr, il avait fait une erreur de jugement mais, avec un peu de chance, c'était le déclic qui lui permettrait de remettre sa vie sur les rails. De trouver le moyen de faire de cet endroit son foyer plutôt qu'une cachette.

Ses doigts se crispèrent légèrement sur le volant tandis qu'il essayait de trouver les mots justes. Jamais auparavant il n'avait dû s'excuser d'avoir embrassé une fille.

Les yeux encore rivés sur la route verglacée, il se lança :

— Cette dernière année, je me suis terré dans mon chalet. Pas délibérément. Disons que je suis venu ici en quête de solitude et que j'ai fini par mener une existence solitaire.

Il hasarda un nouveau coup d'œil vers elle, histoire de voir si elle voyait où il voulait en venir avec cette entrée en matière, mais elle continuait à fixer le pare-brise, les sourcils froncés. Par conséquent, il poursuivit.

— Cela n'a pas été facile pour moi d'accepter de t'aider. Je sais que tu ne comprends pas mais, quand je te dis qu'une mission, quelle qu'elle soit, était la dernière chose au monde dont j'avais besoin, c'est la vérité.

Elle gardait le silence, de sorte qu'il se sentit obligé de continuer, plus vite maintenant, en commençant à regretter de ne pas s'en être tenu à une brève excuse.

— C'est pour cette raison que j'ai voulu tout arrêter quand j'ai découvert que tu ne m'avais pas tout raconté. Et quand je t'ai embrassée…

Kensie se taisait, les lèvres pincées comme si elle attendait de vraies excuses. À moins qu'elle ne fût même pas en train de l'écouter. C'était difficile à dire.

— Je suis désolé. J'aurais dû…

— C'était une erreur. Je comprends. Je suis d'accord. Nous nous sommes laissé emporter par le moment. Ça ne se reproduira pas, coupa-t-elle brusquement, en pivotant vers lui aussi loin que sa ceinture le lui permettait.

Elle replia un genou sous elle, lui faisant face alors que Rebel tentait de glisser le museau entre les sièges pour quémander une caresse.

Ça ne se reproduira pas ? Colter avait eu la même intention, mais l'entendre prononcer ces mots lui donna soudain envie d'arrêter le pick-up sur le bas-côté pour voir si elle parlait sérieusement.

La vision de Kensie entre ses bras, douce et féminine mais infiniment plus forte qu'il ne l'avait cru, s'imposa à son esprit. Il se remémora la manière dont ses hanches avaient aussitôt épousé les siennes, comme si elle songeait à ce moment depuis qu'il l'avait aidée à se relever dans la rue enneigée de Desparre.

D'autres visions succédèrent à la première, plus audacieuses. Il l'imagina dans son chalet, debout devant l'âtre, laissant tomber son manteau sur le plancher. Il se vit enfouir les doigts sous son pull, déposer une traînée de baisers allant de sa bouche à la naissance de sa gorge. La serrer contre lui jusqu'à ce qu'aucun espace ne sépare leurs deux corps.

— Je crois que je viens de rencontrer le ravisseur d'Alanna.

Il fallut une minute pour que les paroles de Kensie transpercent le brouillard érotique des rêveries de Colter. Alors, il ralentit, se gara sur le bord de la route et se retourna vers elle.

— Quoi ?

— Je sais que ça paraît dingue. D'abord, j'ai cru que j'imaginais des choses, lâcha Kensie d'un trait, lui agrippant le bras comme pour s'assurer qu'il lui accordait toute son attention.

— Qui est-ce ? Pourquoi n'es-tu pas venue me chercher ?

Pourquoi n'en avait-elle pas soufflé mot avant ?

— Je ne connais pas son nom, mais je l'ai pris en photo.

Elle farfouilla dans son sac et en tira son téléphone. Colter plissa les yeux, fouillant sa mémoire.

— Je le connais de vue. Il habite ici depuis très longtemps, je crois.

Il chercha en vain le nom de l'homme.

— Il me semble qu'il a une maison dans les environs de Desparre. Il vient régulièrement en ville chercher des provisions.

Il leva les yeux.

— Tu as interrogé Derrick, le propriétaire du magasin ? Il pourrait sans doute te dire comment ce type s'appelle.

Kensie secoua la tête.

— Il n'était pas là. Il n'y avait qu'un adolescent à la caisse.

— Pourquoi penses-tu que cet homme soit le ravisseur ?

— Il m'a paru familier.

Colter s'efforça de dissimuler son scepticisme. Elle n'était qu'une enfant lorsque sa sœur avait été enlevée.

— Tu l'as bien vu ce jour-là ? À quelle distance étais-tu ?

Avait-elle été à deux doigts d'être enlevée aussi ? Cette pensée lui donna la nausée.

— J'étais de l'autre côté du jardin. Pas assez près pour aider Alanna.

Une telle tristesse imprégnait la voix de Kensie que Colter tendit instinctivement la main et noua ses doigts aux siens. Elle les serra aussitôt, et il sentit son cœur battre plus vite.

— Tu avais treize ans, Kensie. Qu'aurais-tu pu faire ?

En dehors de se faire kidnapper elle-même – ou pire ?

— J'aurais dû être plus attentive. J'étais censée la surveiller !

— Ce n'est pas juste, Kensie. Tu ne peux pas porter ce fardeau.

Il plongea son regard dans ses yeux noisette, les vit s'assombrir de colère ou de frustration. De quel droit lui parlait-il du sentiment de culpabilité des survivants ? Malgré tout, il savait qu'il avait raison, et il insista.

— Songe à la sœur que tu as été pour elle. Toutes ces années plus tard, tu es là, en train de la chercher, alors que la police a renoncé.

Incroyablement, elle serra ses doigts plus fort encore.

— Merci pour ton aide, chuchota-t-elle.

Le baiser de la veille était une erreur. Il le savait. Cependant, cela ne l'empêchait pas d'être tenté de recommencer.

Il dut faire appel à toute sa volonté pour résister. Au lieu de l'embrasser, il demanda :

— Tu es vraiment sûre que c'est lui ?

Elle lâcha un rire sans joie.

— Non, pas du tout. Mais il a pris la fuite quand je lui ai posé des questions sur ma sœur.

Colter fronça les sourcils. Il ne connaissait pas le nom de cet homme, pourtant il ne parvenait pas à imaginer ce solitaire en ravisseur d'enfants. Cela dit, son attitude était suspecte.

La question était de savoir si Kensie l'avait effrayé. Dans ce cas, allait-il disparaître avant même qu'ils aient pu découvrir s'il détenait vraiment Alanna ?

— Soit c'est lui qui l'a enlevée, soit il sait qui l'a fait, déclara Kensie avec certitude, en tapotant l'écran de son téléphone.

Colter fronça les sourcils, comme s'il n'était pas tout à fait convaincu.

Néanmoins, il l'avait amenée ici, dans un petit restaurant chaleureux qui faisait aussi office d'épicerie, situé entre le magasin de chasse-neige et le centre de Desparre. D'après Colter, le propriétaire vivait là depuis toujours et, si quelqu'un pouvait les renseigner sur leur suspect, c'était lui.

Leur « suspect ». C'était un terme qu'un enquêteur aurait utilisé, un de ces policiers surmenés, à la mine lasse, qu'on avait chargés du dossier d'Alanna. « Nous avons un suspect, mais n'ayez pas trop d'espoir. » Elle avait entendu ces propos à maintes reprises au fil des années, et jamais les pistes n'avaient rien donné.

Cette fois, ce serait différent. Elle refusait d'imaginer une autre possibilité. Elle n'était pas sûre de pouvoir supporter une déconvenue de plus.

Il lui suffisait d'envisager de rentrer à la maison sans Alanna pour que sa poitrine se comprime douloureusement, comme à chaque fois qu'elle pensait au temps écoulé depuis la disparition de sa sœur. Il y avait eu des moments où elle avait cru s'être enfin résignée à la cruauté des statistiques, qui toutes suggéraient qu'Alanna était morte. Cependant, ces moments étaient toujours fugaces. Sa sœur et elle avaient une connivence particulière. Si Alanna était morte, Kensie ne l'aurait-elle pas senti au fond d'elle ?

Elle s'accrochait à des chimères. Intellectuellement, elle le savait. Malgré tout, elle gardait la foi.

— À quoi penses-tu ?

La question de Colter fit irruption dans ses pensées. Kensie leva les yeux vers lui. Le contre-jour créé par l'éclairage intime du restaurant faisait ressortir les reflets dorés de ses cheveux et adoucissait les contours de son visage, si bien qu'il paraissait encore plus sexy que d'habitude. Son cœur fit un petit bond dans sa poitrine. Pourquoi ne pouvait-elle rencontrer un homme comme lui à Chicago, un homme aussi sérieux et aussi dévoué, mais qui ne soit pas aussi lourdement marqué par son passé ?

— Je me disais que c'est forcément le coup de pouce dont j'avais besoin.

Elle avait parlé d'une voix douce, presque sensuelle, et s'éclaircit la gorge avant de continuer, honteuse d'éprouver du désir pour Colter alors qu'elle aurait dû être entièrement focalisée sur Alanna.

— Je l'espère, répondit Colter, le front barré d'un pli.

Apparemment, il s'inquiétait de son optimisme. Sans doute craignait-il sa réaction si la piste se révélait être une impasse. S'il savait à combien d'impasses elle avait survécu au fil des années… Cela dit, elle n'était pas sûre d'avoir la force d'en endurer une de plus.

Un homme s'approchait d'eux. À en juger par sa longue barbe grise, sa peau burinée par le temps, son regard un peu las, Kensie supposa qu'il s'agissait du propriétaire. Il serra la main de Colter, fronça un peu les sourcils à la vue de Rebel, puis s'adressa à Kensie.

— Vous venez d'arriver en Alaska ?

— Oui. Je suis…

— On se demandait si vous pourriez nous donner un renseignement, coupa Colter en prenant le téléphone de Kensie pour montrer l'écran à leur interlocuteur. Vous connaissez cet homme ?

Le regard du restaurateur alla de l'appareil à Kensie, puis se posa de nouveau sur la photo.

— Il est dans le coin depuis pas mal de temps. Je ne connais pas son nom. Il n'est pas du genre bavard. J'ai l'impression qu'il garde ses distances avec tout le monde. Vous devez comprendre ça.

Colter arqua un sourcil, mais Kensie ne put réprimer un soupir déçu.

— Nous devrions demander au propriétaire du magasin de chasse-neige. Ce type a crié son nom en entrant. Ils se connaissent.

— Pourquoi le cherchez-vous ?

— Je pense que…

— On a seulement besoin de son aide pour un truc.

Colter se leva, laissant tomber quelques pièces sur la table pour les tasses de chocolat chaud qu'ils avaient commandées, mais à peine touchées.

— Vous pourriez nous dire où trouver Derrick Notte ?

— Ouais, je peux vous donner son adresse.

L'homme fixa Colter d'un air dur, ignorant complètement Kensie et Rebel.

— Mais, si vous lui cherchez noise, vous et moi allons avoir des problèmes.

Colter répondit par un sourire non moins dur.

— Ce n'est pas à lui que je compte chercher des noises.

Le propriétaire le dévisagea une minute de plus, puis lâcha un petit rire.

— Très bien. Si vous finissiez vos boissons pendant que je vais chercher son adresse ?

Colter hocha la tête et se rassit. Rebel suivit son exemple. Kensie aussi, mais plus lentement, attendant que l'homme se soit éloigné avant de chuchoter :

— C'était quoi, ça ?

— Chacun tient à sa tranquillité. Il me fait confiance en me donnant l'adresse de Derrick. Si ça déplaît à Derrick, il pourrait avoir des ennuis.

— Un tantinet exagéré, non ? marmonna Kensie.

— Oui. Mais je ne voulais pas qu'il sache à quoi tu pensais. Les gens d'ici n'aiment pas qu'on suppose le pire à leur sujet.

— Mais il n'est pas question de ça ! protesta Kensie. Je ne généralise pas. C'est juste que ce type ressemble…

— Je sais, interrompit Colter, mais lui non, et je ne voulais pas qu'on se dispute.

Kensie garda le silence, le regard rivé à la forêt dense et enneigée de l'autre côté de la vitre. Le gérant de l'agence de location automobile lui avait dit qu'il y avait plus d'ours que d'êtres humains à Desparre. C'était un endroit idéal pour se cacher de quelqu'un qui vous voulait du mal. Et un endroit idéal pour un ravisseur qui cherchait à dissimuler sa victime.

— Kensie, je peux te poser une question ?

Elle se focalisa sur l'homme assis en face d'elle. La gravité de son expression la rendit nerveuse.

— Oui ?

— Quelque chose me tracasse depuis que tu m'as parlé du message de ta sœur.

— Quoi ?

Elle n'avait presque pas envie d'entendre la réponse. C'était comme si la trajectoire de sa vie tout entière dépendait de ce message.

Colter dut sentir son désarroi, car il posa sa tasse, se pencha et captura sa main dans la sienne. Ses doigts rudes lui caressèrent la paume, déclenchant des frissons le long de son bras.

C'était le genre de geste qu'un petit ami ferait. Pas un type qu'on venait de rencontrer et qui avait accepté de vous servir de guide dans les étendues sauvages du Grand Nord. Kensie s'efforça de maîtriser l'émotion qu'il éveillait en elle.

— Si ce message émane vraiment de ta sœur, pourquoi n'a-t-elle pas pris la fuite ? Je veux dire, si elle était maltraitée ou retenue captive, elle n'aurait jamais pu laisser ce mot sans que le propriétaire du magasin s'en rende compte.

Kensie hocha la tête, fixant leurs mains jointes. Cela la taraudait aussi depuis le début, et pour deux raisons tout à fait différentes.

Prenant une profonde inspiration, elle affronta son regard.

— Soit parce que le message est un faux…

Cette possibilité la faisait souffrir, et elle se refusait à l'envisager, mais elle savait qu'elle existait néanmoins.

L'autre théorie, qui lui avait été révélée par des années de contact avec les autorités et les groupes spécialisés dans les disparitions de longue date, était encore plus troublante.

— Soit parce qu'elle a tellement peur de son ravisseur ou qu'elle est tellement conditionnée à lui obéir que, même face à une chance de s'enfuir, elle ne peut pas la saisir.

Dans les yeux de Colter, elle lut une compréhension mêlée de tristesse. En tant que soldat, il avait probablement été confronté à des cas tels que celui-là.

Si c'était bel et bien ce qui s'était passé avec sa sœur – si le message était un ultime appel à l'aide parce qu'elle était incapable de s'enfuir seule –, dans quel état serait-elle lorsqu'ils la retrouveraient ?

La jeune femme qu'Alanna était devenue n'était-elle qu'une coquille vide, l'ombre de la fille qu'elle avait été ?

Dans ce cas, Kensie n'était pas sûre que sa sœur puisse jamais surmonter ce qu'elle avait vécu à Desparre.

Et elle non plus.

8

Kensie était découragée.

Il n'aurait jamais dû la questionner au sujet du message. S'il avait réfléchi, il aurait compris les implications sans qu'elle ait dû les lui expliquer.

La voir si malheureuse le perturbait. Même s'il se refusait à envisager une relation avec elle, il ne pouvait nier qu'il était attaché à Kensie. Avec un peu de chance, elle ne resterait pas longtemps à Desparre, et tout finirait bien pour elle et pour sa sœur. Il aurait voulu qu'elle mène une vie sans complications, dénuée de tragédie ou de chagrin.

Ces choses-là étaient le lot des soldats tels que lui.

C'était peut-être une manière ridicule, irréaliste de voir la vie, mais c'était la sienne. Il était devenu soldat pour nombre de raisons, y compris se distinguer. Il aimait protéger les gens. Et cet instinct-là se réveillait en présence de Kensie.

Apparemment, Rebel partageait ce sentiment, car elle choisit ce moment pour changer de position et poser la tête sur les genoux de Kensie. Un instant surprise, celle-ci se mit à rire et la caressa.

S'il n'y prenait garde, Rebel voudrait la suivre lorsqu'elle retournerait à Chicago. Et, s'il n'y prenait garde, il serait tenté de faire pareil.

Repoussant cette idée insensée, il s'efforça de distraire Kensie. Il ne voulait pas qu'elle aille voir Derrick avant de s'être ressaisie. Ce dernier était soupe au lait même dans ses bons jours. Si elle se montrait un tant soit peu agressive, il serait plus que pénible. D'autant que Colter savait qu'il se mettrait lui-même en colère si Derrick refusait de coopérer. Bref, ils avaient besoin de la douceur naturelle de Kensie pour obtenir des résultats.

Par conséquent, il commanda le fameux crumble aux fruits sauvages de la maison et poussa l'assiette vers elle dès qu'on l'apporta. Au départ, elle ne fit que grignoter mais, de fil en aiguille, elle prit des bouchées de plus en plus grosses. Le plat n'était pas pour rien le plus réputé du restaurant.

— Parle-moi de ta sœur. Comment était-elle ? demanda-t-il, espérant emplir son esprit de bons souvenirs qu'elle pourrait invoquer pour amadouer Derrick si besoin était.

Kensie marqua une pause, la fourchette en suspens à mi-chemin de sa bouche. Un sourire nostalgique se dessina sur ses lèvres.

— Elle était drôle, avec une forte personnalité. Même à l'âge de cinq ans, on la voyait déjà déléguée de classe ou reine de beauté. Sans doute les deux. Elle était toujours au centre de l'attention, toujours au cœur de la fête. C'était bizarre parce que, Flynn et moi, on était timides et sérieux. Ma mère disait qu'on était de vrais rats de bibliothèque !

Colter sourit, parce que ce n'était pas du tout la vision qu'il avait de Kensie. Peut-être avait-elle surmonté sa timidité. Ou peut-être avait-elle une perception erronée d'elle-même enfant. En tout cas, elle attirait naturellement les autres vers elle. Il ne pouvait l'imaginer en marge de l'action.

— Avant son enlèvement, j'apprenais le violon à Alanna, reprit Kensie avec émotion. Elle m'avait vue jouer et elle voulait faire comme moi.

— Vous étiez proches ?

— Oui. Nous avions huit ans de différence, mais il y avait un lien spécial entre nous. Maintenant, chaque fois que je joue, je songe à Alanna.

— Tu joues toujours ?

— Je suis violoniste dans un orchestre. C'est mon travail.

Stupéfait, il l'imagina un violon à la main, l'archet courant sur les cordes, ses yeux assombris par une intense concentration.

— J'adorerais t'écouter.

Kensie esquissa un sourire, mais la tristesse demeura dans son regard. Elle déglutit.

— Je n'ai pas apporté mon violon.

Bien sûr que non. Il était resté à Chicago, comme le reste de sa famille. Une famille qui attendait sans doute avec anxiété son retour – et sûrement, malgré tout, celui de la sœur disparue depuis quatorze ans.

C'était une énorme responsabilité à endosser seule.

Il voulait lui promettre qu'ils trouveraient Alanna. Qu'il l'aiderait à porter ce fardeau. Seulement, il savait que c'était une promesse vide de sens, par conséquent il se tut. Certes, il ferait de son mieux pour la présenter aux gens du coin et veiller à ce qu'elle soit en sécurité. Mais il ne pouvait faire davantage et ce n'était rien en comparaison de ce dont elle avait besoin. En comparaison de ce qu'elle méritait.

— Pourquoi n'as-tu pas un petit ami ou un mari ici avec toi ?

La question était impolie, et il la regretta à l'instant où elle jaillit de sa bouche. Même Rebel leva la tête pour le toiser par-dessus la table, comme si elle désapprouvait.

— Pardon. Ce ne sont pas mes affaires, lâcha-t-il, devançant sa réponse.

— Je n'ai ni mari ni petit ami. C'est difficile de…

Elle n'acheva pas sa phrase, et il lui fallut une minute

pour se demander ce qu'elle avait voulu dire, parce qu'il était trop occupé à se réjouir qu'elle soit libre. Ce qui était égoïste, car il ne pouvait prétendre à une relation avec elle et ne pourrait jamais.

— Et toi ?

— Pourquoi ne suis-je pas marié ?

Il était stupéfait, à la fois qu'elle lui ait posé la question, et qu'elle ne l'ait pas déjà compris. Il était un homme brisé.

— Non, dit-elle très vite, alors que le rouge lui montait aux joues. Qu'est-ce que tu fais dans la vie ?

Partagé entre le soulagement et la déception, Colter haussa les épaules.

— Depuis que j'ai quitté l'armée, j'écris des articles pour des journaux et des revues.

C'était une activité à temps partiel qu'il adorait, et détestait quelquefois. Il aimait pouvoir partager ses points de vue, offrir aux civils une vision plus précise de la manière dont l'armée opérait. Cependant, elle lui rappelait aussi qu'il n'était plus à sa place, dans le feu de l'action. Et qu'il n'y serait jamais plus.

— C'est permanent ? demanda-t-elle, sentant son hésitation.

C'était curieux qu'il ait fini par écrire, étant donné que ses parents l'avaient toujours encouragé à faire carrière dans le domaine de la communication. Mais ce n'était pas une passion, plutôt un moyen de payer ses factures.

— Non.

— Et qu'est-ce que tu envisages pour après ?

Il fronça les sourcils, tenté de ne pas répondre. Néanmoins, elle avait été franche avec lui, et il lui devait d'être franc en retour.

— Je ne sais pas.

Dès son enfance, il avait été inspiré par son grand-père, qui avait vécu en Pologne pendant la guerre et avait été envoyé au goulag pour avoir aidé des gens à s'enfuir. Fasciné par son histoire, Colter avait su très tôt qu'il voulait rejoindre les rangs de l'armée. Les injustices décrites par son aïeul lui avaient donné envie de changer le monde. C'était un désir d'enfant, qui s'était mué en un désir d'adulte, celui de faire une différence.

Au grand dam de ses parents, il s'était engagé immédiatement après le lycée. À l'époque, ils avaient cru qu'il finirait par émerger de ce qui était à leurs yeux un rêve puéril. Lui, en revanche, ne désirait rien de plus. Être un homme sans mission le mettait mal à l'aise.

Cela dit, la nouvelle mission qu'il s'était trouvée, celle d'aider Kensie, le mettait plus mal à l'aise encore. À mesure qu'il reprenait contact avec le monde, il se rendait compte qu'il allait devoir réfléchir. Il ne pouvait pas retourner dans l'armée. Que cela lui plaise ou non, cette partie de sa vie était terminée.

Jamais plus il ne serait le sergent Hayes. Désormais, il était simplement Colter. Quant à ce que cela signifiait, il n'en était pas sûr. Lorsque Kensie serait repartie, il devrait aller de l'avant et décider de son avenir.

C'était plus facile à dire qu'à faire. Desparre ne débordait pas précisément d'opportunités pour un homme qui n'avait aucune expérience professionnelle en dehors du métier de soldat.

— Et tes parents ? insista Kensie.

— Mes parents ?

— Que te conseilleraient-ils de faire ?

— Aucune idée. De rentrer au pays, sans doute.

Il ne leur avait pas posé la question et ils ne lui avaient fait aucune suggestion. À la réflexion, il trouvait cela étrange. Ils n'avaient pas ménagé leurs efforts pour le dissuader de s'engager. Ensuite, lorsqu'il était revenu diminué, ils avaient fait de leur mieux pour le persuader de revenir dans la petite bourgade endormie de l'Idaho où il était né. Quand il avait préféré s'installer en Alaska, c'était comme s'ils avaient renoncé.

Kensie fronçait les sourcils. Il tenta de s'expliquer.

— Je suis fils unique. Ils m'ont eu tard dans la vie et, par certains côtés, je crois qu'ils n'ont jamais bien su que faire de moi.

Elle fronça les sourcils de plus belle, si bien qu'il se hâta de poursuivre.

— Ne te méprends pas. Ils m'aiment. Simplement, ils ne m'ont jamais compris. Ils n'ont jamais compris pourquoi je m'étais engagé dans l'armée ni ce que j'y cherchais. L'armée m'a donné une mission, m'a apporté la camaraderie, la fraternité. Je sais que c'est différent du lien qu'on a avec des frères et sœurs, parce qu'on n'a pas grandi ensemble, mais c'est une espèce de fratrie quand même.

Il se tut, se demandant comment il en était arrivé à parler de tout cela. Les visages de ses frères perdus défilèrent dans son esprit, et il dut prendre une profonde inspiration, espérant ne pas être submergé par une crise de panique.

Rebel lâcha un geignement et se détacha de Kensie pour venir à lui. Elle était douée pour cela, pour le ramener au présent. Pour éloigner la panique.

Colter enfouit les doigts dans sa fourrure et expira un grand coup, tout en se concentrant sur sa respiration. Au bout de quelques secondes, celle-ci redevint normale, et son regard se focalisa de nouveau sur Kensie qui l'observait avec inquiétude.

— Je vais bien, affirma-t-il avant qu'elle l'interroge. C'est un sujet difficile.

— Pourquoi ? demanda-t-elle lentement, comme si elle redoutait de connaître la réponse.

Colter expulsa les mots rapidement pour ne pas s'attarder sur eux.

— Ils sont tous morts. Tous mes frères, dans une embuscade. Je suis le seul survivant et c'est injuste. J'aurais dû mourir avec eux ce jour-là.

Colter pensait qu'il devrait être mort ?

Choquée par cet aveu, Kensie s'était tue et encore maintenant, une demi-heure après, elle ne savait que dire, d'autant moins que Colter n'avait rien ajouté ensuite. Elle le connaissait depuis à peine deux jours, et déjà elle ne pouvait imaginer le monde sans lui.

Et pourtant, comment exprimer cette pensée sans lui donner l'impression qu'elle s'était entichée de lui ou qu'elle voulait le materner ? Sans parler du fait qu'elle se sentait horriblement coupable d'avoir supposé qu'il se terrait en Alaska parce qu'il ne supportait pas l'idée d'avoir été blessé.

Elle lui avait dit des choses épouvantables quand il s'était mis en colère parce qu'elle lui avait tu les conclusions du FBI. Elle l'avait plus ou moins accusé de ne pas savoir ce qu'était le deuil, de ne pas faire assez d'efforts pour remettre sa vie sur les rails. Comme si on pouvait facilement surmonter la disparition de ceux qu'on aimait, qu'ils soient du même sang que vous ou non.

Au moins, pour ce qui était d'Alanna, elle avait encore une chance. Encore de l'espoir. Colter n'avait même pas cela.

— Je suis désolée, murmura-t-elle dans un souffle alors qu'il se garait devant le grand chalet en rondins de Derrick.

Les paroles semblaient inadéquates face à l'épreuve qu'il avait endurée, et elle avait attendu trop longtemps pour les prononcer, à force de chercher en vain les mots justes. Comme s'il y avait des mots justes pour ce genre de tragédie.

Il lui décocha un rapide coup d'œil.

— Tu n'y es pour rien, lâcha-t-il sur un ton bref, avant d'ouvrir sa portière à la volée.

Il était descendu sans lui laisser le temps d'ajouter quoi que ce soit.

Elle se tourna vers Rebel, qui lui rendit un regard grave jusqu'au moment où Colter ouvrit le coffre et l'appela d'une tape sur la cuisse. Alors, la chienne descendit à son tour, la laissant seule.

Concentre-toi. Puisque Colter continuait à l'aider, elle avait le temps de réfléchir à la manière de lui présenter de vraies excuses. Dans l'immédiat, elle devait focaliser son attention sur Derrick, le persuader de leur donner des informations.

Car l'inconnu qu'elle avait vu au magasin était d'une manière ou d'une autre lié à Alanna. Kensie le sentait au fond d'elle-même, tout comme son instinct lui hurlait qu'Alanna était encore en vie, que le message était authentique. Que sa sœur attendait qu'elle la ramène à la maison.

Elle ferma les yeux, priant pour ne pas se tromper. Puis elle les rouvrit, descendit du pick-up et se hâta de suivre Colter qui remontait l'allée enneigée.

Le logis de Derrick était au moins deux fois plus vaste que le sien, et les minuscules fenêtres qui donnaient sur la façade étaient obscurcies par des stores. Malgré tout, Derrick avait dû les entendre arriver car la porte s'ouvrit avant même que Colter ait eu le temps de toquer.

Derrick était la parfaite incarnation d'un homme des montagnes de l'Alaska. Un géant – plus large que grand – aux cheveux blancs comme neige et à la barbe hirsute assortie. Il portait un pantalon ample et une épaisse chemise de flanelle boutonnée à grand mal sur son ventre bedonnant. Un cigare éteint était calé dans un coin de sa bouche.

— Qu'est-ce que vous voulez ?

— On cherche quelqu'un, répondit Colter. On espérait que vous pourriez nous renseigner.

Il tendit la main vers Kensie, qui lui remit son téléphone sans rien dire.

— Vous connaissez ce type ?

— Il est venu dans votre magasin aujourd'hui, ajouta Kensie.

Derrick cilla et reporta son regard sur elle.

— Qu'est-ce que vous voulez savoir au sujet de Henry ?

— Il s'appelle Henry ? Henry comment ? demanda Kensie en s'approchant.

— Si vous répondiez à ma question d'abord, ma petite dame ? rétorqua Derrick.

Agacée, Kensie rougit mais serra les dents et plaqua un sourire sur son visage.

— Je pense que…

— Elle pense que Henry pourrait l'aider à retrouver sa sœur, coupa Colter.

— Elle ne peut pas répondre toute seule ?

— Ne nous énervons pas, Derrick, répliqua Colter d'une voix sourde.

Derrick sourit autour de son cigare.

— Tu essaies de me faire peur, soldat ?

— Tu vas le regretter si j'essaie, riposta Colter du tac au tac.

Kensie fit un pas en avant.

— Écoutez, je sais que vous voulez protéger la vie privée de cet homme, mais…

— Non, je m'en fiche complètement, rétorqua Derrick. Henry vient souvent au magasin parce qu'il sait que je lui rends service. Que je lui donne des conseils. Sur les coins de chasse, sur la meilleure manière de passer inaperçu. Ça ne me gêne pas. Mais il est assez évident que le type se cache.

Il jeta un regard de biais à Colter.

— Il n'est pas le seul.

— Je ne cherche pas à échapper à la justice, lâcha Colter, inclinant la tête de côté d'un air éloquent.

Derrick plissa les yeux.

— Il a fait du mal à votre sœur ?

— Je ne sais pas.

Sa voix se brisa, et elle se racla la gorge, gênée. Elle savait comment faire. Elle le faisait depuis l'âge de treize ans. C'était presque un rôle : celui de la sœur aînée dévouée, prête à montrer son chagrin et son désespoir dans le but d'obtenir des informations.

— Henry Rollings.

— Il vit dans les environs ? demanda Colter alors que Kensie murmurait un remerciement.

— Au-dessus du magasin. Il arrive toujours par l'ouest, par cette vieille piste où rien n'est indiqué. Il pourrait habiter n'importe où dans cette direction.

Songeur, Colter lui tendit la main.

— Merci.

Derrick la serra.

— Veille sur elle.

Kensie se raidit un peu. Cela ne lui plaisait guère qu'on parle d'elle comme si elle n'était pas là, mais elle se radoucit en entendant la réponse de Colter.

— C'est ma priorité absolue.

— Bonne chance.

Derrick rentra et referma la porte derrière lui. Colter pivota et repartit vers son pick-up, Rebel trottinant à sa suite.

Kensie le suivit plus lentement, les yeux rivés sur son dos. Cet homme qui faisait tant d'efforts pour l'aider pensait qu'il ne devrait même pas être là. Son aveu avait fait naître en elle un désir dangereux : lui redonner le goût de vivre.

9

Kensie était dans sa chambre en ce moment même. Sans doute dévêtue.

Colter sentit son souffle s'accélérer à cette pensée et ne put s'empêcher de jeter un coup d'œil – un de plus – à la porte close qui les séparait. Personne hormis Kensie n'était entré dans son chalet. Maintenant, elle était là pour la deuxième fois. Cette fois, c'était lui qui l'avait invitée.

Même s'il ne l'avait pas fait pour des raisons personnelles, la présence de Kensie dans son espace le troublait. Il l'imaginait en ce moment même, en train d'examiner sa chambre. Le lit en bois tout simple, le panier de Rebel dans le coin, les photos sur sa table de chevet.

L'une montrait ses parents le jour de la remise des diplômes au lycée. Jeunes et souriants, enlacés, encore fous amoureux au bout de vingt-cinq ans ensemble. Fiers de lui, tout excités pour l'avenir qu'ils envisageaient, si différent de la voie qu'il s'était choisie.

Sur une autre photo, prise peu de temps avant leur dernière mission, figuraient les frères d'armes de Colter. Détendus, rieurs. Aucun d'eux ne soupçonnait qu'il n'avait plus que quelques heures à vivre.

Ce souvenir le ramena brutalement à la réalité, et la vision de Kensie en train de se changer s'évanouit. En revanche, il continua à penser à elle. Sa présence au chalet, loin de lui paraître étrange, semblait naturelle. Et cela le rendait nerveux.

Il n'y avait pas de place pour une femme dans sa vie, surtout pas une femme dont le séjour en Alaska ne devait être que temporaire. En effet, même si ses parents lui manquaient – et que, par moments, il regrettait amèrement de n'avoir pas suivi leurs rêves plutôt que les siens – il ne pouvait s'imaginer retourner dans l'Idaho. Ni aller ailleurs.

Au cours de l'année écoulée, l'Alaska était devenu son foyer. Les grands espaces et la rudesse du climat l'apaisaient, lui rendaient un certain équilibre. Un jour, peut-être, cet endroit le guérirait entièrement.

La porte de la chambre s'ouvrit, et Kensie sortit. Colter ne put réprimer un rire. Après leur conversation avec Derrick, elle avait voulu se lancer aussitôt à la poursuite de Henry Rollings. Pour sa part, il avait insisté pour la ramener au centre de Desparre afin qu'elle s'équipe de vêtements plus appropriés au blizzard qui menaçait.

Au lieu de la déposer à son hôtel, il l'avait conduite chez lui pour qu'elle se change, car il voulait lui aussi enfiler une tenue plus chaude.

Au début octobre, la température atteignait au mieux – 4° à Desparre à la mi-journée. Il n'était pas rare qu'il fasse – 15°. On s'y habituait. Le problème, c'était que Desparre n'était pas une ville comme Chicago, qui regorgeait d'endroits où se réchauffer si votre voiture tombait en panne ou que la morsure du vent devenait par trop insupportable. Octobre était aussi le mois le plus neigeux de l'année, et on ne savait jamais à quel moment la neige allait commencer à tomber – ou à s'arrêter. Encore quelques semaines, et ils risquaient fort d'être prisonniers des neiges jusqu'à l'arrivée du printemps.

La perspective de garder Kensie ici jusqu'à ce que les fleurs sauvages apparaissent dans la vallée ne lui aurait pas déplu. Même emmitouflée comme elle l'était à présent, elle captivait son regard.

Elle fit quelques pas gauches dans la pièce, comme si elle titubait sous le poids des vêtements qu'il l'avait obligée à acheter. Il secoua la tête, refusant de se laisser tromper. Tout ce qu'il avait choisi pour elle était relativement léger.

— J'ai l'impression d'être transformée en yéti, se plaignit-elle.

— Tu as l'air adorable.

Il n'avait pas eu l'intention de parler à voix haute et elle écarquilla les yeux.

— Ce sera beaucoup mieux si nous tombons en rade quelque part, ajouta-t-il très vite pour se rattraper.

— Pourquoi est-ce qu'on tomberait en rade ?

— Avec un peu de chance, ça n'arrivera pas, dit-il, même si l'idée d'être coincé n'importe où avec Kensie avait un côté plutôt séduisant. Mais le temps peut être imprévisible. Si on se fait surprendre par un blizzard ou une avalanche, il est essentiel d'être habillé correctement.

Un instant, elle parut nerveuse, puis son expression changea, et il lut ses pensées sur son visage. Elle avait à l'évidence vu les photos dans sa chambre et songé aux paroles qu'il avait prononcées plus tôt, à propos d'avoir échappé au destin qui aurait dû être le sien. Maintenant, elle avait l'air d'hésiter, comme si elle songeait à aborder le sujet de nouveau et qu'elle ne savait pas comment s'y prendre. Il crut aussi déceler de la pitié sur ses traits. S'il y avait quelque chose qu'il haïssait, c'était la pitié.

— Cesse de me regarder comme si j'étais endommagé.

Elle parut stupéfaite.

— Je ne fais rien de tel.

Étendue devant l'âtre, Rebel leva la tête et redressa les oreilles, son regard allant de l'un à l'autre.

— Si, affirma-t-il en faisant un pas vers Kensie.

Pourquoi cela le préoccupait-il ? Ils savaient l'un et l'autre que c'était la vérité. Pourquoi était-il si troublé de le lire sur son visage ? Aurait-il été préférable qu'elle le pense mais n'en montre rien ?

Néanmoins, la pensée qu'elle le voyait comme un être diminué éveillait chez lui une indéniable tension. Soudain, il ne désirait rien davantage que lui prouver qu'il était entier. Du moins, assez entier.

Il s'avança vers elle. Il n'en avait pas eu l'intention, mais plus il s'approchait, plus l'idée lui paraissait bonne. Et, à mesure qu'il comblait la distance entre eux, Kensie écarquillait les yeux de plus belle, les lèvres entrouvertes.

Soudain, le passé sembla s'évanouir. Il effleura les manches de son anorak et descendit jusqu'aux mains nues de Kensie. Peut-être parce qu'elle était emmitouflée, nouer ses doigts aux siens revêtit une intensité particulière. Il savoura la douceur de sa peau, la force délicate de ses doigts, rendus calleux par la pratique du violon. Une vague de plaisir le submergea, et il l'attira contre lui.

Au lieu de reculer, comme elle aurait sans doute dû le faire, elle s'abandonna à son étreinte. Il sourit, amusé par l'épaisseur de son parka, qui créait une distance étrange entre eux. Pourtant, loin de chercher à la déshabiller, il se contenta de l'entourer de ses bras et de la serrer fort.

Les mains de Kensie entamèrent une ascension lente et saccadée sur son torse. Elle avait la tête nichée contre son épaule, et il n'aurait su dire si c'était le désir ou l'incertitude qui expliquait ses brusques mouvements. Cependant, elle se hissa sur la pointe des pieds afin d'être à sa hauteur, et ses yeux magnifiques se soudèrent aux siens.

Ses lèvres n'étaient qu'à quelques centimètres de la bouche de Colter, il sentait le souffle de son haleine, mais il se figea, captivé par le caramel de ses yeux, par les émotions qu'il lisait dans son regard. Le désir à l'état pur, oui. Mais aussi un sentiment plus doux, plus tendre.

Si seulement ce fragment de métal ne lui avait pas

déchiré la jambe… Si seulement ces balles n'avaient pas transpercé ses amis… Il la connaissait à peine, et pourtant il pouvait imaginer que sa vie aurait pris un cours différent. Que Kensie l'aurait attendu entre ses missions, que ses lettres auraient fait naître un sourire sur les lèvres de Colter alors qu'il était à l'autre bout du monde, un sourire pareil à ceux qu'il avait vus se dessiner sur le visage de ses frères quand ils recevaient des missives de leur famille.

Comme si elle avait lu dans ses pensées, Kensie fronça les sourcils. Colter ne voulait pas qu'elle se mette à réfléchir. Il ne voulait pas réfléchir, lui non plus. Il ne voulait que ressentir.

Il se pencha vers elle, pressa doucement les lèvres sur les siennes, la laissant décider. L'espace d'une seconde, il crut qu'elle allait se raviser. Puis, fermant les yeux, elle noua les bras autour de son cou et lui rendit son baiser.

Toute la pression qui s'était accumulée dans la poitrine de Colter se relâcha alors qu'il soupirait contre ses lèvres, savourant leur douceur soyeuse, la langue légèrement râpeuse qui cherchait la sienne.

Ce n'était pas suffisant. Il l'attira plus près encore, envahi par une haine soudaine contre l'anorak raisonnable qu'il l'avait encouragée à acheter.

Elle répondit à son étreinte, enfouissant les doigts dans ses cheveux courts et se hissant davantage sur la pointe des pieds pour l'embrasser plus aisément.

Une tension nouvelle monta en Colter. Il aurait pu se perdre en elle, se libérer de toute la douleur du passé et essayer d'oublier la réalité au moyen de quelques heures de plaisir.

Il se força à détacher les mains de son dos et les mit sur ses hanches. Se méprenant sur son intention, elle s'arqua vers lui, si bien qu'il fut sévèrement tenté de se raviser. Mais il parvint à tenir bon. Il ne devait pas se servir d'elle pour apaiser les douleurs de son âme, pas plus qu'il ne voulait qu'elle ne le fasse avec lui.

Car il connaissait sa souffrance, devinait que la disparition de sa sœur n'avait cessé de la hanter tout au long de sa vie, tel un fantôme silencieux, torturé. Il connaissait la mince frontière qui séparait l'espoir du désespoir, de l'amour et du tourment.

Les mains calées sur les hanches de Kensie pour la maintenir en place, il se redressa lentement, l'obligeant à se détacher de lui.

— On ne devrait pas.

Sa voix était différente : plus grave, plus rude que d'ordinaire.

Elle cilla, les joues en feu, le regard perplexe. La brume de désir qui émanait d'elle donna à Colter une envie presque irrésistible de la reprendre dans ses bras. Au lieu de quoi, il ajouta :

— Peut-être que je devrais être mort, mais je suis en vie. Alors ne me regarde pas comme si je l'étais.

Un pli se forma sur le front de Kensie, tandis qu'une moue d'incompréhension redressait les commissures de ses lèvres.

— Quoi ?

Sa voix n'était pas normale non plus. Elle était légèrement essoufflée, un peu trop aiguë. Beaucoup trop sexy.

Il se fit violence pour ne pas l'enlacer de nouveau.

— Tu m'as entendu.

Sur quoi il pivota pour ne pas se trahir. En dépit de ses paroles, son geste n'avait pas eu pour but de lui prouver quoi que ce soit. Il l'avait peut-être envisagé ainsi, mais le baiser s'était vite transformé en autre chose.

Cependant, elle méritait mieux.

Il tendit la main vers le dessus du buffet, attrapa sa carabine et sortit une boîte de munitions du tiroir.

Quand il estima avoir repris en partie le contrôle de ses émotions, il se retourna vers elle.

Elle paraissait partagée entre la stupeur et la perplexité.

— Allons-y.

Il tapota sa jambe pour que Rebel le suive, puis se dirigea vers la porte avant de changer d'avis.

Comment un homme qui était convaincu de ne pas être à sa place parmi les vivants pouvait-il lui donner l'impression d'être à ce point en vie ?

À vingt-sept ans, elle avait eu plusieurs relations à long terme, y compris une que ses parents avaient chaudement encouragée. Elle avait eu aussi quelques aventures. Aucun homme n'avait jamais éveillé en elle de sensations approchant de près ou de loin celles qu'elle avait éprouvées pendant quelques minutes dans les bras de Colter.

Des minutes qu'il regrettait, à en juger par la manière abrupte dont il avait mis fin à leur baiser.

Il était sorti du chalet à grands pas – une carabine à la main, de surcroît –, la laissant clouée sur place. Il lui avait fallu un bon moment pour se ressaisir et le suivre.

À présent, ils étaient de retour dans le faubourg où était situé le magasin de Derrick, sauf que, cette fois, ils projetaient de se renseigner dans d'autres commerces. Si l'endroit était à peu près aussi étendu que le centre-ville de Desparre, les magasins étaient plus éparpillés, séparés les uns des autres par un labyrinthe de rues secondaires. Colter avait saisi ce prétexte pour suggérer qu'ils se séparent, d'autant plus, avait-il ajouté, que la nuit commençait à tomber et qu'il voulait la ramener dans le sanctuaire de son hôtel avant que le soleil soit complètement couché. Kensie, pour sa part, était persuadée que sa décision avait surtout à voir avec le baiser qu'ils avaient échangé.

Il avait commencé lentement, presque comme un premier baiser, bien qu'ils en aient déjà échangé un dans la rue. Et puis, tout avait changé. Elle n'aurait su dire lequel des deux avait pris l'initiative mais, soudain, elle avait eu l'impression que son corps tout entier s'était embrasé, et qu'elle était sur le point de retirer ses vêtements d'hiver flambant neufs pour se donner à un homme qu'elle connaissait à peine.

Encore maintenant, elle se sentait rougir à cette pensée. Durant le trajet, c'était tout juste si elle avait pu jeter un regard dans sa direction. À cause de sa gêne, bien sûr, mais aussi des regrets qu'elle éprouvait. Tomber amoureuse de Colter était une mauvaise idée pour une foule de raisons, et pourtant elle aurait été prête à accepter d'avoir le cœur brisé plus tard en échange d'une nuit avec lui tout de suite.

Et quand tu seras de retour à Chicago, murmura une petite voix dans sa tête, *que tu seras toute seule et qu'il te manquera ?*

Troublée par cette idée, elle chercha des yeux Colter et Rebel, voulant s'assurer qu'ils étaient toujours à proximité. Après avoir garé le pick-up, il l'avait longuement dévisagée, le visage impénétrable. Ensuite, il avait suggéré qu'elle interroge les habitants du quartier pendant qu'il allait mener son enquête dans un bar bruyant.

Comparé au bar, le reste de la ville paraissait complètement mort. Malgré le décor de carte postale – la neige qui couvrait les toits, les lampadaires de style ancien qui éclairaient la piste –, elle se sentait mal à l'aise, presque effrayée. Elle s'engagea dans une rue secondaire, espérant trouver quelqu'un à qui parler. Jusqu'à maintenant, elle n'avait croisé que deux commerçants, et un père et sa fille sortis faire une promenade, mais aucun d'eux ne connaissait Henry.

À Chicago, elle aurait déjà rencontré toute une foule

de gens. Pourtant, à certains égards, elle se sentait plus liée à Colter qu'à quiconque de là-bas. Elle vivait dans un appartement très agréable, à deux pas du lac et à quelques minutes à pied de son travail. Entre les concerts, les réunions des groupes de victimes d'enlèvement, et les sorties avec ses amis, elle était toujours occupée. Pourtant, quelque chose manquait dans son existence. Et pas seulement sa sœur.

Elle ne se souvenait pas de la dernière fois qu'elle avait ralenti un peu et vraiment profité de la vie. Depuis qu'elle était à Desparre, elle continuait à se hâter, désireuse de traquer d'éventuelles pistes avant qu'il soit trop tard. Pourtant, elle avait aussi pris le temps de boire un chocolat chaud et de manger un gâteau avec Colter. De se détendre avec Rebel, de caresser sa fourrure soyeuse et de s'amuser du bonheur contagieux de l'animal. D'admirer le paysage stupéfiant qui s'offrait à sa vue derrière la baie vitrée de Colter. D'exister, tout simplement.

Deux jours en Alaska avaient suffi pour qu'elle remette en question certains de ses choix. Elle avait toujours fait ce qui lui semblait juste, s'occupant de son frère, s'efforçant toujours d'apporter fierté et satisfaction à ses parents. Avait-elle au fond obéi à un besoin inconscient de se racheter et de garder le souvenir de sa sœur intact à travers la musique ?

Alanna aimerait-elle encore le violon ? Kensie n'avait aucun moyen de le savoir mais, dès qu'elle s'emparait de son instrument, elle sentait la présence de sa sœur. Plus que tout le reste, il maintenait un lien entre elles.

Avait-elle renoncé à suivre sa propre voie pour s'engager dans celle qui ferait plaisir à ses parents, dans l'espoir de conserver leur affection après l'erreur qu'elle avait commise ? Avait-elle renoncé à la possibilité de vivre réellement pour mener une existence frénétique qui l'empêchait de trop réfléchir à ce qu'elle avait perdu et à ce qu'elle désirait ?

Un brusque mouvement devant elle l'arracha à ses réflexions. Un homme de haute taille, aux cheveux grisonnants, venait de sortir d'un magasin. Aussitôt, le cœur de Kensie s'emballa. Pouvait-il s'agir de Henry Rollings ?

Il s'éloignait d'elle à grandes enjambées, sans paraître se rendre compte de sa présence. C'était lui. Elle en était presque sûre. Il portait la même veste, il avait une couleur de cheveux similaire.

Ravalant sa crainte, Kensie le suivit, restant à une distance respectable pour ne pas se faire remarquer. Où allait-il ? Et où était Colter ? Si Henry était réellement impliqué dans l'enlèvement de sa sœur, elle n'était pas sûre de vouloir l'affronter toute seule. La compagnie d'un ancien soldat muni d'une carabine ne semblait pas superflue.

Elle portait la main à sa poche pour appeler Colter quand Henry tourna au coin de la rue. Redoutant de le perdre de vue, elle accéléra l'allure. Arrivée au carrefour, elle ralentit prudemment. Elle n'osait plus sortir son téléphone de sa poche de crainte de se faire repérer. Même sa respiration lui semblait bruyante.

Il y avait eu deux ou trois personnes dans la rue précédente, mais celle-ci était totalement déserte. Les magasins étaient plongés dans le noir, les trottoirs faiblement éclairés. La seule silhouette visible était celle de Henry Rollings qui marchait devant elle. Où pouvait-il bien aller ? Il ne semblait rien y avoir par ici, à moins que son pick-up ne fût garé dans un des minuscules parkings éparpillés entre les commerces.

Avait-il repéré son reflet dans une vitrine ? La conduisait-il dans un piège ?

Lentement, elle remit la main dans sa poche, ignorant

son téléphone pour s'emparer des clés de son pick-up de location. Ce n'était pas une arme à proprement parler, mais c'était tout ce qu'elle avait. Et elle ne pouvait pas rebrousser chemin à présent. Pas s'il y avait la moindre chance que cet homme la mène jusqu'à Alanna.

Soudain, son pied droit glissa. Kensie battit des bras, s'efforçant de recouvrer l'équilibre. Au moment où elle y parvenait, l'homme jeta un regard en arrière et écarquilla les yeux à sa vue. C'était bien Rollings !

Il pivota et détala.

Elle s'élança à sa suite, mal à l'aise dans ses bottes neuves, dérapant çà et là sur le verglas invisible dans l'obscurité. Il tourna à une intersection. Quand elle l'atteignit à son tour, hors d'haleine et les larmes aux yeux, il avait disparu.

Elle scruta la rue, cherchant désespérément à l'apercevoir. D'un côté, un passage semblait retourner vers le centre-ville. De l'autre, une entrée menait à des unités de stockage individuelles. Justement, quelqu'un pénétrait dans l'enceinte. Était-ce… ?

Kensie tendit le cou, plissant les yeux pour mieux voir. Une femme aux cheveux longs, sombres. Quelque chose de familier dans la courbe de ses épaules, la forme de sa tête. Était-ce possible ?

— Alanna !

Un cri étranglé avait jailli de ses lèvres, à peine plus qu'un couinement haut perché, mais sa sœur l'entendit.

Elle se retourna. Kensie crut qu'elle allait s'évanouir là, dans cette rue sombre.

Après toutes ces années, elle avait réussi. Elle avait trouvé Alanna.

10

Elle venait de voir sa sœur. Cette certitude figea Kensie sur place. L'instant d'après, Alanna avait disparu dans le labyrinthe de conteneurs.

Pourquoi s'éloignait-elle ? Où allait-elle ?

C'était Alanna. Peu importait que Kensie ne l'ait pas vue depuis quatorze ans, qu'elle ait cessé d'être une enfant pour devenir une jeune femme. Peu importait que Kensie n'ait qu'aperçu son visage avant qu'elle disparaisse.

C'était elle. Kensie le savait jusque dans le tréfonds de son âme, dans le vide laissé là par l'enlèvement de sa sœur.

Elle prit une profonde inspiration et fit un pas en avant. Au même moment, elle saisit du coin de l'œil un reflet dans la vitrine qu'elle dépassait. Quelqu'un la suivait. Une ombre furtive, à quelques pas derrière elle.

Ne voulant pas montrer à son poursuivant qu'elle l'avait repéré, Kensie ne tourna pas la tête, mais son choc initial fut suivi d'une bouffée de panique. Elle avait reconnu Danny Weston, l'homme qui avait essayé de la faire monter dans son pick-up.

Colter l'avait avertie qu'il était dangereux. La peur lui donnait des sueurs froides sous ses vêtements neufs, mais elle s'efforça de rester calme et de réfléchir.

Si elle se mettait à courir, parviendrait-elle à lui échapper ? Peut-être, à condition qu'elle descende la ruelle et retourne vers le centre-ville, là où on pourrait l'aider.

Néanmoins, dans ce cas, elle irait dans la direction opposée à celle où sa sœur avait disparu. Elle perdrait Alanna de nouveau. Après quatorze ans de vaines recherches, elle ne pouvait prendre ce risque. Par conséquent, fuir n'était pas une option.

Au lieu de quoi, elle farfouilla dans sa poche de nouveau, en quête de son téléphone. Danny Weston réagirait-il s'il la voyait s'en servir ? L'attaquerait-il plutôt que de la suivre ? À supposer, bien sûr, qu'il attende le moment propice pour l'agresser. Peut-être qu'il se promenait, après tout.

Elle se berçait d'illusions et le savait. Il n'y avait pas un chat alentour. Tous les magasins étaient fermés. Et Weston avait déjà essayé de l'entraîner dans son pick-up.

Son plan avait été déjoué, mais elle soupçonnait que cet échec avait été un coup porté à son amour-propre. Qu'il était résolu à retenter sa chance. Ce soir, elle lui en avait offert l'occasion.

Elle sortit lentement, précautionneusement, l'appareil de sa poche, le tenant devant elle pour qu'il ne le voie pas. Par chance, Colter avait mis son numéro en mémoire lorsqu'ils étaient au chalet.

Un appel était trop risqué. Les doigts tremblants, elle rédigea un texto affolé, espérant lui donner assez d'informations pour qu'il sache où la trouver. Espérant qu'il allait sauter dans son pick-up, attraper son arme et arriver à temps pour la sauver.

Elle était forte, sportive et avait suivi des cours d'autodéfense, mais Danny Weston était beaucoup plus costaud qu'elle. Dans d'autres circonstances, elle aurait choisi de s'enfuir et d'appeler à l'aide. Seulement, la logique n'avait plus cours dès lors qu'il s'agissait de sa sœur. À cet instant précis, Kensie ne pouvait écouter que son cœur.

Elle pressa la touche « ENVOI » et continua à avancer vers la rangée sombre d'unités de stockage. Vers Alanna.

Tout à coup, une nouvelle angoisse s'empara d'elle. Weston et Rollings pouvaient-ils être complices ? Tout cela n'était-il qu'un piège destiné à l'enlever, elle aussi ? N'avait-elle retrouvé Alanna que pour disparaître avec elle ?

Ses parents survivraient peut-être à la perte d'un autre enfant. Contrairement à nombre de couples qui traversaient cette épreuve, ils étaient restés soudés au lieu de se déchirer lentement. Par certains côtés, ils semblaient plus proches à présent qu'à l'époque où Alanna leur avait été volée.

C'était différent pour son frère, Flynn. Après son accident, il avait peu à peu repris pied, mais il était toujours membre d'un groupe de soutien. S'il arrivait malheur à Kensie, pourrait-il le supporter ?

Le cœur de Kensie se serra douloureusement. Étant l'aînée, elle avait toujours considéré qu'il lui incombait de veiller sur son frère et sa sœur.

Que faire ? Elle avait envoyé un texto à Colter. Avec un peu de chance, il le verrait à temps. Si elle se mettait à courir, Weston comprendrait qu'elle l'avait vu. Quant à Henry Rollings, il savait qu'elle l'avait suivi. Si elle ne le rattrapait pas ce soir, emmènerait-il Alanna ailleurs ? Dans un endroit où on ne pourrait jamais la retrouver ?

Elle respirait trop vite, le froid s'engouffrait dans sa poitrine et lui brûlait les poumons. Elle descendit du trottoir, traversa le chemin couvert de neige et s'approcha des conteneurs. Elle tendait l'oreille, à l'affût de bruits de pas, d'occasionnels crissements sur la neige, les doigts crispés sur le téléphone resté dans sa main. L'écran demeurait obscur. Colter avait-il vu son message ?

Le jour baissait vite. Le ciel flamboyait encore à l'horizon, mais la lumière n'atteignait plus les espaces entre les conteneurs, peu à peu envahis par l'ombre. Pourquoi Henry Rollings serait-il venu là ?

Quelle idiote elle faisait ! C'était forcément un piège. Il n'y avait rien ici hormis une foule de cachettes d'où on pouvait la prendre par surprise.

Au moment où elle se demandait comment rebrousser chemin sans tomber nez à nez avec Danny Weston, elle comprit où Henry Rollings et Alanna avaient dû aller. Au-delà des unités de stockage se trouvait un parking. Il paraissait désert, mais elle n'en distinguait qu'une partie, si bien qu'il était logique de penser que Henry s'était garé là. Peut-être pour qu'Alanna soit hors de vue pendant qu'il faisait des courses ? Avait-elle réussi à descendre en catimini pour chercher de l'aide ? Dans ce cas, pourquoi avait-elle continué à marcher quand Kensie l'avait appelée ?

Après avoir jeté un dernier coup d'œil à l'écran de son téléphone, elle le remit dans sa poche et pressa le pas. Elle n'avait pas vu Rollings une seule fois depuis qu'elle était entrée dans le complexe. Pour autant qu'elle le sût, il avait pu prendre une tout autre direction.

Cependant, alors qu'elle débouchait sur le parking, un pick-up noir démarra. Une femme aux cheveux longs et foncés était assise côté passager.

Non ! Le cri s'étrangla dans la gorge de Kensie. Instinctivement, elle s'élança droit vers le véhicule qui commençait à reculer. Il roulait lentement, comme si le conducteur ne l'avait pas vue. Elle pouvait encore l'atteindre ! Si la portière n'était pas verrouillée, elle pourrait l'ouvrir à la volée et faire sortir sa sœur.

Elle était si proche ! Plus que quelques pas et Alanna serait libre. Mais soudain le conducteur leva la tête, regarda dans son rétroviseur, et freina brusquement – sans doute l'instant d'enclencher la marche avant. Kensie avait juste assez de temps pour agir.

Comme elle tendait la main vers la poignée, vers Alanna, un bras s'enroula autour de ses côtes, tandis qu'une main se plaquait sur sa bouche. Quelqu'un la souleva de terre, étouffant son cri alors que le véhicule s'éloignait en trombe, Alanna à bord.

Où diable était Kensie ?

Colter ne l'avait pas vue depuis plus d'une heure. Quand il avait eu fini de parler aux clients du bar, vingt minutes plus tôt, il s'était attendu à la trouver en train de l'attendre à côté du pick-up. La plupart des magasins étaient fermés à présent. Bientôt, seul le bar resterait ouvert.

Il avait vérifié ses messages, mais rien. Par conséquent, il s'était mis à marcher, et était même entré dans les rares commerces encore ouverts pour se renseigner. Aucune trace de Kensie.

Peu à peu, l'inquiétude le gagna, accompagné d'un sentiment de culpabilité. Il n'aurait pas dû la laisser seule. Certes, en théorie, elle ne courait aucun danger. Les rares incidents qui s'étaient produits dans le quartier avaient tous eu lieu au bar. C'était précisément pour cette raison qu'il lui avait suggéré de faire le tour des magasins.

Si elle avait découvert quelque chose, pourquoi n'avait-elle pas téléphoné ? Dans l'ensemble, le réseau était convenable tant qu'on restait dans les rues principales.

Les longues traînées rougeoyantes du couchant s'abaissaient à l'horizon. Colter jeta un coup d'œil à Rebel, qui l'avait attendu patiemment devant le bar. Il aurait dû l'envoyer avec Kensie.

La chienne émit un geignement sourd, comme si elle avait lu dans ses pensées et qu'elle était d'accord.

— Viens, bébé. Allons trouver Kensie, lança-t-il en pressant le pas malgré les élancements qui lui parcouraient la jambe.

Elle remua la queue, mais se contenta de l'observer, l'air de dire qu'il devrait savoir où elle était. Ce qui était vrai.

— Où es-tu, Kensie ? demanda-t-il, faisant se retourner une femme qui fermait sa boutique non loin.

— Vous n'auriez pas vu une jeune femme aux longs cheveux châtain ? Elle portait un anorak mauve et elle cherchait…

— … sa sœur, compléta la femme. Si, je l'ai vue il y a à peine cinq minutes.

Colter se sentit rasséréné. Outre une poignée de magasins, la rue ne contenait que de petits parkings et un local qui abritait des conteneurs de stockage. Peut-être Kensie avait-elle pris un autre chemin pour retourner au centre-ville, auquel cas ils s'étaient manqués.

— Vous savez dans quelle direction elle est partie ?

La femme pointa le doigt vers le bout de la rue – les unités de stockage – puis se dirigea vers son véhicule.

Les sourcils froncés, Colter repartit, scrutant les ruelles qu'il dépassait. Soudain, un pick-up déboucha à toute allure du côté des conteneurs. Une femme était assise côté passager… Kensie ?

— Kensie !

Le cri jaillit de ses lèvres alors que le véhicule tournait sur des chapeaux de roue dans la rue en face de lui. Le temps que Colter regagne son pick-up, il serait déjà loin.

Une bouffée de panique et d'angoisse le submergea. Sa vision se brouilla subitement, comme le jour où, à l'hôpital, il avait appris le sort de ses camarades. Il s'affaissa, et sa jambe faillit se dérober sous lui. Au prix d'un effort, il parvint à rester accroupi, posa la tête sur les genoux et tenta de reprendre son souffle.

Près de lui, Rebel lâcha un aboiement bref et lui donna de petits coups de tête, le ramenant au présent, apaisant lentement le sifflement dans ses oreilles.

Peu à peu, il discerna un bruit. Kensie l'appelait, sa voix étrangement étouffée.

Était-ce un effet de son imagination ? Il jeta un coup

d'œil à Rebel qui s'était redressée et se penchait vers l'avant.

Ce n'était pas Kensie qu'il avait vue dans le pick-up. Et, à en juger par sa voix, elle avait des ennuis. Serrant les dents, il se releva tant bien que mal et s'efforça de se ressaisir.

Il s'élança entre les grands conteneurs, regardant à droite et à gauche, à l'affût du danger.

Rebel courait à sa hauteur. Elle aurait pu le dépasser, mais demeurait une équipière fidèle même à présent qu'ils étaient à la retraite tous les deux. Elle comprenait le code des marines aussi bien que lui : jamais elle ne l'abandonnerait.

— C'est bien, bébé, dit-il, accélérant encore l'allure.

Il avait l'impression que des couteaux lui transperçaient la cuisse, mais il avait hâte de trouver Kensie. Des bruits diffus lui parvenaient, mais rien d'autre.

Enfin, il parvint à l'extrémité de l'entrepôt et déboucha sur un parking sombre dont il ignorait l'existence jusqu'alors. Tout au bout se trouvait une grosse poubelle. Et Kensie, entraînée dans cette direction par Danny Weston.

Il avait passé un bras autour de sa taille et, de sa main libre, la bâillonnait, le pouce coincé sous son menton. Sans doute pour l'empêcher de crier de nouveau. À moins qu'elle ne l'ait mordu. Colter espéra que oui.

— Weston ! hurla-t-il, en mettant toute l'autorité dont il était capable dans sa voix.

L'intéressé tressaillit et leva les yeux alors que Colter se ruait vers lui, Rebel à ses côtés.

Juste avant qu'ils l'atteignent, Weston écarta brutalement Kensie, qui s'effondra contre la poubelle.

— Kensie !

Colter n'eut pas le temps d'aller vérifier qu'elle était indemne. Déjà, Weston fonçait sur lui tête baissée.

Cependant, Colter fit un pas rapide vers la gauche,

tout en signalant d'un geste à Rebel de passer à droite. Incapable de réagir à temps, Weston se trouva pris entre eux deux. Colter pivota sur lui-même, prêt à le terrasser malgré le tremblement qui lui secouait le genou, mais son adversaire fut plus vif que prévu. Déjà, il lui faisait face et, conscient de son point faible, lui décochait un violent coup de pied dans la jambe.

Colter s'écroula la tête la première sur le trottoir. Une douleur fulgurante lui transperça le crâne et la cuisse, des étoiles dansaient devant ses yeux. Luttant contre la nausée, certain que Kensie serait en danger s'il perdait connaissance, il fit appel à toutes ses forces pour se retourner sur le dos.

Juste à temps pour voir Weston se ruer vers lui, prêt à l'assommer avec une barre de fer.

11

Le grondement de Rebel à cet instant fut si menaçant qu'il prit Colter lui-même par surprise. Jamais il ne l'avait entendue émettre un tel son.

Danny Weston se figea puis changea de position, se préparant à abattre son arme sur la tête de la chienne.

Colter n'avait pas le temps de se relever pour l'en empêcher. Une seule possibilité s'offrait à lui et elle allait le faire souffrir. Serrant les dents, il lança de toutes ses forces sa jambe malade contre les genoux de Weston, qui tituba et tomba à genoux.

L'instant d'après, Rebel bondit sur lui, le plaquant au sol. Elle n'était pas entraînée pour attaquer, mais elle était forte, et Colter savait qu'elle ferait tout pour le protéger.

Quant à lui, il était résolu à ne pas la laisser se faire blesser à sa place. Une fois suffisait.

Il roula sur lui-même jusqu'à Danny et lui décocha un coup de poing dans l'aine. Il aurait préféré se battre à la régulière, mais la vie de Kensie et celle de Rebel étaient en jeu.

Weston poussa un cri et se recroquevilla sur lui-même, pourtant Colter savait que la partie n'était pas terminée. Il n'allait pas neutraliser son adversaire en étant cloué au sol et ce dernier récupérait plus vite que lui. S'il se relevait le premier, Colter n'aurait aucune chance.

Par conséquent, il serra la mâchoire, prit appui sur le

trottoir et se propulsa sur ses pieds. Weston était debout, fou de rage, sur le point de lui délivrer le coup de grâce.

Son regard tomba sur Kensie au même moment que celui de Colter. Dieu sait comment, pendant qu'ils étaient tous les deux à terre, elle était parvenue à se relever et à s'approcher.

Weston écarquilla les yeux et, comme au ralenti, tenta de pivoter vers elle. Trop tard.

Bien que légèrement chancelante, elle lui flanqua son poing en pleine figure. Sous le choc, il recula de quelques pas, visiblement étourdi.

Colter n'hésita pas. Tant pis s'il devait puiser dans ses dernières forces : la seule chose qui comptait était de neutraliser Weston. Il se jeta sur ce dernier tête baissée et le percuta de plein fouet, assez violemment pour les faire tomber tous les deux.

Weston atterrit sous lui, et son crâne heurta la chaussée dans un bruit sonore. Il cilla, tenta de repousser Colter, mais il était trop affaibli pour résister. Colter n'eut aucun mal à le maintenir au sol.

Des sirènes mugissaient dans la nuit. Quelques secondes plus tard, un policier relevait Colter et passait les menottes aux poignets de Weston pendant que Kensie parlait à toute allure à son collègue.

Colter les reconnut et, à en juger par la rapidité avec laquelle ils avaient conclu que Danny Weston était l'agresseur, la réciproque était vraie aussi. Il les remercia d'un signe de tête tandis que l'un d'eux expliquait avoir reçu un appel émanant d'un commerçant à propos d'une femme appelant à l'aide.

Quand l'agent lui lâcha le bras, Colter crut qu'il allait s'effondrer. Ce serait sans doute arrivé si Kensie ne s'était pas précipitée vers lui pour le soutenir. Malgré tout, son genou était si faible qu'il dut lutter de toutes ses forces pour ne pas l'entraîner dans sa chute.

— Ça va ? Vous avez besoin d'une ambulance ? demanda le policier.

Déjà, son équipière entraînait Danny Weston vers le fourgon, sans s'émouvoir des menaces et obscénités qu'il proférait.

— Ça va, affirma Colter, au grand dam de Rebel qui lâcha un couinement de protestation.

— Il faut que tu ailles à l'hôpital, intervint Kensie.

— Je connais ma blessure. J'ai besoin de repos, c'est tout, argua Colter, espérant avoir raison. Toi, en revanche, tu t'es cogné la tête contre cette poubelle et tu as perdu connaissance un moment. Je veux que tu sois examinée par un médecin.

— Je n'ai rien, soupira Kensie, qui fixait sa jambe blessée, les sourcils froncés.

— L'ambulance est au coin de la rue, déclara l'agent. On va vous faire examiner tous les deux.

— Mais…, commença Kensie.

— On y va, coupa le policier, sur un ton sans réplique.

Rebel renchérit par un aboiement.

Au volant du pick-up de Colter, Kensie luttait contre la nervosité. Le véhicule était largement assez puissant pour grimper la pente raide qui menait au chalet, et beaucoup plus gros que celui qu'elle avait l'habitude de conduire.

L'homme assis à côté d'elle la rendait nerveuse aussi. Avec ses yeux d'un bleu intense et ses muscles bien dessinés, il aurait pu figurer sur les affiches du recrutement des marines. Il avait serré les dents pendant que le médecin lui palpait la jambe et lui suggérait de passer une radio pour vérifier que la plaque en métal dans sa cuisse était toujours intacte. Ensuite, il avait calmement secoué la tête et était retourné au pick-up en boitant.

Cependant, il n'était pas en état de conduire, et ils

le savaient tous les deux. Par conséquent, Kensie avait pris le volant. Elle avait également été examinée par le médecin, qui avait conclu à l'absence de traumatisme crânien évident mais lui avait recommandé de revenir en cas d'étourdissements, de vomissements ou autres troubles.

À cet instant précis, elle ressentait indéniablement un trouble, mais celui-ci n'avait rien à voir avec le fait que Danny Weston l'avait poussée contre cette horrible poubelle. Elle hasarda un nouveau coup d'œil en direction de Colter. Il avait une mine épouvantable, et sa pâleur trahissait la douleur qu'il devait éprouver. Pourtant, il ne s'était pas plaint une seule fois. Comment l'aider sans le blesser dans son amour-propre ?

Rebel avait l'air tout aussi inquiète qu'elle lorsque Kensie se gara devant le chalet. Elle était à peine descendue que la chienne sauta sur le siège avant et la suivit, contournant le capot pour gagner le côté passager. Colter avait déjà ouvert sa portière et tentait de pivoter pour descendre sans plier sa jambe.

Kensie se cala dans l'ouverture de la portière, glissa un bras dans son dos et se prépara à le soutenir.

— Appuie-toi sur moi.

— C'est bon, marmonna-t-il, sur un ton plus frustré qu'agacé.

— Oui, je sais, mais ce sera plus facile, répondit-elle, s'efforçant de parler d'une voix enjouée, sans toutefois y parvenir tout à fait.

Ses démêlés avec Danny avaient laissé en elle un vestige de tension. De peur. Pour elle-même mais aussi pour Rebel et Colter.

Il étrécit les yeux, comme s'il lisait dans ses pensées, mais prit légèrement appui sur elle pour mettre pied à terre. Kensie fit de son mieux pour amortir l'impact, mais elle devina qu'il souffrait.

Il leur fallut plusieurs minutes pour accomplir le court trajet jusqu'à la porte, Rebel décrivant des cercles autour d'eux sans arrêt.

— Rebel, détends-toi, lança enfin Colter, un sourire sur les lèvres.

— Elle t'aime, lâcha Kensie, qui bataillait avec la serrure.

— Oui, eh bien, moi aussi je l'aime, répondit-il en s'adossant au chambranle. On a fait trois ans de combat ensemble. On s'est entraînés comme des équipiers et c'est exactement ce qu'elle est. Je prendrais une balle à sa place et elle a failli en prendre une pour moi.

Kensie regarda la chienne, qui attendait patiemment que Colter franchisse le seuil avant de l'imiter.

— Tu l'as sauvée aujourd'hui.

— Elle m'a sauvé en Afghanistan.

Il se détacha un peu d'elle et retira son parka, qu'il laissa tomber sur le plancher.

— Tu m'as sauvée aussi, ajouta-t-elle.

Il n'avait jamais reçu son texto, mais il était venu quand même, et il s'était attaqué à Danny malgré ses propres blessures.

Colter lui lança un bref regard, puis gagna son fauteuil à pas lents.

— On s'est sauvés mutuellement.

Une foule d'émotions perçaient dans sa voix. De la sincérité, de l'admiration, mais aussi de la gêne. Sans doute se reprochait-il de ne pas avoir pu régler son compte à Danny Weston tout seul.

Avec sa jambe blessée, la lutte était inégale. Toutefois, Kensie s'abstint de le dire : cela n'aurait fait qu'aviver son sentiment de frustration. Au lieu de quoi, elle demeura silencieuse et l'aida à s'asseoir.

Une fois assis, il poussa un soupir et se laissa aller contre le dossier du fauteuil, fermant les yeux. Kensie en profita pour le contempler : les minces rides de son front, ses sourcils blonds et soyeux, son nez droit, ses lèvres pleines, sensuelles. Des lèvres qu'elle avait goûtées plus d'une fois. Et qu'elle mourait d'envie de goûter de nouveau.

Il rouvrit les yeux. Le désir brillait dans son regard, mais son sourire était amusé.

— Cela t'ennuierait de fermer la porte, Kensie ? Il fait froid.

Elle se hâta de s'exécuter, les joues en feu. Mais quelle raison avait-elle d'être gênée ? Ils s'étaient déjà embrassés deux fois. Il savait qu'il l'attirait. Savait-il aussi que sa bravoure n'avait fait que renforcer l'attirance qu'il lui inspirait ?

Il méritait de le savoir. Il méritait de savoir que, même s'il se considérait comme un incapable pour avoir échoué à maîtriser Danny Weston tout seul, elle le considérait de son côté comme un héros, au contraire, pour s'être mesuré à lui en dépit de sa blessure.

— À quoi penses-tu ?

La question de Colter, posée d'une voix douce, la fit sursauter. Elle était restée immobile, le dos tourné, trop longtemps.

— Si tu préfères, tu peux retourner à ton hôtel. Ça ne m'ennuie pas de te prêter mon pick-up.

— Ce n'est pas…

Elle se tourna vers lui, les mains nouées. Pour lui faire comprendre qu'elle n'avait nullement l'intention de s'en aller, elle retira son manteau et ses bottes.

— Je sais que, en tant que soldat, tu es habitué à pouvoir te défendre seul contre n'importe quelle menace…

— Pas vraiment, coupa-t-il, l'air embarrassé. Les marines travaillent en équipe. D'accord, j'étais maître-chien, ce qui est un peu différent. Mais j'avais quand même une équipière, dit-il en jetant un coup d'œil à Rebel qui remuait la queue entre eux.

— Je ne sais pas à quoi tu penses en ce moment, reprit-elle, quoiqu'elle fût à peu près sûre de le savoir, au contraire.

Cela se voyait à ses épaules tassées, au pli amer de ses lèvres, à la manière dont il avait baissé la tête lorsqu'il avait relaté l'incident aux policiers. Il avait l'impression de ne pas avoir été à la hauteur.

Sottises, tout ça. Elle s'approcha de lui à pas lents, se forçant à garder ses yeux rivés aux siens en dépit du trouble que son regard faisait naître en elle. Un trouble qui l'empêchait de trouver les mots qu'elle cherchait.

Malgré tout, elle fit de son mieux, parce qu'elle lui devait bien cela après ce qu'il avait fait pour elle. Pas seulement sur le parking, mais depuis le moment où ils s'étaient rencontrés.

— Ta blessure ne fait pas de toi un homme diminué.

Il poussa un gros soupir de désaccord, cependant elle ne lui laissa pas le temps de l'interrompre.

— Tu aurais pu t'en servir comme d'une excuse. Aujourd'hui et pour tout ce que je t'ai demandé. Mais tu ne l'as pas fait.

Elle continuait à s'approcher, parlant avec une conviction croissante.

— Tu es intervenu. Tu t'es mis en danger pour moi et pour Rebel.

Sa voix se brisa alors qu'elle capturait sa main dans la sienne.

— Tu es l'homme le plus extraordinaire que je connaisse.

Elle ne s'était pas rendu compte qu'elle le pensait avant que les mots jaillissent de sa bouche, mais c'était la vérité. Personne ne s'était jamais autant impliqué pour elle, et il la connaissait à peine. De quoi était-il capable pour un être qu'il aimait ?

Il la dévisagea, son expression passant lentement de l'incrédulité à la réflexion, puis à une douceur qui la fit chanceler d'émotion. L'instant d'après, il avait noué ses doigts aux siens, et Kensie sentit s'embraser toutes les terminaisons nerveuses de son corps.

De l'autre côté de Colter, Rebel lâcha un aboiement bref qui la fit tressaillir et rompit momentanément le charme. Mais, dès que le regard de Kensie se posa de nouveau sur Colter, l'enchantement revint. Il la contemplait toujours, avec une intensité qui prouvait qu'il avait assimilé ses paroles. Peut-être même avait-elle réussi à le convaincre.

Elle promena la paume sur la barbe naissante de ses joues, puis se pencha vers lui. Leurs lèvres se frôlèrent gauchement, mais peu importait. Un élan de bonheur déferla en Kensie, immédiat et si puissant qu'elle en oublia tout le reste. Elle pressa plus fort sa bouche contre la sienne et faillit tomber sur ses genoux.

— Pardon, souffla-t-elle en se rattrapant juste à temps à l'accoudoir du fauteuil.

— Viens là, murmura-t-il en retour, avant de l'attirer vers lui.

Elle pivota avec précaution, de manière à s'asseoir à califourchon sur lui sans faire porter son poids sur lui. Les genoux de part et d'autre des cuisses de Colter, elle put nouer les bras autour de son cou.

Il la fixa longuement, jusqu'à ce qu'elle se sente presque gênée de tant d'attention. Enfin, il captura son visage dans sa paume et l'attira à lui pour que leurs lèvres s'unissent de nouveau. Il l'embrassa tendrement d'abord, un simple effleurement qui laissa Kensie ivre de désir. Lorsqu'elle ne put plus supporter cette délicieuse torture, elle agrippa sa chemise et accentua le baiser jusqu'à en avoir le vertige et que le monde autour d'eux semble avoir cessé d'exister.

Peu à peu, elle prit conscience des mains de Colter sous le tissu de sa chemise, de ses longs doigts qui lui caressaient le dos. Elle se serait contentée de l'embrasser : sachant combien il avait mal, elle avait supposé qu'il ne pourrait pas aller plus loin. Soudain, elle mourait d'envie de sentir sa peau contre la sienne.

Ses mains frémissantes descendirent sur le torse musclé de Colter, puis soulevèrent l'ourlet du T-shirt. Il se pencha en avant pour l'aider à le passer par-dessus ses épaules.

Elle marqua une pause, impressionnée par le spectacle de son torse et de ses bras puissants. Son regard s'arrêta sur le biceps gauche de Colter. Elle traça du bout des doigts les lettres qui en faisaient le tour, les muscles tressaillant à son contact.

— *Semper fi*, lut-elle d'une voix rauque.

— C'est du latin, expliqua-t-il, ses magnifiques yeux bleus rivés sur elle alors même que ses doigts recommençaient à explorer le corps de Kensie. Cela signifie « toujours fidèle ». C'est la devise des marines.

La loyauté. Un sourire trembla sur les lèvres de Kensie tandis que son corps s'arquait en avant, répondant aux caresses de Colter. Pour un homme tel que lui, ces mots étaient une règle de vie. Il était fidèle à Rebel, au souvenir de ses frères disparus, et même à la promesse qu'il lui avait faite.

À cet instant, elle brûlait de lui montrer combien elle appréciait cette qualité. Elle se pencha vers lui.

— Je suis tellement soulagé que tu n'aies pas été blessée, murmura-t-il contre ses lèvres.

Elle tressaillit, secouée par une soudaine et épouvantable prise de conscience. Elle avait été à ce point absorbée par Colter – par sa blessure, par les sentiments qu'il éveillait en elle – qu'elle avait oublié de lui révéler ce qu'elle avait découvert.

Les larmes aux yeux, elle se redressa.

— Colter, je l'ai trouvée.

— Quoi ?

— Je crois avoir trouvé Alanna.

12

Les paroles de Kensie mirent un certain temps à pénétrer le brouillard de désir qui flottait dans le cerveau de Colter.

— Tu quoi ?

— Je crois l'avoir trouvée, Colter.

Les bras croisés sur sa poitrine, elle s'était mise à arpenter la pièce. Debout au pied du fauteuil de Colter, les oreilles dressées, Rebel tournait la tête de ci et de là pour suivre ses mouvements.

— OK.

Il se pencha en avant et cilla, la cuisse déchirée par un soudain élancement. La douleur qui avait semblé s'évanouir tout à l'heure, quand les lèvres soyeuses de Kensie recouvraient les siennes et qu'il sentait sa peau douce sous ses doigts, était de retour, encore plus forte qu'avant. Ravalant une bouffée de nausée, il la dévisagea.

Un instant plus tôt, elle débordait de passion et d'énergie. Maintenant, elle était au comble de la nervosité et de l'agitation.

— Raconte-moi ce qui s'est passé.

— J'ai vu ce type. Celui du magasin de chasse-neige.

— Henry Rollings ?

— Oui. Je l'ai suivi jusqu'au bout de la rangée de magasins. Ensuite, il a tourné et je l'ai perdu de vue. J'essayais de réfléchir à la direction qu'il avait prise quand j'ai aperçu Alanna qui se dirigeait vers les conteneurs.

Colter assimila ses propos un peu plus lentement qu'il ne l'aurait voulu, encore troublé par les lèvres gonflées de Kensie, par sa poitrine qui se soulevait et s'abaissait rapidement sous sa chemise. Par le souvenir d'elle à califourchon sur lui, le contact brûlant de ses doigts.

— Pourquoi retournait-elle là-bas ? Il l'y obligeait ?

— Non.

Kensie cessa de faire les cent pas et se tassa légèrement, un pli sur le front.

— Elle est entrée toute seule.

Comme si elle sentait son désarroi, Rebel se hâta vers elle et enfouit le museau dans sa main. Sans paraître s'en rendre compte, Kensie se mit à caresser la chienne, qui s'assit à côté d'elle.

— Donc, tu as suivi cette femme parce que tu pensais que c'était Alanna ? demanda Colter. Pas Henry ?

Elle tressaillit.

— Eh bien, j'ai supposé qu'il était allé par là, lui aussi.

— Et Danny Weston ? Il était avec elle ?

— Non. Il me suivait.

Colter réprima les questions qui se bousculaient dans son esprit. À quel moment avait-elle repéré Weston ? Pourquoi était-elle entrée dans cet entrepôt désert en sachant qu'il la suivait ?

Il connaissait la réponse. À cause de sa sœur.

Kensie le regardait d'un air contrit, la main immobile sur la tête de Rebel.

— Il fallait que j'essaie de la rattraper, Colter.

— Je comprends.

Il était sincère. En dépit de la douleur qu'il ressentait, il ne pouvait lui en vouloir.

— Qu'aurais-tu fait si tu l'avais rejointe ? Puisqu'elle partait dans cette direction sans y être contrainte…

Il s'interrompit brusquement, alors qu'il revoyait le pick-up qui était passé devant lui en trombe juste avant qu'il entende le cri de Kensie. C'était Alanna qu'il avait vue. Il avait été anéanti à la pensée qu'on lui arrachait Kensie. Qu'avait dû ressentir celle-ci en voyant disparaître la sœur qu'elle cherchait depuis l'âge de treize ans ?

— Tu es sûre que c'était elle ?

Il devait lui poser la question, même si la ressemblance entre elles était indéniable. Après tout, il n'avait fait qu'entrevoir la passagère du pick-up. Elle avait les cheveux bruns, un profil similaire. Il avait présumé que c'était Kensie parce qu'il savait qu'elle était partie dans cette direction.

Peut-être Kensie avait-elle aussi présumé que c'était Alanna parce qu'elle voulait désespérément qu'il en soit ainsi ?

La jeune femme qu'il avait vue n'avait pas été attachée sur une banquette, à l'abri des regards. Elle était assise côté passager, comme si elle était là de son plein gré. Rien ne suggérait qu'elle avait été kidnappée.

— Je… C'était forcément elle.

Il dut paraître sceptique, car Kensie se remit à caresser Rebel tout en ajoutant :

— J'ai crié son nom. Elle s'est retournée quand elle l'a entendu. C'était elle. C'était Alanna.

— Tu en es sûre ? Dans ce cas, pourquoi a-t-elle continué à marcher ? Elle s'est peut-être retournée parce qu'elle était surprise, Kensie.

Il ne voulait pas anéantir ses espoirs, mais il fallait qu'il le dise.

— À terme, les victimes d'enlèvement forment des liens avec leurs ravisseurs, lâcha-t-elle avec réticence, comme si elle aurait préféré ne pas savoir ces choses-là, encore moins en parler. Ils le font pour survivre. Quelqu'un comme Alanna, kidnappé à l'âge de cinq ans…

Elle étouffa un sanglot.

— Il est possible qu'elle ne se souvienne pas de sa famille. Qu'elle ne se souvienne pas de moi.

Colter se maudit de ne pas avoir songé à tout cela. C'était logique, pourtant. Les prisonniers de guerre détenus très longtemps finissaient parfois aussi par s'attacher à leurs geôliers.

— Je suis désolé, murmura-t-il, s'empressant de changer de sujet. Tu es sûre qu'elle était avec Henry ? Tu les as vus ensemble ?

Kensie leva les yeux vers le plafond, comme si elle cherchait à se remémorer la scène. Au bout d'un moment, elle secoua la tête.

— Non, je ne pourrais pas l'affirmer. J'ai supposé que c'était lui qui conduisait, mais je n'ai pas vu la personne qui était au volant. Cela dit, ce serait une coïncidence un peu trop extraordinaire, non ? Surtout alors qu'il a pris la fuite au magasin quand j'ai commencé à l'interroger.

Henry avait-il tenté d'attirer Kensie dans un piège pour l'enlever, elle aussi ? Danny Weston avait-il failli le prendre de vitesse ? Colter garda ces sombres pensées pour lui-même.

Une autre inquiétude le taraudait. Si Henry pensait que Kensie le suivait et qu'elle avait vu Alanna, allait-il s'évanouir dans la nature ?

Il aurait dû aborder ce point avec Kensie, mais il ne voulait pas qu'elle tente de se lancer seule à la recherche de cet homme. Surtout si ce dernier avait espéré enlever les deux sœurs. Car, à présent, Henry avait un gros avantage : il savait que Kensie était prête à tout pour sauver Alanna.

Quoi qu'il en soit, Colter n'était pas en mesure d'agir ce soir. Pas même pour aider Kensie.

— C'était forcément lui, non ? insista Kensie, déconcertée par son silence.

— Sans doute.

Et pourtant… Alanna avait disparu depuis si longtemps. Était-il vraisemblable que Kensie l'ait vue marcher en ville, même dans un quartier désert ? Surtout après que ce message avait attiré l'attention du FBI et alerté les habitants de la ville quant à l'éventuelle présence d'une victime d'enlèvement dans les environs ? Dans ces conditions, un ravisseur aurait-il vraiment laissé Alanna sortir en public ?

Kensie était quasi certaine d'avoir vu Alanna, mais peut-être ses désirs avaient-ils pris le pas sur la réalité. À en croire le FBI, le message était un faux. Peut-être avait-elle simplement vu une femme qui ressemblait à l'image qu'elle se faisait de sa sœur adulte ?

Et si la meilleure chose à faire pour Kensie était de l'aider non pas à traquer des individus potentiellement dangereux mais à aller de l'avant ? De l'aider à accepter qu'elle ne retrouverait pas Alanna. Que sa propre vie valait la peine d'être vécue, qu'elle méritait d'avoir un avenir.

Comment pouvait-il la convaincre que c'était le cas quand il était incapable de s'appliquer cette leçon à lui-même ?

Colter avait eu raison de lui demander si elle était sûre que la femme qu'elle avait vue était Alanna. À l'idée qu'elle avait pu se méprendre, Kensie sentait sa poitrine se comprimer, son cerveau se paralyser. Elle avait passé tant d'années à chercher sa sœur. Elle n'était pas sûre de pouvoir supporter une impasse de plus.

Pourtant cette fois lui semblait vraiment différente. Elle était incapable d'expliquer pourquoi, mais il y avait une éternité qu'elle n'avait pas ressenti le même élan d'espoir, le même sentiment d'un bonheur qui ne demande qu'à éclater. Au début, elle avait souvent éprouvé cela.

Au fil des années, cependant, l'espoir était devenu plus prudent, plus désabusé.

En revanche, dès qu'elle avait été informée du message trouvé à Desparre, une espèce de foi l'avait gagnée. Elle voulait croire que c'était un signe que le lien qu'Alanna et elle avaient partagé la rappelait, qu'elle ne devait pas manquer sa chance de ramener sa sœur au bercail.

— Kensie.

La voix de Colter l'arracha à ses réflexions, et elle se rendit compte qu'il lui tendait la main. Elle se leva et noua étroitement ses doigts aux siens. Rebel s'approcha à son tour, se pressant contre elle comme Kensie l'avait vue faire avec Colter.

Entourée d'eux, Kensie sentit sa tension refluer un peu. Savoir qu'elle n'était pas seule chassa la panique de son esprit, l'aidant à y voir plus clair.

— Je crois que nous devrions avertir la police. Elle peut sûrement obtenir l'adresse de Rollings.

— Pas nécessairement. Et elle n'a aucune raison de nous la donner même si c'est le cas. Il faut que je sois franc avec toi, Kensie. D'après ce que j'ai entendu dire concernant ce type, je crois qu'il vit en marge de la société. Personne au bar n'a pu me dire précisément où, même les gens du coin. Ça signifie qu'il ne veut pas qu'on le sache.

— Mais la police pourrait au moins nous aider à…

— Nous n'avons aucune preuve de sa culpabilité, lui rappela Colter. Nous ne pouvons même pas être certains que la jeune femme était avec lui, ni qu'il s'agit vraiment d'Alanna.

— Mais…

— Nous pouvons aller voir la police si tu y tiens. Je ne veux pas te donner de faux espoirs, voilà tout. Je suis sûr que je ne t'apprends rien.

— Non, tu as raison.

Seules importaient les preuves. Dans l'ensemble, la police n'avait que faire des hypothèses des civils. C'était légitime, mais frustrant.

Malgré elle, le regard de Kensie s'attarda sur le torse nu de Colter. Pour un homme qui avait subi une grave blessure plus d'un an auparavant, il était remarquablement en forme.

Elle se força à détourner les yeux.

— Je n'ai pas besoin de la police. Je sais que tu peux m'aider à retrouver Rollings.

Colter pinça les lèvres.

— Je ferai de mon mieux, Kensie, mais ce soir…

Il poussa un profond soupir.

— Je sais. Ça ne fait rien. De toute façon, nous devrions attendre qu'il fasse jour. Et, pour être honnête, je suis encore un peu perturbée par l'incident de tout à l'heure.

C'était la vérité. Si elle s'autorisait à penser qu'elle avait failli être la proie de Danny Weston – quoi que ce misérable ait eu l'intention de lui faire subir –, elle allait craquer. Seuls les tendres baisers et caresses de Colter avaient éloigné le souvenir des mains moites et brutales de son agresseur.

Néanmoins, ces mots avaient été difficiles à prononcer, car elle brûlait de repartir tout de suite. Elle était terrifiée à l'idée que Henry puisse quitter la ville et emmener Alanna ailleurs. Cela dit, elle était tout de même assez lucide pour se rendre compte qu'elle ne savait pas où le chercher.

Elle avait besoin de Colter. Et de Colter rétabli.

— Tu es sûr de ne pas vouloir aller à l'hôpital ?

— Je connais ma blessure, Kensie. Je te donne sans doute l'impression d'être une tête de mule, mais je vis avec depuis un an. La douleur que j'éprouve n'est rien en comparaison de ce que j'ai connu il y a six mois. Ça va s'arranger. J'ai besoin de glace et de repos, c'est tout.

Elle se détacha de lui et se hâta vers la cuisine afin d'aller chercher des glaçons.

— Combien de repos ?

La question manquait de tact, mais il fallait qu'elle le sache. Si Colter allait être indisponible pour une semaine, elle devrait trouver quelqu'un d'autre pour l'aider.

À cette pensée, une bouffée d'angoisse l'envahit. En l'espace de deux jours, Colter et Rebel étaient devenus bien plus que des alliés dans ses recherches. Ils étaient devenus des amis, des soutiens.

Un sac de glaçons à la main, elle hésita. Colter avait tant fait pour elle et, quand il avait dit qu'il aurait dû mourir avec ses camarades, les mots lui avaient manqué. Lui manquaient toujours.

— Kensie ? Qu'est-ce qui ne va pas ?

Comment pouvait-il déjà si bien la connaître ? Jamais elle n'avait été si transparente pour personne. Elle referma la porte du congélateur, revint vers lui et posa délicatement la glace sur sa cuisse.

Colter cilla, mais se contenta de la remercier.

Il y avait un autre fauteuil en face de lui, mais Kensie ne voulait pas être si loin de lui pour aborder le sujet de ses amis disparus. Par conséquent, elle s'assit devant la cheminée, le cœur battant à tout rompre.

Depuis qu'elle recherchait sa sœur, elle avait rencontré nombre de familles de victimes. Au fil des années, certaines avaient reçu les pires nouvelles qu'on pouvait recevoir. Elle avait tenté de les soutenir, mais n'avait pas tardé à comprendre que les paroles qui aidaient l'un pouvaient parfois blesser l'autre. Elle ne voulait pas blesser Colter. Il avait déjà connu trop de souffrance.

— Colter…

Il se tourna vers elle, étrécissant ses beaux yeux bleus comme s'il avait deviné où elle voulait en venir. Rebel se coucha entre eux deux. Les oreilles dressées, le cou tendu, elle fixa Colter, l'air d'attendre qu'il dise quelque chose.

— J'aime la photo dans ta chambre, reprit Kensie. Celle où tu as Rebel sur les épaules.

La chienne tourna la tête vers elle et remua la queue.

— C'étaient tes camarades avec toi, n'est-ce pas ? Tes frères d'armes ?

Le cadre était de côté sur sa table de nuit, suggérant qu'il y avait des moments où il avait envie de le voir et d'autres non. Sur la photo, tous étaient couverts de poussière, exténués, mais souriants. Debout au centre, Colter tenait Rebel drapée sur ses épaules.

— Kensie, tu as vu ce qui se passe quand je pense à ce jour-là.

Sa voix n'était plus qu'un murmure.

— Je m'effondre. Je ne peux plus fonctionner. Je ne veux pas parler de…

— Je ne te demande pas de me dire comment ils sont morts, Colter. Je veux savoir comment ils vivaient. Tu les aimais, n'est-ce pas ?

— Oui.

— Et ils t'aimaient.

Ce n'était pas une question, mais il hocha la tête quand même.

— Tu ne penses pas qu'ils voudraient…

— … que je vive ? coupa Colter avec un rire sans joie. Tu t'imagines que les psychiatres n'ont pas joué à ce jeu-là avec moi, Kensie ?

— Ce n'est pas un jeu…

— Il ne s'agit pas de ça. Bien sûr qu'ils voudraient que je vive. La loyauté était notre règle de vie. Nous faisions tout ensemble. Et peut-être est-ce là une partie du problème. Tous avaient une famille qui attendait au pays. Tous, sauf moi.

Il se pencha vers elle, la douleur gravée sur ses traits.

— Où est la justice là-dedans ?

— Ce n'est pas juste, admit-elle doucement. Mais tu as aussi le droit au bonheur. Tu mérites d'avoir une famille à toi.

Tout en parlant, elle imaginait cette famille. Un petit garçon qui aurait les yeux bleu ciel de Colter. Des jumelles qui posséderaient son sourire, et les cheveux bruns de Kensie. Rebel qui courrait derrière eux dans le jardin d'une maison pimpante, aux murs joliment peints en jaune. Colter et elle qui les regarderaient en riant, la main dans la main.

La vision était si intense, si réelle, que Kensie vacilla légèrement. Ce n'était pas possible. Loin de là. Ces moments auprès de Colter ne pouvaient être que temporaires.

Il avait dit quelque chose, mais elle ne saisit pas ses mots tant le sang bourdonnait à ses oreilles. Dieu seul savait comment mais, en l'espace de deux jours, elle était tombée amoureuse de lui.

13

Tombée amoureuse de Colter Hayes. Un homme qu'elle connaissait à peine.

C'était ridicule. Ce n'aurait même pas dû être possible. Et pourtant, son cœur battait la chamade et elle avait les joues en feu, terrifiée à l'idée qu'il puisse lire ses sentiments dans ses yeux.

— Kensie.

À la manière dont il avait dit son nom, elle devina qu'il avait déjà tenté d'attirer son attention. Levant les yeux vers lui, elle lut une sollicitude mêlée de perplexité sur son visage.

Ses mains étaient agrippées aux accoudoirs du fauteuil, les muscles de ses bras tendus sous la peau.

— J'ai cru que tu allais perdre l'équilibre. Ça doit être à cause du coup que tu as reçu à la tête. Peut-être devrait-on t'emmener à l'hôpital.

Comment lui expliquer ce qui venait de se passer sans avouer ce qu'elle ressentait à son égard ? Elle laissa échapper un petit rire nerveux.

Colter fit mine de se lever, serrant la mâchoire contre la douleur.

— Qu'y a-t-il ? Tu as besoin d'un médecin.

Kensie bondit sur ses pieds et l'arrêta d'un geste.

— Non ! Ne bouge pas. Je vais bien. Je te le promets. Je pensais juste à quelque chose qui m'a surprise. Je me sens parfaitement normale. Je n'ai pas mal à la tête. Tout va bien.

Il se figea, les sourcils froncés.

— À quoi pensais-tu ?

— Hum…

— Kensie.

Cette fois, un avertissement perçait dans sa voix, comme s'il ne la croyait pas.

— Je viens de comprendre que j'ai passé la moitié de ma vie d'adulte à essayer de compenser le fait que j'ai laissé Alanna se faire kidnapper.

Les mots qui venaient de jaillir de ses lèvres la prirent par surprise. Non parce qu'elle les pensait : elle en avait pris conscience pendant qu'elle errait dans la ville, en quête de renseignements sur Henry. Ce qui l'étonnait, c'était de l'avoir admis.

Colter paraissait tout aussi stupéfait.

— Je sais que ce n'est pas ma faute, s'empressa-t-elle d'ajouter, craignant d'éveiller sa pitié. C'est la culpabilité du survivant, c'est tout.

Génial. Voilà qu'elle parlait comme les psys que ses parents l'avaient obligée à consulter quand elle était adolescente.

— Bien sûr que ce n'est pas ta faute.

Colter semblait presque offensé par cette idée, mais il dut la croire, car il banda ses muscles et se rassit, puis ferma les yeux, visiblement épuisé par l'effort que ce mouvement lui avait coûté.

Elle espéra qu'il allait changer de sujet mais, lorsqu'il rouvrit les yeux, ils étaient pleins de douceur et de compréhension.

— Pourquoi les autres membres de ta famille ne sont-ils pas venus ici avec toi, Kensie ?

Ce n'était pas la question qu'elle attendait, et elle se sentit rougir de nouveau, pour une autre raison. Elle ne voulait pas qu'il pense que les siens étaient méchants ou indifférents.

— C'est à cause de ce que le FBI nous a dit, avoua-t-elle. Nous sommes passés par là si souvent au fil des années… Une fois, deux ans après l'enlèvement d'Alanna, nous sommes même allés jusque dans l'Indiana pour voir une petite fille qui venait d'être arrachée à ses ravisseurs. Elle ne parlait pas, et la police pensait que c'était peut-être Alanna…

L'expérience l'avait marquée à jamais. La fillette n'était plus qu'une coquille vide. Hagarde et terrifiée. La police avait fini par retrouver sa famille, mais Kensie avait appris par la suite qu'elle s'était suicidée à l'âge de treize ans.

Le front de Colter s'était barré d'un pli.

— Quel âge avais-tu ?

— Quinze ans.

Colter lâcha un juron.

— Mes parents ont fait de leur mieux pour nous laisser à l'écart de leurs recherches, Flynn et moi, se hâta-t-elle de dire. Mais nous voulions y être mêlés. Alanna nous manquait aussi. Elle nous manque toujours. Et plus le temps passait, plus il était difficile d'éveiller l'intérêt de la presse et du public. En revanche, les journalistes étaient beaucoup plus curieux s'ils pouvaient nous parler, à Flynn ou à moi.

— Oh ! Kensie…

— Flynn était plus jeune que moi, par conséquent, j'ai essayé de me charger de la plupart des interviews. Je croyais le protéger, mais ce n'était pas suffisant. Et Flynn a commencé à sortir des rails, à avoir de mauvaises fréquentations. Il faisait des trucs dangereux juste pour défier la mort…

Rebel geignit doucement et s'approcha d'elle, nichant la tête contre sa jambe.

Kensie lui sourit et promena la main dans sa fourrure soyeuse.

— À seize ans, il a eu un grave accident de la route. Il était ivre et il a perdu le contrôle de sa voiture sur un pont. Heureusement, personne d'autre n'a été blessé. Flynn a passé un mois à l'hôpital. Et ça a tout changé.

— Que veux-tu dire ?

— D'après leurs amis proches, le choc a fait prendre conscience à mes parents qu'ils avaient deux autres enfants qui avaient besoin d'eux.

Comme Colter fronçait les sourcils, elle s'empressa d'ajouter :

— Je ne crois pas qu'ils l'aient jamais oublié. Mais la disparition d'Alanna a jeté une ombre sur tout le reste. Il arrivait que mes parents manquent un de nos anniversaires parce qu'ils étaient sur une piste. Flynn et moi avons sûrement passé trop de temps dans les commissariats, à répondre aux questions de la police ou des journalistes. Je tenais à le faire, mais Flynn…

Elle secoua la tête.

— Quel âge avais-tu quand il a eu son accident ?

— Vingt ans.

— Il était trop tard pour rattraper votre enfance.

Kensie haussa les épaules, gênée par ce qu'il laissait entendre.

— J'aime mes parents. Ils m'aiment. Ils ont essayé de faire de leur mieux pour leurs trois enfants. Je comprends cela. D'ailleurs, j'ai fait pression sur eux pour qu'ils persévèrent. Et quand ils ont arrêté les recherches…

— … tu as pris le relais, termina Colter, son regard intense fixé sur elle.

— Oui. Ils avaient besoin de se focaliser sur Flynn. Mais nous ne pouvions pas renoncer à chercher Alanna.

— Par conséquent, tu t'en occupes toute seule à présent ?

— Ce n'est pas tout à fait ça. Les miens sont joignables à tout moment, mais je ne peux pas m'attendre à ce qu'ils laissent tout en plan dès qu'une nouvelle piste se profile.

— Ils le faisaient quand tu étais petite.

— C'est injuste de dire ça, murmura Kensie, mais sans grande conviction, car elle savait que Colter essayait seulement de prendre son parti.

En réalité, il n'y avait pas de parti à prendre. Il n'y avait que de la tristesse. La décision de ses parents revenait à accepter qu'Alanna était morte depuis longtemps, à jamais perdue pour eux. Sa persistance voulait dire qu'elle s'exposait à un cycle perpétuel d'espoir et de déception.

— Tu as raison, dit Colter. Excuse-moi. Mais tu ne devrais pas avoir à faire ça toute seule.

— Je ne suis pas seule, souffla-t-elle, en caressant distraitement la tête de Rebel. Tu es là.

Et cela avait tout changé. Elle le fixa, lut la tendresse et la compréhension dans son regard. La glace posée sur sa jambe dégoulinait dans le fauteuil sans que l'un ou l'autre y prêtât attention.

Jamais elle n'avait rencontré un homme comme Colter Hayes. Sans doute n'en rencontrerait-elle jamais d'autre.

Tu es là.

Les paroles de Kensie résonnèrent dans sa tête. La douce et timide certitude qui perçait dans sa voix lui serrait le cœur. Elle méritait d'avoir quelqu'un à ses côtés, quelqu'un qui l'aiderait à supporter son fardeau pendant plus de quelques jours ou une semaine, quelle que soit la durée de son séjour à Desparre.

Il ne pourrait jamais lui offrir cela. En revanche, il pouvait la soutenir pendant qu'elle était là.

Et s'ouvrir à elle comme elle s'était ouverte à lui.

Le seul fait d'envisager cela lui comprima la poitrine,

et il sentit la sueur perler sur sa peau en dépit de la glace qui fondait sur sa jambe. Néanmoins, il se força à parler, priant pour ne pas être saisi par une crise de panique devant elle.

— Quand je me suis réveillé à l'hôpital, les médecins m'ont dit qu'ils n'étaient pas sûrs de pouvoir sauver ma jambe.

Kensie se redressa, sa main caressant plus lentement la tête de Rebel.

Comme si la chienne avait senti que c'était lui qui avait besoin d'elle à présent, elle s'approcha du fauteuil et posa la tête sur son accoudoir, quémandant une caresse.

Il l'obligea avec un petit rire, puis redevint grave.

— Ensuite, ma jambe m'est devenue indifférente, parce qu'ils m'ont avoué qu'aucun de mes camarades n'avait survécu à l'embuscade. Rebel s'en était sortie, mais elle était entre la vie et la mort.

Il étouffa le sanglot qui naissait dans sa gorge à ce souvenir. Il respirait encore l'odeur de désinfectant et de vomi qui flottait dans l'hôpital. Prononcer les mots avait été comme de recevoir un coup de poing dans le ventre.

En un éclair, Kensie se leva et lui agrippa l'épaule.

— Tu n'es pas obligé de parler de cela, Colter.

— Si. Je veux t'en parler.

C'était la vérité. Pourtant, il n'avait jamais évoqué ce jour-là, ni avec les psychiatres que l'armée lui envoyait, ni même avec ses parents, qui ne demandaient pas mieux que de l'aider mais qui ne pouvaient dissimuler la joie qu'ils éprouvaient à le voir vivant.

— Tu sais, cette photo que tu aimes bien dans ma chambre ?

— Oui ?

Sa voix était douce, presque un murmure.

— C'est la dernière que j'ai d'eux. Strictement parlant, on ne constituait pas une équipe. J'étais maître-chien dans la police militaire. Le rôle de Rebel était tout récent dans l'armée à l'époque. Elle avait servi trois ans comme chien pisteur. Parfois, on nous envoyait dans une unité particulière, d'autres fois, on nous lâchait seuls quelque part.

— On vous lâchait ? répéta Kensie, perplexe.

Elle lui caressait l'épaule distraitement. Il se demanda si elle s'en rendait compte.

— Oui. Un hélicoptère nous déposait, en général pour aller inspecter un site. Rebel devait partir du lieu d'une explosion ou d'une embuscade et remonter la piste jusqu'à la personne qui l'avait causée. Elle était très douée.

Il marqua une brève pause.

— Bref, Rebel et moi étions détachés depuis plus d'un an auprès d'une unité des forces spéciales. Les gars que tu as vus sur la photo faisaient partie de cette unité. On s'est tous liés d'amitié très vite. Ce jour-là – le jour où la photo a été prise –, on rentrait de mission. En principe, on aurait dû en avoir terminé pour la journée.

Il exhala une bouffée d'air, se remémorant l'instant où ils avaient reçu l'appel leur ordonnant de repartir. En soi, cela n'avait rien d'extraordinaire. On pouvait passer des semaines sans être confronté à la moindre action, et puis, tout à coup, les missions s'enchaînaient sans qu'on ait le temps de se reposer.

D'après les premiers rapports, une bombe avait explosé non loin de là. Ils avaient espéré que Rebel pourrait suivre la piste de l'auteur de l'attentat qui, Colter l'avait su plus tard, avait coûté la vie à vingt-six soldats.

Il refoula la vision de ses frères sous la tente, du dernier moment qu'ils avaient eu ensemble. Kensie attendait patiemment, la main toujours sur son épaule.

— C'était un EEI, un engin explosif improvisé. Puissant. Il avait détruit deux camions. La zone était dangereuse, et notre unité devait la sécuriser pour qu'une équipe de médecins puisse être déployée sur place au cas où il y aurait des survivants. Rebel et moi étions censés pister le poseur de bombe.

Lorsqu'ils étaient arrivés, ils avaient découvert une scène de cauchemar. L'attentat avait eu lieu au sommet d'un col isolé, dans une zone réputée dangereuse à cause du terrain. Les camions avaient le choix entre traverser les montagnes et s'exposer à être pris pour cibles par des tireurs embusqués ou effectuer un long détour. Pour ne pas perdre de temps, on décidait souvent de prendre le risque de passer par le col. C'était la première fois qu'un EEI était utilisé là.

Les débris fumaient encore, mais il n'y avait plus personne à sauver. L'odeur de l'essence et de la fumée imprégnait l'air, le sol était creusé de profonds cratères, bien plus vastes que ce qu'ils avaient imaginé. Un seul coup d'œil leur avait suffi pour comprendre qu'il ne pouvait y avoir aucun survivant.

Sa vision se brouilla à ce souvenir. Il avait connu la plupart de ces gens, et, en une fraction de seconde, ils avaient disparu. Ce n'était pas la première fois qu'il traversait ce genre d'épreuve mais, ce jour-là, il s'était fait violence pour refouler son chagrin et se cramponner à la colère. C'était elle qui le pousserait dans les collines avec Rebel, à la recherche du tueur.

— Rebel a flairé une piste, poursuivit-il, conscient des larmes qui lui étaient montées aux yeux.

Il sentit que Kensie les essuyait du bout des doigts alors qu'il parlait.

— C'est sans doute ce qui nous a sauvés. Nous étions devant le reste de l'équipe. Par conséquent nous avons été les premières cibles.

La main de Kensie se crispa sur son épaule.

— C'était un guet-apens. Après avoir fait sauter le convoi, des types s'étaient cachés dans les hauteurs et attendaient qu'on ait fini d'inspecter les lieux. À ce moment-là, ils ont ouvert le feu.

Colter avait du mal à croire qu'un an s'était écoulé depuis. D'après le rapport officiel, il avait fallu moins de trois minutes pour que tous les membres de son équipe soient tués. Et lui n'avait pu se battre à leurs côtés parce qu'il était déjà sans connaissance. C'était un de ses plus grands regrets.

Le silence était tel qu'il entendait le léger souffle de Rebel, la respiration plus inégale de Kensie.

— Comment as-tu survécu ? demanda-t-elle d'une voix tremblante.

— Grâce à Rebel. Elle a bondi sur moi dès que le premier coup a été tiré. Un peu comme elle l'a fait avec toi le jour où on t'a rencontrée.

Il avait senti une balle lui frôler le crâne alors qu'il tombait.

Rebel gémit au son de son nom et pressa la tête contre lui, sentant peut-être qu'il s'aventurait en territoire dangereux.

— Tout va bien, bébé, affirma-t-il.

Il disait vrai. Il avait déjà raconté l'essentiel de l'histoire sans être submergé par la panique.

Il leva les yeux vers Kensie. Ses lèvres tremblaient et elle cillait rapidement, s'efforçant de refouler les larmes qui assombrissaient ses magnifiques yeux couleur caramel.

Elle avait de l'affection pour lui. Cette pensée l'emplit d'un mélange de joie, de fierté et d'angoisse. Il ne voulait pas la faire souffrir.

— Nous avons roulé dans un cratère laissé par la bombe. Un fragment de métal m'a transpercé la jambe droite de part en part.

Kensie étouffa un cri.

— Rebel a atterri sur moi, si bien que le métal lui a aussi entaillé profondément la patte. J'ai perdu connaissance. Quand je me suis réveillé, j'étais à bord d'un hélico avec Rebel. Apparemment, les insurgés étaient revenus achever mes camarades.

— Je suis tellement désolée, murmura Kensie, la main tel un étau sur son épaule.

— Ils ont dû penser que nous étions déjà morts. Rebel n'a sans doute pas fait un bruit pendant qu'ils cherchaient. Les secouristes m'ont dit qu'ils n'auraient pas soupçonné notre présence si Rebel ne les avait pas alertés. J'ai essayé de leur demander des nouvelles des autres, mais personne ne voulait me répondre.

C'était seulement trois jours plus tard, à l'hôpital, qu'un représentant de l'armée, un homme qu'il voyait pour la première fois, lui avait enfin révélé la vérité.

— J'ai subi deux opérations, reprit-il. La première pour extraire le métal, la seconde pour insérer une broche. Rebel en a eu trois, la pauvre, mais sa jambe a mieux guéri que la mienne. Ensuite, nous avons eu droit à six mois de rééducation. Nous sommes rentrés à la maison, mais notre carrière était finie.

Durant ces six mois, il s'était donné à fond, poussé par le désir irréaliste de réintégrer les rangs de l'armée et celui de se rétablir suffisamment pour aller voir les familles de ses frères. Leur demander pardon.

Il n'en avait jamais trouvé le courage. Dans l'intervalle, la femme d'un de ses camarades avait donné naissance à leur premier enfant. La fille aînée d'un autre avait obtenu son diplôme de fin d'études secondaires. Autant d'événements qu'ils auraient dû pouvoir partager.

Colter était le seul à être rentré. Et personne ne l'attendait, car il ne s'était jamais engagé envers rien ni qui que ce soit en dehors de l'armée.

Ce n'était pas juste. Pourtant, en regardant le visage baigné de larmes de Kensie, il comprit subitement combien les choses avaient changé. Pour la première fois depuis ce jour fatidique, il était heureux d'avoir survécu.

Pour ce moment. Pour sentir la main de Kensie le serrer si étroitement alors qu'elle tentait de maîtriser son émotion. Ce n'était pas la pitié qu'il lisait dans ses yeux, mais la tristesse et la compréhension.

Elle lui donnait envie de vivre de nouveau, d'aspirer à des choses qu'il n'aurait pas dû vouloir.

C'était impossible.

Elle avait une chance de retrouver Alanna, de reprendre le fil de sa vie et d'être heureuse. C'était différent pour lui. Comment pourrait-il sourire et aller de l'avant comme si de rien n'était alors que huit autres familles avaient enterré leur bonheur ?

La réponse était simple. Sa survie avait été un coup de chance, le fruit d'un geste d'amour de la part de son équipière. Mais ce n'était pas ce qui était censé arriver. Il aurait dû partir avec ses camarades. Et il n'allait pas les trahir en les abandonnant une seconde fois.

14

Sa jambe le faisait atrocement souffrir.

Colter se mordit l'intérieur de la lèvre jusqu'au sang pour ne pas gémir et s'appuya lourdement sur la canne qu'il avait à regret sortie du placard ce matin-là, quand il s'était aperçu qu'il avait du mal à se hisser hors du fauteuil inclinable. Il ne s'en était pas servi depuis plus de six mois et, à l'époque, il s'était juré de ne plus jamais le faire. Par chance, il l'avait jetée dans un placard au lieu de s'en débarrasser complètement.

Il répugnait à s'en servir à présent, mais c'était préférable à ne pas pouvoir sortir avec Kensie. Et il ne faisait confiance à personne d'autre pour l'aider.

Elle avait dormi à cinq mètres de lui la veille au soir, dans son lit. Chaque fois qu'elle se tournait, il entendait le froissement des draps et toutes les terminaisons nerveuses de son corps s'embrasaient. D'autant plus que, avant d'aller se coucher, elle s'était penchée pour déposer le plus bref, le plus tendre des baisers sur ses lèvres.

La sensation de ce baiser avait perduré toute la nuit. Même avant son accident, jamais il n'avait éprouvé un tel lien avec quiconque.

Il parvenait à peine à croire qu'il lui avait raconté son histoire. Mieux encore, qu'il l'avait fait sans avoir de flash-back ou de crise de panique. La main de Kensie sur son épaule, la tête de Rebel sous ses doigts l'avaient ancré dans le présent.

Maintenant, il se sentait vidé. Pourtant, bizarrement, cela lui faisait du bien, comme si une partie de la colère et de la tension qu'il portait en lui depuis un an s'était enfin dissipée.

Peut-être parce qu'il observait Kensie. Elle avait dit avoir passé trop de temps à tout faire à deux cents pour cent, pour compenser ce qui était arrivé à sa sœur. Mais il ne voyait pas une femme qui faisait tout à toute allure pour éviter de vivre vraiment. Il voyait une femme forte et capable, quelqu'un qui ne renonçait jamais à aider ceux qu'elle aimait.

À cet instant, elle marchait près de lui, la main sur la tête de Rebel, débordante d'énergie rentrée.

La veille au soir, ils avaient décidé de retourner dans le quartier où elle avait vu Henry. Les magasins étant ouverts, ils pourraient interroger plus de gens et, avec un peu de chance, obtenir des réponses utiles.

Ils avaient prévu de partir le matin, mais la jambe de Colter était encore trop fragile. À l'évidente sollicitude de Kensie se mêlait un désir anxieux de reprendre les recherches, aussi avait-il promis d'être prêt en milieu d'après-midi. Elle avait paru sceptique, mais il avait tenu parole. Il paierait ses efforts plus tard. Par mesure de précaution, il avait glissé son pistolet dans un holster sous sa chemise.

Danny Weston, placé en garde à vue, ne présentait pas de danger immédiat. En revanche, Colter n'en savait pas assez long sur Henry Rollings pour deviner sa réaction s'ils le trouvaient. À supposer que Kensie ait raison et qu'il détienne sa sœur depuis quatorze ans, on pouvait s'attendre au pire. Et Colter était résolu à tout faire pour sauver Alanna.

— Comment se fait-il que personne ne connaisse ce type ? demanda soudain Kensie, au comble de la frustration.

Ils avaient questionné la moitié des commerçants, plus une poignée d'habitants qui bravaient le froid. La température n'était pas anormale pour la saison – tournant autour de – 6° – mais le vent soufflait particulièrement fort.

— Quelqu'un doit bien le connaître, répondit-il.

À l'évidence, Rollings s'efforçait de rester discret, et les habitants du coin, quoique tolérants, étaient aussi un tantinet méfiants. Il fallait l'être, avec les individus comme Danny Weston.

Colter poussa la porte d'une petite agence d'encaissement de chèques, qui semblait avoir été construite cinquante ans plus tôt et jamais nettoyée depuis. Presque cachée derrière une épicerie quincaillerie, elle était à l'abri des regards, ce qui convenait à ceux qui la fréquentaient. Des gens qui, désireux de laisser aussi peu de traces que possible, ne voulaient pas mettre leur argent à la banque.

— Essayons ici.

L'air sceptique, Kensie le précéda néanmoins à l'intérieur, Rebel sur ses talons.

Le propriétaire, qui paraissait aussi âgé et aussi négligé que son magasin, fronça les sourcils à leur vue. À dire vrai, il semblait maussade de nature. Son regard inquisiteur se posa aussitôt sur Colter, comme s'il avait deviné que ce dernier était armé.

— Vous voulez encaisser un chèque ?

— Non. Je cherche des renseignements sur quelqu'un qui est peut-être venu ici.

— Je ne donne pas d'informations sur mes clients, rétorqua l'homme, reportant son attention sur l'écran de télévision qui diffusait un feuilleton, sans le son.

— Nous pensons qu'il a enlevé la sœur de mon amie, déclara Colter en désignant Kensie.

Le commerçant – Yura Quelque-chose – plissa les yeux vers elle, puis fixa Colter d'un air dur.

— Il s'appelle comment ?

— Henry Rollings.

— Henry ?

— Vous le connaissez ? intervint Kensie, d'une voix pleine d'espoir.

— Oui.

— Que pouvez-vous nous dire à son sujet ?

L'homme dévisagea Colter si longuement que celui-ci crut qu'il allait devoir répéter la question.

— Pourquoi pensez-vous qu'il ait enlevé cette femme ? demanda-t-il enfin.

— Je l'ai vu, balbutia Kensie. J'ai essayé de les suivre mais il est monté dans sa voiture et je n'ai pas pu les rattraper.

Le regard de Yura se posa brièvement sur Kensie, avant de retourner à Colter.

— Tu étais dans la marine ?

Colter n'aurait su dire comment l'homme l'avait deviné, mais sa remarque confirmait l'intuition qu'il avait eue : Yura était observateur.

— C'est exact.

— Elle aussi ? insista le commerçant, en désignant Rebel.

— Oui.

— Moi aussi. Il y a longtemps.

Yura poussa un long soupir.

— Henry est un drôle de type. Beaucoup de ceux qui viennent ici ont quelque chose à cacher. Ça ne me regarde pas. Mais s'il a enlevé une femme… Tu es sûr de ce que tu avances ?

— Non, avoua Colter, sentant que son interlocuteur apprécierait une réponse honnête. Mais il y a de fortes chances. Et, s'il l'a bel et bien enlevée, il sait que nous sommes sur ses traces. Par conséquent, nous n'avons pas beaucoup de temps devant nous.

— Je vous en prie, murmura Kensie. Si vous pouvez nous aider…

Yura hocha la tête.

— Il vient encaisser un chèque de temps à autre. Je crois qu'en général on le paie en espèces, mais il lui arrive de faire quelques travaux pour les Altier, un couple qui vit un peu plus au nord. Des gens méfiants. Eux aussi, ils restent à l'écart. Ils paient bien, mais uniquement par chèque, et ils ont toujours un fusil à portée de la main. Ils disent que c'est une question de sécurité, et je les comprends, vu qu'ils engagent souvent des gars de passage. Sans compter qu'ils ont une ribambelle de gamins à charge.

— Plus au nord ? répéta Colter. Henry vit par là aussi ? Près de ce couple ?

Yura farfouilla sous le comptoir, puis y déposa une feuille de papier arrachée à un bloc-notes. Il dessina un plan grossier qu'il montra à Colter.

— Tu vois où c'est ?

Colter réprima un juron.

— Je crois, oui.

— Je ne peux pas être sûr qu'il habite par là mais, si je devais deviner, c'est l'endroit que je choisirais. Le couple pour qui il travaille vit là, précisa-t-il en tapotant un point au milieu de nulle part sur la carte. Il n'y a aucune autre habitation dans un rayon de trois kilomètres. Ils sont sérieusement paranos. À mon avis, Henry habite assez près pour qu'ils aient suffisamment confiance en lui.

— C'est isolé, acquiesça Colter. Idéal pour quelqu'un qui veut se cacher.

— Ça ne va pas être facile d'aller là-bas sans se faire repérer, commenta Yura en poussant le papier vers lui. *Semper fi*, mon frère.

Colter ne put s'empêcher de tressaillir. C'était la première fois depuis un an qu'il entendait ces mots.

— *Semper fi.*

— Merci, ajouta Kensie avant de suivre Colter au-dehors. Combien de temps va-t-il nous falloir pour y aller ?

— Nous n'y allons pas ce soir.

— Quoi ? se récria-t-elle, les mains sur les hanches. Pourquoi pas ?

Il constata qu'il aimait le rose sur ses joues. La couleur était assortie à l'indignation qu'il lisait dans ses yeux à cet instant. Cependant, il ne se laissa pas ébranler. Il avait accepté de l'aider à retrouver sa sœur et non de la faire tuer dans l'opération.

— Pour commencer, il va faire nuit d'ici deux heures et nous ne savons même pas avec certitude qu'il vit là-haut. C'est l'hypothèse de Yura, rien de plus. Ensuite, la piste est traîtresse. Nous ne pouvons pas prendre le risque d'être coincés en route en pleine nuit.

— Colter…

— Je sais que le temps presse, Kensie. Crois-moi, je le sais. Mais nous ne pourrons pas secourir ta sœur si nous nous faisons tuer. Je ne plaisante pas au sujet de la piste. Elle est bloquée par la neige la moitié du temps. Il est possible que le sommet soit déjà inaccessible.

— Nous avons vu Henry en ville hier ! Il est venu sans encombre.

— Oui, et cela suggère que la piste est dégagée, mais certains de ceux qui vivent loin de tout utilisent des motoneiges et gardent un véhicule en ville. D'ailleurs, si Henry nous attend, il va surveiller cette route. Je ne parle pas du fait que le plan de Yura est vague. Il va nous falloir des heures pour inspecter les lieux.

— Dans ce cas, il vaut peut-être mieux y aller de nuit, argua Kensie. Si Henry surveille la route…

— Kensie. Chaque année, des gens meurent de froid dans ce coin-là. Il n'y a pas de réseau téléphonique, très peu d'habitations.

— Mais tu connais l'endroit…

— Pas cet endroit en particulier. Pas assez bien. Je ne vais pas t'emmener là-bas ce soir.

La frustration se mêlait à la déception sur ses traits, sans pouvoir dissimuler l'autre émotion qu'elle éprouvait : la peur. La peur que, à cet instant même, Henry ne soit déjà en train d'emmener sa sœur ailleurs. La peur d'arriver trop tard.

— Demain matin, promit-il. Nous partirons avec des provisions et un plan. D'accord ?

— D'accord, murmura-t-elle à contrecœur.

Il hocha la tête.

— Je vais te déposer à ton hôtel pour que tu puisses te changer. Je passerai te prendre demain à 8 heures. Ça te va ?

— Oh. Bien sûr.

La surprise qui perçait dans sa voix suggéra à Colter qu'elle s'était à demi attendue à retourner au chalet avec lui ce soir-là. Une bouffée de désir monta en lui à cette pensée, qu'il s'efforça d'ignorer.

Il ne pouvait pas l'emmener ce soir, parce qu'il ne comptait pas rentrer.

Dès qu'il l'aurait déposée, il irait jeter un coup d'œil sur les lieux lui-même.

Elle avait beau se tourner et se retourner dans ce lit d'hôtel ridiculement moelleux, elle ne parvenait pas à trouver le sommeil. En grande partie parce qu'elle s'inquiétait pour Alanna, mais aussi parce qu'elle pensait à l'homme qui l'aidait à chercher sa sœur.

Elle aurait dû être avec Colter ce soir. S'ils retrouvaient

Alanna le lendemain, Kensie rentrerait à Chicago. Le seul fait d'y penser lui nouait l'estomac.

Pourquoi n'avait-elle rien dit lorsqu'il avait proposé de l'emmener à l'hôtel ? À en juger par la manière dont il lui avait rendu son baiser la veille au soir, il n'aurait pas refusé qu'elle l'accompagne si elle l'avait voulu. Au lieu d'être là, fébrile, à ruminer cent scénarios différents quant à ce qui pourrait se produire, elle serait dans ses bras.

Dans son lit. Ou sur ses genoux dans le fauteuil. Elle aurait même volontiers dormi sur le sol à côté de Rebel pour être près de lui.

Qui croyait-elle tromper ? Même si elle s'était installée sur le plancher, ce que Colter n'aurait jamais accepté, elle n'y serait pas restée longtemps. Elle se serait vite retrouvée à côté de lui, sous lui ou sur lui, les lèvres pressées contre les siennes jusqu'à ne plus pouvoir respirer.

En temps normal, elle veillait à ne pas s'engager dans des relations qui avaient le potentiel de la faire souffrir. Selon sa mère, c'était une façon de se protéger, de ne pas courir le risque de perdre un autre être aimé. C'était sans doute vrai mais, jusqu'à maintenant, elle n'avait jamais eu de mal à quitter qui que ce soit.

Jusqu'à Colter.

Il avait connu sa part d'épreuves, lui aussi, et comprenait mieux que la plupart des gens le mélange de chagrin et de sentiment de culpabilité qu'elle éprouvait. Peut-être était-ce en partie pour cela qu'elle se sentait proche de lui. Mais seulement en partie.

Le reste tenait à l'homme qu'il était. Au courage qu'il avait montré pour les défendre, Rebel et elle. À son sourire. À la manière qu'il avait de la regarder, parfois, quand ses yeux bleus la fixaient avec intensité, comme s'il voulait qu'elle reste auprès de lui pour toujours.

Elle savait exactement où cela la mènerait de passer une nuit avec quelqu'un qu'elle aimait trop et puis de s'en aller. Jamais elle n'avait été tentée de faire l'essai. Mais, à cet instant précis, elle était sûre que ne pas avoir passé cette nuit avec Colter allait être un de ses plus grands regrets.

Dans ce cas, fais quelque chose. Cette pensée la frappa avec la violence d'un coup de poing, et Kensie repoussa les couvertures, le cœur battant à tout rompre. Que ferait Colter si elle débarquait à son chalet ce soir ?

Il n'y a qu'une seule manière de le savoir. Un sourire espiègle sur les lèvres, Kensie alluma sa lampe de chevet.

Au même moment, un léger grattement se fit entendre derrière sa porte.

Kensie se figea, tendant l'oreille. Colter avait-il eu la même idée qu'elle et était-il venu la rejoindre ? Non. Il n'aurait pas rôdé comme un voleur dans le couloir. S'il avait décidé d'être avec elle, il aurait toqué à la porte et attendu patiemment qu'elle prenne sa décision.

Un nouveau client était-il arrivé ? S'était-elle méprise sur l'origine du bruit ?

Son imagination lui jouait-elle des tours ? Elle demeura parfaitement immobile, guettant d'autres sons. Un grincement métallique lui parvint, comme si quelqu'un essayait de forcer la serrure.

Prise de panique, elle tressaillit et se cogna à la tête de lit. Aussitôt, l'individu qui se trouvait dans le couloir renonça à toute discrétion. Un choc violent ébranla la porte. Le battant s'incurva un peu, en revanche la serrure tint bon.

Luttant pour se ressaisir, Kensie se jeta à bas du lit et attrapa son téléphone. *Colter.* Les doigts tremblants, elle pianota frénétiquement sur le clavier.

Besoin d'aide. Tout de suite.

Devait-elle alerter la police ? Danny Weston avait-il déjà été libéré ? Pourquoi n'avait-elle pas été avertie ?

Oui, elle appellerait la police dès qu'elle aurait terminé son texto à Colter.

Dépêche-toi, je t'en pr...

Dans un vacarme assourdissant, la serrure céda, et la porte tomba dans la chambre. Malgré elle, Kensie hurla et, lâchant son téléphone, tâtonna à la recherche d'une arme possible, n'importe laquelle, tandis que son regard demeurait rivé sur la silhouette qui se détachait sur le seuil.

Henry Rollings.

Il fit irruption dans la chambre, éveillant mille fragments de souvenirs dans l'esprit de Kensie. Alanna qui regardait par-dessus son épaule en dansant, radieuse. Le pneu que son père avait installé dans le jardin et qui servait de balançoire. La grosse berline foncée qui descendait lentement la rue dans leur direction. La main qui agrippait Alanna et l'entraînait vers le véhicule.

Tout s'accéléra dans sa mémoire et autour d'elle alors que Rollings contournait le lit.

Il avait vieilli en quatorze ans. Ses cheveux étaient plus gris, des rides sillonnaient son visage. Cependant, il était toujours plus fort qu'elle, et une lueur malfaisante brillait dans son regard.

— Vous n'auriez jamais dû venir ici, lâcha-t-il d'une voix sourde, pleine de menace.

Kensie cessa de tâtonner en vain. Au lieu de quoi elle sauta sur le lit. Fuir semblait soudain une meilleure option que se battre.

Changeant de direction, il tendit la main vers elle, mais elle se déroba, atterrissant gauchement sur le sol.

Quelque chose transperça son pied nu et une douleur fulgurante se répandit dans sa voûte plantaire. Totalement focalisée sur la porte, elle l'ignora et s'élança, les larmes aux yeux.

Elle était si près du but. Si elle pouvait atteindre

le couloir, l'escalier de secours était à deux pas. Une alarme incendie était située à côté. Elle pourrait tirer sur le cordon au passage, attirer l'attention du personnel…

Une main puissante s'abattit tel un étau sur son coude, la tirant si violemment en arrière qu'elle fut projetée à terre. Sa tête heurta le sol, et même l'épaisse moquette ne suffit tout à fait à amortir le choc. Elle eut le souffle coupé, sa vision se brouilla.

L'instant d'après, il était sur elle, un genou de part et d'autre de ses hanches. Un nouvel accès de panique gagna Kensie. Qu'allait-il lui faire ? Qu'avait-il fait à sa sœur ?

Une pensée la réconforta dans sa détresse. Colter savait qui était cet homme. Même si elle n'était plus là, il continuerait à chercher Alanna.

Mais elle n'allait pas se laisser faire. Levant brusquement les bras, Kensie visa le visage de son agresseur, prête à lui enfoncer les ongles dans les yeux.

Il esquiva juste à temps, mais elle n'eut pas le temps de profiter de son avantage. Une seconde plus tard, il lui soufflait son haleine rance à la figure.

— Je ne sais pas comment vous m'avez trouvé, mais vous ne m'aurez pas.

Kensie eut un mouvement instinctif de recul, puis comprit son erreur et, cette fois, lui planta les ongles dans la joue.

Il eut un haut-le-corps, mais ne lâcha pas prise pour autant. Tout en la couvrant d'insultes, il lui entoura le cou de ses grosses mains.

— Je ne savais même pas qu'elle avait une sœur, grommela-t-il. Vous auriez dû laisser tout ça tranquille. Me laisser tranquille.

Envahie par la nausée, Kensie tenta en vain d'écarter ses doigts. Il était encore plus fort qu'il n'en avait l'air. Déjà, de petits points noirs dansaient devant ses yeux.

Elle lui décocha un coup de genou, sans résultat. Il la maintint plaquée au sol avec un sourire satisfait.

Kensie se débattait désespérément, mais elle commençait à voir flou. Elle ne pouvait plus respirer. Elle allait mourir.

Elle ne saurait jamais ce qui était arrivé à sa sœur. Elle allait causer un traumatisme de plus aux siens. Et à Colter. Malgré son apparente brusquerie, elle sentait qu'il s'était attaché à elle.

Jamais il ne saurait combien il avait compté à ses yeux.

Ses mains retombèrent sur la moquette, impuissantes.

Puis ce fut le noir.

15

Kensie ne répondait pas. Ni à son téléphone personnel ni à celui de sa chambre.

— Accroche-toi, bébé, lança Colter à Rebel avant d'écraser la pédale d'accélérateur.

Malgré l'avertissement, la chienne fut projetée en avant, et laissa échapper un couinement de protestation.

— Désolé.

Les mains crispées sur le volant, il roulait bien trop vite sur la piste inégale, dérapant sur les plaques de verglas avant de redresser le pick-up tant bien que mal.

Pourquoi Kensie ne répondait-elle pas ? Son texto s'était interrompu à mi-phrase quelques minutes plus tôt, et il n'avait eu aucune nouvelle depuis.

Serrant les dents, Colter prit un virage à toute allure. Rebel émit un nouveau geignement, mais il ne pouvait ralentir. Il était encore loin du centre-ville et il était urgent qu'il rejoigne Kensie.

— Appelle le 911, ordonna-t-il à son téléphone, vérifiant d'un coup d'œil que l'appareil avait capté sa voix.

— Ici le 911, j'écoute.

Colter résuma rapidement la situation.

— Vous allez envoyer quelqu'un ?

— Ne vous inquiétez pas, monsieur. Restez calme…

— Quatrième étage, chambre 409, coupa-t-il avant de raccrocher.

Il ne voulait pas perdre de temps en discussions inutiles.

Pas alors qu'il avait besoin de toute sa concentration pour conduire.

— Ça va aller, bébé, murmura-t-il à Rebel, en partie pour se rassurer lui-même.

Il fallait que Kensie soit saine et sauve. À la seule pensée qu'il avait pu lui arriver malheur, il sentit son souffle lui manquer, son cœur cogner douloureusement dans sa poitrine.

Non. Pas ça. Pas maintenant.

Une série de jurons explosèrent dans son esprit, mais il était incapable d'articuler un son. Il resserra sa prise sur le volant et ralentit un peu, luttant contre la panique et le vertige. Il ne pouvait se permettre de perdre le contrôle, pas à cet endroit, pas à une vitesse pareille.

Soudain, Rebel apparut à côté de lui, le museau niché contre son bras. Il respira à fond, lentement, se focalisa sur la chaleur de son contact.

Au bout d'un moment, le rythme de sa respiration s'apaisa, et il se ressaisit peu à peu. Il se refusait à penser aux raisons pour lesquelles Kensie avait envoyé ce texto, aux dangers qu'elle pouvait affronter. Il allait mettre toute son énergie à l'atteindre aussi vite que possible.

Il écrasa la pédale d'accélérateur. Au bout de ce qui lui sembla une éternité, il arriva enfin en vue de l'hôtel. Moins de dix minutes s'étaient écoulées depuis l'appel de Kensie.

Il s'arrêta dans un hurlement de freins et sauta à bas de la cabine, attrapant sa canne au passage, Rebel sur ses talons, comme si elle sentait que Kensie avait besoin d'eux.

Où étaient les voitures de police ? Sur le parking obscur et silencieux, seuls quelques véhicules étaient éparpillés près de l'entrée du bâtiment.

Colter lâcha un juron et se hâta vers la réception sans même avoir pris la peine de refermer sa portière. Rebel trottait à côté de lui, la tension de son dos révélant qu'elle était prête au combat.

Le vieil homme assis à l'accueil tressaillit à leur vue.

— Puis-je…

— Vous avez vu Kensie Morgan ? Elle est descendue ici.

— Elle a une chambre au quatrième étage. Elle vient de Chicago. Une jeune dame très gentille. Elle…

— Vous l'avez vue au cours des dix dernières minutes ?

— Non.

— Elle a des ennuis. Appelez la police, ordonna Colter.

Il l'avait déjà fait, mais tant pis. Il était furieux que les agents ne soient pas encore là.

— Quoi ? se récria l'employé, en portant une main à sa poitrine. Que se passe-t-il ?

Sans prendre la peine de répondre, Colter se rua vers l'ascenseur et pressa la touche d'appel. S'il avait été en forme, il aurait grimpé les marches quatre à quatre et serait arrivé avant la cabine. À présent, l'ascenseur était plus rapide que lui.

Par chance, la porte s'ouvrit aussitôt. Rebel et lui s'engouffrèrent à l'intérieur. Parvenu au quatrième, il se jeta au-dehors, suivi de Rebel.

Jamais il n'était venu là mais, en dépit du sang qui tambourinait à ses oreilles, il crut distinguer un bruit. Une sorte de gargouillis. Et là-bas, au bout du couloir, un objet gisait sur le sol. Un fragment de bois qui n'aurait pas dû être là.

Colter fonça dans cette direction, trébuchant presque sur sa jambe blessée. Le bruit cessa avant qu'il atteigne la chambre. Quand il franchit le seuil, Henry Rollings était à genoux sur le sol, au-dessus de Kensie étendue, inerte, la tête de côté et les yeux clos.

Avec un rugissement qui le surprit lui-même, Colter lâcha sa canne et se rua sur Rollings.

Affolé, celui-ci tenta tant bien que mal de se relever, mais ne fut pas assez rapide.

Prenant appui sur sa jambe valide, Colter l'empoigna par sa chemise et l'éloigna de Kensie, puis lui tordit le bras en arrière.

— Va voir Kensie, bébé, ordonna-t-il à Rebel.

Il pria silencieusement pour qu'elle soit saine et sauve. Dans l'immédiat, il devait mettre Rollings hors d'état de nuire avant que ce dernier ne se rende compte de sa faiblesse et ne vise sa jambe blessée, comme Danny Weston la veille au soir.

Du coin de l'œil, il observa Rebel qui donnait un petit coup de museau à Kensie, puis recommençait, plus fort. Kensie demeura immobile. Colter sentit la panique le gagner.

Profitant d'une seconde d'inattention de sa part, Rollings lâcha un cri et se tortilla de droite et de gauche pour se relever.

En Colter, la fureur remplaça la panique. Un rictus rageur se forma sur ses lèvres. Il avait connu la guerre, fait face à l'ennemi, et vu la mort de près, mais jamais il n'avait éprouvé une haine aussi intense face à quiconque. Son poing s'abattit sur la figure de Rollings trop vite pour que l'homme puisse tenter d'esquiver.

Il s'effondra comme une masse, sans connaissance.

L'espace d'une seconde, Colter fut tenté de continuer à le frapper. Cependant, son inquiétude pour Kensie fut la plus forte.

Il se laissa tomber par terre à côté d'elle. Son genou craqua, et la douleur lui fit monter les larmes aux yeux, mais il les essuya d'un revers de main et pressa les doigts sur le cou meurtri de Kensie. Rebel émit une longue plainte tandis qu'il récitait une prière silencieuse.

Soudain, il sentit un battement. Un pouls. Lent, fuyant, mais un pouls néanmoins.

Il se pencha davantage, plaçant la main devant la bouche et le nez de Kensie. Elle respirait faiblement. Au comble de l'émotion, il lui caressa la joue.

— Kensie, réveille-toi. Kensie…

Une goutte tomba sur le visage de Kensie, et il comprit qu'il pleurait.

Elle cilla et ouvrit les yeux, un mélange de douleur et de perplexité dans le regard.

— Que…

— N'essaie pas de parler.

Il prit une profonde inspiration, puis captura sa main dans la sienne. Elle lui parut si fragile, si délicate.

— Tu es en vie. Tu es saine et sauve.

À côté de lui, la queue de Rebel battait sur le sol. Elle s'allongea sur le ventre, la tête contre le bras de Kensie.

Des pas précipités résonnèrent dans le couloir.

— Nous sommes dans la chambre. Appelez une ambulance !

— Colter Hayes ?

Le chef Hernandez était venu en personne.

— Oui. Kensie a besoin d'une ambulance.

Celle-ci fit mine de se redresser, mais Colter posa une main sur son épaule pour l'en empêcher.

— Ne bouge pas.

Hernandez passa la tête par l'entrebâillement de la porte, rengaina son arme et demanda une ambulance par radio. Cela fait, elle se mit en devoir de menotter Henry Rollings, lequel avait repris connaissance et commençait à s'agiter.

— Où est Alanna ? demanda Kensie d'une voix rauque, à peine intelligible.

Ignorant la main de Colter et le conseil de Hernandez qui l'exhortait à ne pas bouger, elle tenta de s'asseoir.

Colter capitula et la soutint de son mieux, aidé par Rebel qui alla se poster derrière elle.

— Où est-elle ? répéta-t-elle, plus fort, cette fois.

Hernandez obligea sans ménagement Rollings à se mettre debout. Il lâcha un grognement, mais se contenta de secouer la tête.

Ignorant son genou raide, Colter se leva à son tour et alla se planter devant lui, sans s'émouvoir du regard d'avertissement que lui lançait le chef de police.

— Où est Alanna Morgan ? demanda-t-il sur un ton menaçant. Et ne me fais pas répéter ma question.

— Colter…

La voix de la policière était inquiète. Elle le connaissait depuis qu'il était arrivé à Desparre. Il l'avait même aidée à mettre fin à une bagarre dans un bar un soir qu'elle était à court de personnel et qu'il se sentait en forme. Dans l'ensemble, ils s'entendaient bien. Mais jamais elle ne l'avait entendu parler sur ce ton. Et il savait que, si nécessaire, elle n'hésiterait pas à faire son devoir et à protéger Rollings contre lui.

Mais il n'allait pas laisser ce misérable se réfugier derrière la police.

— Parle, ordonna-t-il.

Rollings pâlit.

— Je ne connais personne de ce nom-là.

— Colter ! intervint Hernandez, tirant son prisonnier en arrière avant qu'il ait eu le temps de répondre.

L'instant d'après, les renforts étaient dans la chambre. Deux policiers que Colter aurait sans doute pu maîtriser autrefois, mais plus maintenant.

— Colter.

La voix douce de Kensie s'éleva derrière lui.

Il pivota et vit qu'elle était debout. Elle avait une mine épouvantable, le cou strié de marques bleues et violettes, mais son regard était clair, lucide.

— Laisse-moi faire, s'il te plaît.

— Du calme, tout le monde, intervint Hernandez. Jennings, passe-moi le kit de prise d'empreintes.

— Hé ! protesta le prisonnier. C'est lui qui m'a attaqué !

— Et, vous, vous êtes entré par effraction dans une chambre d'hôtel et vous avez agressé son occupante, rétorqua la policière.

L'instant d'après, Jennings pressait le doigt de Rollings sur un appareil de la taille d'un téléphone portable.

— Oh !

— Qu'y a-t-il ? demanda Hernandez alors que son collègue se penchait sur la machine.

Sans un mot, il la tourna vers elle. La policière secoua la tête.

— Je comprends mieux pourquoi vous ne vouliez pas qu'on prenne vos empreintes, n'est-ce pas, Manny Henderson ?

L'intéressé lâcha une bordée de jurons.

— Je ne l'ai pas tuée.

À ces mots, Kensie gémit et chancela. Colter la rattrapa de justesse avant qu'elle ne s'effondre. Elle le repoussa, les larmes roulant sur ses joues alors qu'elle se jetait en avant.

— Vous avez tué ma sœur ?

— Écoutez, je ne savais même pas que Shoshana avait une sœur. Et je ne l'ai pas tuée. On m'a fait passer pour le coupable. C'est pour ça que j'ai pris la fuite.

— Quoi ?

Le chef Hernandez poussa un profond soupir.

— Manny Henderson a disparu du Kansas voilà dix ans après le meurtre de Shoshana Lewis.

— Je ne l'ai pas tuée !

— Apparemment, poursuivit la policière sans prêter attention à lui, il se terre ici depuis.

Kensie se laissa tomber sur le sol et enfouit le visage entre ses mains.

— Il ne m'a pas attaquée à cause d'Alanna, murmura-t-elle.

— Qui diable est Alanna ? lança Rollings.

Assise par terre, Kensie leva les yeux vers Colter qui se pencha vers elle en dépit de son genou douloureux.

— Il a cru que j'étais au courant du meurtre au Kansas. Quand j'ai dit que je venais du Midwest…

Un sanglot lui échappa.

— J'avais tort. Il ressemblait tellement à l'homme dont je me souviens… Mais il n'a rien à voir avec l'enlèvement d'Alanna.

— Je n'ai jamais enlevé personne ! cria Rollings. Et je n'ai tué personne non plus ! J'ai été victime d'une erreur judiciaire !

— Emmenez-le, ordonna Hernandez, avant de se tourner vers Kensie. Je suis désolée. Je sais que j'aurais pu être plus patiente avec vous, mais les agents du FBI ont vraiment travaillé dur quand ils sont venus. Je ne pense pas qu'il faille ajouter foi à ce message.

— J'ai couru après un fantôme, murmura Kensie, fixant le vide.

— Je crois qu'il est temps que vous rentriez chez vous, suggéra le chef de police.

À la consternation de Colter, Kensie hocha la tête d'un air vaincu.

— Je pense que vous avez raison.

16

Il était temps de rentrer à la maison.

À l'idée de repartir, Kensie avait envie de se pelotonner sur elle-même et d'éclater en sanglots. Au prix d'un violent effort, elle serra les dents au point d'en avoir mal à la mâchoire.

— Vous souffrez ?

Refoulant les larmes, Kensie leva les yeux vers l'infirmière qui l'examinait.

— Non, parvint-elle à dire.

Ce n'était pas tout à fait vrai. Parler lui donnait l'impression qu'on lui avait frotté l'intérieur de la gorge au papier de verre.

Cela dit, se taire ne changeait pas grand-chose à la douleur.

Apparemment, sa gorge était si enflée que les médecins avaient envisagé d'y introduire un tube pour faciliter sa respiration. Elle avait obstinément refusé, si bien qu'ils s'étaient résignés à lui faire une perfusion et à la garder en observation quelques heures.

Elle était seule à l'hôpital. Colter et Rebel l'avaient accompagnée dans l'ambulance mais, en dépit de l'insistance de Colter, les autorités avaient refusé l'accès des lieux à Rebel. En fin de compte, il avait accepté d'aller faire sa déposition au commissariat pendant qu'on l'auscultait.

L'infirmière partie, Kensie resta songeuse, encore sous le choc. Henry Rollings était peut-être un assassin, mais ses dénégations concernant Alanna lui avaient paru sincères.

Par conséquent, ce n'était pas Alanna qu'elle avait vue avec lui sur le parking. C'était impossible. Il s'agissait d'une autre femme, quelqu'un qui ressemblait de manière frappante à sa sœur. Ou, du moins, à l'image que Kensie se faisait d'elle après toutes ces années.

Car elle devait se rendre à l'évidence : Alanna était probablement morte depuis longtemps.

Ses parents avaient accepté cette vérité des années plus tôt. Kensie avait choisi d'enfoncer la tête dans le sable. Au lieu de suivre leur exemple, elle s'était entêtée à poursuivre un fantôme, à voir des pistes là où il n'y en avait pas, tout cela dans l'espoir de réparer une faute commise à l'âge de treize ans. Peut-être était-il temps qu'elle se pardonne. Qu'elle laisse Alanna partir.

Un sanglot la secoua, l'étouffant presque. C'était comme si sa gorge était en feu. Une infirmière accourut au moment où elle reprenait peu à peu le contrôle de sa respiration. Elle essuya les larmes qui roulaient sur ses joues.

— Ça va.

Ce n'était pas vrai. Mais, avec un peu de chance, ce serait vrai un jour.

— Kensie ?

La voix de Colter s'éleva dans le couloir. Quelques secondes plus tard, il apparut dans l'encadrement de la porte, marchant aussi vite qu'il le pouvait avec sa canne. Kensie ferma les yeux et lui tendit les bras.

Ceux de Colter l'entourèrent aussitôt. Elle se nicha contre son épaule, inspira son odeur de savon et de musc, et tenta de se détendre. Pleurer lui ferait trop mal. Et elle ne voulait pas d'un tube dans sa gorge.

Au bout d'un moment, il se dégagea légèrement et la

regarda, écartant doucement les cheveux qui lui tombaient dans les yeux.

— Ça va ?

Elle hocha la tête. Elle ne voulait pas parler, doutait même d'en être capable sans fondre en larmes.

Il garda les bras autour d'elle, et elle laissa les siens noués autour de son dos. Cela lui semblait curieusement naturel, comme si Colter était son petit ami et non un homme qu'elle ne connaissait que depuis quelques jours.

— Excuse-moi d'avoir tardé à revenir. J'ai dû déposer Rebel en lieu sûr et… j'ai parlé de Henry à la police.

À en juger par le pli crispé de ses lèvres, elle devina qu'il allait lui annoncer une mauvaise nouvelle. Elle se cramponna plus étroitement à lui et attendit.

— Hernandez a contacté la police du Kansas. Le jour où Alanna a été enlevée, Henry Rollings était en prison. Condamné à un mois pour avoir conduit en état d'ivresse. Ce n'est pas lui, Kensie. Je suis désolé.

Elle baissa la tête, laissant un mélange de soulagement et de déception l'envahir. De soulagement parce que Henry n'avait pas tué Alanna. De déception parce que, une fois de plus, elle n'avait pas obtenu de réponse.

Le moment était venu d'accepter qu'elle n'en trouve jamais.

Elle n'aurait su dire combien de temps elle resta immobile, mais elle n'avait pas envie de lâcher Colter. Son séjour en Alaska était arrivé à son terme, et cela signifiait qu'elle allait devoir le quitter.

Elle tombait plus amoureuse de lui de jour en jour. C'était indiscutable. Mais cela ne suffisait pas.

D'ailleurs, sa famille attendait son retour.

Partir était la seule décision raisonnable. Pourquoi alors avait-elle le sentiment de commettre une terrible erreur ?

Il ne voulait pas la laisser partir.

Colter lança un coup d'œil à Kensie, silencieuse à côté de lui dans la cabine du pick-up. Au cours des quatre journées écoulées, il en était venu à penser à cette place comme à la sienne. Et voilà qu'elle s'en allait.

À l'arrière, Rebel était assise près de la valise de Kensie. La chienne avait émis une plainte sourde lorsque Colter l'avait mise sur la banquette. Il l'avait caressée doucement.

— Je sais, bébé, avait-il murmuré. Je sais.

Les médecins avaient autorisé Kensie à sortir dès cet après-midi, et elle avait réservé une place dans l'avion qui partait le soir même. Dans le bref intervalle qui restait, ils s'étaient promenés main dans la main à Desparre, sans parler. Ensuite, il l'avait ramenée à son hôtel pour qu'elle puisse faire ses bagages pendant qu'il allait récupérer Rebel.

Il avait peine à croire qu'il était sur le point de la déposer à l'aéroport et qu'il ne la reverrait jamais.

Il la regarda à la dérobée, s'efforçant de mémoriser son profil. Les épais cheveux soyeux qui encadraient son visage. Ses lèvres pleines, toujours un peu relevées aux commissures comme si elle était prête à sourire. Elle fixait la vitre, aussi ne voyait-il pas ses yeux, mais il savait qu'ils étaient marron clair, couleur caramel. Il imaginait leur expression grave, intense.

Reportant son attention sur la route, Colter lâcha un profond soupir. Depuis que Kensie avait annoncé qu'elle partait, il semblait avoir perdu l'usage de la parole.

Il savait pourtant depuis le début que cela arriverait tôt ou tard. Et que c'était une bonne chose pour elle. Seulement, le savoir était différent de la regarder sortir de sa vie pour de bon.

Il brûlait de la supplier de rester, mais se força à garder le silence. Elle avait une famille qui l'attendait, une vie à reconstruire. À l'hôpital, il avait lu sur son visage qu'elle était en train de réévaluer les choix qu'elle avait faits. Il espérait qu'elle continuerait à jouer du violon. Même si elle avait opté pour cette carrière en pensant à Alanna, son amour pour la musique était évident lorsqu'elle en parlait.

Jamais il ne la verrait jouer. Jamais il ne ferait la connaissance de sa famille ni ne marcherait de nouveau dans les rues main dans la main avec elle.

Pour la première fois depuis très longtemps, il savait précisément ce qu'il voulait : Kensie. Il pouvait s'imaginer vivre avec elle. Fonder un foyer. Avoir des enfants.

C'était un rêve impossible, mais cela lui faisait du bien de recommencer à rêver. Il se sentait plus vivant qu'il ne l'avait été depuis l'instant où la première déflagration avait retenti dans l'air immobile du désert et que Rebel s'était jetée sur lui.

— Kensie…

Elle pivota vers lui, le visage plein d'attente et d'espoir.

Les paroles qu'il allait prononcer, à propos de se revoir un jour, moururent sur ses lèvres. Elle méritait mieux que des promesses vides de sens.

Que pouvait-il vraiment lui offrir à cinq mille kilomètres de distance ? Une relation faite d'appels téléphoniques ? L'obligation de venir en avion jusqu'à Desparre pour le voir de temps à autre puisqu'il avait fait le vœu de ne jamais s'en aller, puisque l'idée même de s'en aller lui comprimait la poitrine ?

Elle était en train de tomber amoureuse de lui. Il l'avait deviné à la manière dont ses doigts s'étaient attardés sur lui lorsqu'elle l'avait embrassé, l'autre soir. Il le voyait à la manière dont elle le fixait à présent, avec dans les yeux le même espoir insensé qu'elle avait eu de retrouver sa sœur.

Il n'était peut-être pas digne d'elle, mais il l'aimait assez pour essayer de faire de son mieux pour elle. Autrement dit, ne pas chercher à la retenir. Si douloureux que cela soit, elle avait besoin qu'il la laisse partir.

Il ralentit à l'approche de l'aéroport, atterré que le temps soit passé si vite.

— Tu vas me manquer.

Elle resta bouche bée, l'espoir refluant dans son regard. Puis elle se força à sourire.

— Merci de m'avoir aidée, Colter.

Elle défit sa ceinture et se tourna pour caresser Rebel, pressant brièvement le visage contre la tête de la chienne. Celle-ci geignit et regarda Colter comme pour le supplier de l'empêcher de partir.

Tout en lui mourait d'envie de le faire, de supplier Kensie de ne pas s'en aller ou, du moins, de rester en contact. Au lieu de quoi, il se força à son tour à sourire.

— Tu vas nous manquer à tous les deux.

Elle jeta les bras autour de son cou, lui donna un bref baiser sur les lèvres, puis descendit de la cabine. Elle attrapa sa valise sur la banquette arrière et s'engouffra dans l'aérogare avant qu'il ait eu le temps de se ressaisir.

Elle était partie.

17

Comment son cœur pouvait-il être si plein et si vide en même temps ?

Kensie regarda derrière la vitre l'avion qui s'arrêtait devant la porte d'embarquement. Quatre jours seulement s'étaient écoulés depuis qu'elle avait quitté Chicago, partagée entre la terreur et l'espoir. Jamais elle ne s'était attendue à trouver un homme comme Colter. Jamais elle ne s'était attendue à perdre un homme comme Colter.

Et jamais elle n'avait envisagé de rentrer à la maison sans Alanna, en ayant perdu tout espoir de la retrouver un jour. L'idée d'abandonner ses recherches l'emplissait d'un sentiment de culpabilité, mais il était temps qu'elle aille de l'avant. Colter lui avait appris cela. Si seulement elle avait pu lui rendre la pareille…

Elle souffrait de les imaginer, Rebel et lui, seuls dans leur chalet, coupés du monde, n'ayant que les photos de leurs frères d'armes disparus pour compagnie. Ce n'était pas une vie. Il méritait tellement mieux.

Cependant, elle ne pouvait le contraindre à changer. Et elle avait déjà consacré une grande partie de sa vie à quelqu'un d'autre. Le moment était venu de penser à elle.

C'était un déchirement, mais il fallait qu'elle s'en aille. L'espace d'un moment, elle avait cru qu'il allait suggérer qu'ils restent en contact, voire qu'ils tentent une relation à distance. S'il l'avait fait, s'il avait éprouvé pour elle des sentiments aussi forts qu'elle pour lui, elle aurait écouté son cœur, et fait fi de son bon sens.

En fin de compte, il s'était contenté de lui dire au revoir, par conséquent, elle avait essayé de faire comme lui. Mieux valait une coupure franche. C'était préférable pour l'un comme pour l'autre.

Elle s'était pratiquement enfuie en courant quand il avait arrêté le pick-up devant l'aérogare. Si elle s'était attardée, elle aurait éclaté en sanglots ou, pire encore, avoué ses sentiments pour lui. Et dire à un homme qu'on connaît depuis quatre jours qu'on est amoureuse de lui n'est pas une bonne idée. Encore moins quand on est sur le point de le quitter pour toujours.

Elle ne voulait pas qu'il garde le souvenir d'une fille éplorée, en mal d'amour. Elle voulait qu'il se remémore une femme forte, résolue. Qu'il pense à la chaleur de son sourire, à ses baisers. Pas à un au revoir gênant pour tous les deux.

— Tout va bien, mon petit ?

Kensie leva les yeux vers la vieille dame qui lui tendait un mouchoir en papier. Elle hocha la tête et le prit, essuyant les larmes qu'elle n'avait pas eu conscience de verser.

La femme fronça les sourcils mais s'éloigna, et Kensie se redressa. Il était temps de regarder vers l'avant. Même s'il ne le savait pas, Colter lui avait fait ce cadeau. Elle lui en serait toujours reconnaissante.

Avec lui, elle s'était vue différemment. Elle s'était vue à travers son regard, et cela lui avait fait désirer des choses qui ne lui avaient jamais manqué auparavant.

Colter l'avait regardée, elle. Pas la violoniste accomplie, pas la sœur dévouée à ses recherches. Il l'avait vue, elle. Il avait vu sa détermination, son optimisme, et même son côté obstiné, et il l'avait aimée pour tout cela. Auprès de lui, elle avait compris qu'elle avait passé sa jeunesse à se mesurer contre de faux critères. Soudain, elle avait aspiré à davantage.

Elle voulait plus qu'une vie étriquée, menée en marge des recherches qu'elle menait pour retrouver une sœur qu'elle n'avait pas vue depuis l'enfance. Ce n'était pas sa faute si Alanna avait été enlevée. C'était le ravisseur qu'il fallait blâmer. Peut-être que, en renonçant à vivre comme elle aurait dû le faire, Kensie desservait la mémoire de sa sœur.

Même si Alanna n'avait que cinq ans quand elle avait disparu, Kensie n'avait pas embelli ses souvenirs. Sa sœur adorait qu'elle s'occupe d'elle, qu'elle lui lise des histoires et la fasse rire. C'étaient ces moments-là que Kensie devait chérir, au lieu de se focaliser sur un moment unique auquel elle ne pouvait rien changer.

« Mesdames et messieurs, nous sommes maintenant prêts à procéder à l'embarquement du vol 1850 à destination de Chicago avec escale à Seattle. »

Kensie tressaillit et leva la tête, surprise de constater que les passagers avaient déjà débarqué et que l'avion avait été nettoyé pendant qu'elle était perdue dans ses pensées. Une petite file se formait déjà devant la porte.

Fermant les yeux, elle murmura :

— Adieu, Alanna.

En disant les mots à voix haute, elle se sentit délivrée d'un poids. Sa respiration se fit plus légère, en dépit de la douleur qui demeurait dans sa poitrine.

Son voyage avait été un échec, mais elle serait toujours reconnaissante d'être venue. Colter lui avait ouvert la porte d'un monde nouveau. Elle n'avait qu'un regret, et c'était de ne pas avoir pu en faire autant pour lui.

Elle se leva, ajusta son sac et se joignit aux derniers passagers. Elle venait de tendre son billet à l'employé quand une voix familière la fit sursauter.

— Kensie ! Attends !

Le cœur battant à tout rompre, elle pivota vers Colter.

Il courait vers elle aussi vite que sa canne le lui permettait, et un espoir mêlé d'angoisse la saisit. S'engager dans une relation à longue distance avec un homme qui était encore incapable de surmonter son propre chagrin était une mauvaise décision au moment où elle se décidait enfin à aller de l'avant. Pourtant, s'il le lui demandait, il était hors de question qu'elle refuse.

— Colter, souffla-t-elle, envisageant déjà des voyages en Alaska, des nuits brûlantes dans son lit, des lettres d'amour qui les soutiendraient entre leurs rencontres.

Il s'arrêta devant elle, et le cœur de Kensie s'emballa. Elle avait peine à croire qu'il était revenu la chercher. Seigneur, il avait sans doute dû acheter un billet pour avoir le droit de venir jusque-là. Pour lui demander en personne au lieu de le faire par téléphone.

— Oui, acquiesça-t-elle avant qu'il ait eu le temps de dire quoi que ce soit.

Peu importaient les difficultés d'une relation à distance. Peu importait aussi qu'il ne soit pas encore assez libéré de ses démons pour se consacrer à une relation. Ils trouveraient le moyen d'être ensemble. S'il éprouvait pour elle ne serait-ce qu'une fraction des sentiments qu'elle éprouvait pour lui, ils y parviendraient.

— Kensie. Ne pars pas.

Son cœur se mit à cogner plus fort encore. Il fallait qu'elle parte. Sa famille l'attendait. Elle avait une foule de décisions à prendre à propos de sa vie. En revanche, elle pourrait revenir. Très vite.

Elle ouvrit la bouche, mais il la devança.

— Je crois que nous avions tort. Il est encore possible que ta sœur soit ici. Je crois que nous pouvons la trouver.

Elle allait rester.

Dieu merci, il était arrivé à la porte à temps. Une minute de plus, et il aurait été trop tard. Et, même s'il s'était convaincu qu'il devait la laisser s'en aller, il était submergé de soulagement.

« Dernier appel pour le vol 1850 à destination de Seattle et de Chicago. Kensie Morgan est attendue immédiatement à la porte 17. Départ imminent. »

Kensie cilla et jeta un coup d'œil par-dessus son épaule.

Colter laissa tomber sa canne et la prit par les bras, brûlant de dissiper la perplexité qu'il lisait sur ses traits.

— Kensie. Tu m'as entendu ? Je crois que nous nous sommes trompés. Que nous avons encore une chance de trouver Alanna.

Elle se retourna vers lui, le front barré d'un pli.

— Colter, commença-t-elle sur un ton d'excuse, je…

— Kensie.

Cette fois, il la secoua un peu.

— J'ai parlé à Jasper, ajouta-t-il alors qu'elle lançait un regard vers l'avion, comme si elle songeait toujours à partir.

Il se hâta de poursuivre, se demandant ce qui avait changé depuis qu'il l'avait déposée. La veille encore, s'il avait suggéré la moindre piste, elle n'aurait pas eu une seconde d'hésitation. Elle aurait ignoré tous les dangers, persuadée que celle-là serait la bonne.

Cela dit, quelqu'un venait d'essayer de la tuer. Bien qu'il ait été soldat et habitué à être pris pour cible, jamais il n'avait été confronté à une violence si immédiate, si personnelle. Qu'on essaie de vous abattre dans une zone de guerre, c'était une chose ; qu'on s'introduise dans votre chambre d'hôtel pour vous étrangler en était une tout autre.

Il laissa descendre ses mains et noua ses doigts aux siens. Enfin, elle le regarda droit dans les yeux.

— Je sais qu'il y a eu beaucoup de fausses pistes. Et que tu as subi des menaces. Mais, cette fois, c'est sérieux. Je le sens.

Il ne disait pas cela uniquement dans le but de la convaincre de rester. Jasper avait répété plusieurs fois qu'il ne pouvait être sûr de rien. Malgré tout, son excitation contenue suggérait le contraire.

— Jasper m'a appelé. Un type vient de sortir de son magasin. Il a posé toutes sortes de questions au sujet de l'enquête du FBI. Il voulait savoir si elle était close.

Il pressa les mains de Kensie entre les siennes.

— Jasper se souvient d'avoir vu ce type le jour où le message a été découvert. Il est possible qu'il ait accompagné la fille, celle qui te ressemblait. Jasper a dit que tout lui est revenu en mémoire quand il a revu ce type. Ce jour-là, il avait présumé qu'il était avec sa fille.

Le regard de Kensie se posa sur la porte, puis revint sur lui alors qu'on appelait une nouvelle fois son nom.

— A-t-il dit à quoi ressemblait cet homme ?

— Non, mais nous pouvons aller lui parler. Il nous attend. Je lui ai dit que je venais te chercher et que nous serions là aussi vite que possible.

Elle fixa leurs mains jointes un long moment avant de secouer la tête.

— Colter, je ne peux pas passer ma vie à suivre des pistes qui ne mènent nulle part.

Elle planta de nouveau son regard dans le sien. Une lueur nouvelle y brillait, une sorte de force.

— Je mérite d'avoir ma propre vie, de réfléchir à ce que je veux vraiment. C'est toi qui me l'as fait comprendre, ajouta-t-elle doucement.

Ah bon ? Il vacilla légèrement à ces mots. Bien sûr qu'il désirait cela pour elle, mais…

— Il y a un moment pour aller de l'avant, Kensie. Mais aussi pour avoir la foi et l'optimisme.

Elle secoua la tête de nouveau mais il insista.

— C'est toi qui m'as fait comprendre ça. On n'abandonne pas ceux qu'on aime.

Il accusa un peu le coup en prononçant ces mots, car il songeait au jour où ses camarades avaient péri. La conduisait-il sans le vouloir dans la mauvaise direction en essayant de la forcer à se focaliser sur le passé alors qu'elle avait une chance de préparer son avenir ? Pourtant, son instinct lui hurlait que la piste était solide, et il n'était pas sûr de pouvoir la suivre seul.

Elle se tassa légèrement et un éclair de douleur traversa ses traits, mais elle redressa le menton presque aussitôt.

— Comment sais-tu que ce n'est pas une impasse de plus ?

— Je n'en sais rien, avoua-t-il alors que le haut-parleur annonçait la fermeture des portes pour le vol 1850.

Sa jambe commençait à le lancer, mais il l'ignora et attira Kensie plus près.

— Viens avec moi. Ce n'est pas terminé.

Elle le dévisagea longuement, puis dégagea ses mains.

— Ce n'est pas terminé, répéta-t-elle doucement.

Sur quoi elle se jeta dans ses bras.

18

Le cœur battant à toute allure, Kensie regarda Colter tandis qu'ils s'éloignaient de l'aéroport, à une vitesse qui n'avait sûrement rien de légal. Toute l'attention de Colter était concentrée sur la route, ses mains étaient crispées sur le volant comme s'il partait en mission.

Elle avait encore du mal à croire qu'elle n'avait pas embarqué dans l'avion. Le prochain vol pour Chicago n'aurait lieu que dans trois jours.

Trois jours de plus avec Colter. Pourrait-elle résister à la tentation ? Car, que ce soit dans trois jours ou trois jours après, elle finirait par s'en aller. Concernant Colter, rien n'avait changé.

Si elle tombait dans ses bras, elle n'en souffrirait que davantage.

Comme s'il avait senti qu'elle l'observait, il jeta un coup d'œil vers elle.

— Je suis content que tu sois restée, Kensie.

Quand elle s'était jetée à son cou à l'aéroport, il l'avait soulevée de terre avant de capturer ses lèvres pendant un long et délicieux moment. Autour d'eux, les gens avaient applaudi, se méprenant totalement sur ce qui se passait.

À présent, elle percevait sa nervosité aux muscles tendus de ses bras, à sa mâchoire rigide. Il redoutait de l'avoir persuadée de rester pour une entreprise qui n'en valait pas la peine.

Un mélange de peur et d'espoir l'envahit, et elle sentit s'accélérer encore les battements de son cœur.

Ce n'est qu'une piste de plus, se rappela-t-elle. *Aborde-la comme toutes les autres, sans trop en attendre mais avec optimisme malgré tout.*

C'était un équilibre difficile à trouver, mais elle avait fini par y parvenir au fil des années. Cette fois, cependant, tout semblait différent. Peut-être parce qu'elle avait décidé de dire adieu à Alanna avant de se laisser entraîner de nouveau à sa recherche. Elle avait vraiment l'impression que c'était sa dernière chance.

— Je suis désolé.

Il lui fallut un instant pour assimiler les paroles de Colter, puis elle fronça les sourcils. Avait-elle exprimé ses doutes à voix haute ?

— J'aurais dû mener l'enquête seul au lieu d'insister pour que tu m'accompagnes. C'était égoïste de ma part. Je suis désolé.

Égoïste ? Il avait passé les quatre jours qui venaient de s'écouler à poursuivre une piste que le FBI avait jugée sans intérêt. Il avait été à ses côtés chaque fois qu'elle avait eu besoin de lui, et il l'avait arrachée à deux reprises aux griffes d'individus dangereux.

Kensie lâcha un petit rire incrédule.

— Tu as été tout le contraire d'égoïste depuis la seconde où je t'ai rencontré.

Il resta silencieux un long moment. Enfin, au moment où la route goudronnée se transformait en chemin de terre, il répondit d'une voix lente, délibérément.

— Je ne voulais pas que tu t'en ailles.

L'aveu de Colter la laissa sans voix, mais pas sans réaction. Elle eut soudain une conscience aiguë de la proximité de leurs corps. Sa peau la picotait, ses lèvres réclamaient un autre baiser. Son cerveau calculait déjà la distance qui les séparait du chalet, le temps que durerait le trajet.

Elle était restée pour Alanna. Surtout. Mais aussi en partie à cause de l'homme qui était assis à côté d'elle. La raison avait beau lui dire de garder ses distances et de se concentrer sur sa sœur durant le temps qu'il lui restait à Desparre, son cœur avait d'autres idées.

Avant qu'elle ait eu le temps de répondre, Colter reprit la parole, cette fois sur un ton neutre :

— Jasper a essayé de rassurer le type en lui disant que le FBI avait conclu à une mauvaise plaisanterie. Il n'est pas certain d'avoir réussi. Quoi qu'il en soit, nous allons devoir être prudents. Je ne veux pas répéter l'expérience que nous avons eue avec Rollings.

Les doigts de Kensie se portèrent instinctivement sur son cou meurtri.

— Moi non plus.

Il la regarda d'un air pensif, puis pressa l'allure. Quelques instants plus tard, ils se garaient dans le parking du magasin de Jasper.

Rebel décrivit des cercles autour d'eux jusqu'à la porte.

— Détends-toi, bébé, dit-il à la chienne en riant, avant de se tourner vers Kensie. Elle est contente que tu sois revenue.

— Moi aussi.

Les mots avaient jailli d'eux-mêmes, mais c'était la vérité. Même si une série de déconvenues l'attendait, elle ne pourrait regretter une décision qui lui offrait un peu plus de temps avec Colter.

Il lui tint la porte, et son regard fit à Kensie l'effet d'une caresse. Elle se sentit soudain plus légère, presque gaie. Cependant, cette sensation se mua en nervosité mêlée d'espoir alors que Jasper se hâtait vers elle.

— Kensie.

Il lui prit les mains, les serra entre ses paumes parcheminées.

Lors de leur première rencontre, il avait été plus que bourru, à la limite de la grossièreté. Maintenant, il la regardait comme une vieille amie. À l'évidence, son récit du jour où elle avait vu Alanna se faire enlever sous ses yeux l'avait profondément touché.

Jasper salua Colter d'un signe de tête, sans protester contre la présence de Rebel avec eux.

— Un type est venu au magasin aujourd'hui. Je l'ai reconnu. Je crois qu'il était avec la fille ce jour-là.

Ses yeux se posèrent de nouveau sur Kensie.

— Je l'avais déjà vu.

— Quoi ? s'exclama Colter. Vous ne m'avez pas dit ça au téléphone.

— Je sais. Je vous ai appelé dès qu'il est parti et je n'arrête pas de me creuser les méninges depuis. Ce n'est pas un habitué. Loin de là. Mais ce jour-là n'était pas sa première fois au magasin. Je l'ai déjà vu. Je crois même qu'il pourrait habiter dans les parages.

Le cœur de Kensie se mit à battre plus vite. S'il vivait dans les environs, ils avaient réellement une chance de le trouver. De trouver Alanna.

— À vrai dire, je n'aurais peut-être même pas fait le lien avec cet incident s'il n'avait pas posé de questions. Il était un peu trop détendu. Son attitude m'a paru forcée, comme s'il voulait désespérément des réponses mais qu'il ne voulait pas donner l'impression qu'elles l'intéressaient. C'est là que j'ai compris qu'il était déjà venu. Je crois qu'il est sorti en même temps que la fille.

Il adressa à Kensie un regard d'excuse.

— Je ne peux pas en être sûr, mais c'est quand même louche, non ?

Elle lui tapota la main.

— Oui.

Elle interrogea Colter des yeux, ne sachant comment poursuivre.

— Avez-vous une idée de l'endroit où il pourrait vivre ? demanda celui-ci.

— Je suis sorti derrière lui aujourd'hui. Je lui ai fait un signe d'adieu et j'ai attrapé la pelle que j'avais laissée dehors, histoire de lui faire croire que j'étais sorti pour ça mais, franchement, je ne suis pas sûr qu'il ait été convaincu. Bref, je l'ai vu monter dans un pick-up, et il a démarré en trombe. On aurait dit qu'il ne voulait pas que je voie sa plaque d'immatriculation.

— Dans quelle direction est-il parti ?

— Ça, en revanche, je peux vous le dire. Dès qu'il a filé, je suis monté sur le toit. La plupart des gens ne le savent pas, mais j'ai une terrasse là-haut. J'ai pu le suivre des yeux un moment.

Il retourna au comptoir, déplia une carte et dessina une ligne qui partait du magasin vers une étendue qui parut totalement déserte à Kensie.

Dès qu'il eut terminé, le regard de Colter se souda au sien. Son visage était tendu.

— C'est par là que Henry Rollings habitait. Il n'y a pas grand-chose là-bas. C'était vrai pour Rollings et c'est aussi vrai pour ce type. C'est un endroit idéal où se cacher.

Kensie hocha la tête, sa nervosité cédant la place à la détermination.

— Allons fouiner un peu.

Rebel donna son accord en aboyant.

C'était peut-être sans espoir.

Colter n'avait pas formulé sa pensée tout haut, mais Kensie jeta un coup d'œil vers lui et secoua la tête.

— Nous devons continuer, déclara-t-elle d'une voix

crispée, penchée vers le pare-brise comme si elle pouvait les entraîner au bon endroit par la seule force de sa volonté.

Il avait commencé à neiger. De gros flocons vaporeux s'écrasaient sur le pare-brise et glissaient lentement, transformant la forêt qui les entourait en un décor de carte postale.

Pour le moment, le tapis de neige était mince, mais Colter savait à quelle vitesse les conditions météo pouvaient changer. Même avec un pick-up en parfait état, et un plein d'essence dans le réservoir, il ne voulait pas prendre de risques. Les autochtones eux-mêmes pouvaient être trompés par la brutalité du climat.

— Encore dix minutes, décida-t-il. Si la neige n'a pas cessé, nous ferons demi-tour. Nous pourrons revenir demain.

— Mais…

— Kensie, il y a trois heures que nous avons pénétré dans la forêt. Si le temps change, nous risquons d'être pris au piège.

— Je vais vérifier le radar.

Il jeta un bref coup d'œil vers elle, l'essentiel de son attention se portant sur la piste qui serpentait entre les énormes pins.

— Il n'y a sûrement pas de réseau ici. On ne pourra pas appeler une dépanneuse pour nous tirer d'affaire.

Elle tint son appareil en l'air dans différentes directions, puis soupira.

— Tu as raison. Pas de réseau.

Ils roulèrent en silence pendant quelques minutes, et la tension de Kensie devenait palpable dans l'habitacle. Il neigeait toujours, mais pas plus dru qu'avant. Et toujours aucun signe de la moindre habitation.

— Tu penses qu'on est passé à côté sans la voir ?

— C'est possible. En général, les gens qui vivent dans ce coin s'arrangent pour ne pas être trop loin d'une piste principale, parce que même elles peuvent disparaître sous la neige. Tu te souviens de la bifurcation à quinze kilomètres d'ici ? Si nous avions pris l'autre chemin, nous serions arrivés chez Henry Rollings. J'ai pris celui-ci parce que je me suis dit que s'il avait vu ta sœur – à supposer qu'elle te ressemble vraiment, comme Jasper l'a dit –, il en aurait parlé.

— Pourquoi aurait-il fait cela ? Il semblait trop occupé à me tuer.

Colter dit la main vers la sienne et la serra.

— Après, je veux dire. Quand la police est arrivée et qu'il a été question de ta sœur. S'il avait vécu près de quelqu'un qui te ressemblait, il aurait pu tirer ses propres conclusions et essayer d'en tirer un avantage.

Elle se cala sur son dossier et le dévisagea.

— Peut-être qu'on devrait aller lui rendre une petite visite et le lui demander.

— Peut-être, répondit Colter sans enthousiasme.

S'ils l'interrogeaient, Rollings était capable de mentir dans l'espoir d'être traité avec plus de clémence – ou simplement pour torturer Kensie, parce que c'était un salopard. S'il avait su quoi que ce soit, il l'aurait sûrement déjà dit.

— Tiens, qu'est-ce que c'est que ça ?

Colter ralentit l'allure, roulant au pas tandis qu'il scrutait la forêt.

— Où ?

Il pointa le doigt.

— Devant nous, légèrement sur la droite, à environ trente mètres.

Kensie se pencha de nouveau, plissant les yeux pour mieux voir à travers le rideau de flocons, plus dense à présent.

— Je ne vois rien… Oh !

— Un chalet, marmonna Colter.

Parfaitement caché par les arbres. S'ils ne l'avaient pas cherché, ils auraient aisément pu passer sans le remarquer. Il était situé assez près de la piste pour que les occupants puissent y avoir accès sans difficulté, mais assez loin pour demeurer invisible à ceux qui en ignoraient l'existence.

À mesure qu'ils avançaient, Colter comprit que l'habitation était beaucoup plus vaste qu'il ne l'avait cru tout d'abord.

— On pourrait loger toute une famille ici.

Il se tassa légèrement en prononçant ces mots. Il était peu probable que le ravisseur d'Alanna et elle vivent dans une maison aussi grande.

Un juron lui échappa. Un panneau était planté à l'entrée de la longue allée qui menait au chalet. Deux planches en bois l'une sur l'autre. La première indiquait : « FAMILLE ALTIER. » La seconde était plus menaçante : « DÉFENSE D'ENTRER SOUS PEINE DE MORT. »

— Ce n'est pas le nom du couple que Yura a mentionné l'autre jour ?

— Comment ?

Kensie fixait toujours le chalet avec intensité.

— Altier. Je suis sûr que c'est le couple qui payait Henry Rollings pour faire de petits travaux de temps en temps. Ce n'est pas le ravisseur, Kensie. Yura a parlé d'un couple avec des enfants.

Quand elle se tourna vers lui, la déception était gravée sur ses traits.

— Peut-être qu'ils connaissent d'autres gens par ici. Allons leur parler.

— Je ne suis pas sûr que ce soit une bonne idée, rétorqua-t-il en désignant le panneau.

Au même moment, il aperçut une voiture familiale garée à l'écart, près du chalet. Son cœur se mit à battre plus vite. La plupart des gens du coin conduisaient de gros pick-up. Le dernier véhicule comme celui-là qu'il avait vu, c'était celui qui avait failli renverser Kensie le jour de son arrivée à Desparre.

Il avait présumé que c'était un accident, qu'un idiot était au volant. Peut-être s'était-il trompé du tout au tout. Peut-être Kensie avait-elle été prise pour cible dès le début.

— Kensie ? Qu'as-tu fait en arrivant ici ? Avant que Rebel te sauve la vie ?

Elle fronça les sourcils, déconcertée par le soudain changement de sujet.

— Pas grand-chose. J'ai loué un pick-up à l'aéroport et je suis venue en ville. J'ai dû demander mon chemin plusieurs fois.

— As-tu dit aux gens pourquoi tu étais là ?

— Bien sûr. Au cas où l'un d'eux aurait su quelque chose. Pourquoi ?

Colter pointa le bras vers le véhicule.

— Je crois que c'est la voiture qui a essayé de te renverser. À mon avis, le bruit a couru que tu étais là, que tu cherchais Alanna, et quelqu'un ne voulait pas que tu la trouves.

Les yeux de Kensie brillaient d'excitation.

— Nous sommes peut-être au bon endroit, murmura-t-elle.

Le regard de Colter se posa de nouveau sur le panneau.

— Il faut qu'on aille avertir la police.

— Mais…

— Si nous l'avons vraiment trouvée, Kensie, nous ne lui servirons à rien en nous faisant tuer.

Elle jeta un coup d'œil par-dessus son épaule, contemplant le fusil de Colter, derrière la banquette où Rebel était assise. Son regard s'attarda longuement sur l'arme, puis elle lâcha un soupir.

— Tu as raison.

Peu désireux d'attirer l'attention des Altier en faisant

demi-tour dans leur allée, Colter enclencha la marche arrière dans l'espoir de trouver un espace assez large entre les arbres pour lui permettre de changer de direction. Le pick-up commençait tout juste à reculer quand Kensie poussa un cri.

— Attends !

Colter écrasa la pédale de freins. Un groupe d'enfants venait de sortir. Il les regarda tour à tour, cherchant une jeune fille qui ressemblait à Kensie.

De loin, tous lui ressemblaient un peu. Ils avaient le teint mat, les cheveux bruns. Cependant, aucun ne semblait avoir l'âge d'Alanna. La plus petite des filles devait avoir cinq ou six ans, et la seconde quinze ou seize. Quant aux garçons, le plus jeune pouvait avoir douze ans, le plus âgé une bonne vingtaine d'années.

Colter lâcha un juron.

— Kensie, Jasper a peut-être vu cette jeune fille-là. Elle te ressemble un peu. Il l'a peut-être confondue avec Alanna.

À en juger par la pâleur de Kensie, elle avait dû parvenir à la même conclusion. Il captura sa main de nouveau, prêt à s'excuser de l'avoir amenée jusque-là pour rien.

— Colter, souffla-t-elle en se dégageant, pointant le doigt vers le chalet.

Il pivota. L'aîné des garçons avait disparu. À sa place se tenait une jeune fille d'environ dix-neuf ans, aux cheveux bruns coupés à hauteur des épaules. Elle avait des sourcils bruns bien dessinés, des lèvres pleines et sensuelles, comme Kensie.

Colter la reconnut aussitôt. C'était la fille qu'il avait vue assise dans le pick-up qui avait foncé hors de la ville le jour où Danny Weston avait agressé Kensie. Celle qu'il avait, l'espace d'un instant, prise pour Kensie.

— C'est elle. C'est Alanna.

Elle avait parlé dans un murmure, la voix empreinte de larmes et de joie.

Elle tendit la main vers la poignée et il lui saisit le bras, arrêtant son geste.

— Kensie, nous devons quand même alerter la pol…

Il n'eut pas le temps d'achever sa phrase. Une détonation claqua dans les airs, comme un pétard qui aurait été tiré trop près. Colter reconnut le son immédiatement.

Un coup de fusil.

19

Kensie l'avait trouvée. Au terme de quatorze années de recherches, elle avait enfin trouvé Alanna.

Encore sous le choc, elle fixait sa sœur par-delà les arbres. Son corps semblait paralysé, mais son esprit lui hurlait de courir, de prendre Alanna par la main et de s'enfuir.

Sauf que Colter avait amorcé une marche arrière et reculait à toute allure, assez vite pour clouer Kensie à son siège et faire glisser Rebel sur elle.

Malgré tout, il n'avait pas été assez rapide. Une nouvelle déflagration retentit, et Kensie tressaillit à la vue du nuage de fumée qui s'élevait du moteur.

— Nous sommes touchés, dit Colter, d'une voix bien trop calme.

Kensie comprit brusquement, et la panique commença à percer à travers le brouillard de ses pensées. Elle avait peur pour Colter, pour Rebel et pour elle-même, et surtout elle était terrifiée à l'idée de perdre Alanna de nouveau.

À côté du chalet, le jeune qui avait disparu à l'intérieur était de retour, et gesticulait en direction de leur véhicule. Debout près de lui, une femme d'une quarantaine d'années – qui semblait être sa mère – épaula son arme.

— Colter…

— Baisse-toi !

Avant même qu'il ait fini de parler, les dents de Rebel

tiraient sur sa manche, obligeant Kensie à se tasser gauchement sur elle-même, la tête entre les sièges.

Mais Colter ? Encore assis normalement, la main sur le volant, la mâchoire rigide, il offrait une cible idéale.

La fumée qui s'échappait du capot était de plus dense, et les craintes de Kensie redoublèrent.

— Le moteur va exploser ?

— Non, assura Colter d'une voix tendue.

Les jointures de ses doigts étaient blanches sur le volant. Le pick-up crachotait, bougeant à peine bien que Colter ait gardé son pied pressé sur la pédale d'accélérateur.

Un nouveau coup de feu déchira les airs. Tout le côté droit du pick-up s'affaissa.

Kensie lâcha un cri, Colter un juron. Il batailla avec le volant, tournant le pick-up en direction des arbres.

— Elle a eu le pneu. Mets-toi à l'arrière.

— Quoi ?

— Mets-toi à l'arrière. Tout de suite !

Les mains tremblantes, elle détacha maladroitement sa ceinture et comprit subitement son intention. Il positionnait le pick-up de manière à ce que son côté soit face au fusil, lui donnant plus de protection.

— Colter…

— Je te suis. Vas-y.

Kensie se propulsa sur la banquette et se recroquevilla à côté de Rebel, qui avait eu l'intelligence de se tapir sur le plancher derrière son siège.

Colter tenta de se faufiler entre les deux sièges. Ses épaules étaient trop larges et il parut rester coincé, mais il parvint à tendre le bras et à s'emparer de son fusil.

Au grand dam de Kensie, il retourna devant et ouvrit la boîte à gants pour en sortir une boîte de munitions. Il remplit le chargeur, puis fourra le reste dans sa poche.

— Quand je te donnerai le signal, ouvre la portière et cours vers les arbres.

— Colter…

— Tiens-toi prête, lança-t-il, levant son arme.

Une détonation assourdissante coupa court à leur échange. Le pare-brise explosa en mille morceaux, projetant une pluie de verre dans l'habitacle. Kensie poussa un cri, puis se mit à tousser, suffocant dans l'épaisse fumée noire qui s'engouffrait à l'intérieur.

Colter. Avait-il été touché ?

Elle changea de position et se redressa, le cherchant des yeux. Presque aussitôt, il lui mit la main sur la tête pour la forcer à se baisser de nouveau. Néanmoins, elle avait eu le temps de voir deux choses. Colter était sain et sauf. Et la femme qui avait tiré courait vers le pick-up, sa carabine à la main.

— Colter, avertit-elle d'une voix rauque qu'elle ne reconnut pas. Elle vient vers nous !

— Le plan n'a pas changé, répondit-il d'une voix bourrue, parfaitement calme. Mets la main sur la poignée. Tu vas y aller.

— Mais…

— À trois ! Un… Deux… Trois, vas-y !

Le cœur battant à tout rompre, Kensie ouvrit la portière.

— Va, Rebel ! ordonna Colter. Les arbres !

La chienne se jeta au-dehors. Kensie la suivit à regret, déchirée à l'idée d'abandonner Colter.

Elle entendit un coup de feu, puis un autre alors qu'elle s'élançait, inspirant l'air frais à pleins poumons. Elle suivait le chemin tracé par Rebel.

— Colter !

Elle crut avoir hurlé, mais peut-être l'avait-elle imaginé. Une nouvelle déflagration fit trembler le sol devant elle. Une fraction de seconde plus tard, une douleur fulgurante lui transperça la jambe, aussi brûlante qu'une flamme.

Elle s'effondra.

Kensie était blessée.

Tout l'univers de Colter se rétrécit jusqu'à se limiter à sa silhouette étendue dans la neige. Sa vision s'assombrit, il entendit une balle siffler au-dessus de lui. Le souffle coupé, il sentit les pattes de Rebel s'abattre sur lui. Déjà, il tombait, tombait…

Il tendit les mains en avant, cherchant confusément quelque chose à quoi s'accrocher pour amortir sa chute. Le fusil qu'il tenait heurta son siège et lui écrasa les doigts. Mais cela n'avait aucun sens. Il n'y avait pas de pick-up, rien que les vestiges calcinés d'un camion où trop de soldats avaient prématurément trouvé la mort.

— Colter !

La voix affolée de Kensie déchira le brouillard de son esprit, l'arrachant au cauchemar où il avait perdu ses frères. Le ramenant à elle.

Sauf qu'il n'était pas avec elle. Kensie avait été touchée et il se trouvait à l'intérieur d'un pick-up envahi par la fumée. Son cerveau lui ordonnait de prendre la fuite. Il suffoquait déjà, luttait pour maîtriser la panique. De loin, les aboiements de Rebel semblaient lui dire de se hâter.

À force de se tortiller, il réussit à faire passer ses épaules entre les sièges, et tira son arme derrière lui. À la portière ouverte, il marqua une pause. De là, il avait une vue dégagée du chalet.

La femme avait cessé de tirer. Au lieu de quoi elle s'était repliée derrière la porte d'entrée, entraînant les deux plus jeunes enfants avec elle. En revanche, l'aîné des garçons, un pistolet à la main, visait Kensie.

— Non !

Une autre voix se mêla à celle de Colter et, avant qu'il ait pu se détacher du véhicule, la jeune fille qu'ils pensaient être Alanna se rua vers le garçon.

Sans perdre une seconde, Colter s'élança, laissant sa canne derrière lui pour emporter le fusil. Il s'agenouilla à côté de Kensie. Du sang s'échappait d'une blessure à son mollet, mais celle-ci n'avait pas été provoquée par une carabine. Il était plus probable qu'elle ait été causée par la balle d'un pistolet.

Une bouffée de soulagement déferla en lui, et il put enfin respirer. L'air froid lui brûla les poumons, mais évacua aussi la fumée qu'il avait avalée. Tant bien que mal, il souleva Kensie en veillant à ne pas lâcher le fusil. Sans doute en auraient-ils besoin tôt ou tard. Sa jambe droite vacilla, et il pria silencieusement le ciel pour qu'elle tienne bon.

Enfin, il parvint à hisser Kensie sur son épaule droite et se mit à courir.

— Vas-y, lança-t-il à Rebel devant lui, à l'abri des arbres.

La chienne obéit aussitôt, filant d'un arbre à l'autre. Sa piste était bien visible dans la neige. Colter savait que ses empreintes le seraient tout autant. Ce serait un jeu d'enfant que de les suivre.

Il n'y avait qu'une seule piste pour accéder à cet endroit, et c'était celle qu'ils avaient empruntée pour venir. S'ils repartaient par là, ils seraient une cible facile, mais il n'était pas certain que s'enfuir à travers bois soit préférable. Ils s'enfonçaient davantage dans des étendues sauvages, en direction d'une montagne à pic, loin de tout secours.

Sa jambe abîmée le lançait à chacune de ses foulées. Tous les six mètres, Rebel s'arrêtait et regardait en arrière, attendant qu'il la rattrape.

Kensie était légère. Il se remémora avoir couru trois kilomètres autrefois, un soldat deux fois plus lourd qu'elle sur son épaule. C'était avant sa blessure. À présent, c'était tout juste s'il pouvait garder l'équilibre.

Il mourait d'envie de se retourner pour voir si la femme ou le garçon les poursuivait, mais c'était trop risqué. La pente semblait s'accentuer, et le moindre faux pas entraînerait sa chute. Quant à faire demi-tour pour atteindre une zone moins accidentée, c'était impensable : il risquait de tomber face à face avec les Altier.

Il avait besoin d'échafauder un plan. Ils étaient en train de dévaler le flanc de la montagne au lieu d'en suivre le contour. Quiconque occupant une position dominante pourrait les repérer aisément, arbres ou pas. Sauf que la forêt devenait plus dense au fur et à mesure de leur descente. Et qu'il n'était pas facile d'atteindre une cible mouvante. Il devait accélérer l'allure.

— Je peux courir !

La voix de Kensie lui parvint, les paroles étouffées contre son dos. Cependant, il savait qu'elle se berçait d'illusions. Elle avait reçu une balle dans le mollet. Peut-être pourrait-elle marcher un peu, mais il ne tenait pas à tester cette théorie dans l'immédiat. Pas tant qu'ils étaient encore à proximité du chalet.

Il ne répondit pas. Il en était incapable. À chaque pas, le terrain devenait plus raide, au point qu'il fut bientôt contraint de se pencher en arrière et de ralentir l'allure pour ne pas les précipiter tous les deux dans la pente. Devant lui, Rebel aussi avait ralenti, et il s'aperçut qu'elle boitait légèrement de sa patte arrière.

Colter aurait voulu s'aider des sapins pour se soutenir mais, avec Kensie sur son épaule gauche et le fusil qu'il tenait dans la main droite, c'était impossible.

Le froid lui brûlait la gorge et les poumons, faisait larmoyer ses yeux. Le vent était brutal, la descente toujours plus raide. Il ralentit encore, optant pour progresser en zigzags plutôt qu'en ligne droite.

Rebel était revenue vers lui et ne s'éloignait plus. Il n'avait pas la force de lui donner l'ordre de passer devant. D'ailleurs, il n'était pas certain qu'elle lui aurait obéi. Sans doute sentait-elle qu'il était épuisé.

Sa mauvaise jambe ploya soudain, et son pied partit en avant. Il ne parvint à stopper sa chute qu'en calant son épaule libre contre un tronc d'arbre. Les branches lui fouettèrent le visage et l'impact lui arracha le fusil des mains. L'arme dégringola la montagne en rebondissant contre les sapins. Voilà ce qui les attendait, Kensie et lui, s'il glissait de nouveau.

L'épaule pressée au tronc d'arbre, Colter reprit son équilibre et osa enfin jeter un coup d'œil en arrière. Il scruta la crête, mais ne vit rien ni personne.

Il tendit l'oreille, mais ne distingua pas non plus de bruit de moteur. Pas même celui d'une motoneige, qui serait nettement plus efficace pour les poursuivre et que les Altier possédaient sans doute.

Il tapota sa cuisse.

— Rebel.

La chienne les rejoignit sous l'arbre et Colter se baissa lentement, puis déposa Kensie sur le sol. Les jambes secouées de tremblements, il s'assit à son tour, priant pour être capable de se relever.

— Ça va ? demanda-t-elle, avant qu'il ait pu lui poser la même question.

— Laisse-moi regarder ta blessure, répondit-il.

Elle s'approcha et étendit la jambe sur les genoux de Colter, non sans avoir esquissé une grimace de douleur.

Son jean était imprégné de sang. La balle avait troué le tissu, et Colter voyait la chair tuméfiée, la plaie d'où le sang continuait à s'échapper.

Il palpa la blessure aussi doucement que possible. La balle n'était pas ressortie. Sans doute à cause de la distance, ou de l'angle de tir. Et il ne pouvait pas savoir si le projectile s'était logé près de la surface ou plus profondément dans la chair.

À l'armée, il avait reçu une formation de secouriste, mais il n'avait pas l'équipement nécessaire pour traiter une blessure par balle. Tout ce qu'il pouvait faire, c'était arrêter l'hémorragie et emmener Kensie à l'hôpital au plus vite.

À la seconde où il retira sa veste, son corps se raidit contre la morsure du froid. Malgré tout, il ôta aussi sa chemise, ainsi que le maillot qu'il portait dessous. Lâchant un juron, il remit rapidement sa chemise et sa parka. Puis il enroula le maillot autour de la jambe de Kensie et le serra suffisamment pour lui arracher un petit cri.

— Désolé. Il faut que j'arrête le sang.

Par chance, il y parvint. Le maillot se teinta légèrement de rose, mais ce fut tout. Colter ne pouvait qu'espérer que les saignements ne reprendraient pas si elle devait courir. Car il n'était pas sûr de pouvoir la porter jusqu'en bas.

Il mourait d'envie de rester sous cet arbre, de se reposer un peu. Tandis que Kensie caressait doucement les égratignures que les branches avaient laissées sur son visage, il scruta de nouveau les environs. Toujours aucun signe de la famille.

Cependant, plus ils restaient immobiles, plus ils seraient vulnérables au froid, et plus ils risquaient de succomber à une hypothermie.

— Tu les vois ? murmura Kensie.

— Non.

— Ils ne vont pas nous poursuivre, dit-elle, les larmes aux yeux. Ils vont s'enfuir. Ils savent que nous avons trouvé Alanna et maintenant ils ont le temps de disparaître.

20

La nuit commençait à tomber.

Kensie leva les yeux vers le ciel, et cette fraction de seconde d'inattention suffit à lui faire perdre l'équilibre. Elle battit des bras, cherchant quelque chose à quoi se retenir, attrapa une branche sur la gauche qui ralentit un instant sa chute avant de casser net. Kensie glissa de nouveau, ses semelles dérapant sur la neige fraîche.

La neige tombait plus dru depuis qu'ils avaient fait halte sous le sapin où Colter lui avait bandé la jambe. Elle avait suggéré d'attendre, mais il avait insisté pour repartir.

Il avait paru soucieux alors. Il paraissait plus inquiet encore à présent, le bras tendu vers elle pour l'arrêter.

Elle s'y retint des deux mains. Laissant échapper un grognement, il banda ses muscles et réussit à la rétablir.

— Pardon, murmura-t-elle.

Parler était douloureux. Colter lui avait attaché sa capuche pour qu'elle soit bien serrée, réduisant sa vision périphérique, mais l'aidant à garder la chaleur. En théorie.

En réalité, depuis qu'ils avaient quitté le refuge offert par l'arbre, le froid semblait la pénétrer de l'intérieur, envahissant ses poumons et même ses os. Sa jambe gauche la lançait, et le maillot de Colter était devenu rouge vif. Elle était à bout de forces et effrayée, redoutant que son épuisement fût moins dû à leur marche forcée qu'à la perte de sang.

Elle n'aurait su dire depuis combien de temps ils fuyaient, seulement que le soleil baissait à l'horizon. Ils continuaient à descendre la montagne, s'aidant des arbres pour garder l'équilibre, Colter et elle boitant l'un et l'autre.

Elle savait que Colter s'en voulait de ne pas pouvoir la porter, aussi s'efforçait-elle de ne pas lui montrer à quel point elle avait mal. La vérité, c'était qu'elle souffrait le martyre.

À chaque pas, si précautionneux fût-il, un choc remontait sa jambe jusque dans la hanche. Au bord de la nausée, elle serrait les mâchoires et essayait de se focaliser sur de petits objectifs. D'abord le gros sapin à vingt mètres d'eux, puis le rocher. Puis encore un arbre. Descendre sans glisser, sans dégringoler jusqu'au pied de la montagne.

L'anorak bien chaud que Colter lui avait fait acheter était resté dans ses bagages, dans le pick-up endommagé. Elle portait celui qu'elle avait lorsqu'elle était arrivée, lequel était approprié à Chicago, mais pas à l'Alaska. Pas quand on était en rade à flanc de montagne, et qu'un vent glacial soufflait.

— Attends, dit Colter.

Elle se laissa aller contre l'arbre le plus proche, aussitôt rejointe par Rebel. Même la chienne semblait commencer à souffrir du froid. Kensie ferma les yeux et appuya la tête contre le tronc. Tant pis s'il était couvert de givre. Plus que tout, elle avait envie de dormir.

Un juron la fit tressaillir, mais elle eut un mal fou à ouvrir les yeux.

— Qu'y a-t-il ? bredouilla-t-elle.

Elle avait du mal à articuler. Et bien qu'elle eût l'esprit embrouillé, elle savait que c'était mauvais signe.

L'hypothermie avait cet effet-là. Kensie se concentra sur ses doigts et ses orteils, essayant de déterminer si elle les sentait encore. Bizarrement, elle n'arrivait pas à le savoir. Quand elle tenta de remuer les orteils, elle faillit perdre l'équilibre.

— Qu'y a-t-il ? répéta-t-elle, plus distinctement cette fois.

Le front de Colter était plissé par l'inquiétude. Elle aurait voulu lisser ces rides, faire s'évanouir l'angoisse qu'elle lisait dans ses yeux clairs. Mais c'était déjà un effort immense que de rester debout.

— Je crois que nous avons peut-être fait assez de chemin pour avoir du réseau.

Pendant un long moment, elle ne comprit pas le sens de ses paroles. Puis elle vit qu'il avait retiré ses gants et remettait son téléphone dans sa poche. Cela fait, il se hâta d'enfiler ses gants de nouveau et se frotta les mains avec vigueur.

— Ah bon ? On a fait beaucoup de chemin ?

— Pas vraiment. On descend perpendiculairement à la piste qu'on a prise pour monter au chalet. On ne va pas en direction de Desparre mais d'une autre ville. J'ai cru avoir du réseau, mais c'était intermittent. J'ai essayé d'envoyer un texto au 911 quand même.

— Comment vont-ils nous trouver ?

— Il faut continuer à avancer.

Elle émit un geignement. Elle ne pouvait pas aller plus loin. C'était impossible.

Pour toute réponse, Colter se rapprocha d'elle et passa un bras autour de sa taille, soutenant une partie de son poids.

Elle le vit serrer les dents et se raidit, prenant une profonde inspiration. Si elle renonçait, il la porterait jusqu'à ce qu'il soit à bout de forces. Et si ce surcroît de poids devenait une question de vie ou de mort pour lui ?

— Ça va aller, affirma-t-elle, surprise par la fermeté de sa propre voix.

Elle devait tenir bon. Pour Colter et pour Rebel, qui avaient mis leur vie entre parenthèses pour l'aider. Et pour Alanna, qui était peut-être déjà dans la voiture des Altier, en route pour une autre ville perdue, où elle resterait cachée à jamais. Si Kensie mourait sur cette montagne, personne ne saurait la vérité sur ce qui était arrivé à sa sœur.

Elle ne laisserait pas les choses se passer ainsi.

Elle redressa les épaules, fit un pas en avant et sentit sa jambe blessée se dérober sous son poids. Elle tomba lourdement sur la neige boueuse, sa tête heurtant la terre. L'instant d'après, elle glissait, prenant de la vitesse à chaque seconde, le monde tournoyant autour d'elle.

Affolée, Kensie tendit le bras et parvint à agripper une branche basse. Elle s'y accrocha désespérément, son dos s'arqua, mais elle tint bon, car l'inquiétude qu'elle lisait sur le visage de Colter lui donnait des forces. Elle ne pouvait pas mourir ainsi. Elle ne pouvait pas ajouter à son chagrin, lui donner une raison supplémentaire de s'en vouloir à tort.

Il lui fallut une minute pour se rendre compte qu'elle ne bougeait plus, mais elle continua à se cramponner à la branche. Puis Colter dérapa jusqu'à elle, suivi de Rebel.

— Ça va ? demanda-t-il d'une voix empreinte de panique.

Elle inclina la tête vers lui et tenta de sourire. De le rassurer silencieusement, de lui dire qu'elle allait bien, qu'elle allait tenir bon. Qu'ils allaient s'en tirer.

En réalité, elle n'en était pas si sûre. Car quand elle tenta de se relever, en dépit de toute sa volonté, sa jambe céda de nouveau.

— Ne t'en fais pas.

Colter s'était penché vers elle. Une seconde plus tard, elle était de nouveau sur son épaule, et les larmes roulaient sur son visage.

Elle n'avait pas besoin de voir la montagne pour savoir qu'ils étaient encore loin de la base. Loin de la civilisation et des secours.

L'angoisse s'empara d'elle, profonde, épuisante. Ils n'allaient pas survivre. Et elle aurait beau supplier Colter, il ne l'abandonnerait jamais pour se sauver lui-même.

S'ils devaient mourir là, elle voulait qu'il sache combien son aide avait compté pour elle. Combien leur rencontre avait changé sa vie, la manière dont elle se voyait, ce qu'elle pensait désirer.

Elle l'aimait. Et, après tout ce qu'il avait enduré, elle voulait qu'il sache qu'il méritait d'être aimé.

Certes, son passé l'avait marqué, mais il en allait de même pour elle. Ils n'étaient pas des êtres brisés pour autant.

Kensie inspira une goulée d'air glacial et s'appliqua à parler distinctement. Elle ne voulait pas que le vent emporte ses paroles.

— Je t'aime, Colter.

Commençait-il à avoir des hallucinations ?

Depuis des heures, il songeait à donner son parka – mieux adapté au climat – à Kensie, mais il savait qu'il ne survivrait pas sans. Et, avec sa jambe blessée, il n'était pas sûr que Kensie puisse s'en tirer seule. Son pansement de fortune était saturé de sang. Il l'avait resserré plusieurs fois, en vain.

Il avait beau être mieux équipé qu'elle, ils étaient tous les deux menacés par les gelures et l'hypothermie. Chaque inspiration était pénible, ses doigts lui avaient semblé maladroits et engourdis lorsqu'il s'était servi de son téléphone. Peut-être son cerveau était-il affecté, lui aussi. C'était la seule explication possible aux paroles qu'il avait cru entendre à l'instant : Kensie déclarant qu'elle l'aimait.

C'était forcément un rêve.

Pourtant, il l'entendit de nouveau et, cette fois, c'étaient indéniablement la voix mélodieuse de Kensie qui prononçait les mots. Un élan de joie submergea Colter, violent au point d'en être douloureux, aussitôt suivi d'une bouffée d'inquiétude.

Elle pensait qu'ils allaient mourir. C'était la seule raison qui avait pu la pousser à faire cet aveu.

Il brûlait de lui dire qu'il l'aimait en retour. Choqué par cette pensée, il posa sa jambe meurtrie de travers et glissa. Il se rattrapa rapidement, alors même qu'il se rendait compte qu'il n'avait pas eu aussi mal qu'il l'avait escompté. Son corps était en train de s'engourdir.

À moins que la déclaration de Kensie n'ait suffi à endormir la douleur.

Il jeta un coup d'œil à Rebel, qui trottait toujours à son rythme à côté de lui. Elle peinait, elle aussi, geignant de temps à autre quand elle prenait appui sur sa patte arrière blessée.

— Je suis désolé, bébé, murmura-t-il avant d'élever la voix pour s'adresser à Kensie. Tu as peur. On va s'en tirer. Garde tes forces.

Pourtant, son cerveau lui hurlait de lui avouer qu'il l'aimait.

Cette prise de conscience était un choc en soi. Il ne s'était pas cru capable d'aimer de nouveau. Il avait pensé qu'il n'y avait plus de place dans son cœur après la mort de ses frères.

Une femme comme Kensie méritait tellement mieux que ce qu'il pouvait lui offrir.

Et pourtant… Il avait envie de lui donner le monde entier. Il voulait être à ses côtés, pas seulement sur cette montagne, mais à l'avenir. Il voulait partager sa vie, avoir des enfants avec elle.

Penser à cela revenait à trahir la promesse qu'il s'était faite le jour où il s'était réveillé à l'hôpital et qu'on lui avait enfin avoué ce qu'il savait déjà en son for intérieur. Ils étaient tous morts. Il était l'unique survivant.

À cet instant, il avait fait le vœu de ne jamais les oublier et d'attendre que le moment soit venu de les rejoindre. Il avait perdu le goût de vivre. C'était seulement grâce à Rebel qu'il avait tenu bon cette dernière année.

Et voilà qu'en quatre jours Kensie avait bouleversé son existence. Il était tombé amoureux d'elle.

Il l'aimait.

Cela semblait presque impossible en si peu de temps, mais il ne pouvait nier l'émotion qui montait en lui. Son désir de la protéger à tout prix.

— Je t'aime.

Une seconde, il crut avoir parlé à voix haute. Puis il comprit que Kensie avait répété son aveu.

— Kensie, on va s'en tirer, affirma-t-il. Je sais que tu as peur, mais il faut que tu y croies.

Comme elle ouvrait la bouche de nouveau, il la devança, les poumons en feu alors qu'il recommençait à marcher, un pas hésitant après l'autre.

— Écoute-moi. Quand on sera hors de danger, tu pourras me le redire si tu en as encore envie. D'accord ?

Il avait eu du mal à dire tout cela, mais il le fallait. Si elle l'aimait réellement, peut-être que cela la soutiendrait. Et, même si sa jambe le lâchait avant qu'ils soient à l'abri, peut-être pourrait-il l'emmener assez loin pour qu'il ordonne à Rebel de la guider le reste du chemin. Sa chienne ne voudrait pas l'abandonner, mais il savait qu'elle en était venue à aimer Kensie autant que lui. Rebel était forte, comme Kensie. À elles deux, elles pourraient survivre. Il fallait seulement qu'il les emmène aussi loin que possible.

Cependant, sa jambe donnait de plus en plus de signes de faiblesse. La douleur était de retour, l'engourdissement de tout à l'heure disparu, sans que Colter sache s'il fallait s'en réjouir ou le regretter. Il sentait à peine le reste de son corps. Il ne savait même pas comment il continuait à tenir Kensie, mais il avait une seule certitude : s'il tentait de changer de position, il allait lâcher prise.

Jamais il n'avait autant souffert, pas même quand il avait repris conscience dans l'avion médical, la cuisse embrochée par un morceau de métal. Il avait l'impression d'avoir les poumons gelés. Sa jambe tremblait tant qu'elle allait se dérober tôt ou tard. Et chaque nouveau pas libérait une nouvelle vague de douleur.

Il n'allait pas réussir. Il allait échouer à sauver Kensie, comme il avait échoué avec ses camarades. Ils allaient périr sur cette montagne.

— Tu m'as montré que j'étais digne d'une vie qui soit vraiment la mienne.

La voix de Kensie transperça ses pensées, un étrange son rauque qui ne ressemblait en rien à sa voix habituelle.

— Je veux que tu saches que, toi aussi, tu mérites de vivre heureux. Même si ce n'est pas avec moi.

Elle croyait qu'il ne voulait pas d'une vie avec elle ? Il n'avait pas assez d'énergie pour la contredire, mais ce n'était pas une mauvaise chose qu'elle continue à parler. Au moins, elle resterait éveillée. S'endormir était le premier pas vers l'hypothermie.

Elle avait tort, pourtant. Il n'était pas digne d'être heureux. Sa jambe allait le lâcher. Il ne pouvait plus que la traîner, en priant pour ne pas perdre l'équilibre et les précipiter tous les deux dans la pente.

Il jeta un coup d'œil à Rebel. Ses doux yeux marron lui renvoyèrent son regard, las mais résolus. La chienne avançait mue par la force de sa volonté et par son amour pour Kensie et pour lui. Jamais elle ne renoncerait. Sa chienne, son équipière.

À cette seconde, ce fut comme si une force nouvelle le gagnait. Une force qui n'était pas la sienne.

Il leva les yeux vers le ciel. Il sentait presque la présence de ses frères d'armes auprès de lui, veillant sur lui.

— Merci, murmura-t-il.

Et puis il entendit le plus beau bruit qu'il ait jamais entendu de sa vie.

Le ronronnement familier d'un hélicoptère.

Il s'effondra.

21

Colter s'éveilla en sursaut dans un lit inconnu.

Le bip d'un moniteur cardiaque près de lui s'accéléra à mesure que les souvenirs des dernières heures lui revenaient.

— Kensie !

— Elle va bien, assura une infirmière.

Colter prit quelques inspirations, et les battements de son cœur s'apaisèrent. Cette scène s'était déjà déroulée plusieurs fois.

L'hélicoptère qu'il avait aperçu était un appareil de la police, dépêché sur place à la réception de son texto. Il n'avait pas pu se poser à flanc de montagne, si bien que Colter s'était forcé à se relever. Kensie avait réussi à faire de même, Rebel blottie contre elle. Ensemble, les trois avaient continué tant bien que mal jusqu'à ce qu'une équipe de secours vienne à leur rencontre.

À présent, ils étaient à l'hôpital, en train de subir toute une série de tests et, en dépit de ses efforts pour rester éveillé, Colter ne cessait de s'assoupir.

À côté de lui, Rebel se leva péniblement. L'infirmière lui lança un regard sévère.

— Elle ne devrait pas être là.

— C'est mon équipière.

L'infirmière émit un grognement sceptique. Malgré tout, un médecin avait inspecté la patte de Rebel un peu plus tôt. Il avait expliqué que sa femme était militaire et qu'il reconnaissait un chien de l'armée quand il en voyait un.

Rebel s'était laissée examiner sans protester. Le médecin avait appliqué de la pommade sur les coussinets de ses pattes et les avait enveloppés de gaze, après quoi il avait précautionneusement enroulé un pansement autour de la patte blessée. Dieu merci, la chienne n'avait rien de cassé. Ses efforts avaient seulement réveillé une vieille blessure. Le temps arrangerait tout.

Comme pour la jambe de Colter.

On lui avait retiré ses vêtements humides et on lui avait mis les mains et les pieds dans de l'eau tiède afin de soulager les gelures.

Il savait que Kensie aussi avait souffert de gelures et même d'un début d'hypothermie. Cependant, on lui avait affirmé qu'elle allait s'en tirer, avant de l'emmener en salle d'opération pour extraire la balle de son mollet. Il ne l'avait pas revue depuis.

Colter jeta un coup d'œil à l'horloge, s'efforçant de se rappeler à quelle heure il était arrivé.

— Pourquoi n'est-elle pas encore revenue ?

— Parce que nous devons nous assurer que tout va bien, répondit l'infirmière sur un ton plus patient. Ne vous inquiétez pas. À propos, vous avez de la visite.

Il leva les yeux, s'attendant à voir Kensie sur le seuil, un sourire las sur les lèvres. Au lieu de quoi, deux policiers se présentèrent.

Il ne connaissait ni l'un ni l'autre. Ils portaient l'uniforme d'une ville située au nord-est de Desparre, près de l'endroit où l'hélicoptère les avait repérés.

Ils entrèrent dans la chambre, la mine grave.

— Vous les avez trouvés ? demanda Colter, le cœur cognant dans sa poitrine.

Lorsque les secours étaient arrivés, les premiers mots de Kensie avaient concerné sa sœur. Affolée, au comble de l'angoisse, elle avait eu du mal à s'exprimer clairement. Colter l'avait aidée de son mieux à expliquer la situation.

Chaque fois qu'il s'était réveillé, il avait demandé s'il y avait du nouveau, mais personne ne semblait informé.

— Nous avons envoyé une équipe sur place, répondit l'agent. Le chalet avait été en partie vidé. Nous pistons les Altier. D'après les voisins les plus proches – ils vivent à trois kilomètres – il y a les parents et cinq enfants. Ils ont confirmé que l'aînée des filles s'appelle Alanna.

La nouvelle causa un léger choc à Colter, même si la réaction de Kensie en la voyant lui avait déjà prouvé que c'était bien sa sœur.

— Les recherches sont en cours. Nous vous avertirons dès que nous les aurons trouvés.

Le policier parlait sur un ton assuré, comme si localiser la famille ne présentait aucune difficulté. Colter, lui, se tassa légèrement. Ces gens avaient réussi à garder Alanna cachée pendant si longtemps… Parviendraient-ils à passer entre les mailles du filet ? Après avoir été si près du but, comment Kensie réagirait-elle si elle perdait sa sœur de nouveau ?

Le cœur de Colter se serra alors qu'il y pensait. Il ferait tout pour l'aider, à supposer qu'elle veuille de son aide. Depuis qu'ils étaient à l'hôpital, tout en s'inquiétant constamment d'elle, il ne pouvait s'empêcher de penser aux paroles qu'elle avait prononcées sur la montagne.

Une fois en sécurité, elle ne les avait pas répétées. Elle n'avait pas redit qu'elle l'aimait.

Il voulait lui avouer son amour en retour. Mais devait-il le faire ? Ou devait-il lui accorder une franche rupture, la laisser se focaliser sur sa famille ?

Un cri dans le couloir l'arracha à ses réflexions. Il se rendit compte que les policiers étaient partis. Rebel tressaillit, reconnaissant la voix, même si elle était un peu altérée. La voix de Kensie.

Ensemble, ils se ruèrent vers la porte. Colter l'ouvrit à la volée, prêt à affronter la menace, quelle qu'elle soit. En réalité, deux autres policiers s'avançaient dans le couloir, encadrant Alanna.

Kensie était dans le couloir aussi, en tenue d'hôpital, la jambe bandée. Sans même le voir, elle se dirigea vers le trio en boitillant.

— Alanna ?

— Kensie !

La jeune fille se jeta dans ses bras.

Après quatorze longues années, Kensie étreignait enfin sa sœur.

La scène lui semblait irréelle. La dernière fois qu'elle avait serré Alanna contre elle, la fillette avait cinq ans. Kensie avait enfoui la tête dans les boucles désordonnées de sa sœur, inspiré cette odeur sucrée d'enfant qui s'imposait encore à sa mémoire quand elle pensait à Alanna.

Maintenant, sa sœur avait dix-neuf ans et était presque aussi grande qu'elle. Ses cheveux lisses et soyeux, coupés à hauteur des épaules, soulignaient l'élégance de ses traits.

Kensie recula un peu et la contempla.

— Nous nous ressemblons toujours, murmura Alanna.

Sa voix avait changé, elle aussi, et pourtant il y subsistait un vestige de celle d'autrefois. Kensie essuya les larmes qui lui montaient aux yeux, ne voulant pas perdre un seul détail du visage de sa sœur.

Elles se ressemblaient, en effet. Leurs cheveux étaient de la même couleur. Les yeux d'Alanna étaient plus foncés que les siens, plus proches de ceux de Flynn, mais sa sœur et elle possédaient les mêmes longs cils, les mêmes sourcils bien dessinés. On voyait au premier coup d'œil qu'elles étaient apparentées.

— Je suis désolée, murmura Kensie.

Elle revivait le moment qui avait bouleversé sa vie,

ce moment où, dans le jardin familial, elle lisait un livre pendant qu'Alanna jouait, trop près de la rue. Ce moment où une voiture s'était arrêtée et qu'un homme leur avait arraché Alanna.

Sa sœur lui prit les mains.

— Ce n'était pas ta faute.

Les joues striées de larmes, Kensie lui adressa un sourire tremblant.

— Tu m'as tant manqué.

Du coin de l'œil, elle remarqua Colter et Rebel sur le seuil d'une chambre. Ils faisaient mine de reculer, visiblement désireux de ne pas s'immiscer dans leurs retrouvailles.

Cependant, ces retrouvailles n'auraient jamais eu lieu sans leur aide à tous les deux. Gardant sa main droite cramponnée à celle d'Alanna, Kensie tourna la tête et tendit la gauche à Colter.

Il parut hésiter, mais Rebel s'approcha immédiatement, se faufilant entre Kensie et Alanna, laquelle se mit à rire.

Le cœur de Kensie se gonfla d'émotion. Comme sa sœur caressait Rebel, elle implora silencieusement Colter du regard.

Enfin, il fit un pas en avant et mit sa main dans la sienne.

Elle ne sut pas combien de temps ils restèrent là, dans le couloir, main dans la main, se souriant les uns aux autres, mais ce fut Alanna qui suggéra d'aller s'asseoir.

La douleur que Kensie avait oubliée se réveilla brusquement. Elle n'était pas censée se tenir debout pour l'instant, sans parler de marcher.

Tant bien que mal, ils gagnèrent sa chambre. Lorsqu'elle fut assise, Colter à côté d'elle, Alanna sur le lit en face d'eux et Rebel par terre au milieu, Kensie reprit la parole.

— Que s'est-il passé pendant toutes ces années, Alanna ?

Elle regretta aussitôt d'avoir posé la question. Et si

sa sœur avait été affreusement maltraitée, victime de terribles sévices ? Si c'était trop douloureux pour qu'elle en parle ? Kensie était-elle prête à entendre ce qu'Alanna avait enduré ?

Les doigts de Colter se nouèrent aux siens, les pressant doucement, leur communiquant sa force.

Sa sœur secoua la tête.

— Ce n'est pas ce que tu penses. Ils étaient… gentils avec moi.

— Gentils ? Ils t'ont kidnappée, Alanna ! Ils nous ont privés de toi pendant quatorze ans !

— Je sais. Pendant tout ce temps, j'ai essayé de toutes mes forces de ne pas vous oublier, toi et Flynn, papa et maman. J'ai essayé de protéger mes souvenirs. Ça n'a pas été facile. J'avais cinq ans. Mais j'ai encore de bons souvenirs. J'étais parmi les chanceux.

— Que veux-tu dire ?

— Tu les as vus, non ? Au chalet ?

Les autres enfants. Kensie avait présumé que c'étaient les enfants des Altier, que seule Alanna avait été enlevée. Atterrée, elle dévisagea sa sœur.

— Ils ont tous été enlevés ?

— Oui. Les deux plus jeunes ont tout oublié de leurs familles. Sydney – elle a douze ans – s'en souvient mieux que les autres. C'était la plus âgée quand ils l'ont kidnappée, et je suppose qu'ils en ont tiré une leçon parce que, ensuite, ils ont commencé à enlever des enfants plus jeunes. Johnny – mon frère aîné – avait cinq ans, comme moi. C'est à peine s'il se rappelle sa famille. C'est pour cela qu'ils ont pu le modeler à leur aise. C'est pourquoi il a tiré sur toi. Pour protéger la famille.

Kensie ravala la réponse qu'elle avait au bord des lèvres. Johnny n'était pas son frère aîné. Flynn était son frère. Flynn, elle et leurs parents étaient sa vraie famille.

Comme s'il avait déchiffré ses pensées, Colter lui

caressa tendrement la main. En face d'eux, Alanna poussa un soupir.

— Je suppose que c'est difficile à comprendre, murmura-t-elle. Mais j'ai passé quatorze ans avec les Altier, la plus grande partie de ma vie. Ils voulaient fonder une famille et ne pouvaient pas avoir d'enfants, si bien qu'ils en ont enlevé. Ils nous ont toujours bien traités. Ils voulaient que nous soyons heureux, mais on vivait… comme les gens vivaient autrefois, j'imagine. On travaillait dur. On cultivait la terre. C'étaient les Altier qui nous éduquaient à la maison. Et puis, on déménageait souvent. Surtout au début. Jusqu'au jour où nous sommes arrivés ici. Je crois qu'ils se sentaient en sécurité en Alaska.

— Tu étais heureuse ?

Kensie avait eu du mal à poser la question. D'un côté, elle espérait que sa sœur répondrait par l'affirmative, mais une partie d'elle avait du mal à accepter qu'Alanna ait pu être heureuse auprès de ses ravisseurs.

Celle-ci baissa les yeux, triturant un anneau en or surmonté d'un grenat, un bijou ancien, de ceux qu'on transmet d'une génération à l'autre. Elle ne le tenait pas des Morgan.

— La plupart du temps.

Elle releva la tête, implorant Kensie du regard.

— Je ne t'ai jamais oubliée, Kensie. Je n'ai jamais oublié aucun de vous. Je voulais rentrer à la maison. J'essayais de ne pas le leur montrer, mais j'ai toujours voulu rentrer à la maison.

— Et, dans ce magasin, tu as enfin eu la possibilité d'écrire un message sans être vue ?

Kensie luttait pour maîtriser les émotions qui faisaient rage en elle : le bonheur d'avoir retrouvé Alanna, la tristesse d'avoir manqué son enfance, la colère contre les gens qui l'avaient enlevée, qui avaient feint d'être sa famille, le soulagement qu'Alanna n'ait pas été maltraitée.

Cette dernière se mordit la lèvre.

— C'est-à-dire…

Elle paraissait au bord des larmes.

— Tu peux tout me dire, Alanna, assura Kensie avec douceur. Je suis ta sœur.

Alanna esquissa un sourire. Il était timide, et hésitant, mais empreint de bonheur. Une bouffée d'allégresse envahit Kensie. À cet instant, elle sut que, quoi qu'il soit arrivé à sa sœur, et en dépit des épreuves à venir, elles pourraient les surmonter ensemble. Reconstruire leur famille. Enfin.

— J'en avais eu la possibilité avant. On m'autorisait à sortir. Je veux dire, ils me surveillaient, mais ils me faisaient confiance aussi. C'est juste que…

— Oui ? murmura Kensie.

— Je les aimais.

La douleur comprima la poitrine de Kensie, et son corps tout entier se raidit, pourtant elle s'efforça de ne rien montrer.

— Je suis désolée, souffla Alanna. Je sais que ça doit être difficile à entendre. Mais ils m'ont élevée. Ils m'ont bien traitée. Ils ont pris soin de moi et, au fil des années, je…

— Je comprends, assura Kensie.

C'était la vérité. C'était difficile à entendre, certes, mais elle comprenait. Même si elle ne voulait rien devoir aux Altier, elle leur était reconnaissante d'avoir donné une enfance heureuse à sa sœur.

— Le mois dernier, Johnny a commencé à parler de se marier. Il avait rencontré une fille et il était tout excité à l'idée d'agrandir la famille et… je me suis rendu compte que, si je n'essayais pas de vous retrouver, je ne connaîtrais jamais de moments pareils avec toi, Flynn, papa et maman.

— Ils se sont mis en colère quand ils ont appris ce que tu avais fait ?

— Oui. Ils ont pensé qu'ils avaient eu de la chance quand le FBI a conclu à une mauvaise plaisanterie, et puis ils ont découvert que tu étais en ville. Ils parlaient de déménager. Je les ai persuadés de m'emmener à Desparre pour que je voie la ville une dernière fois. C'est le seul endroit où j'aie passé plus d'un an, à part l'Illinois, avec vous. Pa… M. Altier m'y a conduite un soir, en pensant que personne ne nous verrait.

C'était le jour où Kensie avait suivi Henry Rollings. Sans le savoir, il l'avait menée droit à Alanna.

Celle-ci éclata en sanglots.

— Quand cet homme t'a attaquée sur le parking, j'ai cru que tu allais mourir à cause de moi.

Ignorant la douleur qui lui transperçait la jambe, Kensie se leva gauchement et serra sa sœur dans ses bras.

— Non. Tu m'as sauvée. Toi, Colter et Rebel, vous m'avez tous sauvée.

— Alanna Altier ?

Kensie tourna la tête et vit le médecin debout sur le seuil. Elle brûlait de corriger le nom de sa sœur, mais elle se força à garder le silence. Dans l'immédiat, seul comptait le fait d'être réunies.

— J'aimerais vous examiner pour être sûr que tout va bien.

Alanna interrogea Kensie du regard. Celle-ci hocha la tête en signe d'assentiment.

— Je t'attends ici.

Quand ils eurent disparu, Kensie se laissa tomber sur le lit, regardant Colter avec une joie mêlée d'incrédulité.

— Je n'arrive pas à croire que c'est réel. Que nous l'avons trouvée.

Colter lui rendit son sourire.

— Tu peux le croire.

— Il faut que j'appelle ma famille.

— Je vais sortir, dit-il en se levant. Tu seras plus tranquille pour leur parler.

— Non.

Kensie le retint par le bras et l'attira à elle. Il se laissa faire sans résister. Le cœur battant à tout rompre, elle plongea son regard dans le sien.

Comme si elle devinait qu'il se passait quelque chose d'important, Rebel s'approcha à son tour et se pressa contre lui.

— Je pensais ce que j'ai dit sur la montagne, balbutia Kensie avant que son courage l'abandonne. Je sais que c'est rapide et que ce n'est peut-être pas ce que tu cherches, mais je n'y peux rien. Je t'aime.

Elle devait le lui dire. Il avait tant fait pour elle. Même s'il ne pouvait l'aimer en retour, elle voulait qu'il sache qu'il méritait de trouver le bonheur.

Elle s'attendait à lire la gêne et le regret sur ses traits, au lieu de quoi un sourire lent et sexy se dessina sur ses lèvres, et puis s'élargit, éclairant tout son visage et ouvrant grand le cœur de Kensie.

— Je t'aime aussi, Kensie.

Epilogue

Son périple touchait à sa fin. Du moins, il l'espérait.

Paralysé sur place, Colter fixa la résidence qui faisait face au lac. Le vent soufflait, mais le froid était bien moins brutal qu'à Desparre. Rebel lui donna un petit coup de museau sur la jambe, comme pour lui dire de se dépêcher.

Colter lâcha un petit rire.

— Sois patiente, bébé.

Un mois s'était écoulé depuis qu'il avait vu Kensie. Il l'avait déposée avec Alanna à l'aéroport. La jeune fille avait regardé le ciel avec anxiété : elle n'était jamais montée à bord d'un avion. De plus, le couple qui l'avait élevée était en prison, et il lui répugnait de quitter ceux qu'elle considérait comme ses frères et sœurs. Cependant, tous avaient eux aussi une famille qui les attendait.

Kensie avait regardé Colter, un sourire tremblant sur les lèvres, les larmes aux yeux. Elle devait partir, aider Alanna à se réintégrer dans une vie qu'elle avait presque oubliée. Elle avait besoin d'être avec sa famille lors de leurs retrouvailles.

Et sa place à lui était en Alaska. C'était là qu'il se sentait chez lui désormais. La rumeur de la ville éveillait en lui une sourde inquiétude, tandis que la solitude paisible de son chalet le réconfortait.

Il avait eu la mort dans l'âme en la laissant partir, mais il ne pouvait pas l'accompagner.

Même s'ils se connaissaient à peine et qu'une relation à distance entre l'Alaska et Chicago semblait pour le moins compliquée, ils s'étaient engagés à essayer.

Cependant, au cours du mois écoulé, il avait compris qu'il faisait fausse route. Qu'il ne pouvait aller de l'avant ainsi. Le passé pesait encore trop lourdement sur ses épaules.

Par conséquent, ces trois dernières semaines, il avait menti à Kensie. Il avait feint d'être encore en Alaska chaque fois qu'ils se parlaient, mais le ton légèrement réservé qu'elle avait eu lors de leurs dernières conversations suggérait qu'elle soupçonnait quelque chose. Ou qu'elle commençait à avoir des doutes sur leur arrangement.

Ravalant sa nervosité, Colter tapa sur sa cuisse pour appeler Rebel, mais elle l'avait devancé. Ce fut lui qui dut la suivre dans l'enceinte du complexe.

Le gardien fronça les sourcils à la vue de Rebel, aussi Colter fit-il mine de s'appuyer sur la canne qu'il avait apportée à cette intention.

— Désolé, j'ai oublié sa carte.

Avant que l'homme ait eu le temps de protester, Colter s'engouffra dans la cabine d'ascenseur. Aussitôt, les portes se refermèrent sur Rebel et sur lui.

Quelques secondes plus tard, ils ressortaient au quatrième étage. L'étage de Kensie. Colter suivit Rebel dans le couloir. La chienne n'était jamais venue mais elle semblait savoir où aller. Elle courut à l'appartement de Kensie et s'assit sur le paillasson, remuant frénétiquement la queue.

Avant que Colter l'ait rejointe, la porte s'ouvrit et Kensie apparut. Elle était vêtue d'une tenue de sport et tenait sous le bras un matelas de yoga qu'elle laissa échapper à la vue de Rebel. Elle leva vers lui des yeux écarquillés de stupeur.

Il lui adressa un sourire incertain.

— Salut, Kensie.

Rebel se dressa et mit les pattes avant sur les bras de Kensie, manquant la renverser de peu.

— Rebel, protesta Colter sans grande conviction.

Kensie éclata de rire et s'agenouilla, puis noua les bras autour du cou de la chienne.

— Salut, Rebel.

Elle regarda Colter.

— Sa patte s'est bien remise.

Il acquiesça.

— Oui. Aussi bien qu'on pouvait l'espérer.

Enfin, Kensie se releva, l'enveloppant d'un regard méfiant.

— Que fais-tu ici, Colter ? Je croyais…

— … que je ne quitterais jamais l'Alaska ?

Elle rit, mais nerveusement.

— Disons que je ne pensais pas te revoir avant la fonte des neiges.

— Six mois à se contenter de conversations au téléphone ? Ce n'est pas assez.

Elle se mordit la lèvre, et la main qui caressait Rebel accéléra son mouvement.

— Je peux entrer ?

— Oh ! Oui, bien sûr.

Elle pivota, ramassa son matelas de yoga au passage et leur tint la porte ouverte d'une main tremblante.

Son appartement était exactement tel que Colter se l'était imaginé, plein de touches de couleurs vives et doté – si on se penchait un peu – d'une vue sur le lac. Cependant, il n'accorda guère d'importance au décor. Il avait du mal à détacher son regard de Kensie, qui le fixait comme si elle redoutait ce qu'il était venu lui dire.

Il posa sa canne contre le mur. Il ne s'en servait plus depuis des semaines.

— Comment va ta sœur ?

Elle parut déconcertée par la question, comme si elle s'était attendue à ce qu'il aborde immédiatement la question de leur relation.

— Ça n'a pas été facile. Elle est encore en train de s'adapter. Mais ma famille s'est enfin retrouvée.

Elle marqua une pause.

— Quoi qu'il arrive, je te serai toujours reconnaissante de m'avoir aidée à la ramener à la maison.

Colter décida de se jeter à l'eau.

— Rebel et moi avons voyagé à travers le pays ces dernières semaines.

— Quoi ?

Elle se laissa tomber sur le canapé, secouant la tête.

— Je ne comprends pas. Je te croyais en Alaska.

— Je ne voulais pas t'en parler avant d'avoir fini.

Il prit place dans le fauteuil à côté d'elle et captura ses mains dans les siennes.

— Rebel et moi sommes allés voir les familles de mes camarades.

— Oh ! Colter, murmura-t-elle, pressant ses doigts avec émotion.

— C'est quelque chose que je voulais faire depuis longtemps, mais je n'en avais jamais trouvé la force. D'abord à cause de ma blessure, ensuite parce que je me sentais coupable.

Sa voix frémit, mais il s'obligea à poursuivre.

— J'avais toujours pensé que c'était injuste que je puisse aller de l'avant alors qu'aucun d'eux ne le pourrait jamais. Mais tu sais ce que ces familles m'ont dit ?

— Quoi ? demanda-t-elle, levant la main pour essuyer les larmes qui roulaient sur les joues de Colter.

— Que je devais à leur mémoire de vivre ma vie, au contraire.

Il prit une profonde inspiration, luttant pour se ressaisir.

— Et ma vie est avec toi, Kensie.

Elle écarquilla les yeux davantage, la nervosité cédant la place à l'espoir dans son regard.

— Ensuite, Rebel et moi sommes allés rendre visite à mes parents. Ç'a été difficile. Ils ont toujours du mal à me comprendre, mais ils m'aiment. Et ils sont heureux de la décision que j'ai prise.

— C'est-à-dire ? murmura Kensie.

— J'ai trouvé une association qui voudrait mettre à profit mon expérience. Je vais aider des gens comme moi, qui sortent de l'armée. Ou des familles qui ont besoin de soutien après un deuil. Elle est basée au centre-ville.

Elle cilla, l'air perplexe.

— Au centre-ville de Desparre ?

Il sourit.

— Non.

Il pressa ses mains dans les siennes, espérant ne pas être allé trop vite en besogne en s'engageant avant de lui en avoir parlé.

— Au centre-ville de Chicago.

Elle resta bouche bée, si bien qu'il reprit :

— Je vais visiter un appartement de l'autre côté de la ville cet après-midi.

Il aurait aimé être aussi près d'elle que possible, mais il n'avait pas les moyens de s'offrir un logement avec vue sur l'eau. Pas encore.

Elle secoua la tête.

— C'est… Tu n'as pas besoin de chercher. Tu peux t'installer ici.

Colter sentit s'accélérer les battements de son cœur.

— Ta résidence n'admet pas les animaux. J'ai prétendu que Rebel était une chienne d'assistance pour monter ici, mais je ne suis pas sûr que…

— Non, coupa Kensie. Je déménagerai. Où tu voudras. Enfin, je ne peux pas aller en Alaska. Je le ferais si la situation était différente. Mais ma sœur…

— Je sais, interrompit-il à son tour, osant à peine croire qu'elle avait dit oui. Je vais garder mon chalet en Alaska. J'espère que nous irons en vacances. Habiter en ville n'est pas facile pour moi. J'aurai sans doute besoin d'aide pour m'habituer. Mais je veux le faire, ajouta-t-il, voyant qu'elle s'apprêtait à intervenir. Je veux être digne de toi.

Elle se rapprocha de lui.

— Comment pourrais-tu ne pas l'être ? Tu m'as rendu ma sœur. Tu m'as fait prendre conscience de qui je suis. Tu es là.

Il sourit, si heureux qu'il pouvait à peine respirer. Il ne se rappelait pas la dernière fois qu'il avait éprouvé tant de bonheur, mais il savait que c'était avant ce jour fatidique où il avait pensé avoir tout perdu.

Elle avait tort. Il n'était pas encore digne d'elle. Il devait reconstruire sa vie avant d'être l'homme qu'elle méritait dans la sienne. Mais avec son aide – et son amour – il savait qu'il y parviendrait.

Kensie s'approcha encore, au point d'être tout juste perchée sur le bord du canapé. Rebel se leva et vint se faufiler entre elle et Colter, remuant la queue.

— Je suppose qu'on va devoir chercher un appartement, murmura Kensie, d'une voix empreinte de surprise et d'émerveillement.

À cet instant, Colter sut sans l'ombre d'un doute qu'il avait fait le bon choix.

— Peu importe où nous allons, dit-il avec émotion. Tu es mon foyer.

À ces mots, Kensie se jeta à son cou.

— Je t'aime, Colter.

Il eut à peine le temps de répondre qu'elle le faisait taire d'un baiser.

À côté d'eux, Rebel émit un aboiement d'approbation.

LENA DIAZ

La montagne des disparues

Traduction française de
CHRISTINE BOYER

BLACK ROSE

HARLEQUIN

Titre original :
SMOKIES SPECIAL AGENT

© 2019, Lena Diaz.
© 2020, HarperCollins France pour la traduction française.

1

En entendant une nouvelle fois des bruits de pas derrière elle, Remi Jordan se retourna brusquement. Le sentier forestier était désert. Pourtant, elle n'avait pas rêvé. Elle n'avait pas imaginé ces crissements de bottes sur la neige. Mais elle avait beau promener les yeux autour d'elle, scruter les alentours, elle ne discernait que des ombres. Les bois étaient devenus silencieux comme une tombe, le vent glacial était tombé. Toute la montagne semblait retenir son souffle en attendant la suite.

En attendant de voir si *elle* serait la prochaine victime ?

Remi prit une profonde inspiration, laissant l'air froid brûler ses poumons. Dans les montagnes, les sons rebondissaient sur les parois rocheuses. Ils pouvaient porter loin, parfois à des kilomètres, ou pas du tout. Il était donc impossible de déterminer leur origine. Quelqu'un la suivait, la traquait, elle ne pouvait plus en douter. Mais elle aurait été incapable de dire à quelle distance se trouvait ce quelqu'un.

Elle tendit l'oreille, guettant le moindre bruissement, tout en faisant mine d'étudier la flamme blanche, peinte sur l'écorce d'un pin. Des motifs similaires, déclinés dans différentes couleurs, se trouvaient tout au long de l'Appalachian Trail, le sentier des Appalaches, pour permettre aux randonneurs de se repérer. Remi en avait vu des dizaines depuis qu'elle avait commencé à arpenter l'immense Great Smoky Mountains National Park, dans la partie du parc située dans le Tennessee.

Elle enfonça les mains dans les poches de sa parka. Le type qui la suivait pensait probablement que, seule au milieu d'un domaine montagnard aussi grand, elle était vulnérable et qu'elle ne mesurait pas le danger. Mais, en réalité, Remi était loin d'être sans défense. Elle tenait à la main un pistolet, un SIG-Sauer, dissimulé dans sa poche.

Son père le lui avait offert pour son dix-huitième anniversaire et il avait d'ailleurs fait graver son nom sur la crosse. Malade depuis des mois, il était conscient qu'il ne serait plus là quand sa fille fêterait ses dix-neuf printemps. Il espérait alors que cette arme la protégerait lorsqu'il ne serait plus en mesure de le faire lui-même.

En proie à un regain de culpabilité, Remi sentit sa gorge se serrer. Si son père avait su ce qu'elle était en train de faire, il se serait senti trahi. Il lui aurait reproché de prendre des risques inutiles, de s'exposer au danger. Mais comment aurait-elle pu rester assise, les bras ballants ? Dix ans plus tôt, parce qu'elle n'avait rien fait, sa sœur jumelle avait disparu, et personne ne l'avait jamais revue. Depuis ce jour maudit, Remi ne cessait de se reprocher cette erreur tragique. Et elle ne supporterait pas d'avoir la mort d'une autre femme sur la conscience.

De nouveau, le vent se levait, un vent glacial, annonciateur de neige. Il souleva ses longues mèches blondes, les plaqua sur son visage, il tourmenta des branches de pins qui protestèrent en grinçant de façon sinistre. Pourtant, Remi entendait aussi un oiseau gazouiller quelque part au-dessus de sa tête comme si tout allait pour le mieux dans le meilleur des mondes. Comme si la nature elle-même refusait de reconnaître la gravité du crime commis ici, dix ans plus tôt.

Le tueur s'apprêtait à frapper de nouveau. Si Remi ne

trouvait pas le moyen de l'en empêcher, il allait prendre une autre vie et détruire une autre famille.

Le doute s'insinua soudain dans son esprit.

Se pouvait-il qu'elle ait imaginé ces crissements de pas sur la neige faisant écho aux siens ? Se leurrait-elle en pensant que quelqu'un marchait derrière elle en veillant à ne pas se faire repérer ?

Elle étudia un instant cette éventualité avant de la rejeter. Elle avait beaucoup de défauts mais elle n'était pas du genre à se faire des idées, à confondre le réel et l'imaginaire. Quelqu'un la suivait. Rien d'autre ne pouvait expliquer les bruits qu'elle entendait depuis qu'elle avait entrepris de gravir ce sentier, dès l'aube.

Cette fois, je suis près d'aboutir, Becca. Tout près. Je le sens.

Elle voyait presque sa jumelle, passionnée d'astronomie et fan de licornes, lever les yeux au ciel. Quand elles étaient jeunes, ce geste mettait Remi en colère. À présent, elle aurait tout donné pour revoir cette mimique agacée sur le visage de sa sœur.

Tu me manques tellement, Becca. Tellement.

Elle se remit en marche. Bientôt, un autre bruit derrière elle lui donna la chair de poule. Cette fois, elle ne s'arrêta pas. Tout en avançant sur le sentier balisé, elle observait la pinède sans en avoir l'air, scrutant avec attention les ombres qui l'entouraient.

Qu'avait-elle entendu ? Le frottement d'une branche contre le tronc d'un arbre ? La chute d'un amas de neige du haut d'un sapin ? Ou peut-être s'agissait-il simplement d'un raton laveur furetant dans les fourrés à la recherche de son prochain repas ?

En général, lorsqu'elle était en pleine nature, Remi n'était pas en proie à un étrange malaise comme celui qui l'envahissait depuis un petit moment. Elle s'était toujours sentie mieux dehors que dedans. Elle aimait particulièrement les montagnes – du moins, celles du Colorado. Ces Smokies étaient aussi différentes de ses Rocheuses natales qu'un ours brun d'un ours polaire. Ces chaînes montagneuses étaient toutes deux magnifiques mais de manières complètement dissemblables. Et plus elle s'y enfonçait, plus cet immense parc lui paraissait menaçant.

Allison Downs avait-elle éprouvé la même angoisse quand elle bivouaquait dans le Shenandoah National Park, un périple dont elle n'était jamais revenue ?

Et Melanie Shepherd dans les Dry Tortugas ?

Et sa propre sœur, lorsque leur voyage de fin d'études au lycée avait si horriblement mal tourné ?

Remi avait l'impression de l'entendre encore…

— Cesse de jouer les rabat-joie, Remi. Cette chute d'eau doit être magnifique au clair de lune et j'en ai assez d'être enfermée dans cette tente. Aucun des autres parents n'oblige son fils ou sa fille à se coucher avec les poules. Nous sommes les seules ! Notre père doit croire que nous avons toujours cinq ans. Mais j'en ai dix-sept et je n'ai pas sommeil.

Comme Becca essayait d'ouvrir la tente, Remi avait voulu la retenir.

— N'y va pas, c'est trop dangereux, lui avait-elle dit. D'après lui, février est le pire mois de l'année pour se promener dans ce parc. Le niveau des cours d'eau est très élevé et les rochers sont glissants à cause du gel. Et puis, pourquoi t'intéresses-tu à la nature, tout à coup ? Tu aimes regarder les étoiles, pas les cascades, non ?

Elle avait étudié le visage de sa sœur un moment avant de secouer la tête.

— Tu vas retrouver quelqu'un, n'est-ce pas ? Un garçon.

Becca avait levé les yeux au ciel.

— Tu es jalouse parce que personne ne t'a proposé une balade au clair de lune.

— De qui s'agit-il ? De Billy Hendricks ?

— Billy Hendricks ! Je t'en prie, Remi. M'imagines-tu vraiment capable de sortir avec Billy ? Avec ses yeux de cocker et sa langue pendante, il est pathétique. Il me court après depuis des mois et il n'a toujours pas compris qu'il ne m'intéressait pas. Non, non, tu n'y es pas du tout, ma vieille. J'ai rendez-vous avec quelqu'un de beaucoup plus intéressant que cet imbécile de Billy.

Elle s'était mise à rire et, de nouveau, elle avait tenté de repousser sa jumelle. Mais Remi lui avait bloqué le passage.

— Becca, arrête ! Tu vas tout gâcher. Si notre père apprend que tu es sortie en cachette en pleine nuit pour retrouver un garçon, il nous reconduira à la maison dès demain et nous n'aurons pas la possibilité de faire les excursions avec les autres.

Sa sœur avait serré les mâchoires.

— Si quelqu'un gâche tout, c'est lui, pas moi. Les autres parents accompagnateurs ont le bon sens de laisser leurs enfants tranquilles. Lui seul a exigé de dormir dans une tente à côté de la nôtre. Il nous étouffe.

— C'est un père aimant, voilà tout. Il veut nous protéger.

— De quoi ? À ce que je sache, le cancer ne se promène pas dans les bois.

Choquée, Remi avait pris une profonde inspiration.

— C'est nul de dire ça, Becca. Et très injuste.

Le remords avait un instant assombri les yeux noirs de sa jumelle, identiques aux siens. Pendant un moment, Remi avait espéré que sa sœur renoncerait à son idée et s'excuserait d'avoir utilisé la mort de leur mère – emportée quelques semaines plus tôt par un cancer du sein – comme argument.

Mais Becca s'était brutalement libérée de son emprise.

Les poings serrés, elle l'avait fusillée du regard, la mettant au défi d'essayer de nouveau de l'arrêter.

— Pour ce voyage, il y a dix parents accompagnateurs pour cinquante adolescents. Dix ! On rêve ! Si l'un de nous a le malheur de s'écorcher un genou, deux adultes au moins surgissent aussitôt, armés d'une trousse de secours, pour lui prodiguer les premiers soins. À les voir, n'importe qui jurerait qu'il s'agit d'une sortie d'école maternelle alors que nous serons tous à l'université l'année prochaine !

— Becca…

— C'est ta faute si ce voyage est d'un ennui mortel ! Avais-tu besoin de dire à notre père que l'équipe enseignante recherchait un accompagnateur supplémentaire ? Tu connais pourtant son côté surprotecteur. Tu aurais vraiment mieux fait de te taire. Et, maintenant, je te conseille de la fermer et de ne pas aller lui raconter que je suis sortie me balader. Sinon, crois-moi, je te le ferai regretter. Laisse-moi tranquille. J'ai bien le droit de m'amuser un peu.

Elle avait ouvert la tente avant de disparaître dans la nuit…

La gorge serrée, Remi se remémora les longs cheveux de sa sœur volant derrière elle. C'était la dernière fois qu'elle la voyait.

Un peu plus loin sur le sentier, les arbres se raréfièrent, et Remi parvint à une clairière. À quelques pas, se trouvait une grande pierre plate en corniche, une terrasse naturelle qui surplombait le parc. Elle s'en approcha. Sous ses pieds, des pins s'étendaient à perte de vue en rangs serrés. Le panorama était magnifique. Pourtant, au loin sur sa gauche, la terre carbonisée et les troncs noircis témoignaient de la violence des incendies qui avaient ravagé une partie de cette forêt au cours des dernières années. Ici et là, des traînées de brume bleutée montaient vers le ciel comme d'anciens signaux de fumée indiens à l'époque où le parc faisait partie des terres de la tribu Cherokee.

Remi s'immobilisa, comme tétanisée. Non par la beauté du paysage mais par les souvenirs de sa sœur. Becca avait disparu depuis dix ans, une éternité. Était-elle parvenue jusqu'à cette roche plate, la nuit où elle avait été enlevée ? Son assassin avait-il choisi cette corniche pour l'attaquer ? Sa jumelle avait-elle admiré la vue sous le clair de lune, inconsciente du danger qui s'approchait par-derrière ?

Si elle avait été à la place du tueur, Remi aurait jeté son dévolu sur cet endroit pour passer à l'action. Le lieu était isolé et désert. D'ailleurs, elle n'avait croisé personne depuis qu'elle avait quitté le refuge, ce matin, pour gravir le sentier, à des kilomètres d'ici. Le froid polaire décourageait beaucoup de randonneurs à cette période de l'année. La plupart des visiteurs qui se lançaient par milliers à l'assaut des chemins de randonnées du parc national attendaient le printemps pour s'y aventurer.

L'absence d'autres promeneurs susceptibles d'être dérangés par la présence d'un groupe de lycéens avait d'ailleurs été l'une des raisons pour lesquelles le voyage de classe avait été planifié au cœur de l'hiver, dix ans auparavant. Un choix tragique.

Remi n'avait aucun mal à imaginer Becca sur cette corniche, buvant des yeux le spectacle. La forêt enneigée était certainement sublime sous le clair de lune. Sans doute sa sœur s'était-elle efforcée de mémoriser chaque détail, afin de tout raconter à sa jumelle en revenant à la tente. Elle avait sûrement contemplé le ciel, cherché les différentes constellations, ravie d'admirer ses chères étoiles dans ce lieu magique, loin de la ville et de ce que Becca qualifiait de « pollution lumineuse ». Cela dit, il était plus vraisemblable qu'elle était restée là à attendre le garçon qui lui avait donné rendez-vous. Après tout, elle avait fait des pieds et des mains pour le retrouver. Personne n'avait découvert l'identité de son rendez-vous secret. Peut-être s'agissait-il de Billy Hendricks, même si elle l'avait nié. Ou de Garrett Weber, le beau gosse de la promotion, même s'il avait déjà une petite amie, à l'époque. En tout cas, par la suite, aucun des garçons qui faisaient partie du voyage n'avait avoué l'avoir retrouvée dans les bois. Pourquoi l'un d'eux l'aurait-il fait ? On l'aurait immédiatement suspecté.

Comme Remi considérait le vide sous ses pieds, un frisson lui parcourut l'échine. C'était vraiment un endroit parfait pour attirer quelqu'un dans une embuscade. Le précipice abrupt aurait empêché sa sœur de fuir droit devant, vers l'ouest. L'épaisseur des arbres et la densité des broussailles à l'est lui auraient également interdit de fuir de ce côté. En réalité, si quelqu'un l'avait traquée, cette nuit-là, Becca aurait été obligée de l'affronter. Il lui aurait été impossible de rejoindre le sentier pour poursuivre son ascension ou pour redescendre vers le camping sans passer devant son agresseur.

Que t'est-il arrivé, Becca ?

Elle entendit soudain des bruits furtifs derrière elle.

D'un mouvement vif, elle se retourna et brandit son arme.

2

Un homme brun vêtu d'un treillis surgit des fourrés, à une vingtaine de pas de Remi. De toute sa haute taille, il la toisa et la dévisagea d'un air menaçant.

Lorsqu'il enfonça subitement la main dans sa poche, elle cria :

— Ne bougez plus !

Ignorant son ordre, il plongea la main dans sa veste. Mais il dut s'y reprendre à deux fois pour en tirer l'objet qui semblait résister, manifestement coincé dans le tissu. Quand il parvint enfin à l'en extraire, Remi aperçut un éclat noir et métallique. Elle se sentit blêmir.

Une arme !

Au moment où elle pointait son pistolet dans la direction de l'inconnu, une voix hurla sur sa gauche :

— Non !

Cependant, comme le type en treillis braquait son calibre vers elle, elle fit feu.

Une lueur d'incrédulité passa dans les yeux de son agresseur lorsqu'il s'effondra sur le sol. Elle se tourna alors vers sa gauche pour affronter la nouvelle menace. Mais, sans lui donner le temps de réagir, le deuxième homme fonça et se jeta sur elle avec une telle violence que, sous le choc, tous deux tombèrent à terre. Dans sa chute, il lui écrasa l'épaule droite. Une vive douleur traversa Remi mais, serrant les dents, elle tenta de repousser son adversaire.

Luttant contre une indicible souffrance, elle roula sur le dos et s'obligea à lever le bras pour brandir son pistolet vers lui. Elle s'aperçut alors qu'elle ne le tenait plus, qu'elle était désarmée. Et que son agresseur l'avait lâchée.

Sans plus se soucier d'elle, il s'était précipité vers le type sur qui elle avait fait feu et qui gémissait sur le sol.

Elle chercha des yeux son calibre et finit par le découvrir à quelques mètres, sous un buisson où il avait dû atterrir quand elle était tombée. Son bras blessé plaqué contre sa poitrine, elle rampa vers lui.

Comme elle tendait la main pour s'en emparer, une voix gronda derrière elle :

— Oh ! non ! Je vous déconseille de faire ça !

Son attaquant revenait.

Au lieu d'obéir, elle se pencha pour saisir son pistolet.

Mais, au moment où ses doigts se refermaient sur la crosse, l'homme l'attrapa par la cheville et la tira en arrière.

Avec un cri de frustration, elle se débattit, lui envoyant des coups de pied pour tenter de se libérer de son emprise. Cependant, elle se rendit vite compte que ses efforts ne servaient à rien. Elle avait l'impression d'affronter un rocher.

Il jura. Peut-être avait-elle réussi à lui faire mal, malgré tout.

Quand elle le frappa à la main, elle parvint cette fois à lui faire lâcher prise.

Mais, alors qu'elle plongeait dans les fourrés, cherchant frénétiquement son SIG, des doigts puissants enserrèrent ses mollets comme des pinces. Il la traîna vers lui, si fort que sa parka et sa chemise se retroussèrent sous elle et qu'elle s'égratigna le ventre contre le sol.

Refusant de s'avouer battue, elle se retourna d'un mouvement vif et asséna un coup de genou vers le bas-ventre de son agresseur avant de le cogner au visage.

D'un bond de côté, il évita son genou mais pas son

poing qui l'atteignit à la tempe. Il poussa un grognement mais cela ne l'arrêta pas. Il se jeta sur elle pour la plaquer à terre.

Remi essaya de le repousser et de le frapper une nouvelle fois en pleine figure. Mais il était si musclé que ses efforts paraissaient ridicules. Les séances d'entraînement militaire auxquelles elle s'astreignait depuis des années semblaient soudain avoir été une perte de temps. Elle comprit qu'elle n'aurait pas le dessus. Sa seule chance de lui échapper était de prendre la fuite. En revanche, elle n'aurait sans doute pas trop de mal à le semer. La course était son domaine de prédilection. Elle y excellait. Mais il lui fallait d'abord se libérer de son emprise. De nouveau, elle brandit le poing.

D'un mouvement sec, il la retourna sur le ventre.

Lorsque son épaule blessée heurta le sol, Remi réprima difficilement une envie de hurler. Elle sentit son agresseur tâtonner, chercher quelque chose dans ses poches, tout en appuyant un genou contre ses fesses.

Une angoisse la saisit. Allait-il la violer ?

— Lâchez-moi !

Une nouvelle fois, elle tenta de se débattre, s'obligeant à faire taire sa douleur.

Il se redressa et lui tordit les bras dans le dos sans se rendre compte qu'elle s'était déboîté l'épaule. À l'agonie, elle cria. Des taches sombres dansèrent devant ses yeux.

Comme elle sentait le froid des bracelets métalliques contre ses poignets, elle se raidit. Il essayait de la menotter ! Elle se tortilla, s'efforçant de toutes ses forces de l'en empêcher. Elle avait l'impression qu'un tisonnier brûlant déchiquetait le haut de son bras droit mais il n'était pas question de renoncer. Une fois les poignets attachés, elle serait à sa merci. Sa vision se troubla, et elle comprit qu'elle allait s'évanouir de douleur.

Bats-toi, Remi. Tu peux le faire ! lui ordonna sa sœur dans son esprit.

Le claquement des menottes qui se refermaient la glaça. Fouillant les poches de sa parka, l'homme s'empara de son téléphone portable. Il la palpa rapidement.

— Restez là, ordonna-t-il avec colère. Ne bougez pas.

Et il s'écarta d'elle.

S'effondrant sur le sol, Remi abandonna la lutte. Elle ne pouvait plus rien faire. Elle ferma les paupières.

Je suis désolée, papa. Pardonne-moi, Becca.

Un sanglot obstruait sa gorge. *Becca.* Elle revit sa jumelle, si charmante à certains moments, si exaspérante à d'autres. Peut-être était-il juste qu'elles meurent toutes les deux au même endroit. Qu'elles soient réunies dans le tombeau comme elles l'avaient été au berceau.

Remi restait étendue sans bouger. Que faisait son assaillant ? Maintenant qu'il ne pesait plus sur elle, sa douleur à l'épaule refluait, redevenant supportable. Le brouillard noir devant ses yeux se dissipait et, peu à peu, elle recouvrait ses esprits.

Un bruit de voix lui fit tourner la tête. L'homme qui l'avait menottée s'était de nouveau agenouillé près de son complice et il lui parlait. Le sac à dos orange fluo qu'il portait sur le dos contrastait avec son pantalon et sa chemise noirs. Le blessé se tordait de douleur par terre en grognant comme un animal pris au piège.

Idiote ! Cesse de perdre du temps à les regarder. Profite du fait qu'il est occupé avec son acolyte pour filer. Allez ! Lève-toi et cours !

Le ton autoritaire de sa jumelle était si fort dans sa tête que Remi s'attendait presque à la voir apparaître, les traits tordus de fureur.

Je suis désolée, Becca. Tout est ma faute. J'ai tout raté.

Le profond chagrin qu'elle refoulait depuis des années remonta à la surface et s'abattit sur elle comme un tsunami, emportant tout sur son passage. Une telle tristesse la submergea qu'elle eut l'impression d'être projetée dix ans en arrière, au moment du drame, et de sombrer dans un abîme de souffrances sans fond. Perdre sa mère et sa sœur à quelques mois d'intervalle l'avait presque anéantie. La mort de son père, un peu moins d'un an plus tard, l'avait achevée, ou du moins avait tué l'adolescente heureuse de vivre et insouciante qu'elle était alors. Pour survivre, elle avait dû se reconstruire et apprendre à se battre, à s'endurcir, à se blinder. En tout cas l'avait-elle cru.

Mais, à présent, elle était là, impuissante, sur le point de mourir… et incapable de changer le cours de ce triste destin.

— Tu as raison, Becca. Je suis une sombre idiote.

À nouveau elle crut entendre la voix de sa sœur…

Cesse de te plaindre, de pleurnicher sur ton sort, Remi. Secoue-toi ! Prends les jambes à ton cou ! Tout de suite. Il n'y a pas un instant à perdre ! Allez ! Tu me dois bien ça !

« Tu me dois bien ça ! » Sa sœur avait raison. Elle devait au moins essayer. Avec effort, Remi tenta de se relever mais la vive douleur qui lui traversa aussitôt l'épaule la fit retomber. Un frisson glacé lui parcourut l'échine et, vaincue, elle plaqua son front contre le sol froid.

Lève-toi ! ordonna de nouveau Becca. *Bouge-toi, bon sang !*

Le souffle court, Remi s'efforça une nouvelle fois de se mettre sur pied. Sans pouvoir utiliser ses mains, il lui fallut un temps infini pour parvenir à s'asseoir. Heureusement, avec ses poignets menottés derrière son dos, la pression sur son épaule s'atténuait. Peut-être y arriverait-elle, après tout.

Elle risqua un coup d'œil vers les deux hommes. Celui qui l'avait menottée avait posé son sac à dos par terre et il en avait sorti une trousse de secours. Il prodiguait des soins au blessé, pressant une boule de gaze contre son flanc ensanglanté.

Comme, de son autre main, il tapotait sa taille, Remi se raidit, se demandant s'il cherchait son arme, s'il s'apprêtait à la tuer.

Mais lorsqu'il écarta un pan de son caban dans le mouvement, elle aperçut une épaisse ceinture noire équipée d'une multitude de poches.

Tout l'attirail nécessaire à un policier ou à un militaire en service y était accroché. Les menottes qu'il lui avait passées provenaient sans doute de là.

Il s'empara d'un talkie-walkie.

Traversée par un horrible doute, Remi se pétrifia sur place.

Il pressa un bouton et l'appareil grésilla. Comme s'il devinait son regard sur lui, il se tourna vers elle tandis qu'il parlait dans l'émetteur.

— Ici, l'agent spécial Duncan McKenzie. J'ai localisé la femme que le randonneur avait vue au refuge avec une arme. Malheureusement, avant que je ne réussisse à la neutraliser, elle a tiré sur un promeneur. J'ai besoin d'une ambulance et d'une équipe médicale.

Le sang se retira du visage de Remi. Glacée, elle se mit à trembler. Elle reporta son attention sur l'homme sur lequel elle avait fait feu. Livide, les yeux clos, il était toujours étendu sur le sol gelé. Près de lui, reposait l'objet qu'il avait sorti de sa poche.

Elle se rendit compte avec effroi qu'il ne s'agissait pas d'une arme.

Mais d'un téléphone portable…

Seigneur. Qu'avait-elle fait ?

3

Duncan tira sur le col de son caban pour se protéger des morsures du vent et s'arrêta sur le parking. Devant lui, il remarqua un SUV inconnu, garé près de la remorque mobile qui abritait temporairement les bureaux. De couleur sombre, l'imposante voiture était sans doute censée se fondre dans le paysage. Mais ici, entourée de véhicules blancs ornés du logo marron du NPS – le National Park Service, l'administration responsable des parcs nationaux –, elle détonnait et elle attirait tous les regards.

La plaque d'immatriculation avait été émise par le gouvernement fédéral mais elle différait des plaques utilisées par les employés des parcs nationaux.

En tout cas, Duncan savait que, quelle que soit l'administration à laquelle appartenait ce SUV, son conducteur n'avait pas fait halte devant la remorque du NPS en passant, avant de se rendre ailleurs. Niché au fond du parc, ce bureau satellite se trouvait à une centaine de kilomètres de la ville la plus proche, Gatlinburg. La route qui permettait d'y accéder était tellement escarpée et sinueuse que l'emprunter était un véritable défi en été et du suicide en hiver, à moins d'être équipé de chaînes. Ce qui signifiait que leur visiteur n'était pas là par hasard mais qu'il était venu à dessein. Il avait dû se produire quelque chose de grave et Duncan était curieux de savoir ce dont il s'agissait.

Il gravit les marches recouvertes de sel jusqu'à la

porte blindée, conçue pour empêcher les ours d'entrer. Les profondes marques de griffures sur le chambranle prouvaient que cette précaution n'avait pas été inutile. L'énorme hangar métallique dressé à l'autre bout du parking avait été, lui aussi, renforcé par de solides barreaux d'acier. Travailler au cœur de la nature sauvage était dangereux à plus d'un titre. Actionnant la poignée, Duncan entra.

Les lambris en bois sombre sur les murs absorbaient la majeure partie de la lumière diffusée par les fenêtres. Quatre bureaux avaient été aménagés à l'intérieur grâce à des cloisons mobiles vitrées.

Son chef, Yeong Lee, bénéficiait d'un espace de travail plus grand que les autres, à l'extrémité de la remorque. Calé dans son fauteuil de cuir, il était en train de discuter avec deux personnes, assises sur les chaises pliantes réservées aux visiteurs. Duncan les voyait de dos : un grand noir bâti en armoire à glace et vêtu d'un costume gris et une petite blonde dont les longs cheveux cascadaient sur les épaules.

Tout en accrochant son caban derrière la porte, Duncan salua les deux rangers présents, Nick Grady et Oliver McAlister. Âgé d'une vingtaine d'années, Grady était une nouvelle recrue. Il était maigre comme un clou et son visage souriant criblé de taches de rousseur. En revanche, McAlister, reconnaissable à sa stature robuste, à ses cheveux blancs et à sa voix de fumeur, était l'un des plus anciens employés du parc. Surnommés Baby et Papy, tous deux travaillaient dans le bureau de McAlister. Chargé de former Baby, Papy lui montrait quelque chose sur l'écran de l'ordinateur.

Duncan s'arrêta près de McAlister.

— Merci de m'avoir aidé, ce matin. La prisonnière t'a-t-elle donné du fil à retordre ?

McAlister secoua la tête.

— Elle n'a causé aucun problème et il est inutile de me remercier. De toute façon, si tu n'étais pas passé ici avant l'aube et si tu n'avais pas pris l'appel, c'est nous qui aurions été désignés pour chapeauter cette affaire. Mais dis-moi plutôt comment va le randonneur blessé ? S'en est-il tiré ?

— Il a eu de la chance. La balle a traversé son flanc gauche sans toucher aucun organe. Un miracle. Cela dit, il a perdu beaucoup de sang et les médecins lui administrent des antibiotiques par intraveineuse pour éviter toute infection. Mais il devrait se rétablir totalement.

D'un mouvement de menton, il désigna le grand type et la blonde à ses collègues :

— Quelle est donc l'administration qui a décidé de nous rendre visite ? Et pour quelle raison ? En avez-vous une idée ?

McAlister échangea un regard surpris avec Grady.

— Tu n'as pas reconnu la femme de ce matin ?

Fronçant les sourcils, Duncan observa de nouveau la blonde, assise à l'autre bout de la pièce. Ses longs cheveux lui rappelaient ceux de l'inconnue qu'il avait vue tirer sur un homme désarmé. Mais comme McAlister l'avait placée en détention, il ne s'agissait certainement pas d'elle. Comme un doute soudain s'insinuait pourtant dans son esprit, il la regarda avec plus d'attention. Alors qu'elle parlait à Lee, elle agita la main gauche et Duncan entrevit son chemisier bleu ainsi que sa parka de couleur crème repliée sur le bras de son fauteuil. Sidéré, il se frotta les yeux. Il avait presque envie de se pincer. Elle ne braquait plus son arme sur lui mais c'était bien elle !

Elle avait failli le tuer, ce matin. S'il avait été un peu moins vif, elle l'aurait abattu d'une balle en plein cœur.

— Que fait-elle là ? Elle devrait être enfermée. Et à double tour !

Sans attendre la réponse de McAlister, Duncan se

dirigea vers le bureau de Lee. Il se tourna vers la blonde pour l'examiner de nouveau avec attention.

Seule la vue de son bras en écharpe retint Duncan de déverser sur elle sa colère.

Au lieu de quoi, il demanda d'un ton sceptique :

— Que vous est-il arrivé ?

Elle ne serait pas la première suspecte à simuler une blessure pour retarder son incarcération.

Elle leva un sourcil accusateur.

— Vous m'avez démis l'épaule !

— S'agit-il d'un échantillon de votre humour ? Parce que je trouve votre réflexion particulièrement insultante.

Elle leva sa main indemne dans un geste apaisant.

— Je ne fais qu'énoncer les faits. Quand vous m'avez jetée au sol, vous m'avez déboîté l'épaule.

Avec une grimace, elle se frotta le haut du bras droit comme si elle avait mal.

Duncan ne fut pas dupe de son petit numéro. Certes, elle jouait très bien la comédie mais il n'était pas question de laisser ses collègues prendre pour argent comptant les élucubrations de cette criminelle. Il était temps de rétablir la vérité.

— Vous oubliez de préciser que je vous ai jetée à terre pour vous empêcher de me tirer dessus. Permettez-moi de vous rappeler que vous avez fait feu sur un homme désarmé avant de tourner votre pistolet vers moi.

Il la vit rougir.

— Je pensais que le randonneur brandissait une arme dans ma direction. Et vous m'attaquiez. Je ne cherchais qu'à me défendre.

— Une seule personne attaquait les autres, là-haut, et c'était vous.

Il tapota la bosse sur sa tempe, là où elle l'avait frappé du poing.

Elle serra les mâchoires mais elle ne répondit pas.

Refusant d'accorder davantage de temps à une menteuse, il se tourna vers son chef.

— Je peux savoir pourquoi elle n'est pas en route pour la prison de Gatlinburg ? Elle a failli tuer Kurt Vale.

— Failli ? répéta la blonde, les yeux écarquillés. Voulez-vous dire qu'il a survécu ?

Son ton plein d'espoir sonnait faux, et Duncan répliqua, cinglant.

— Vous auriez dû vous inquiéter de son sort *avant* de tirer sur un innocent. Mais, si vous demandez si vous avez réussi à le tuer, la réponse est non. Je viens de l'hôpital. D'après les médecins, il a toutes les chances de se rétablir complètement.

— Je suis contente qu'il aille bien.

Ignorant son commentaire, il reporta son attention sur Lee.

— Pardonnez-moi, chef, mais auriez-vous la gentillesse de m'expliquer ce qui se passe ?

Lee s'adressa à l'homme en face de lui qui avait suivi l'échange en silence.

— Agent spécial du FBI, Leon Johnson, permettez-moi de vous présenter l'agent spécial Duncan McKenzie, enquêteur criminel affecté à l'administration chargée des parcs nationaux.

Sans prendre la peine d'extraire son corps massif de la chaise ridiculement petite sur laquelle il était assis, Johnson lui tendit la main.

Duncan se pencha pour la lui serrer mais son attention se tourna une fois de plus vers la blonde. Quatre heures plus tôt, cette femme avait tiré sur un randonneur et, maintenant, elle était assise à côté d'un agent du FBI. Pourquoi ? Comme il consultait régulièrement la liste des fugitifs recherchés par toutes les polices du pays, il savait qu'elle n'y figurait pas. Mais elle avait dû commettre un crime assez grave pour provoquer la venue du FBI et si peu de temps après sa tentative de meurtre, de surcroît. Alors pourquoi n'était-elle pas menottée ou, mieux, en cellule, pendant que l'agent s'entretenait de son cas avec Lee ?

Duncan regarda tour à tour Lee et Johnson.

— Je suis un peu perdu. Puisque notre suspecte est assise à côté d'un agent du FBI, je suppose qu'elle est impliquée dans une autre affaire que celle dont j'ai été témoin, ce matin. Quelqu'un peut-il me mettre au parfum ? Que se passe-t-il ?

Johnson hocha la tête.

— Il se passe que votre suspecte est l'un de nos agents. Cela dit, elle n'était pas en mission parce qu'elle est actuellement en vacances. Et, contrairement à l'impression qu'elle vous a donnée, elle n'était pas venue pour tirer sur les gens.

Incrédule, Duncan la dévisagea. Cette femme qui avait fait feu ce matin sur un homme désarmé était un agent du FBI ? Elle faisait partie des forces de l'ordre, elle était presque une collègue ?

Après l'avoir menottée, il n'avait pas eu la possibilité de lui parler, trop occupé à prodiguer les premiers soins à Kurt Vale, à empêcher le malheureux de se vider de son sang. Il ne connaissait même pas son nom, son identité. Dès que McAlister et Grady étaient arrivés pour l'emmener en garde à vue, il avait cessé de se soucier d'elle, estimant avoir mieux à faire. Et, en effet, il avait dû aider les secouristes à descendre Vale de la montagne, à le porter jusqu'à l'ambulance qui l'attendait.

— Vous êtes du FBI ?

Il ne parvenait pas à y croire.

Elle lui tendit la main gauche, la droite étant en écharpe.

— Agent spécial Remi Jordan.

Au lieu de la serrer, il la regarda comme s'il s'agissait d'un serpent venimeux.

Sans insister, elle replia le bras.

Johnson se mit laborieusement sur pied et réajusta son veston.

— L'agent spécial Jordan a renoncé à bénéficier de l'assistance d'un avocat et elle a également décliné ma proposition de rester ici avec elle. Elle m'a assuré qu'elle était prête à coopérer pleinement à votre enquête. N'est-ce pas ?

La dénommée Remi Jordan hocha brièvement la tête, veillant manifestement à ne pas croiser le regard de Duncan.

— J'ai déjà récupéré son insigne, poursuivit Johnson. Et vos collègues de la police scientifique lui ont confisqué son arme pour les besoins de l'enquête. Remi Jordan est suspendue de ses fonctions en attendant les conclusions de vos investigations. Si l'un de vous, messieurs, a besoin de mes services, passez-moi un coup de fil, ajouta-t-il en posant une carte de visite sur le bureau. Maintenant, si vous voulez bien m'excuser, je dois retourner à Knoxville.

Il attrapa son manteau accroché à une patère derrière le bureau de Lee avant de se diriger vers la porte.

Duncan le regarda partir, écœuré. Pour la première fois depuis la scène dont il avait été témoin dans la matinée, il ressentit une bouffée de compassion pour la blonde. Quoi qu'elle ait dit à Johnson, ce dernier était son supérieur, son chef. Étant son responsable, il avait le devoir de la protéger. Il aurait dû insister pour qu'elle prenne un avocat ou, mieux, il aurait dû en appeler un pour elle. À sa place, Lee l'aurait fait. Il se battait toujours bec et ongles pour défendre les membres de son équipe. Bien sûr, justice serait rendue. Mais son chef faisait tout ce qui était en son pouvoir pour s'assurer que les droits de ses hommes soient respectés.

Lee repoussa sa chaise et se leva.

— Agent spécial Jordan, entre votre épaule qu'il a

fallu remettre en place et votre supérieur qui nous avait instamment demandé de l'attendre pour vous parler, nous n'avons pas eu la possibilité de vous interroger à propos des coups de feu que vous avez tirés ce matin sur Kurt Vale. L'agent spécial McKenzie va s'en charger. Pendant ce temps, je vais descendre dans la vallée chercher quelque chose à grignoter pour le déjeuner. Je meurs de faim. Vous aussi, sans doute. Avez-vous des préférences alimentaires ?

La blonde se rembrunit comme si elle se demandait si elle devait ou non lui faire confiance. Vu la façon dont son propre chef se comportait avec elle, Duncan ne pouvait pas lui en vouloir.

— C'est très gentil de votre part, répondit-elle enfin à Lee. Et j'aime tout, merci. Tout ce que vous rapporterez me conviendra.

— Parfait. Je serai de retour dans une heure.

Il attrapa sa lourde veste accrochée au mur et se dirigea vers Baby et Papy.

— Grady, tu m'accompagnes, dit-il. Tu conduiras ce qui me permettra de consulter mes mails sur mon téléphone.

Le visage du gamin s'éclaira comme s'il venait d'apprendre qu'il avait gagné au loto. Il se leva si vite qu'il renversa sa chaise.

Papy secoua la tête, mais un sourire se dessina sur ses lèvres alors qu'il reportait son attention sur son écran d'ordinateur. Avant même que Lee n'ait fermé la porte derrière eux, Grady commença à le mitrailler de questions sur les procédures et les rapports. À l'expression peinte sur les traits de Lee, Duncan devina que son chef regrettait déjà sa décision d'emmener leur jeune recrue avec lui.

Duncan se tourna vers le mur du fond. Maintenant qu'il savait que sa suspecte faisait partie du FBI, sa colère avait laissé la place à une certaine curiosité. Vu qu'un agent fédéral était impliqué, il comprenait mieux pourquoi Lee avait préféré ne pas la remettre à la police locale. Au lieu d'être traitée comme une vulgaire meurtrière, elle aurait droit à certains égards, du moins pour le moment. À présent, il revenait à Duncan de trouver les réponses aux questions qui tournaient dans sa tête depuis le moment où il avait pris l'appel d'un randonneur, ce matin.

— Agent spécial Jordan, si vous voulez bien me suivre, nous allons nous installer dans la pièce voisine. J'ai en effet besoin de mon ordinateur pour enregistrer vos déclarations.

Elle se leva aussitôt et désigna du menton une porte métallique.

— Par-là ?

— Ah, non. Il s'agit de la cellule de détention. Si j'ai suggéré tout à l'heure de vous y enfermer, nous n'avons en réalité jamais utilisé cette pièce à cette fin depuis huit ans que je travaille ici. Elle est pleine de cartons remplis de fournitures de bureau et de dossiers.

Il lui indiqua une autre porte.

— Allons dans la salle de conférences. Je suis sûr que l'un de mes collègues vous a déjà montré les toilettes. Si vous avez besoin de vous y rendre…

— Non, merci.

Elle passa devant lui avec raideur et entra dans la salle de conférences comme un prisonnier dans le couloir des condamnés à mort.

4

Lorsque l'agent Remi Jordan passa devant Duncan, il fut frappé par son petit gabarit. Il avait une bonne tête de plus qu'elle et elle ne devait pas peser cinquante kilos. Son bras en écharpe ne faisait qu'accentuer son apparence fragile, vulnérable. Désarmée et loin des lieux du drame de ce matin, elle semblait totalement sans défense. Et il eut l'envie – absurde, au demeurant – de lui offrir sa protection et de lui assurer que tout irait bien.

Ce qui aurait été stupide de sa part à bien des égards, en particulier parce qu'il se serait agi d'un mensonge.

Remi Jordan avait commis une faute grave et elle le paierait sans doute très cher.

Comme tout policier, elle avait été formée et entraînée à n'utiliser son arme qu'en dernier recours. Au lieu de quoi, elle avait tiré d'emblée et sans sommation sur un homme désarmé. Circonstances aggravantes, elle n'était alors menacée d'aucune manière et, à en croire son propre chef, elle n'était pas en mission mais en vacances. Elle risquait donc d'être accusée de tentative de meurtre, de tentative d'homicide involontaire ou, au minimum, de voie de fait, d'agression. Si, par miracle, elle ne faisait pas l'objet de poursuites judiciaires et ne finissait pas en prison, elle avait en tout cas de grandes chances de perdre son poste au FBI. Et elle serait probablement ruinée lorsqu'un tribunal civil l'obligerait à verser au blessé d'importants dommages et intérêts. Un autre représentant de la loi, assermenté, ayant été témoin de la scène, Vale empocherait sans doute le jackpot.

Duncan la vit entrer dans la salle de conférences et considérer avec perplexité la minuscule table carrée, plus adaptée à des parties de bridge qu'à des réunions, et les quatre chaises pliantes en bois. Comme tout le mobilier de cette remorque, elles répondaient à l'exigence principale : être le plus petites possible pour s'adapter à l'étroitesse de l'espace.

Apparemment, Remi Jordan n'avait pas envie de s'asseoir. En tout cas, au lieu de prendre un siège, elle se dirigea vers l'unique fenêtre de la pièce pour regarder la neige qui s'était remise à tomber.

— Agent spécial Jordan ?

Elle lui lança par-dessus son épaule.

— Je vous en prie, appelez-moi Remi. Si vous devez me servir du « agent spécial » chaque fois que vous me posez une question, nous ne sommes pas au bout de nos peines.

— Remi n'est pas un prénom très commun, surtout pour une femme.

— Remi est le diminutif de Remilyn, le prénom de ma grand-mère. Mais ma mère était la seule personne à m'appeler ainsi.

— Était ? Elle est donc…

— Elle est morte quand j'avais dix-sept ans. Emportée par un cancer du sein.

Au léger tremblement de sa voix, Duncan comprit qu'elle avait aimé sa mère et que sa mort la faisait encore souffrir.

Pour sa part, Duncan avait la chance d'avoir ses deux parents toujours en vie et en bonne santé. Il ne s'imaginait pas ne plus pouvoir passer chez eux, partager une bière avec son père ou demander conseil à sa mère.

— Toutes mes condoléances, dit-il avec sincérité.

— Je vous remercie, répondit-elle, un peu crispée.

Il désigna d'un geste son bras en écharpe.

— Je regrette que vous ayez été blessée. Qu'a dit le médecin à propos de votre épaule ?

Elle hésita, arborant de nouveau cet air méfiant qu'elle avait eu auparavant avec Lee.

— L'un des ambulanciers m'a remis le bras en place. Tout va bien.

Il fronça les sourcils.

— Vous avez quand même été conduite aux urgences, non ? Avez-vous été examinée par un médecin ?

— Un médecin n'aurait rien fait de plus, à part peut-être me prescrire des séances de rééducation. La personne qui s'est occupée de moi savait réduire une luxation d'épaule à chaud. Il a tiré sur mon bras pour permettre à l'humérus de réintégrer l'articulation. Le problème étant réglé, je lui ai dit que je ne voulais pas aller à l'hôpital.

Elle n'avait pas voulu y aller ? Elle n'aurait pas dû avoir voix au chapitre. Comme elle était en état d'arrestation, sa santé et son bien-être relevaient de la responsabilité du NPS, l'administration chargée des parcs nationaux. McAlister et Grady auraient dû la conduire d'office aux urgences.

— Vous a-t-il donné quelque chose contre la douleur ?

Duncan n'avait aucune envie qu'elle souffre. Mais il ne souhaitait pas non plus que, par la suite, l'avocat de Remi Jordan conteste la validité de cet interrogatoire, sous prétexte que sa cliente avait pris une dose d'antalgiques trop importante, susceptible d'affecter son état mental et sa capacité à comprendre ses droits.

— Il ne m'a rien donné, répondit-elle. Et mon sac à main étant resté dans le coffre de ma voiture, garée à l'entrée du parc, je n'ai pas eu la possibilité de prendre quoi que ce soit.

— J'ai de l'ibuprofène dans mon bureau, si vous voulez.

Elle fronça les sourcils comme si sa proposition la

surprenait. S'était-elle attendue à ce qu'il l'attache à une chaise et la mette au pain et à l'eau ?

— Ce n'est pas de refus, répondit-elle enfin. Mon épaule me fait un peu mal.

— Si vous préférez aller à l'hôpital pour passer une radio – ce que je vous recommande fortement – et vous faire prescrire des médicaments contre la douleur, je…

— Un ou deux antalgiques suffiront, merci.

De nouveau, Duncan imagina des avocats exigeant l'annulation de la procédure parce que leur cliente n'avait pas été examinée par un médecin comme elle en avait le droit. Remi Jordan avait tout intérêt à se rendre aux urgences. Mais c'était son épaule, après tout. Et elle ne souffrait pas d'une fracture du crâne, elle semblait jouir de toutes ses facultés mentales. De plus, un ambulancier avait réduit sa luxation à l'épaule. Il ne risquait donc pas grand-chose en l'interrogeant sans attendre.

— Je reviens tout de suite.

— Agent spécial McKenzie ?

— Si je vous appelle Remi, appelez-moi Duncan.

Il lui sourit alors qu'il n'avait aucune envie de le faire. Mais la mettre à l'aise faciliterait sans doute l'interrogatoire. Remi avait reçu de son chef l'ordre de coopérer. Dans un premier temps, Duncan pouvait donc se montrer amical, jouer le gentil flic.

Si elle avait quelque chose à cacher, si elle refusait d'expliquer ce qu'elle faisait dans les montagnes avec une arme ou si elle commençait à mentir, il serait toujours temps de changer son fusil d'épaule.

Elle désigna sa tempe d'un geste.

— Je suis vraiment désolée de vous avoir frappé… J'espère que ça ne vous fait pas trop mal.

Il lui fallut un instant pour comprendre à quoi elle faisait allusion. Cette fois, son sourire fut sincère.

— Vous avez un crochet du gauche redoutable.

— Et pourtant, je suis droitière. Vous avez eu de la chance.

Il se mit à rire.

— C'est certain. Maintenant, vous allez tout me raconter et nous déciderons de la suite. D'accord ?

Elle se détendit et elle répondit, visiblement soulagée :

— Ça me paraît bien.

— Un instant. Je vais chercher mon ordinateur.

Au moment où Duncan entrait dans son bureau et sortait son ordinateur d'un tiroir, la sonnerie de son téléphone portable retentit. Il vit le nom de Lee s'afficher sur l'écran. Un rapide coup d'œil vers la salle de conférences, qu'il avait laissée ouverte, lui confirma que Remi était toujours devant la fenêtre à regarder la neige tomber. Il s'assit dans son fauteuil pour prendre l'appel.

— Oui, chef. Avez-vous déjà balancé Grady hors de la voiture pour le faire taire ?

— As-tu commencé à interroger l'agent spécial Jordan ?

Le ton laconique de Lee mit immédiatement Duncan en alerte.

— J'étais sur le point de le faire. Pourquoi ?

— Johnson m'a envoyé un e-mail que je viens de te transmettre. Il est intéressant, tu verras. Lis-le avant de l'interroger.

— Pourquoi ?

— Parce que je te le demande.

Et Lee raccrocha.

Avec un soupir, Duncan alluma son ordinateur et se connecta à sa boîte mail. Depuis le matin, il avait reçu une quinzaine de messages qu'il n'avait pas encore trouvé le temps de lire.

La plupart avaient trait à une enquête concernant une série de cambriolages sur laquelle il travaillait depuis quatre mois. Les six adolescents mis en cause avaient été placés en détention provisoire.

Maintenant, Duncan n'avait plus qu'à attendre leur procès en s'occupant de la paperasse et des témoignages… dans l'hypothèse où ces gamins seraient un jour présentés à un tribunal. Aucun d'eux n'ayant de casier judiciaire, il était probable que le procureur, Clay Perry – un ami de Duncan — plaiderait l'acquittement.

Père de cinq enfants, Clay faisait toujours preuve d'une infinie patience et d'une incroyable empathie pour les jeunes, qu'ils le méritent ou non. Leurs parents paieraient de lourdes amendes et dédommageraient les victimes. En échange de quoi, leurs rejetons seraient bientôt de retour dans la rue. Et, dans quelques mois, Duncan devrait de nouveau les arrêter, quand ils recommenceraient ou se rendraient coupables de crimes plus graves.

Il en avait discuté plus d'une fois avec Clay, généralement au cours d'un bon repas ou devant une bière, sans avoir jamais pu le convaincre de la nécessité de montrer davantage de fermeté.

Ne voyant rien de particulièrement urgent dans les e-mails, il cliqua sur celui de son chef. Ce dernier le priait simplement de lire la pièce jointe.

Il lui fallut quelques instants pour charger le dossier. Quand il y parvint et qu'il en découvrit le titre, il fronça les sourcils. Pourquoi le chef de Remi avait-il jugé nécessaire de leur envoyer ce rapport ? Et pourquoi Lee avait-il insisté pour que Duncan le lise avant l'interrogatoire ? En quoi ce document apportait-il un éclairage sur l'épisode du matin ?

Les sourcils froncés, il cliqua sur la pièce jointe et parcourut rapidement des yeux les intitulés de chaque section. Au départ, il se demanda s'il s'agissait d'une plaisanterie. Mais, quelques pages plus loin, il cessa de survoler le texte. Se penchant plus près de l'écran, il en lut chaque mot. Puis il retourna au début pour le relire intégralement.

5

Postée devant la fenêtre de la salle de conférences, Remi faisait mine de regarder la neige qui tombait de plus en plus fort mais, en réalité, elle essayait de se recentrer, de se calmer avant l'interrogatoire qui l'attendait. Elle n'y parvenait pas. Depuis qu'elle était entrée au FBI, elle avait interrogé des dizaines de suspects. Mais elle ne s'était encore jamais retrouvée de l'autre côté de la table. Et elle n'était pas pressée de vivre cette nouvelle expérience. D'autant qu'elle ne parvenait même pas à s'expliquer ce qui s'était passé ce matin.

Penser qu'elle avait tiré sur un homme désarmé et qu'elle aurait pu tuer un innocent la rendait malade. Mais, chaque fois qu'elle se remémorait la scène, les images défilaient dans son esprit comme dans un film sans jamais changer d'un iota.

Elle avait entendu des bruits de pas derrière elle.

Elle s'était retournée d'un mouvement vif, l'arme au poing mais le doigt sur la crosse et non sur la détente.

Elle avait alors vu surgir un homme en treillis. À son expression menaçante, elle avait tout de suite eu la certitude que c'était lui qui la suivait.

Était-il possible qu'il ait simplement été furieux qu'elle braque son pistolet sur lui ?

Elle lui avait ordonné de ne plus bouger.

Au lieu d'obtempérer, il avait alors sorti une arme de sa veste. Celle-ci était manifestement coincée dans le tissu de sa poche et il avait eu du mal à l'en extirper, mais il y était arrivé.

Elle revoyait parfaitement la scène, dans ses moindres détails. Le type n'était qu'à quelques mètres. Elle avait même identifié son calibre. Un Glock 19, 9 mm, une arme qu'elle avait vue plusieurs fois au cours de sa carrière.

Elle avait alors posé le doigt sur la détente parce qu'elle y était obligée. À ce stade, elle avait le choix entre tirer ou se faire tirer dessus. Entre tuer ou être tuée. S'estimant en état de légitime défense, elle avait fait feu. Une seule fois parce qu'elle avait alors repéré une autre menace, surgissant sur sa gauche.

Duncan. Prendre conscience de sa présence l'avait probablement distraite juste assez pour sauver la vie de Vale. Elle était tireuse d'élite. En général, elle ne ratait pas sa cible.

Il s'était jeté sur elle, la faisant tomber et envoyant valser son pistolet.

Quelques instants plus tard, elle avait vu l'homme sur qui elle avait tiré gisant sur le sol, un téléphone portable à moitié sorti de sa poche. Un téléphone noir. Comme le Glock. Mais un téléphone et un Glock n'avaient rien de semblable. Il était impossible de les confondre. Elle n'avait pas pu se tromper…

Elle serra si fort le rebord de la fenêtre que les jointures de ses doigts en blanchirent. Hantée par les souvenirs de sa sœur, tourmentée par le chagrin et la colère qui l'habitaient depuis des années, avait-elle cru voir quelque chose qui n'existait pas ? Avait-elle eu tellement envie que l'homme en treillis soit le coupable, le responsable des disparitions, que son esprit lui avait joué des tours ?

Cinq ans. Voilà cinq ans qu'elle travaillait dans les forces de l'ordre. Certes, elle était loin d'être une experte et, dans bien des domaines, elle estimait manquer encore d'expérience. Mais elle avait du mal à croire qu'après toutes ces années elle ait pu commettre une telle bourde. Cet homme, ce Kurt Vale, avait brandi un pistolet, elle en aurait mis sa main au feu. Mais s'il avait tenu une arme, où celle-ci était-elle passée maintenant ?

— Remi ? Remi ? Ici, la Terre. M'entendez-vous ?

Battant des paupières, elle se retourna et découvrit Duncan contre le mur à côté d'elle. D'instinct, elle recula pour mettre plus de distance entre elle et cet homme intimidant.

Il l'imita pour lui donner plus d'espace encore.

— Je ne voulais pas vous faire peur.

Se rendant compte qu'il dardait les yeux, des yeux bleu foncé, sur sa main gauche, elle suivit son regard. Elle s'aperçut alors qu'elle serrait le poing comme si elle s'apprêtait à le frapper à nouveau. Le rouge au front, elle s'obligea à détendre ses doigts.

— Pardon. Vous m'avez surprise.

— Comme Kurt Vale vous a surprise, ce matin dans la montagne ? Avant que vous ne lui tiriez dessus ?

Le visage de Remi devint cramoisi.

— Il tenait une arme à la main.

— La seule arme que j'ai vue se trouvait dans *votre* main.

— Je vais vous dire pourquoi. Vous avez vu mon arme en premier et vous avez alors estimé que j'étais la menace. À partir de là, vous n'avez probablement plus regardé ce type. Si vous ne vous étiez pas jeté sur moi, vous auriez remarqué qu'il était également armé. Il était en train de sortir de sa poche un Glock 19.

Duncan écarta les mains dans un geste de conciliation.

— J'aimerais vous croire, vraiment. Mais il est difficile de soutenir votre version des événements, vu qu'une seule arme a été retrouvée sur place, la vôtre. Une équipe de la police scientifique a été dépêchée sur la scène du crime et a procédé aux premières investigations. À l'endroit où

Vale est tombé, ils ont trouvé du sang et un téléphone portable cassé. C'est tout.

— Cassé ?

— Son téléphone a glissé de sa poche et il a sans doute heurté une pierre sur le sol.

— Et pourquoi son appareil aurait-il glissé de sa poche ? Il n'en est pas sorti tout seul. Il a glissé parce que Vale essayait d'extraire quelque chose d'autre de sa poche. Quelque chose qui résistait. Il a dû tirer dessus et, dans le mouvement, son portable est tombé…

Duncan leva les sourcils.

— Quelque chose d'autre ? Ses mains, par exemple ? Pour vous montrer qu'il n'était pas armé ?

Elle pinça les lèvres en secouant la tête.

Il soupira.

— Reprenons les choses depuis le début.

Il se dirigea vers la table sur laquelle il avait disposé son ordinateur portable, une bouteille d'eau et une boîte d'antalgiques.

— J'imagine que cette épaule vous fait mal. Pourquoi ne pas avaler un ou deux cachets avant que nous ne commencions ?

— Il avait une arme, répéta-t-elle.

— En tout cas, vous pensiez qu'il en avait une.

Il l'affirmait d'un ton neutre, sans la juger, sans la condamner. Au contraire, il avait l'air étonnamment empathique. Ce qui, bien sûr, prouvait qu'il connaissait son métier et qu'il savait comment désamorcer sa colère pour que Remi soit moins sur la défensive. Non parce qu'il se souciait d'elle ou qu'il se sentait solidaire d'une quasi-collègue, mais parce qu'il voulait qu'elle coopère, qu'elle réponde à ses questions. Elle avait envie de lui reprocher d'utiliser ces techniques et ces astuces d'interrogatoire contre elle. Au lieu de quoi, elle ne pouvait s'empêcher de l'admirer. Si elle avait été à sa place, elle aurait fait exactement la même chose.

Elle s'assit sur une chaise, dos à la porte. Ainsi, si quelqu'un entrait, elle l'entendrait. Et, surtout, elle ne voulait pas tourner le dos à Duncan, qui se tenait toujours près de la fenêtre où elle l'avait laissé, l'observant comme s'il essayait de la comprendre, de percer ses secrets. Il avait envie de jouer à ce petit jeu ? Très bien. Elle était capable de soutenir son regard aussi longtemps qu'il le faudrait.

Veillant à prendre son temps, elle avala les cachets tout en l'observant entre ses cils. Il était bel homme, cela ne faisait aucun doute. Il avait sans doute quelques années de plus qu'elle, la trentaine. La combinaison de ses cheveux bruns, de ses yeux bleus et de sa peau bronzée le rendait très séduisant. Mais, surtout, il était si grand – pas loin de deux mètres, sans doute – et si large d'épaules qu'en face de lui elle se sentait minuscule. S'ils s'étaient rencontrés chez des amis ou dans un bar, elle aurait certainement été attirée par sa haute stature et son corps musclé. Mais, consciente qu'il tenait son sort entre les mains et que sa carrière comme sa liberté étaient en jeu, elle lui en voulait de dégager tant de force et d'assurance.

En deux enjambées, il regagna la table et s'assit en face d'elle, tirant son ordinateur portable vers lui. Il posa les yeux sur elle et la regarda avec une intensité qui l'agaça.

— Êtes-vous sûre de ne pas vouloir que je vous conduise à l'hôpital ?

— Je vais très bien, lui assura-t-elle.

À en juger par son air sceptique, il ne la croyait pas.

— Tout ce que vous direz sera enregistré et filmé, poursuivit-il en montrant du doigt une caméra fixée en haut du mur. Pour votre protection et la mienne.

— J'avais repéré la caméra en entrant. Je suppose

que quelqu'un nous regarde également à travers la vitre sans tain.

— Quelqu'un le pourrait. Mais, à mon avis, Papy préfère terminer ses rapports afin de partir à l'heure, pour une fois.

— Papy ?

— Oliver McAlister, le seul ranger présent au bureau actuellement et aussi le plus âgé de l'équipe. Nous le surnommons Papy parce qu'il travaille ici depuis des lustres et qu'il nous traite comme ses petits-enfants.

Comme il lui souriait à nouveau, elle se demanda s'il tentait de la mettre à l'aise ou s'il faisait partie de ces gens qui semblaient toujours heureux. Le genre de personnes qui l'énervait. Instinctivement, elle chercha son arme et ne pas la sentir sur sa hanche, comme d'habitude, lui donna l'impression d'être nue et vulnérable, un sentiment qu'elle n'aimait pas du tout.

— Veuillez décliner votre nom et votre adresse pour la vidéo.

— Remilyn Jordan. J'habite Greenwood Village, dans le Colorado.

— Dans le Colorado ? Je pensais que vous viviez dans le Tennessee et que vous travailliez pour l'agence du FBI de Knoxville.

Elle secoua la tête.

— Je travaille à Denver. Johnson est venu du bureau régional le plus proche d'ici, celui de Knoxville. Mais il n'est pas mon supérieur habituel. Il est mon chef pendant que je suis ici, pendant que je fais l'objet d'une enquête.

— Compris. Greenwood Village… Je ne connais pas.

— C'est une petite ville à l'extérieur de Denver, à environ une heure de Boulder.

— J'imagine que le coin est magnifique là-bas. Que vous bénéficiez d'une superbe vue sur les Rocheuses.

— C'est très beau, oui, concéda-t-elle.

— Pourtant, vous avez décidé de venir en vacances ici, de passer quelques jours dans une autre chaîne de montagnes.

— S'agit-il d'une question ?

Il sourit encore.

— Avant d'aller plus loin, je dois vous lire vos droits.

— Nous pouvons sauter cette partie. Papy me les a rappelés en descendant la montagne.

— J'en suis sûr. Mais je dois vous les répéter devant la caméra. Comme je l'ai dit, pour votre protection et pour la mienne.

Ne voyant pas l'intérêt d'ergoter, elle l'écouta lui rappeler qu'elle avait le droit de garder le silence et de demander l'assistance d'un avocat.

— Comprenez-vous le sens de ce que je viens de vous exposer ? demanda-t-il.

Elle hocha la tête.

— Vous devez le dire, lui rappela-t-il.

Elle poussa un gros soupir.

— Oui. Oui, je comprends mes droits. Oui, je suis disposée à vous parler sans avocat. Pouvons-nous continuer, en finir ?

Il s'éclaircit la gorge.

— J'imagine que vous n'êtes pas venue du Colorado en voiture, que vous n'avez pas traversé le pays au volant. Vous avez évidemment pris l'avion avant de louer un véhicule à l'aéroport. Non ?

— En fait, non. Je suis venue en voiture. Comme vous le savez, j'aurais dû remplir une tonne de formulaires pour obtenir l'autorisation de prendre l'avion avec une arme.

— D'autant que vous êtes ici en vacances et non en service.

— Exactement.

Il pianota un moment sur le clavier de son ordinateur portable avant de poursuivre.

— Où séjournez-vous ?

— Dans un motel situé dans la rue principale de Gatlinburg, répondit-elle avant de lui donner le nom de l'enseigne.

— Depuis combien de temps êtes-vous en ville ?

— Deux ou trois jours.

— Et qu'avez-vous fait depuis votre arrivée ici ?

Elle hésita. Que devait-elle lui dire ? Coopérer était sans doute sa meilleure chance d'échapper aux poursuites judiciaires. Mais lui révéler avec sincérité sans rien lui cacher ce qu'elle était venue faire dans ce parc allait-il la sauver ou la perdre ?

Le silence se prolongeant, il demanda :

— Avez-vous besoin que je répète la question ?

— J'ai parcouru des sentiers de randonnée du Great Smoky Mountains National Park, principalement le sentier des Appalaches.

— Tous les jours ?

— Tous les jours.

— Pourquoi ?

Elle battit des paupières.

— Comme tout le monde. Pour admirer la nature, la beauté des paysages. Pour m'évader des pressions de mon travail. Les Smokies ne ressemblent pas du tout aux Rocheuses. J'avais envie de voir quelque chose de différent.

— Nous sommes en février. Les températures oscillent entre 0° et 5° en journée et elles sont négatives la nuit. Et là-haut, dans la montagne, il fait encore plus froid. Sans parler du verglas et de la neige. Pourquoi vouloir faire de la randonnée en plein hiver alors que le vent est glacial ?

— Je ne suis pas la seule à apprécier cette période de l'année. J'ai croisé plusieurs randonneurs.

— Il y en a, oui. Pas beaucoup. Ce qui m'intéresse, c'est

de savoir pourquoi, vous, vous avez eu envie de venir ici à l'un des pires moments de l'année pour visiter le parc.

Elle le regarda fixement, ses doigts s'enfonçant dans sa paume sous la table.

— J'aime la solitude, les grands espaces. Et le froid ne me dérange pas.

L'expression de Duncan lui fit comprendre qu'il ne la croyait pas. Il attendit, espérant probablement qu'elle se sentirait obligée de combler le silence et de révéler du même coup quelque chose qu'elle aurait préféré garder pour elle. Mais elle connaissait les techniques d'interrogatoire. Elle ne dirait rien de son propre chef, se contentant de répondre aux questions.

— Pourquoi avez-vous tiré sur Kurt Vale ?

Décontenancée par le brusque changement de sujet, elle resta un instant sans voix. Mais au lieu de se justifier dans la précipitation, ce qui aurait pu l'amener à lui confier toutes sortes de choses qu'elle n'avait pas envie de raconter, elle s'accorda un moment pour recouvrer son calme. Lorsqu'elle fut sûre d'avoir repris le contrôle, elle déclara :

— J'étais arrivée à une clairière qui débouchait sur une grande pierre plate en corniche surplombant la vallée, une sorte de terrasse naturelle, et j'admirais le paysage. Cela faisait un moment que je sentais que quelqu'un me suivait. Aussi, lorsque j'ai entendu du bruit derrière moi, je me suis retournée et j'ai spontanément sorti mon SIG. Pour me défendre.

— Qu'a fait Vale ?

— Il a dégainé son pistolet, un Glock.

— Il n'avait pas d'arme. J'étais là. Il se tenait à une vingtaine de mètres de vous. Et vous, en revanche, vous avez brandi votre calibre sur un homme désarmé. Je l'ai vu.

— Non. Vous avez regardé Vale, puis moi. Et, dès que vous vous êtes rendu compte que j'avais une arme à la main, vous avez cessé de vous intéresser à lui, vous ne lui avez plus accordé un regard. À partir de cet instant, vous avez estimé que j'étais la menace et vous vous êtes jeté sur moi pour m'arrêter. Vous ne regardiez plus Vale et vous n'avez donc pas vu qu'il avait sorti une arme et qu'il s'apprêtait à me tirer dessus. Je lui avais ordonné de ne plus bouger. Il n'avait pas obtempéré, me contraignant à tirer sur lui. Je n'avais pas le choix. C'était lui ou moi.

Duncan se pencha en avant, croisant les bras sur la table.

— Tout le problème est là, Remi. Pour que votre histoire tienne la route, il faudrait que nous ayons découvert sur les lieux ce Glock que vous affirmez avoir vu. Malheureusement, le seul pistolet que nous ayons trouvé est votre SIG-Sauer, celui que je vous ai vue pointer sur Kurt Vale, celui avec lequel je vous ai vue tirer.

Elle secoua la tête.

— Vous vous trompez. Si vos gars de la police scientifique n'ont pas trouvé l'arme de Vale, c'est qu'ils sont passés à côté. Ils devraient y retourner et la chercher avec plus d'attention. Ils finiront par la découvrir parce qu'elle est là-haut.

— Après vous avoir menottée au sol pour vous empêcher de tirer une nouvelle fois sur un homme désarmé, j'ai prodigué les premiers soins à la victime. Il avait reçu une balle dans le flanc, il était gravement blessé et il perdait beaucoup de sang. Il n'était pas en état de courir pour aller cacher en vitesse sa prétendue arme quelque part avant de retourner s'allonger là où il était tombé, le tout en l'espace de quelques instants à peine – le temps qu'il m'a fallu pour vous neutraliser. Il n'avait sur lui que son portefeuille, ses clés de voiture et son téléphone portable. Je maintiens que ce que vous avez vu dans sa main était un téléphone portable, pas un pistolet.

— Vous vous trompez.

Il leva les mains.

— Je veux bien vous croire, avoir tort. Convainquez-moi.

— J'admets que Vale n'a pas eu la possibilité de se lever pour aller cacher son arme quelque part. Lorsque je lui ai tiré dessus et qu'il est tombé, son arme a dû valser dans les fourrés. C'est d'ailleurs exactement ce qui s'était passé avec la mienne. Quand vous m'avez jetée par terre, mon pistolet a été éjecté dans un buisson.

— C'est vrai mais il a atterri à quelques mètres seulement de là où vous vous trouviez. Or, j'avais couru vers vous pour vous atteindre avant que vous ne pressiez la détente. Je suis grand et fort. Je vous ai fait basculer violemment à terre alors que Vale est simplement tombé de là où il se tenait lorsque la balle l'a touché. N'êtes-vous pas d'accord avec moi ?

À contrecœur, elle hocha la tête.

— Oui, votre raisonnement se tient.

— Malgré la force avec laquelle je vous ai heurtée, votre pistolet a atterri à quelques mètres. L'arme de Vale – dans l'hypothèse où il en avait une, ce qui reste à démontrer – n'aurait pas pu être projetée plus loin. Par conséquent, l'équipe de la police scientifique ou moi n'aurions eu aucun mal à la retrouver. Non ?

Elle ne répondit pas. Qu'aurait-elle pu dire ?

— Après vous avoir pris votre SIG, je suis resté avec Vale tout le temps. J'étais là quand les secours sont arrivés. Je les ai escortés jusqu'à l'ambulance qui attendait en bas de la montagne, à l'entrée du parc. À aucun moment, je ne l'ai vu avec une arme.

Il attendit. Comme, de nouveau, elle ne répondait rien, il asséna :

— Le moment est peut-être venu d'avouer la vérité…

Remi commençait à regretter de s'être excusée de l'avoir frappé.

— Je dis la vérité.

Il se cala sur sa chaise.

— Alors que s'est-il passé, d'après vous ? Le pistolet est, quoi, parti se promener tout seul ?

— Vale l'a peut-être balancé au loin.

— Bien sûr. D'accord. Alors qu'il était allongé sur le sol, en train de se vider de son sang ?

— Pendant que vous vous battiez avec moi, il aurait eu dix fois la possibilité de le jeter dans les fourrés.

— Les hommes de la police scientifique l'auraient retrouvé par la suite lorsqu'ils ont passé la scène de crime au peigne fin.

— Pas forcément. D'autant que personne ne leur a dit de chercher ce Glock. Après m'avoir menottée, vous ne m'avez pas parlé. Vous ne m'avez pas demandé pourquoi j'avais tiré sur Vale. Vous ne saviez pas qu'il avait une arme, vous n'avez donc pas indiqué à vos collègues qu'ils devaient la chercher.

— Votre remarque est pertinente. Mais les rangers McAlister et Grady vous ont embarquée avant que je ne descende la montagne avec l'équipe médicale. N'avez-vous pas dit à l'un ou à l'autre que vous pensiez que Vale avait une arme ?

Une fois encore, il mettait le doigt sur la faille de son argumentation. Frustrée, elle serra les mâchoires. Bien sûr, elle leur avait dit que Vale avait une arme. Elle n'avait pas voulu qu'ils pensent qu'elle avait tiré sur un homme non armé.

— Je vais prendre ça pour un oui, poursuivit-il. Je vérifierai plus tard ce point avec mes collègues. Mais j'imagine que ce détail aura été noté dans le rapport de McAlister. C'est lui qui a envoyé les hommes de la police scientifique sur la scène du crime. Et je suis certain que, si vous lui aviez parlé de cette seconde arme, il leur aurait demandé de ratisser la zone pour la retrouver. Encore une fois, je le vérifierai lorsque je lirai leurs rapports. Et, pour être encore plus sûr, je leur poserai aussi la question. Mais vous et moi connaissons déjà leur réponse. Ils ont cherché une arme. Et ils n'en ont pas trouvé. Encore une fois, il est sans doute temps de revenir sur vos déclarations, de dire enfin la vérité et de sortir de l'impasse dans laquelle vous vous êtes engagée.

Elle secoua la tête.

— Je vous ai dit la vérité.

— Revenons sur la raison pour laquelle vous êtes ici.

— Je vous l'ai dit. Je suis venue faire de la randonnée.

— En plein hiver.

— En plein hiver.

Il leva un sourcil dubitatif.

— D'accord. Vous aimez donc le froid, cheminer sur des sentiers glissants, couverts de neige et de glace au risque de vous casser le cou. Ce n'est pas mon truc mais je peux comprendre. Les montagnes enneigées sont magnifiques.

Il avait une idée en tête. Avec cette remarque d'apparence anodine, il cherchait à l'entraîner quelque part, il tentait de la piéger, devina-t-elle. Elle décida de ne pas l'aider en commentant ses dires. Refusant de mordre à l'hameçon, elle attendit la suite.

— Vous marchez donc sur le chemin, savourant le froid polaire que vous appréciez tant. Quand, soudain, vous entendez quelqu'un derrière vous. Et vous – un agent qualifié et expérimenté du FBI –, vous vous retournez alors et vous tirez sur lui. Est-ce bien ainsi que les choses se sont passées ?

— Je lui avais ordonné de ne plus bouger. Il n'avait pas obéi.

— Exact. Donc, vous entendez quelqu'un derrière vous, vous vous retournez, vous lui criez de ne plus bouger puis vous faites feu.

— Après l'avoir vu sortir un pistolet de sa poche, oui.

— Parce qu'il marchait depuis un moment sur le même sentier que vous, vous étiez persuadée qu'il vous suivait ?

— Oui. Non, répondit-elle, secouant la tête avec frustration. C'est plus compliqué que ça.

Il croisa les bras sur la table.

— Expliquez-moi alors. Je suis tout ouïe.

Elle avait vraiment envie de le frapper.

— Il ne se contentait pas de me suivre. Il me traquait dans les bois depuis un bon moment. Au moins une demi-heure.

Il leva les sourcils.

— Il vous traquait ?

— Il me pourchassait, oui. Quand je faisais un pas de côté, il en faisait un, de sorte qu'il était difficile pour moi d'être sûre que quelqu'un d'autre était derrière moi et me poursuivait.

— Parce qu'il vous poursuivait ?

— Pouvez-vous cesser de répéter tout ce que je dis ?

Il leva les mains dans un geste apaisant.

— Depuis combien de temps connaissez-vous Kurt Vale ?

— Je ne le connais pas. Je ne l'avais jamais rencontré.

— Pourtant, il vous suivait. Vous avez même utilisé les mots « traquer » et « pourchasser ».

— Oui. Exactement. Il me traquait, me pourchassait. J'entendais ses pas…

— Qui faisaient écho aux vôtres.

— Vous devenez méprisant.

— Excusez-moi.

Ses excuses n'étaient pas sincères, et ils le savaient tous les deux. Il cherchait à la piéger, à réécrire l'histoire pour que le comportement de Vale paraisse insignifiant, anecdotique, banal. Et sa réaction à elle disproportionnée, monstrueuse.

Elle essaya encore de s'expliquer.

— J'étais terrifiée. Je croyais qu'il en avait après moi.

— Pourquoi en aurait-il eu après vous puisqu'il ne vous connaissait pas ?

Elle hésita. La croirait-il si elle le lui disait ? Elle se défendait mal, elle en était consciente. Duncan ne la croyait pas, c'était évident. Il était donc peu probable qu'il accorde le moindre crédit à ses « théories loufoques » comme les qualifiait son supérieur de Denver. Voilà pourquoi, au lieu de les raconter à Duncan et de lui expliquer la véritable raison de sa présence dans ce parc, elle s'efforça de nouveau de s'en tenir aux faits. Elle devait réussir à lui faire comprendre qu'elle s'était sentie menacée. Elle n'aurait jamais tiré autrement. Elle n'avait rien d'une tueuse, elle ne jouait pas les cow-boys. Elle n'avait pas l'habitude de descendre des innocents.

— Vous êtes un homme, et un homme impressionnant de surcroît, surtout pour une femme qui fait la moitié de votre taille, comme moi.

Il sourit.

— La moitié ? Le quart, plutôt.

Il reprenait le rôle du bon flic, essayant de la séduire et de la désarmer avec ses sourires.

Elle se racla la gorge.

— Je veux dire que, même si j'ai été formée aux techniques d'autodéfense, je connais mes limites physiques. J'avais une arme avec moi pour me protéger, au cas où…

— Vous vous attendiez à vous retrouver confrontée à un danger et à avoir donc besoin d'une arme ?

Elle ne s'y était pas attendue. Elle l'avait espéré. Mais le lui dire aurait été suicidaire.

— Il faut toujours se préparer au pire, non ? dit-elle. J'avais pris mon arme, au cas où. Et, alors que je gravissais le sentier, j'ai entendu des bruits derrière moi…

— Des bruits ?

— Des petites pierres qui roulaient sous des pas, des bruissements de feuillages au passage de quelqu'un.

— Des bruits que ferait n'importe qui en marchant.

— Non, non, vous ne comprenez pas.

Il se pencha en avant, ses yeux bleus rivés sur elle.

— Aidez-moi à comprendre, Remi. Dites-moi la vérité.

Elle prit une profonde inspiration dans l'espoir de se calmer.

— Les bruits que j'ai entendus étaient... étouffés, furtifs. Comme si le type qui me suivait essayait d'être le plus discret possible, de synchroniser ses mouvements aux miens pour les rendre imperceptibles. Il était du coup difficile de déterminer sa position exacte. Mais quelqu'un me suivait. Pas un simple randonneur. Quelqu'un me traquait, moi, spécifiquement. J'en suis sûre et certaine.

Cette fois, ce fut elle qui se pencha vers lui pour planter les yeux dans les siens.

— Pour m'en assurer, je me suis brusquement arrêtée à plusieurs reprises. Je restais le pied en l'air mais lui ne s'y attendait pas et, chaque fois, il a posé le sien sur le sol, faisant craquer des brindilles, crisser ses chaussures. Voilà comment j'ai eu la certitude qu'il me pourchassait. Comprenez-vous ?

Il ne répondit pas. Il n'avait pas à le faire. Son expression sceptique était suffisamment éloquente.

Ils se mesurèrent du regard pendant un moment avant qu'il ne reprenne :

— Résumons-nous : vous avez eu peur.

— Oui.

— Quelqu'un vous suivait.

— Oui.

— Vous étiez convaincue qu'il vous traquait.

— Oui.

— Qu'il avait l'intention de vous faire du mal.

— Oui.

— Depuis combien de temps vous pourchassait-il ?

— Au moins une demi-heure.

— Puisque quelqu'un vous suivait, quelqu'un que vous perceviez comme une menace, vous avez évidemment appelé la police pour demander de l'aide. Vers quelle heure ?

Il baissa les yeux sur son clavier, comme s'il se préparait à taper l'heure qu'elle lui indiquerait.

Elle sentit le piège se refermer autour d'elle. Elle ne l'avait même pas vu venir.

Il leva le nez, feignant la surprise.

— À quelle heure avez-vous appelé la police pendant cette demi-heure au cours de laquelle vous sentiez tellement en danger ?

Par réflexe, elle posa la main gauche sur son téléphone portable, que McAlister lui avait rendu et qui se trouvait maintenant dans la poche de son jean.

— Je n'ai appelé personne.

— Vous ne l'avez pas fait ?

— Non. Je ne l'ai pas fait.

— Pourquoi ?

— Peut-être n'y avait-il pas de réseau, lâcha-t-elle.

— S'agit-il d'une question ou d'une affirmation ?

Elle pinça les lèvres sans répondre.

— Êtes-vous en train de me dire, et devant la caméra, que vous avez essayé de prévenir les secours mais que vous n'y êtes pas parvenue parce que vous n'aviez pas de réseau ?

Sa bouche devint sèche. Elle s'était demandé s'il y avait du réseau dans le parc et si elle aurait pu ou non passer un coup de fil. Mais elle était prête à parier que Duncan avait la réponse. Il savait probablement où se trouvait chaque antenne-relais dans ces montagnes, d'où il était possible de téléphoner et d'où il ne l'était pas. Techniquement, elle n'avait pas encore menti. Elle n'avait pas encore prétendu qu'elle avait regardé son téléphone et n'avait vu aucune barre. Mais, si elle lui disait qu'elle avait essayé d'appeler à l'aide, de composer le 911, elle franchirait la ligne jaune. Elle mentirait à un agent fédéral au cours d'un interrogatoire, un crime susceptible de l'envoyer en prison et de briser sa carrière, dans l'hypothèse où celle-ci n'était pas déjà détruite.

— Non, reconnut-elle dans un souffle.

La gorge sèche, elle attrapa la bouteille et avala une longue gorgée d'eau.

Il attendit qu'elle ait fini.

— Non, vous n'aviez pas de réseau, ou non, vous n'avez pas essayé d'appeler à l'aide ?

Il est comme un chat jouant avec une souris.

— Je suis un agent du FBI, je représente la force publique, déclara-t-elle. J'avais une arme pour me protéger en cas de besoin. Même si j'avais peur et si quelqu'un était à mes trousses, je me sentais capable de gérer la situation.

— Avez-vous appelé la police ?

— Non. Je ne l'ai pas fait.

Il sourit.

— Ce n'était pas si difficile, si ? Vous avez dit la vérité. La couverture cellulaire est inégale et peu fiable dans le parc. C'est pourquoi nous utilisons des talkies-walkies. Mais une antenne-relais a été installée non loin d'ici et la force du signal est très bonne. Vous auriez pu facilement passer un coup de fil si vous aviez essayé.

Au bord de la nausée, elle se massa le ventre.

Le sourire de Duncan s'envola, et il poursuivit.

— Ce qui nous ramène à la question initiale à savoir pourquoi n'avez-vous pas tenté d'appeler la police, de demander de l'aide ? Vous êtes agent du FBI, vous avez été formée, vous connaissez les procédures à suivre en cas de danger. En toute logique, vous auriez dû contacter les secours. Pourquoi ne l'avez-vous pas fait ? Pourquoi n'avez-vous pas composé le 911 ?

Elle ne répondit pas.

— Pensiez-vous vraiment que M. Vale vous pourchassait ?

— Oui, murmura-t-elle.

— Pourquoi, au lieu de demander des renforts, avez-vous choisi de risquer votre vie et de l'affronter seule ?

Parce que je voulais attraper moi-même ce salopard.

Elle pressa ses lèvres pour s'empêcher de prononcer ces mots.

Le silence emplit la pièce. Duncan étendit ses longues jambes devant lui et laissa échapper un profond soupir.

— J'étais le premier au bureau ce matin, déclara-t-il. J'étais seul ici lorsque Zack Towers a appelé pour prévenir qu'il avait passé la nuit dans l'un des refuges du sentier des Appalaches et qu'une inconnue s'y trouvait aussi. Et que, lorsque vous étiez partie, il avait remarqué que vous étiez armée. Il savait qu'il est interdit aux randonneurs de circuler avec une arme dans le parc.

Son épaule commençant à redevenir douloureuse, Remi la massa pour tenter de la soulager.

— Un randonneur se trouvait en effet dans le refuge, la nuit dernière. Je ne me souviens pas qu'il s'appelait Zack. Je pensais qu'il s'appelait Sunny.

Duncan hocha la tête.

— Sunny est son nom de piste. Zack est l'un de nos habitués, il vient chaque année à cette époque. Il est l'un des rares à aimer la randonnée en hiver. C'est un randonneur de section.

— Un randonneur de section ?

— Puisque vous aviez décidé de parcourir le sentier des Appalaches, je pensais que vous aviez étudié le jargon.

Il laissa les mots en suspens entre eux.

Ennuyée par son jeu, elle déclara :

— En général, je ne marche dans le parc que durant la journée. Je rejoins chaque soir mon motel pour revenir au petit matin. Je ne connais pas tout le vocabulaire des randonneurs parce que je n'ai évidemment pas les moyens, contrairement à d'autres, de consacrer près d'un an de ma vie à crapahuter sur les sentiers de randonnées de manière quasi professionnelle. Je sais seulement que les NOBO traversent le parc du nord au sud, de la Géorgie au Maine en une saison, non ? Alors que les SOBO le traversent du sud au nord.

Duncan hocha la tête.

— Apparemment, vous aviez un peu étudié les us et coutumes du sentier des Appalaches avant de venir ici. Je me demande pourquoi. Souhaitiez-vous vous assurer qu'il n'y aurait pas trop de monde dans les parages pour voir ce que vous aviez l'intention d'y faire ?

— Ou peut-être en ai-je appris plus que je ne l'aurais voulu sur ce maudit parc lorsque j'étais venue à l'occasion d'un voyage de fin d'études quand j'étais au lycée.

À la vue de la surprise qui traversa ses prunelles bleues, elle ferma les yeux, se reprochant intérieurement de ne pas avoir su retenir sa langue. La frustration et l'énervement la poussaient à commettre des erreurs. Elle n'allait plus tarder à se trahir.

Au cliquetis du clavier, elle battit des paupières.

Il pianota un moment de plus sur les touches, puis la regarda par-dessus l'écran.

— Quelle est la couleur naturelle de vos cheveux ?

Elle fronça les sourcils.

— Pardon ?

— Vous êtes brune au naturel, non ?

— Et en quoi est-ce important ?

Il retourna l'ordinateur portable pour qu'elle puisse voir l'écran. Là, elle découvrit le visage souriant de Becca sur la photo que son père avait remise à la police lorsque sa sœur avait disparu. Il avait imprimé ce portrait sur des flyers qu'ils avaient distribués par centaines à Gatlinburg. Il l'avait également posté sur le site web qu'il avait créé dans l'espoir de la retrouver. Mais leurs efforts n'avaient servi à rien. Ils ne l'avaient jamais revue.

Becca.

La gorge serrée, elle murmura :

— Pourquoi faites-vous cela ? Que voulez-vous de moi ?

Quelque chose passa dans les yeux de Duncan. De la tristesse ? Des regrets ? De l'empathie ? En tout cas, ce qu'il éprouva ne le torturait pas assez pour qu'il referme son ordinateur.

Au lieu de quoi, il chercha son regard.

— Ce que je veux, que j'ai toujours voulu, c'est la vérité. Je veux que vous reconnaissiez que vous êtes venue ici parce que votre chef et le DSC, le département des Sciences du comportement, ont refusé d'adhérer à vos théories concernant les tueurs en série. Je veux que vous reconnaissiez que vous avez teint vos cheveux en blond pour correspondre aux critères des cibles du tueur en série auquel vous vous intéressez actuellement. Et que vous avez failli tuer Kurt Vale parce que vous pensiez à tort qu'il était ce tueur.

Il tapota l'écran, attirant de nouveau son attention sur la photo de Becca.

— Alors, dites-moi tout, Remi. Exposez-moi votre théorie. Quel tueur poursuivez-vous ? Si je ne vous avais pas arrêtée, auriez-vous descendu Vale parce que vous croyez qu'il a tué votre sœur il y a dix ans ?

Remi jura sourdement et se leva de sa chaise. Elle jeta quelques imprécations à la cantonade pour faire bonne mesure, puis elle sortit de la remorque en claquant la porte.

6

Duncan posa les jambes sur son bureau et ouvrit un tiroir pour y prendre une pomme bien rouge qu'il croqua avec appétit.

— Lee et Grady ne devraient-ils pas être revenus avec le déjeuner, maintenant ? grommela-t-il. Je meurs de faim.

McAlister avait rejoint Duncan et il regardait par la fenêtre.

— Que fabrique-t-elle, à ton avis ? demanda-t-il en désignant d'un geste du menton Remi qui arpentait le parking, son téléphone portable collé à l'oreille.

Duncan haussa les épaules.

— Vu comme elle est rouge, elle doit être en train d'insulter l'agent spécial Johnson pour nous avoir transmis son dossier personnel. Ou elle est en train de geler sur place. Ou les deux. Quand elle se calmera, elle se rendra compte qu'elle a oublié sa parka ici.

— Peut-être devrais-je aller la lui apporter.

En quatre pas, McAlister récupéra le vêtement, prêt à jouer les chevaliers galants.

— Non, répondit Duncan. Elle sera plus motivée pour revenir dans cette remorque si elle a froid.

McAlister laissa tomber le manteau sur les jambes de Duncan et retourna se poster à la fenêtre.

— Tu n'as pas l'air de craindre qu'elle nous fausse compagnie.

— Où irait-elle ? Sa voiture n'est pas ici. Elle est

blessée. Elle n'a rien à manger ni à boire. Pas de parka sur le dos. Je te parie un resto qu'elle ne restera pas cinq minutes de plus dehors, ajouta-t-il avant de croquer une nouvelle fois dans sa pomme.

— Alors tu me dois un dîner.

Duncan leva les yeux. Remi n'était plus pendue au téléphone ni sur le parking. Elle courait vers la route.

— Et merde.

McAlister se mit à rire.

Duncan jeta le reste de la pomme à la poubelle et attrapa le manteau de Remi.

— Un bon steak saignant au Peddler Steakhouse me conviendrait, lui lança McAlister alors que Duncan enfilait son caban et ses gants. Mais, si tu préfères m'offrir un petit gueuleton à New York, j'en serais ravi.

— On en reparle, cria Duncan en prenant la porte.

Il dévala les marches de la remorque.

Remi n'était nulle part en vue.

Comme il traversait le parking au pas de course, la porte se rouvrit derrière lui, et McAlister apparut. Il mit les mains en porte-voix pour lui crier :

— On dirait qu'elle se dirige vers la ville. Elle a tourné à gauche en regagnant la route.

— Merci, Papy !

Duncan s'élança derrière elle tout en boutonnant à la hâte son manteau.

Quelques instants plus tard, il revint vers sa jeep. Avec un juron, il bondit à l'intérieur et jeta la parka de Remi sur le siège à côté de lui. Qu'une femme aussi petite soit capable de courir aussi vite dépassait son entendement. Bien sûr, tôt ou tard, il l'aurait rattrapée mais il n'avait pas de temps à perdre.

Il sortit du parking sur les chapeaux de roue, envoyant au passage des gravillons mitrailler le hangar qui abritait les quads et le chasse-neige.

Au volant de la jeep, il ne lui fallut pas longtemps pour la rattraper. Elle filait comme le vent sur le bas-côté de la route. En arrivant à sa hauteur, il baissa la vitre, côté passager.

— Je vous dépose quelque part, jolie dame ? lança-t-il.

Elle ne répondit pas mais, au pincement de ses lèvres, il sut qu'elle l'avait entendu. Elle regardait droit devant elle, les cheveux au vent. Quelque chose dans sa façon de courir semblait bizarre. Il finit par comprendre qu'elle soutenait son bras en écharpe de sa main valide, sans doute pour bloquer son épaule blessée. À en juger par ses traits crispés de douleur, le procédé ne fonctionnait pas très bien.

Le froid rougissait ses joues. Mais le reste de son visage et ses bras étaient encore plus pâles qu'avant. Apparemment, il l'avait tellement poussée à bout qu'à présent elle préférait souffrir plutôt que de répondre à ses questions.

Il prit soudain conscience qu'il s'était comporté comme le plus grand crétin de la planète.

— Je suis désolé, cria-t-il par la vitre ouverte. M'avez-vous entendu ?

— Je vous ai entendu.

— Et ?

Elle serra les mâchoires.

— Pourquoi vous excusez-vous ?

— Pour avoir fait mon travail.

— Mauvaise réponse.

Elle refusait toujours de le regarder.

— Et m'être servi d'informations personnelles dans le but de briser vos résistances afin d'obtenir de vous la vérité. Et de vous avoir du même coup blessée sans le vouloir.

— Sans le vouloir ? Vraiment ?

— Je ne cherchais pas à vous faire du mal, Remi.

J'utilisais les moyens à ma disposition pour vous pousser à répondre à mes questions. Je me rends compte que j'ai peut-être été trop loin. Et j'en suis vraiment désolé.

Elle lui jeta un coup d'œil de biais, l'air plus surprise que fâchée, à présent.

— Pour être juste, ajouta-t-il, je le faisais pour vous, pour votre bien.

Elle le dévisagea d'un air incrédule.

— Pour mon bien ? Vous avez évoqué la tragique disparition de ma sœur dans l'espoir de me briser pour mon bien ?

Tout en parlant, elle maintenait un rythme soutenu et ses bottes crissaient sur la neige.

Il en fut impressionné.

— J'ai suivi des cours d'athlétisme à l'Université du Tennessee, dit-il. Je parie que vous seriez capable de battre à plate couture la moitié des gars de mon équipe. Vous faites du combien à l'heure lorsque vous vous donnez à fond ?

— Vous étiez à l'Université du Tennessee ? répéta-t-elle d'un ton dédaigneux. Je comprends tout. Et cessez de faire semblant de vous intéresser à moi. Je ne suis pas votre amie, Duncan McKenzie.

— Vous pourriez l'être si vous le vouliez. Et quel est le problème avec l'Université du Tennessee ? De quelle université sortez-vous, vous ?

— De l'Université du Colorado... Bien mieux cotée que la vôtre.

— À l'UT, nous avons la réputation d'être des humanistes, des philanthropes, vous savez. Quant aux Volonteers du Tennessee qui représentent l'université dans le domaine sportif, ils n'ont pas à rougir de leurs exploits.

— Les Volonteers n'arriveront jamais à la cheville des Buffaloes du Colorado, reconnaissez-le.

— À votre place, je n'en mettrais pas ma main au feu.

— Vous avez un chien comme mascotte. Aucun clebs ne fait le poids face à un buffle.

— Détrompez-vous ! Smokey, notre mascotte, est un coonhound bluetick. Je vous parie ce que vous voulez que, s'il mordait votre Ralphie de Buffaloe aux mollets, votre buffle s'enfuirait sans demander son reste !

Elle leva les yeux en l'air.

Ni l'un ni l'autre ne parlèrent dans le virage. Quand ils se retrouvèrent sur une ligne droite, il poursuivit :

— Je veux vous aider, même si vous êtes une Buff sortie de l'Université du Colorado, c'est-à-dire du ruisseau.

Comme elle ne réagissait pas à son trait d'humour, il poursuivit plus sérieusement :

— Je n'ai aucune envie de mettre une collègue en prison, Remi. Je vous demande simplement de m'expliquer de façon plausible pourquoi vous avez tiré sur Kurt Vale. Vous ne m'avez pas raconté toute l'histoire. Et je devine que ce que vous m'avez caché à un rapport avec ce qui est arrivé à votre sœur. Ai-je raison ?

Sans répondre, elle continuait de courir.

— D'accord. Je peux me tromper sur ce point, reconnut-il. Je reste ouvert à d'autres explications mais ne me faites pas croire que vous m'avez tout dit. Il y a autre chose. C'est évident. Vous n'avez pas le profil d'une tueuse de sang-froid ni d'une irresponsable prête à jouer les kamikazes.

— Je suppose que je dois le prendre pour un compliment.

— N'en rajoutez pas. Reconnaissez que nous ne nous sommes pas rencontrés dans les meilleures conditions. Si vous aviez été à ma place, n'auriez-vous pas nourri de gros doutes, vous aussi ? Au moins au début ?

Elle courait toujours. Il n'y avait pas beaucoup de neige sur cette portion de la route.

— Je suppose que oui, concéda-t-elle.

— Je suis inspecteur de police et j'enquête, comme vous. Cela fait partie de mon travail. Clay et moi sommes amis mais j'ai besoin de faits pour étayer mes recommandations au sujet d'éventuelles poursuites judiciaires.

— Clay ?

— Clay Perry, le procureur. Nous nous sommes rencontrés à l'Université du Tennessee.

— Chouette.

— C'est votre intérêt de tout me raconter, Remi. Si vous ne me dites pas toute la vérité, je ne pourrai pas lui demander votre remise en liberté.

Comme elle ne répondait rien, il ajouta :

— Vous êtes plus en colère contre votre supérieur que contre moi, reconnaissez-le. C'est lui qui a transmis votre dossier personnel à Johnson, à mon chef et à moi. Je ne suis que le lampiste de service.

Elle se redressa.

— Il vous a communiqué mon dossier personnel ?

Peut-être n'aurait-il pas dû mentionner cette petite information…

— Je pensais que vous l'aviez compris. N'était-ce pas lui que vous insultiez au téléphone ?

— Oui. Mais je pensais qu'il vous avait parlé de mon passé, qu'il avait fait allusion à la tragédie de ma famille. J'ignorais qu'il vous avait… tout transmis.

— Je viens de gaffer. Je n'aurais pas dû vous le dire.

— C'est typique des diplômés de l'Université du Tennessee.

— C'est surtout typique de McKenzie. Je n'en rate pas une.

Elle esquissa un sourire avant de se ressaisir.

— Je vous fais sourire.

— Ça m'arrive. Ne le prenez pas pour vous.

— Vous êtes vexante, mon cœur.

Il avait pris son accent irlandais pour le déclamer,

espérant détendre l'atmosphère. Mais, au lieu de rire, elle tourna la tête pour planter les yeux dans les siens. La tristesse qu'il y vit le ravagea.

— Vous m'avez fait mal, dit-elle d'un ton accusateur.

Il se racla la gorge.

— Je sais. Je sais, et j'en suis désolé. Sincèrement.

— Mais vous recommenceriez si c'était à refaire ?

Il commença par secouer la tête mais, après réflexion, il reconnut :

— Oui, sans doute.

Elle grommela quelque chose qu'il se félicita de ne pas avoir entendu.

— Si j'avais la possibilité de tout effacer et de tout recommencer, j'aurais verrouillé la porte de la salle de conférences pour vous empêcher de vous enfuir. Et je me sentirais très mal de l'avoir fait. C'est ce que je ressens en ce moment. Comme le dernier des crétins.

Un son étranglé lui échappa mais elle continua de courir.

— Montez, Remi. Vous grelottez. Il fait chaud dans la jeep et j'ai emporté votre parka.

Elle regarda cette dernière avec envie. Elle ralentit un peu sa course.

Il ralentit la jeep.

Elle s'arrêta.

Il jura en passant devant elle, puis il freina et recula.

Elle posa son bras gauche sur la portière.

— Avant de monter, je vous préviens que je ne retournerai pas dans cette salle d'interrogatoire sans un avocat.

Il gémit.

— Mon chef va m'appeler Arthur. Mais je ne l'ai sans doute pas volé. Cela dit, si vous refusez de me parler, je serai obligé de vous emprisonner. Vous avez tiré sur un homme désarmé, vous êtes toujours en état d'arrestation. Si vous ne m'expliquez pas les raisons de votre acte et qu'en conséquence je n'ai rien à donner au procureur, je n'aurai pas le choix.

Elle fronça les sourcils.

— Vous n'êtes pas fair-play.

— C'est vous qui me menacez d'un avocat, répliqua-t-il d'un ton dramatique.

Incapable de s'en empêcher, elle renonça manifestement à lutter et sourit.

— Je vous aime bien, Duncan McKenzie. Vous êtes drôle et séduisant quand vous cessez de jouer les tyrans.

— Je vais rougir.

— Taisez-vous, dit-elle tout en se battant avec la poignée.

— Attendez, dit-il. Vous n'êtes pas en état d'ouvrir cette portière avec votre épaule en écharpe.

Il tira le frein à main et bondit sur le sol. Mais lorsqu'il parvint de l'autre côté de la jeep, Remi était déjà à l'intérieur.

— J'ai réussi toute seule. Je suis une grande fille, papa.

— Êtes-vous toujours aussi têtue ?

Il attrapa sa ceinture de sécurité avant qu'elle ne le fasse et la tira doucement par-dessus son épaule.

Alors qu'il la bouclait, elle répondit :

— Je déteste me sentir impuissante.

Il leva la tête, la main toujours sur sa ceinture de sécurité, tout près d'elle. Quand elle écarquilla les yeux, au lieu de s'écarter, il la regarda en face pour lui dire avec gravité.

— Je vous présente mes sincères condoléances pour votre sœur, dit-il. J'ai trois frères, un père, une mère et je bénis le ciel qu'ils soient toujours de ce monde. Perdre l'un d'eux – y compris mon petit frère, le mouton noir de la famille, qui nous cause plus de chagrin que de joie – m'anéantirait. Le fait que vous ayez survécu à ces épreuves et que vous ayez décidé de consacrer votre vie à obtenir justice témoigne d'une force de caractère exceptionnelle et inspire le respect. Je suis sincèrement désolé que vous ayez perdu votre sœur. Je m'excuse de vous avoir blessée.

Les yeux de Remi semblaient trop brillants, comme si elle essayait de retenir ses larmes.

— Merci, murmura-t-elle.

— Remi ?

Elle renifla.

— Oui ?

— Parfois, dans la vie, il faut faire un acte de foi. Sauter dans l'inconnu en espérant ne pas avoir à le regretter. Il est peut-être temps pour vous de le faire.

Elle fronça les sourcils.

— Que voulez-vous dire ?

— Je vous aime bien. Et pas seulement parce que vous êtes ravissante.

Elle écarquilla les yeux.

— J'aimerais vous aider, poursuivit-il. Parce que vous me semblez être quelqu'un de bien. Vous avez traversé des moments difficiles, vous avez été obligée de faire des choix plus difficiles encore. En conséquence, vous vous êtes retrouvée dans une situation intenable. Mais vous devez me faire confiance et m'aider à vous aider.

— Essayez-vous de me dissuader d'exiger un avocat ?

Il se mit à rire.

— Non, mais cela arrangerait bien mes affaires. Je l'admets.

— Alors que demandez-vous ?

Avec un soupir, il recula un peu. De près, elle était trop belle et trop attirante. Jusqu'ici, il avait été capable de passer outre. Mais, là, ils avaient franchi une ligne jaune. Il ne se comportait plus totalement comme un inspecteur de police menant un interrogatoire et elle ne se comportait plus comme une suspecte. Il s'était passé quelque chose… En attendant de comprendre quoi, il devait rester sur ses gardes.

Le bras replié sur le toit de la voiture, il répondit :

— Je dis qu'un fardeau est toujours moins lourd lorsqu'on est deux à le porter. D'après ce que j'ai lu et sachant que votre supérieur officiel comme votre pseudo-chef vous ont trahie en nous transmettant votre dossier personnel, je n'ai aucun mal à comprendre que vous devez vous sentir très seule au travail. Et, comme vous n'avez pas demandé l'autorisation d'appeler un petit ami ou même une amie de la journée, j'imagine que vous êtes seule également dans votre sphère privée.

Elle se raidit.

— Ce ne sont pas vos affaires. Et vous retombez dans les réflexions de pauvre type.

— Peut-être. J'ai sans doute oublié comment il faut se comporter avec une jolie femme. Étant un bourreau de travail, je n'ai pas de petite amie pour le moment, au cas où vous vous poseriez la question, ajouta-t-il avec un clin d'œil. Pour tout vous dire, mis à part mes collègues et ma famille, je ne vois pas grand monde ces temps-ci.

— Je n'arrive pas à savoir si vous essayez de m'expliquer votre comportement ou si vous tentez de me draguer.

Il grimaça.

— Ai-je vraiment l'air aussi hypocrite ?

Elle hocha la tête.

Il leva les mains dans un geste d'apaisement.

— Au temps pour moi. Je reconnais que vous êtes belle et drôle quand vous ne vous servez pas de vos poings. Mais je vous tendais vraiment une perche là.

Elle leva les yeux au ciel avant de sourire à contrecœur.

— Je vais rougir !

Il se mit à rire.

— Êtes-vous donc d'accord pour signer une trêve ?

Elle redevint sérieuse.

— Non.

Déçu, il poussa un gros soupir.

— Dommage. Peut-être vous ai-je trop demandé. Peut-être est-ce trop tôt. Je réessayerai plus tard.

— Vous êtes impossible, répondit-elle en riant. Je pense que nous sommes en train de devenir amis. C'est bien mieux qu'une trêve, non ?

— Amis ? Ça me va.

Il referma la portière et retourna côté conducteur. Après s'être installé au volant et avoir bouclé sa ceinture, il déclara :

— Amis ou pas, nous n'en avons pas encore fini. Je dois terminer cet interrogatoire afin de pouvoir dire au procureur si, à mon avis, vous devez rester en détention ou être libérée.

Il fit demi-tour et repartit vers la montagne.

— Avez-vous le nom d'un avocat en tête ?

— Je n'ai jamais eu besoin des services d'un avocat. Je n'en connais aucun.

— En tant qu'ami, je peux passer quelques coups de fil pour vous en trouver un. Mon père était juge fédéral, à présent il est à la retraite. Il avait la réputation de ne jamais lâcher une affaire tant qu'il n'avait pas obtenu justice. Un vrai bouledogue à ce que j'ai entendu dire. Quant à ma mère, elle était procureur et elle n'avait pas peur de se battre, elle non plus. Bref, je suis sûr qu'ils connaissent quelqu'un à recommander.

— Duncan ?

— Oui ?

— Je vois une petite route, un peu plus loin à gauche. Pourriez-vous la prendre, s'il vous plaît ?

Il regarda l'endroit qu'elle lui indiquait.

— Il s'agit d'un ancien sentier dédié à l'observation des oiseaux et pas vraiment d'une route. Comme, depuis des lustres, plus personne ne se soucie d'élaguer les arbres ou de tailler les fourrés, la nature a repris ses droits et il est devenu impraticable. De plus, il mène à une vieille ferme en ruine sur le point de tomber au fond d'un ravin. Il est interdit de s'en approcher.

— Je ne vous demande pas de remonter jusqu'à ce bâtiment, mais de parcourir une centaine de mètres avant de vous arrêter. Cette jeep est équipée de roues motrices et peut le faire, non ?

Il la dévisagea d'un air perplexe.

— C'est l'amie qui vous le demande, insista-t-elle.

Il sourit.

— D'accord. Mais, je vous préviens, ce chemin est parsemé de nids-de-poule. Votre épaule va être mise à rude épreuve.

— Je viens de courir pendant près de deux kilomètres, répliqua-t-elle. Je ne suis pas à quelques secousses de plus.

Il ralentit pour s'engager dans l'étroit sentier.

Comme prévu, ils furent secoués dans l'habitacle, même si Duncan roulait aussi lentement que possible. Les branches griffaient le toit et les portières au passage. Son chef allait adorer la façon dont il traitait la voiture, propriété du gouvernement. Dans un avenir proche, il faudrait peut-être faire repeindre la jeep. Mais Duncan était plus inquiet pour Remi. Ainsi malmenée, son épaule devait la faire terriblement souffrir.

Il finit par se tourner vers elle.

— C'est assez loin, là ? demanda-t-il.

— Ça ira, dit-elle d'une voix rauque, tenant son bras blessé avec raideur. Arrêtez-vous pour que nous puissions parler.

Il obtempéra et il coupa le moteur.

— Voilà. Que vouliez-vous me dire ?

— D'abord, je ne veux pas d'avocat.

— D'accord.

— Par ailleurs, ce que vous avez dit lorsque nous

étions dans la salle de conférences, juste avant que je ne sorte en claquant la porte, était assez proche de la vérité.

Il fronça les sourcils. Il avait dit tellement de choses.

— Euh… À quel passage de mon discours faites-vous allusion ?

— Avez-vous lu l'intégralité de mon dossier personnel ?

— Deux fois.

— Alors, vous savez que j'ai rejoint le FBI dans le but d'intégrer un jour le DSC, le département des Sciences du comportement, même si je n'en ai pas encore eu la possibilité. Je voulais apprendre à cerner, à repérer et surtout à capturer les pires tueurs à mes yeux, les tueurs en série.

— Parce que vous pensez que votre sœur a été… enlevée… Par un tueur en série ?

— Non, pas exactement. Rien ne vient étayer une telle hypothèse. Mais je me suis dit que, si j'étudiais le comportement des criminels avec les meilleurs enquêteurs et les plus brillants professeurs, cela m'aiderait forcément dans ma quête personnelle, à découvrir qui avait kidnappé et sans doute tué ma sœur. Et si, du même coup, je réussissais à démasquer et à arrêter d'autres monstres du même genre, ce serait du gagnant-gagnant.

— Mais cela ne s'est pas passé comme vous l'espériez.

— Non, en effet, répondit-elle. Pour être juste envers mon supérieur hiérarchique, il a raison de dire que la disparition de ma jumelle m'obsède. Son enlèvement impacte, influence, toujours chaque décision que je prends et cette tragédie a jeté une ombre sur toute ma carrière. J'ai lu le dossier de ma sœur des dizaines et des dizaines de fois. J'ai traqué Billy Hendricks et Garrett Weber – les deux principaux suspects – sur les réseaux sociaux. Mais je n'ai rien trouvé, aucun élément nouveau susceptible de désigner l'un ou l'autre comme étant le coupable. J'ai donc décidé de dépasser le cas de ma sœur et de consacrer mon énergie à d'autres crimes, à d'autres victimes, à d'autres suspects. Au fil des ans, je suis parvenue à élaborer différentes théories, certaines assez folles, je l'admets. Des théories que j'ai soumises à mon chef et au DSC. Les premières fois que je suis allée les voir, ils m'ont écoutée avec bienveillance. Ils ont même cherché à creuser, à vérifier mes hypothèses et mes conclusions. Mais je débutais dans ce domaine, j'ai commis beaucoup d'erreurs et mes grandes idées ont été démenties par les faits.

— À chaque fois ?

— À chaque fois.

La douleur qui teintait sa voix le poussa à lui prendre la main sans réfléchir. Lorsqu'elle écarquilla les yeux, il se rendit compte qu'il avait entrelacé leurs doigts. Pourtant, il ne la lâcha pas. Et elle ne se dégagea pas.

— Continuez, dit-il, surpris de mesurer à quel point il aimait lui tenir la main. Vous disiez que vos thèses s'étaient toujours révélées erronées.

— Oui. Il y a environ six mois, j'ai retravaillé sur les différentes disparitions et je suis parvenue à une nouvelle théorie. Mais, celle-ci, je n'en ai parlé à personne. Je voulais d'abord être sûre. J'avais trop souvent crié au loup dans le passé. Personne ne me prenait plus au sérieux. J'ai donc décidé de chercher moi-même des preuves pour l'étayer avant de la présenter au DSC.

— Vous teindre en blonde faisait partie de votre stratégie destinée à prouver le bien-fondé de votre nouvelle théorie, non ?

— Je suis devenue blonde parce que l'homme que je cherche enlève – et tue sans doute, ensuite – des blondes âgées de vingt-cinq à trente-cinq ans. J'en ai vingt-sept et sacrifier mes cheveux bruns pour correspondre au profil de ses victimes était un faible prix à payer pour réussir à faire sortir un tueur du bois. Je suis également persuadée qu'il repère ses proies dans des parcs nationaux comme celui-ci. J'ai examiné des centaines de cas de personnes disparues pour parvenir à cette conclusion.

— Venir ici et vous offrir comme appât vous a donc paru une bonne idée.

Avec une grimace, elle se libéra de son emprise et il se rendit compte trop tard qu'il lui serrait trop fort la main.

— Désolé, dit-il. J'ai vraiment du mal à comprendre que vous vous soyez mise en danger ainsi. Sans même assurer vos arrières. Si je n'avais pas été là, si Vale avait été le tueur et s'il avait réussi à vous suivre sans se faire voir, les événements se seraient déroulés autrement ce matin. Et vous seriez dans de très sales draps en ce moment.

— Et sur quoi vous basez-vous pour affirmer qu'il n'est pas le tueur ? Vous n'avez même pas entendu ma théorie.

— Eh bien, d'une part, il n'avait pas d'arme.

— Ce n'est pas parce que vous ne l'avez pas vue qu'il n'en avait pas.

— D'accord, d'accord, dit-il. Ne revenons pas là-dessus. Peut-être avait-il caché son Glock, ses couteaux et le reste de l'attirail indispensable à tout tueur en série digne de ce nom dans un sac à dos qu'il n'avait pas sur lui au moment des faits. Peut-être l'avait-il laissé dans sa voiture, comme je laisse le mien dans ma jeep. Continuez, je vous en prie. Exposez-moi votre théorie. Je suis tout ouïe.

— Si vous vous moquez de moi, je me tais, je vous préviens. Mon chef ne cesse de ridiculiser mes idées. J'ai eu ma dose.

— Je me garderai bien de l'imiter, promis. Je vous écoute. Parlez-moi de vos recherches.

Elle hésita, comme si elle se demandait si elle pouvait ou non lui faire confiance. Puis elle poussa un long soupir.

— J'ai besoin d'un bout de papier.

— Vous avez du mal avec les technologies modernes, on dirait, remarqua-t-il en ouvrant la boîte à gants et en farfouillant dedans. Je n'ai pas de calepin. Une serviette en papier ferait-elle l'affaire ?

— Je m'en contenterai. Par miracle, auriez-vous un crayon, un stylo ou un feutre ? demanda-t-elle avec espoir.

Il inspecta le vide-poches de sa portière et en tira un stylo.

— En principe, il marche, dit-il en le lui tendant.

Elle s'en empara et dessina une série de points sur la serviette, sept en tout, qu'elle relia entre eux par des traits. Lorsqu'elle eut terminé, elle lui montra son travail.

— À quoi cela ressemble-t-il, d'après vous ?

Il inclina la tête pour étudier le dessin.

— Euh… Je ne vois pas très bien… S'agit-il d'une « private joke » ? demanda-t-il en pliant les doigts pour mettre l'expression entre guillemets. D'un message codé à connotation sexuelle ?

Les yeux de Remi s'écarquillèrent.

— Quoi ?

Elle tourna la serviette vers elle et tenta de comprendre comment il en était arrivé à cette conclusion.

— Non, pas du tout. Vous n'y êtes pas du tout. Il s'agit d'une licorne. N'est-ce pas évident ?

Comme elle lui tendait de nouveau le papier, il regarda attentivement les points et les lignes avant de secouer la tête.

— Vous n'étiez sans doute pas très douée en arts plastiques à l'école.

— Je parle sérieusement.

— Moi aussi. Et votre dessin ne ressemble pas à une licorne.

Remi posa la serviette sur le côté avec un gros soupir.

— La Grande Ourse ne ressemble pas non plus à une casserole ni à un chariot. Pas vraiment. Il faut faire appel à son imagination. Mais, apparemment, vous en êtes dépourvu.

— S'insulter, nier ou minimiser les qualités de l'autre sont des marques d'amitié pour vous ? C'est sympa. Je me demande pourquoi je n'ai pas plus d'amis.

— Moi, je le sais, murmura-t-elle.

Il sourit.

Elle tapota le dessin.

— Regardez mieux. La licorne est tournée vers la droite. Elle est donc de profil. Voilà pourquoi il n'y a que deux jambes. Là, se trouve sa corne.

Elle passa un doigt entre deux des points.

— Et là, le garrot, les épaules. Il s'agit d'une constellation, la constellation de la Licorne, je n'ai rien inventé. Elle porte désormais le nom de Monoceros. Mais, lorsqu'elle a été découverte pour la première fois, son nom complet était Monoceros Unicornis.

— Si vous le dites. Et quel rapport avec les femmes disparues ?

— J'y viens. Chaque étoile représente un lieu géographique où une jeune femme blonde a disparu. Si vous superposez la constellation de la Licorne sur une carte du Sud-Est des États-Unis, les points correspondent.

La jeep se mit soudain à trembler, et ils regardèrent autour d'eux. Le vent s'était levé. Des feuilles mortes tourbillonnaient alentour, les branches d'arbres se balançaient comme les bras de supporters lors d'un match de football. Le ciel s'assombrissait rapidement.

— Les météorologues ont annoncé une tempête de neige qui devrait se prolonger plusieurs jours, dit Duncan. Manifestement, elle arrive. Les températures vont commencer à baisser et le vent à forcir. Nous avons intérêt à retourner à la base sans tarder.

Elle laissa échapper un soupir.

— D'accord. Votre Papy a peut-être dans l'un de ses tiroirs de vraies feuilles de papier que je pourrai utiliser. Vous y verrez mieux mon dessin que sur une serviette.

Il sourit.

— Connaissant Papy, je suis sûr qu'il en a plusieurs ramettes. Il imprime et conserve toutes les enquêtes sur lesquelles notre équipe a travaillé. Plus de la moitié des cartons que nous avons en réserve sont remplis de ses dossiers.

Il passa la marche arrière parce qu'il n'y avait pas assez d'espace pour faire demi-tour. Il revenait sur la route quand la sonnerie de son téléphone retentit. Il jeta un bref coup d'œil sur l'écran. C'était son chef. Lee était probablement passé tout près d'eux alors qu'il remontait vers la remorque. Baby et lui y étaient sans doute arrivés et il se demandait où étaient passés Duncan et Remi. Il aurait dû l'appeler pour lui dire qu'il l'avait retrouvée saine et sauve.

Il prit l'appel.

— Oui, Lee. J'ai Remi avec moi et…

Son supérieur l'interrompit et lui annonça quelque chose qui le fit changer de couleur. Lorsque Remi le regarda, il semblait atterré.

— D'accord, dit-il d'une voix blanche quand Lee eut fini de parler. Nous arrivons.

Il raccrocha et donna un coup de poing sur le volant.

Remi se tourna vers lui.

— Duncan ? Qu'est-ce qui ne va pas ? Que se passe-t-il ?

— Vous avez dit que vous examiniez des cas de disparition de femmes dans des parcs nationaux… au pluriel. Mais pourquoi avoir jeté votre dévolu sur ce parc particulier lorsque vous avez voulu piéger le tueur ? Pourquoi avoir choisi les Smokies ?

— C'est ce que je vous montrais. À cause de la constellation. Les différents emplacements des lieux où les femmes ont disparu sont calqués sur la position des étoiles de la constellation de la Licorne.

— Expliquez-moi.

— Vous auriez dû tourner à gauche là, non ? La remorque et vos bureaux mobiles se trouvent par-là, non ? demanda-t-elle en montrant la route du doigt.

— Je vous reconduis dans la montagne, sur le sentier des Appalaches où nous étions ce matin. Près de la corniche.

— Pourquoi ? Je ne comprends pas. Je pensais qu'il était dangereux de traîner dehors, qu'une tempête de neige s'annonçait. Vous venez de dire que nous devions rentrer sans tarder.

— C'était Lee au téléphone. Il vient de recevoir un appel signalant la disparition d'une randonneuse, dans le même coin que celui où vous étiez ce matin. Il s'agit d'une femme de vingt-cinq ans avec de longs cheveux blonds.

En voyant son expression horrifiée, il regretta immédiatement son manque de délicatesse.

— Elle n'a pas disparu depuis longtemps, dit-il, essayant de la rassurer. Il est fréquent que les gens se perdent par ici. Rien ne dit qu'il lui est arrivé malheur. Mais la coïncidence est trop grosse pour être ignorée. S'il est possible que sa disparition soit liée à votre théorie, alors j'ai besoin que vous me l'exposiez en détail. Tout de suite.

7

Son bras blessé plaqué contre elle, Remi serrait avec force l'accoudoir de son autre main pendant que la jeep de Duncan fonçait dans la montagne. Sans la ceinture de sécurité qui la retenait à son siège, elle aurait valsé dans l'habitacle comme une balle de flipper. Alors qu'ils passaient sur un nid-de-poule, la voiture sauta en l'air et Remi fut violemment projetée contre la portière. Une vive douleur cisailla son épaule, et elle se mordit les lèvres pour ne pas hurler.

Sans ralentir, Duncan négocia un virage et accéléra encorc. Mais il dut soudain piler pour ne pas emboutir l'arrière d'un camion sur lequel étaient accrochés deux quads.

— Papy roule toujours à la vitesse d'une tortue, dit-il avec un gros soupir. Il n'a jamais appris à dépasser les limites de vitesse.

Il se colla presque au pare-chocs de McAlister et, consciente du danger, Remi retint difficilement une envie de crier.

— Comment saviez-vous qu'une blonde disparaîtrait dans ce parc ? reprit-il. Et comment saviez-vous qu'elle s'évanouirait dans la nature aujourd'hui ?

— Je n'en savais rien.

Il lui jeta un regard attristé.

— Je pensais que nous avions décidé d'être honnêtes

l'un avec l'autre. La vie d'une femme est en jeu, je vous le rappelle.

— Croyez-vous que je l'ignore ? Mais je ne vous mens pas.

Elle préférait de loin le Duncan souriant et enjoué de tout à l'heure au Duncan agressif et soupçonneux qui menait l'enquête.

De nouveau, il écrasa brutalement la pédale de frein pour ne pas percuter le camion de Papy. Ce dernier manœuvrait pour contourner une grande flaque d'eau gelée. Terrifiée, Remi attrapa la poignée au-dessus de la portière.

— Ralentissez ! Vous allez nous tuer !

Étonnamment, il obéit. Pas suffisamment, mais assez pour calmer la panique de Remi.

— Exposez-moi votre dernière théorie, répéta-t-il d'une voix teintée d'impatience. La femme qui a disparu s'appelle Sheryl Foster. Elle est mariée et mère de deux jeunes enfants. Si vous savez quoi que ce soit qui pourrait nous aider à la retrouver, j'ai vraiment besoin de l'entendre.

Le cœur de Remi se serra.

— Je le voudrais mais… je ne le peux pas…

Elle agrippa plus fort la poignée au-dessus d'elle.

— J'aimerais pouvoir aider. Vraiment. Mais je ne suis pas une profileuse criminelle. Et, jusqu'ici, je n'ai rien trouvé qui me permettrait d'identifier l'auteur de ces enlèvements. Mon idée était de m'offrir comme victime potentielle, comme appât, pour l'attirer. Je n'ai rien d'autre, pas d'autre plan, pas d'autre piste.

— Il y a sept points sur votre carte. Ils correspondent à différents parcs, non ?

— Oui, ils correspondent aux emplacements des parcs nationaux dans lesquels de jeunes femmes blondes que personne n'a jamais revues ont été enlevées.

— Mais pourquoi êtes-vous venue spécifiquement au

Great Smoky Mountains National Park ? Et pas dans un des autres ?

— Parce que le tueur a déjà frappé dans les autres. Et surtout parce que, pour que le dessin de la constellation soit bouclé, il fallait qu'il enlève et tue à nouveau dans le parc où il avait enlevé et tué une femme pour la première fois. Becca.

— Le Great Smoky Mountains National Park correspond au septième point ?

— Exactement.

Il parut réfléchir un moment à ce qu'elle venait de dire.

— Qu'en est-il de la date ? Comment saviez-vous qu'il frapperait aujourd'hui ?

— J'étais certaine qu'il repasserait à l'action ce mois-ci mais pas aujourd'hui, en particulier. La constellation de la Licorne n'est visible qu'en février. Les étoiles brillent très faiblement. Il faut même être assez pointu en astronomie pour réussir à la voir. Et, bien sûr, disposer d'un bon télescope.

— Vous êtes experte en astronomie ?

— Pas vraiment. Mais j'en connais un peu plus que la plupart des gens parce que ma sœur jumelle, Becca, elle, était passionnée par le sujet. Elle avait lu des tonnes de livres sur l'astronomie, elle collectionnait les télescopes. Depuis l'école primaire, chaque fois qu'un professeur demandait aux élèves un exposé sur le domaine de leur choix, les siens portaient toujours sur les planètes, les étoiles ou les trous noirs. Tous ses vêtements ou presque étaient ornés de constellations ou de citations d'astronomes.

Elle agita la main comme si elle cherchait ses mots.

— Nous étions très proches et nous partagions la même chambre jusqu'à... sa disparition. Sans le vouloir, j'ai fini par en apprendre pas mal sur les étoiles.

— Un instant.

Il donna un coup de volant pour éviter à la jeep de prendre un sapin de plein fouet.

Il conduisait si brutalement que Remi craignait qu'ils ne quittent la route au prochain virage et ne tombent dans le ravin. La gorge serrée, elle riva les yeux sur Duncan plutôt que sur les rochers et les arbres qui défilaient devant sa vitre. Maintenant, Papy roulait lui aussi à vive allure. Il dépassait allègrement les limitations de vitesse. Sans doute parce qu'il avait peur que Duncan ne l'emboutisse.

— Becca a disparu ici, dans ce parc, il y a plus de dix ans. Voilà pourquoi, quand j'ai été embauchée par le FBI et que j'ai commencé à travailler en parallèle sur mes propres enquêtes, je me suis concentrée sur les meurtres et les disparitions qui avaient eu lieu ici, dans les Smokies, dans ce parc particulier. C'est là que tout avait commencé.

— Vous pensez que le type qui a kidnappé votre jumelle est derrière les autres enlèvements perpétrés dans les parcs nationaux ?

— Non, en fait, non. Tout ce qu'affirme la victimologie contredit cette hypothèse. Becca était beaucoup plus jeune que les autres femmes enlevées par la suite. Et elle avait les cheveux bruns et bouclés jusqu'aux épaules, comme moi. Du moins, comme moi quand je ne suis pas en mode « appât » et que je ne me blondis pas les cheveux.

Duncan se tourna vers Remi.

— J'espère que vous n'aviez encore jamais fait ce genre de choses auparavant, que vous n'aviez encore jamais changé d'apparence pour vous balader dans un coin désert fréquenté par un tueur afin de vous offrir comme cible.

Remi se mordit les lèvres sans répondre.

Il jura.

Elle prit une profonde inspiration et poursuivit.

— À cause de Becca, j'ai eu tendance à me concentrer sur les cas de personnes disparues dans les parcs nationaux. Dans l'espoir de tomber un jour sur quelque chose qui m'aiderait à comprendre sa disparition. Et c'est alors que j'ai remarqué que des jeunes femmes blondes disparaissaient toujours à la même période de l'année, en février. J'avais marqué d'une croix les lieux des drames sur une carte. Et j'ai soudain vu la figure, reconnu la configuration.

Duncan semblait toujours furieux qu'elle ait voulu appâter un tueur. Le regard sombre, il serrait les mâchoires. Remi devinait que sa colère ne la visait pas, elle, mais qu'il ne supportait pas qu'elle se soit mise en danger. Que quelqu'un se soucie d'elle lui parut très agréable. Bien sûr, il aurait eu la même réaction face à n'importe qui s'exposant sciemment au danger. Mais elle avait le droit d'imaginer qu'il s'inquiétait pour elle parce qu'il la considérait comme une amie. Cela lui faisait du bien de le croire.

La voix grave de Duncan la tira de ses pensées.

— La figure que vous avez vue, c'était une licorne, la constellation de la Licorne ?

Elle hocha la tête mais, comme il ne la regardait pas, elle ajouta :

— Oui. Il y avait six points, un seul restant pour compléter le dessin. Six points, ce n'est pas beaucoup pour fonder une théorie, surtout quand la constellation en question n'est pas connue du grand public. Franchement, quelle était la probabilité qu'un serial killer soit un passionné d'étoiles comme l'était ma sœur et connaisse Monocéros, la constellation de la Licorne ? J'en avais entendu parler, moi, uniquement parce que Becca adorait les licornes et qu'elle avait accroché un poster de cette constellation sur le mur de notre chambre. Et j'avais gardé en mémoire le fait que la Licorne n'était visible qu'en février. Or toutes ces femmes ont disparu en février. La coïncidence me semblait trop grosse pour être due au hasard. Elle m'a paru signifiante. J'étais donc certaine qu'il frapperait ici et ce mois-ci. Voilà pourquoi j'ai pris des vacances et tenté ma chance.

La gorge serrée, elle reconnut :

— J'aurais dû vous raconter toute l'histoire dès que j'ai été arrêtée. Au lieu de quoi, j'ai tout fait pour me protéger en espérant que vous alliez me relâcher et que je pourrais retourner sur la corniche. Si je vous avais tout dit tout de suite, vous auriez peut-être…

— Quoi ? Qu'aurais-je pu faire ? Évacuer une zone de deux cent mille hectares ? Ordonner à toutes les blondes du pays de rester à l'écart des Great Smoky Mountains pendant le mois de février ?

— Lorsque vous le dites de cette façon, cela paraît ridicule.

— Il y a quelques années, de violents incendies ont sévi dans la région, ravageant une partie du domaine forestier. Nous avions bloqué les routes, averti les gens du danger par des spots à la télévision et à la radio, par des tracts, etc. Ils ont continué à venir dans le parc.

Il se tourna vers elle.

— Croyez-moi, Remi. Vous n'avez aucune raison de vous sentir coupable. L'homme qui a enlevé Mme Foster – dans l'hypothèse où elle a été enlevée – est le seul responsable, le seul coupable. Mais peut-être s'est-elle simplement perdue. Et, dans ce cas, nous la retrouverons. D'accord ?

Hochant la tête, elle se força à sourire. Les mots de Duncan la réconfortaient sans parvenir à balayer totalement sa culpabilité et son malaise. Elle ne pouvait que prier pour que la femme disparue soit seulement égarée et que les rangers la retrouvent rapidement, avant que la tempête de neige ne les oblige à suspendre leurs recherches.

Duncan lança la jeep sur un autre tronçon de route.

— Revenons à votre théorie. Les positions des sept étoiles de la constellation correspondent-elles exactement aux emplacements des parcs nationaux ?

— Dans l'hypothèse où tout serait ramené à la même échelle, vous voulez dire ? Où un million de kilomètres entre les étoiles équivaudrait à un millier de kilomètres entre les lieux des enlèvements ?

— Quelque chose comme ça.

— Pas du tout. Je reconnais avoir souvent un peu triché afin de faire correspondre les points de ma carte à la constellation. Il s'agit d'une approximation, pas d'une science exacte. Et voilà d'ailleurs une autre raison pour laquelle je n'avais pas envie d'en parler tout de suite au DSC à ce stade.

— Alors je ne comprends toujours pas pourquoi vous étiez si sûre que le tueur frapperait ici. Il y a plus de quatre cents parcs nationaux dans ce pays. Des dizaines d'entre eux pourraient s'insérer dans votre carte.

— C'est vrai mais seuls soixante d'entre eux portent officiellement le nom de Parc national, sur décision du Congrès, et sont gérés par le NPS. Toutes les femmes ont disparu dans l'un de ces soixante parcs nationaux officiels. Et un seul de ces soixante emplacements peut compléter la figure de cette constellation. Le Great Smoky Mountains National Park. Et voilà pourquoi soit le tueur frappait à nouveau ici soit ma théorie s'effondrait. Honnêtement, je m'attendais à ce qu'elle s'effondre, qu'elle soit contredite par les faits. Jusqu'ici, aucune de mes théories n'a tenu la route.

— Celle-ci ne fonctionnera peut-être pas davantage.

Elle hocha la tête mais elle avait le sentiment qu'il n'y croyait pas plus qu'elle. Son instinct lui soufflait qu'elle avait finalement réussi à élaborer une théorie qui correspondait à la réalité et que Sheryl Foster était en grand danger.

Il resta silencieux un moment, comme s'il digérait tout ce qu'elle venait de dire. S'il avait été à la place de Duncan, son supérieur hiérarchique aurait alors levé les yeux au ciel avant de lui rappeler qu'elle devait effectuer le travail pour lequel elle était payée *et rien d'autre*. Chaque fois qu'il l'avait sermonnée de la sorte, dans le passé, elle lui avait répondu qu'elle effectuait ces recherches pendant son temps libre. Mais, au lieu de l'en féliciter, son chef lui avait reproché de se disperser. Pour lui, elle avait l'obligation morale de se consacrer exclusivement aux enquêtes qui lui étaient confiées, y compris pendant ses loisirs. Au lieu de gaspiller son temps et son énergie à ce qu'il qualifiait d'« obsession ».

— Vous avez bien travaillé, vous avez mené des investigations approfondies, dit enfin Duncan.

Il ne la jugeait pas, il ne l'accusait pas de s'être occupée à des sujets futiles au détriment de ses enquêtes officielles. Il choisissait simplement de la croire. Le fait que quelqu'un prenne sa théorie au sérieux et la juge fondée, valable, crédible, lui fit du bien. Cela dit, il était sans doute trop tard. Le septième point était déjà sur la carte. Le tueur avait déjà enlevé sa dernière victime et il était trop tard pour l'arrêter.

La vie n'était-elle pas parfois d'une indicible cruauté ?

Question idiote.

Duncan s'engagea sur une piste parsemée de nids-de-poule qui grimpait en serpentant dans la montagne. Remi s'accrocha à la poignée, grimaçant chaque fois que son épaule heurtait la portière.

Quand ils arrivèrent à une clairière, des dizaines de véhicules étaient déjà là. Plusieurs groupes de personnes se dirigeaient vers les bois, soit à pied soit en quad. Lorsque la jeep s'arrêta enfin, Remi frotta son bras endolori.

Ils se trouvaient sur le sentier des Appalaches tout près de la corniche où elle était allée, ce matin, tout près de la dalle rocheuse d'où elle avait admiré le paysage. L'endroit semblait particulièrement isolé et désert jusqu'à ce qu'elle remarque l'antenne-relais dressée à proximité.

Devant eux, McAlister était déjà en train de décharger les quads avec l'aide du ranger Grady. En apprenant la disparition d'une randonneuse, ils avaient décidé de se rendre directement sur place sans passer par la remorque qui abritait leurs bureaux.

— Attendez-moi ici.

Laissant tourner le moteur, Duncan bondit hors de l'habitacle pour aller parler à ses collègues. Quelques instants plus tard, il regagnait la jeep. Il posa un sac en papier sur les genoux de Remi avant d'ouvrir la boîte à gants pour en extraire sa ceinture utilitaire.

— Votre téléphone portable est-il chargé ? demanda-t-il.

— Oui. Pourquoi ?

Il fit un geste vers la vitre du passager.

— L'antenne-relais à laquelle je faisais allusion tout à l'heure est là. Si vous devez passer un coup de fil, vous n'aurez aucune difficulté à le faire. Enregistrez mon numéro de portable.

Elle composa sur son appareil les chiffres qu'il lui dictait.

— Restez dans la jeep avec le chauffage allumé. Le plein a été fait, cela ne devrait donc pas poser de problème. En plus…

Il tapota le sac entre eux.

— Vous trouverez là-dedans de quoi vous restaurer : un hamburger, des frites et une bouteille d'eau que le chef vous a achetés pour le déjeuner. Si vous avez encore soif, il y a plusieurs litres d'eau stockés à l'arrière. Et une couverture sous votre siège si vous avez froid. Je garde un sac dans le coffre en permanence avec tout le nécessaire, au cas où je me retrouverais coincé un jour quelque part par la neige.

— Et votre sac à dos orange.

Il sourit.

— Et mon sac à dos orange, oui. Nous avons tous l'habitude de prendre dans notre voiture tout ce dont nous pourrions avoir besoin si nous devions avoir à faire dans la montagne.

— Pourquoi m'offrez-vous un hamburger et une couverture ? Je vous accompagne, non ?

Il secoua la tête.

— Pas question. Vous êtes suspendue de vos fonctions et vous ferez peut-être l'objet de poursuites judiciaires. Je ne veux pas vous voir sur une scène de crime. Mais il n'y a plus personne à la remorque et voilà pourquoi vous êtes coincée ici pour le moment. J'en suis désolé. Mais j'ai besoin que vous m'attendiez ici. D'autant qu'il y a un élément nouveau à prendre en considération.

Il sortit son téléphone portable pour ouvrir le mail qu'il venait de recevoir.

— Lee m'a envoyé une photo pendant que je lui parlais.

Il tapota l'écran, élargit l'image entre ses doigts et lui tendit l'appareil.

— Voici le portrait de la femme qui a disparu.

Troublée, Remi appuya sa main sur sa gorge.

— Elle me ressemble beaucoup.

— Exact, répondit-il en remettant le téléphone dans sa poche. Sa famille est là avec l'équipe des rangers et des secouristes. Je ne veux pas qu'ils vous voient et pensent, même pendant un quart de seconde, que vous êtes celle qu'ils cherchent. Il n'est pas question de leur donner de faux espoirs. Sheryl Foster est un peu plus grande que vous. Comme la plupart des gens, probablement. Mais votre ressemblance avec elle pourrait les induire en erreur.

Il esquissa un sourire et elle comprit qu'il essayait d'alléger la situation, de la réconforter. C'était vraiment quelqu'un de bien.

— Je comprends, dit-elle. Je vais attendre ici.

— Merci.

Il resserra sa ceinture utilitaire.

— Je vais évaluer la situation mais je devrais être revenu dans moins d'une heure. Je ne ferai pas partie de l'équipe de recherche et de sauvetage. Nous avons des gens beaucoup plus compétents que moi pour ces opérations. Mon travail consiste à coordonner les investigations, à permettre aux policiers déjà sur place de mener l'enquête, à mettre en place des lignes de communication entre les gars de la police scientifique qui vont venir faire des prélèvements sur la scène de crime et les…

— Attendez. Pourquoi faire venir les hommes de la police scientifique ? Je pensais que Mme Foster avait simplement disparu. Avez-vous déjà des raisons de croire qu'il lui est arrivé malheur ?

— Aucune, à ce stade. Mais les techniciens de la police scientifique nous aideront à examiner l'endroit où elle a été vue pour la dernière fois. C'est de là que partiront les équipes, c'est là que commenceront les recherches proprement dites. Ils s'efforceront de recueillir des indices pour aider les secours à s'orienter. Dès que tout sera en place et que chacun saura ce qu'il a à faire, je nous ramènerai à la remorque et nous mènerons l'enquête de notre côté. Comme je l'ai dit, je ne serai pas parti longtemps. Nous avons beaucoup d'hommes pour nous aider, des rangers, bien sûr, mais aussi de nombreux policiers appelés en renfort. Nous déployons ce dispositif une dizaine de fois par an, chaque fois que quelqu'un se perd, et il est maintenant parfaitement opérationnel.

Dans quatre-vingt-dix-neuf cas sur cent, nous retrouvons les personnes disparues en quelques heures.

De nouveau, il sourit mais, une fois de plus, Remi ne fut pas dupe de son sourire. Il était aussi inquiet qu'elle. Cependant, jouant le jeu, elle lui rendit son sourire.

Il la laissa dans la jeep et se précipita vers McAlister, qui lui faisait signe de se dépêcher. Lee et Grady avaient dû partir en éclaireurs sur l'un des quads parce qu'ils n'étaient nulle part en vue. Dès que Duncan bondit derrière McAlister, le quad fonça en avant et disparut dans la forêt.

Remi regarda les nuages sombres et menaçants qui se formaient au-dessus de sa tête en se remémorant les paroles de Duncan.

« Dans quatre-vingt-dix-neuf cas sur cent, nous retrouvons les personnes disparues en quelques heures. »

Elle ne lui avait pas demandé ce qui se passait dans ce centième cas. Elle le savait.

Lorsque McAlister et Duncan arrivèrent sur la corniche, beaucoup de monde s'activait déjà. Les hommes de la police scientifique se dépêchaient de relever des traces de pas avant que la tempête de neige ne détruise tous les indices qui auraient pu les mettre sur une piste.

Mais ce fut ce qu'il découvrit lui-même qui glaça Duncan.

Il s'était agenouillé pour examiner le contour de deux semelles, bien dessinées sur la neige. Elles étaient petites, il avait deviné qu'elles provenaient de bottes d'une femme aux petits pieds. Il avait reconnu le motif sur la semelle – le motif qu'il avait remarqué sur celles de Remi quand il l'avait laissée étendue et menottée sur le sol pour s'occuper des blessures de Vale. Remi s'était tenue là, sur la grande pierre plate qui surplombait le vide, sur cette terrasse naturelle, sans doute pour admirer le paysage. Puis Vale et lui avaient surgi de deux endroits différents pour s'approcher d'elle.

Mais quelqu'un d'autre était présent également. Un troisième homme.

En effet, à quelques pas derrière l'endroit où s'était arrêtée Remi pour contempler le panorama, derrière des buissons, Duncan avait repéré les empreintes d'une autre paire de bottes, des bottes d'homme, cette fois. Elles étaient à peu près de la même taille que les siennes ce qui signifiait que le type à qui elles appartenaient devait lui aussi être très grand. Elles étaient orientées vers la corniche où s'était postée Remi. Mais le bout d'une empreinte était enfoncé dans la neige comme si le type s'était accroupi, comme le ferait une personne essayant de se cacher.

Si un randonneur lambda avait grimpé le sentier jusqu'ici uniquement pour profiter de la vue, il ne se serait pas dissimulé derrière ces fourrés. Il aurait marché à découvert et se serait approché de la grande pierre plate, comme Remi l'avait fait.

Un peu plus loin, les empreintes formaient un demi-cercle, comme si l'inconnu avait voulu continuer à suivre Remi des yeux lorsqu'elle avait fait demi-tour pour rejoindre le sentier. Ce qui signifiait qu'il avait vu Remi tirer sur Vale. Caché dans ces buissons, il avait été témoin de la scène. Ce qui voulait aussi dire autre chose.

Remi avait probablement raison quand elle affirmait que quelqu'un marchait derrière elle en s'efforçant de ne pas se faire voir, que quelqu'un la suivait dans les bois.

Mais il ne s'agissait pas de Vale ni de Duncan. Un troisième homme s'était trouvé ici, peu après l'aube.

Et il traquait bien Remi Jordan.

Duncan se redressa et fit signe à l'un des gars de la police scientifique qui travaillait sur le sentier où Sheryl

Foster avait disparu. Il lui montra du doigt les empreintes près du buisson.

— Relevez aussi ces empreintes, s'il vous plaît. Et envoyez la photo à tous les secouristes et rangers.

Le technicien prit quelques clichés.

Veillant à rester sur le côté afin de ne pas polluer la scène de crime, Duncan suivit les empreintes de pas des yeux. Elles s'arrêtaient à quelques mètres du sentier des Appalaches derrière d'autres buissons. De l'autre côté, se trouvait un parterre d'étiquettes jaunes.

Les hommes de la police scientifique avaient marqué les traces des derniers pas de Sheryl Foster.

8

Le soleil était couché depuis longtemps quand Remi sortit un moment de la remorque qui abritait les bureaux du service des Parcs nationaux. Elle n'en pouvait plus d'être sans cesse poussée dans un coin, priée de s'asseoir ailleurs, ou de risquer de se faire piétiner.

Les sonneries incessantes des téléphones portables, le cliquetis des claviers d'ordinateur comme les gesticulations des rangers et des secouristes qui s'interpellaient dans l'étroit espace semblaient indiquer qu'ils progressaient, qu'ils seraient bientôt en mesure de retrouver la jeune femme disparue et de la reconduire à sa famille.

Mais Remi savait que les apparences étaient souvent trompeuses.

Dix ans plus tôt, la même agitation avait secoué le terrain de camping lorsque Remi s'était réveillée dans une tente vide. Elle avait immédiatement prévenu son père de la disparition de sa jumelle. Consciente de la gravité de la situation, elle lui avait raconté que, la veille au soir, Becca était sortie pour retrouver un garçon. Les rangers étaient très vite arrivés sur les lieux. Près de huit heures s'étaient écoulées entre le moment où Remi avait vu sa sœur pour la dernière fois et le moment où les équipes de secours s'étaient lancées à sa recherche. Et Becca n'avait jamais été retrouvée.

Sheryl Foster avait disparu deux heures plus tôt à peine, et les rangers étaient rapidement partis à sa recherche.

Pourtant, ils n'avaient pas découvert la moindre trace de la jeune mère de famille qui semblait s'être évanouie dans la nature.

— Nous partons.

Remi se retourna, surprise de voir surgir Duncan vêtu de son caban et de ses gants. Il tenait la parka de Remi sous son bras. De l'autre, il serrait contre lui une sacoche tellement bourrée de papiers et de dossiers qu'il n'avait pas réussi à la fermer. Il lui tendit son manteau.

Après un instant d'hésitation, elle retira avec précaution son bras droit de l'écharpe pour enfiler sa parka. Duncan l'aida, rendant la manœuvre plus simple et beaucoup moins pénible que lorsqu'elle avait dû se débrouiller seule dans la jeep en l'attendant.

Un moment plus tard, ils descendaient la montagne après avoir mis le chauffage à fond. Les faisceaux lumineux des phares balayaient la couche de neige qui recouvrait la route.

— Sommes-nous partis à cause de la tempête annoncée ? demanda-t-elle. Elle semble moins forte que prévu.

Il ralentit pour négocier un virage en épingle à cheveux et particulièrement dangereux. Ils étaient légion sur cette route escarpée. Des flocons virevoltaient à la lumière des phares, comme des essaims d'insectes sous un réverbère.

— La tempête va empirer dans les heures à venir. Dans les montagnes, les vents peuvent souffler avec la force d'un ouragan lorsqu'ils atteignent des altitudes élevées. La neige et le verglas rendent les routes glissantes. Avec la tombée de la nuit, la plupart des sentiers de randonnée sont devenus impraticables. Dans quelques heures, il n'y aura plus aucune visibilité là-haut.

Il s'exprimait d'une voix grave, hachée.

Le cœur de Remi se serra.

— Ils ont interrompu les recherches, n'est-ce pas ?

— L'équipe de secouristes s'est réfugiée dans une

grotte pour attendre la fin de la tempête. Mon chef est en train d'ordonner à tous ceux que vous avez vus dans la remorque de rentrer chez eux pendant qu'ils en ont encore la possibilité. Ce bureau satellite nous rend service au quotidien mais il n'est pas adapté pour servir de poste de commandement lors d'une enquête de cette envergure. Il était rationnel de s'y réunir aujourd'hui parce que la remorque se trouve à proximité de l'endroit où Mme Foster a été vue pour la dernière fois. Mais, dès demain, les opérations de recherches seront transférées vers l'une des structures permanentes, plus grandes et plus fonctionnelles, situées plus bas dans la montagne. Vers le centre d'accueil des visiteurs de Sugarlands, sans doute.

— Mais pas ce soir ?

— Pas ce soir. Beaucoup de gens sont affectés à ce dossier et vont se relayer jour et nuit dans l'espoir de progresser. Mais, jusqu'à la fin de la tempête, ils travailleront de chez eux.

Remi n'avait aucun mal à imaginer le chagrin et le désespoir, voire la colère, des proches de Sheryl Foster lorsqu'ils apprendraient que les recherches étaient suspendues. Dix ans plus tôt, sa famille avait eu de la chance. Les recherches avaient duré une semaine entière avant d'être abandonnées. Pourtant, à l'annonce de cette décision, son père avait été dévasté. Il avait supplié le service des Parcs nationaux de continuer à chercher. En vain. À la fin, il était rentré chez lui, brisé. Il n'avait cessé de se reprocher de ne pas avoir retrouvé sa fille. Le jour de sa propre mort, il tenait une photo de Becca contre sa poitrine et les larmes ruisselaient sur ses joues. La scène avait ravagé Remi et, chaque fois qu'elle y pensait, sa gorge se serrait.

— Combien de temps la tempête va-t-elle durer ?

— En principe, deux ou trois jours.

— Deux ou trois jours ? Mais… Sheryl Foster…

— Mme Foster bivouaquait avec un sac à dos rempli de vivres. Ce n'est pas la première fois qu'elle campe dans ce parc. J'espère qu'elle trouvera une grotte où se réfugier et se réchauffer. Les recherches reprendront dès que possible.

Remi avait envie de protester, de lui crier ainsi qu'aux autres qu'ils devaient retourner dans la montagne, poursuivre les recherches. Mais il avait raison. S'ils le faisaient, ils s'exposeraient au danger. Ils ne pouvaient risquer d'autres vies.

Quelques instants plus tard, Duncan s'engagea sur un parking quasi désert. Une seule voiture y était garée, une Mustang bleue. Celle de Remi. Mais elle n'était plus bleue. Un épais tapis blanc la recouvrait.

Il s'arrêta à côté.

— Même si vous aviez l'usage de vos deux bras, je ne vous laisserais pas conduire dans ces conditions, dit-il. Il neige de plus en plus fort, les routes sont verglacées et votre voiture n'est pas tout terrain. Dès que le temps s'y prêtera, je vous remmènerai ici pour la récupérer. Mais j'ai pensé que vous pourriez avoir besoin de votre sac à main. Vous avez mentionné qu'il était dans le coffre. Donnez-moi les clés, ajouta-t-il. Je vais vous le chercher.

Tout en lui tendant son trousseau, elle demanda :

— Alors, vous allez me déposer à mon motel ?

— Où pourrais-je vous laisser, sinon ?

— Techniquement, je suis toujours en état d'arrestation. Je craignais de devoir passer la nuit à la prison de Gatlinburg.

— En principe, il le faudrait. Mais je suis un tendre. De plus, votre Mustang restant ici, vous serez bloquée dans votre chambre. Aucun taxi n'acceptera de vous conduire où que ce soit par ce temps. Je ne risque donc pas grand-chose en laissant ma prisonnière au Motel 6 ce soir.

— Je ne suis pas descendue au Motel 6.

— Question standing, l'établissement où vous êtes en est assez proche.

— Je touche le salaire d'un agent fédéral, vous savez. Je n'ai pas les moyens de prendre une chambre au Hilton.

Il sourit.

— Je ne suis pas mieux rémunéré que vous. Mais, à votre place, j'aurais opté pour l'Holiday Inn.

Comme il ouvrait sa portière et s'apprêtait à descendre de la jeep, elle posa la main sur son bras pour l'arrêter.

— Merci, Duncan. Vous êtes gentil avec moi, plus que je ne le mérite. J'apprécie vraiment.

Sans répondre, il baissa les yeux sur sa main. Pour une fois, il semblait être à court de mots. Finalement, il hocha la tête et sortit.

Un instant plus tard, il revint au pas de course. Il s'engouffra dans l'habitacle, lui tendit son sac et ils repartirent vers Gatlinburg.

— Cela m'ennuie que vous vous mettiez en quatre pour me reconduire à l'hôtel, dit-elle. J'espère qu'ensuite vous ne resterez pas coincé sur la route à cause de la tempête.

— Cette jeep va partout par tous les temps. Une vraie chèvre de montagne. Et j'ai des chaînes dans le coffre, en cas de besoin. De plus, je n'habite pas très loin de votre motel. Mon chalet est situé à quelques kilomètres, dans la montagne. Mais je vous remercie de vous soucier de mon sort. Je suis heureux de savoir que ma mère n'est pas la seule à s'inquiéter pour moi.

Remi poussa un gémissement.

— Votre mère ? Vous me comparez à votre mère ?

— Croyez-moi, répondit-il d'une voix rauque. Je ne vous vois pas du tout comme elle.

La bouche de Remi devint sèche. Elle aurait aimé

répliquer avec humour. Mais elle en était soudain incapable. Son intelligence semblait l'avoir abandonnée.

— Vivez-vous depuis longtemps à Gatlinburg ?

Bon sang ! Maintenant, elle lui posait des questions personnelles, elle lui montrait qu'elle s'intéressait à lui comme s'ils s'étaient rencontrés sur Internet ! se reprocha-t-elle.

— J'y suis né et j'y ai passé toute ma vie. J'ai grandi dans un chalet au sommet de l'une de ces montagnes. Mes parents y vivent toujours. Mes frères et moi…

— Combien m'avez-vous dit que vous en aviez ?

— Nous sommes quatre.

— Quatre garçons ? Je plains votre mère.

Il sourit.

— Elle vous aimerait si elle vous entendait compatir à sa douleur. Elle nous reproche chaque cheveu gris sur sa tête. Mes frères Adam et Colin habitent toujours dans la région. Quant au plus jeune, Ian, il vit…

Il haussa les épaules.

— Dieu seul sait où. En principe, il devrait revenir bientôt. Mais il n'était jamais parti si longtemps sans envoyer au moins un mot de temps en temps.

— J'espère qu'il va bien.

— Je ne m'inquiète pas trop pour lui. Ian est plus que capable de prendre soin de lui. Il n'est pas doux et gentil comme l'était votre sœur, Becca. Ian est le mouton noir de la famille, le rebelle qui a causé beaucoup d'angoisse et de chagrin à nos parents. Malgré tout, il fait partie du clan et nous l'aimons. Je suis sûr qu'il rentrera bientôt à la maison.

Contrairement à Becca qui ne rentrerait jamais à la maison.

Conscient de sa bévue, il grimaça et la regarda, regrettant manifestement de ne pouvoir ravaler ses paroles.

D'un geste de la main, elle coupa court aux excuses qu'elle sentait venir.

— Qu'est-ce qui vous fait croire que ma sœur était douce et gentille ?

Les yeux de Duncan s'écarquillèrent.

— Euh… Je n'en sais rien. J'ai seulement… supposé. Vous êtes de vraies jumelles et vous êtes… euh…

Prenant pitié de lui, elle lui adressa un sourire rassurant.

— « Douce » et « gentille » sont deux mots que ma sœur n'aurait jamais utilisés pour me qualifier. Et Becca n'avait rien d'une fille douce et gentille non plus, croyez-moi. Elle n'a jamais été du genre charmant, elle ne faisait aucun effort pour être aimable. Dotée d'un caractère bien trempé, elle savait se montrer colérique et têtue. Elle ressemblait un peu à votre plus jeune frère. Impulsive, querelleuse et incontrôlable, elle ergotait sur tout et n'en faisait qu'à sa tête. Une vraie teigne.

— Je devine à votre voix que vous aimiez tous ses défauts, tous ses côtés pénibles.

— Becca me manque terriblement. Je pense à elle tous les jours.

Elle repoussa les mèches folles qui s'échappaient sans cesse de sa queue-de-cheval. Mais ses cheveux refusaient de rester en place et, de guerre lasse, elle finit par retirer l'élastique pour les laisser tomber sur ses épaules.

Alors qu'elle secouait la tête pour les libérer, elle surprit le regard de Duncan, visiblement troublé. L'air se chargea soudain d'électricité.

Ils roulèrent en silence jusqu'à la ville. Mais, lorsqu'il s'engagea dans la rue principale, Duncan déclara :

— Il me paraît étrange qu'un groupe de lycéens du Colorado se soit rendu jusqu'au Tennessee pour un voyage scolaire. Vous quittiez une chaîne de montagnes pour une autre. N'aviez-vous donc pas envie de voir d'autres paysages ?

Elle haussa les épaules.

— C'était un compromis. Beaucoup d'entre nous étaient des passionnés de montagne et voulaient camper dans les Rocheuses. D'autres, comme moi, tenaient à découvrir un endroit où nous n'étions encore jamais allés.

Il sembla y réfléchir avant de hocher la tête.

— Je comprends mieux.

Son sourire s'envola et il poursuivit :

— Tout à l'heure, vous avez mentionné deux camarades soupçonnés d'avoir été mêlés à la disparition de votre sœur. Weber et Hendricks, c'est ça ? Ils ont certainement fait l'objet d'une enquête. À quoi a-t-elle abouti ?

— À pas grand-chose. Becca avait quitté notre tente de son plein gré pour retrouver un garçon. Mais elle ne m'avait pas dit de qui il s'agissait. Comme elle n'avait pas de petit ami à l'époque, il pouvait s'agir de n'importe quel garçon de terminale. Une vingtaine au moins étaient du voyage. Et nous n'étions pas les seuls à camper dans le parc. Il y avait d'autres tentes, pas très éloignées des nôtres, d'autres hommes… peu nombreux, certes, mais… Cela dit, Weber et Hendricks étaient dans notre classe et ils m'avaient semblé les plus susceptibles d'être impliqués.

Elle serra discrètement les poings.

— Garrett Weber était le beau gosse du lycée et, bien évidemment, toutes les filles lui couraient après. Becca nourrissait un gros béguin pour lui. En revanche, Billy Hendricks n'avait pas du tout la cote. Il était amoureux de Becca et il ne s'en cachait pas. Mais, pour être honnête, elle jouait avec ses sentiments, se servant de lui comme faire-valoir si elle n'avait personne d'autre sous la main. Mais elle refusait de sortir avec lui, de s'afficher en sa compagnie. Elle ne l'aimait pas et elle n'avait pas envie d'aller plus loin.

— Et Garrett ? Était-il amoureux d'elle ?

— Pas que je sache. À l'époque, il avait une petite amie attitrée. Je ne pense pas qu'il aurait donné rendez-vous à une autre. Ni, d'ailleurs, que Becca aurait accepté de le retrouver en cachette dans un coin du parc alors qu'il sortait officiellement avec une autre. Mais il lui plaisait tellement que, s'il l'avait draguée, elle aurait sans doute eu du mal à résister. Garrett me semble être celui qu'elle aurait eu très envie de rejoindre alors que j'imagine davantage Billy comme celui qui l'aurait attirée dans un piège pour se venger. Mais Billy avait un alibi. Pas Garrett.

— Pourtant la police a estimé qu'il n'était pas coupable ?

— Il n'avait jamais montré la moindre tendance à la violence. Et surtout, il n'avait pas de mobile. De plus, aucun élément ne venait corroborer l'hypothèse d'une sortie nocturne. Il n'avait pas d'herbe ou de terre sur ses chaussures, ses vêtements n'étaient ni mouillés ni boueux. L'enquête a vite tourné court. La disparition de Becca, le fait de ne l'avoir jamais retrouvée et de n'avoir pas réussi à identifier le tueur était dur, vraiment très dur. Voilà pourquoi je ferai tout pour qu'une autre famille ne connaisse pas cette souffrance.

Quand Duncan arrêta la jeep devant son motel, aucun d'eux ne bougea. Remi ne savait pas trop à quoi il pensait. Mais elle-même était en proie à une profonde tristesse. Elle avait l'impression d'être sur le point de dire au revoir à un ami, même s'ils se connaissaient à peine. Et elle ne savait pas à quoi s'attendre pour les prochains jours. Serait-elle jetée en prison ou laissée en liberté ? Se retrouverait-elle sans emploi ou serait-elle autorisée à participer à l'enquête ? Sa seule certitude était qu'elle n'avait pas envie de ruminer seule ses souvenirs de Becca ni son angoisse pour la jeune mère disparue. Mais elle ne savait pas comment le lui dire, ni même ce qu'elle voulait lui demander exactement.

— Je ferais mieux d'y aller, dit-elle finalement en ramassant son sac.

Il posa soudain sa main sur son épaule.

— Attendez.

La gravité de son ton la poussa à chercher son regard.

— Quelque chose ne va pas ? Je veux dire quelque chose d'autre ?

— J'hésite à vous en parler depuis que nous roulons. Mais j'estime que vous avez le droit de jeter un coup d'œil à ce dossier, même si cela ne sert sans doute à rien.

— Quel dossier ?

Il farfouilla dans la sacoche qu'il avait apportée quand ils avaient quitté la remorque et il en tira une grosse chemise cartonnée. Elle était gondolée sur les bords et tachée par endroits. Les feuillets étaient jaunis par les années. Il la posa sur ses genoux.

— De quoi s'agit-il ? demanda-t-elle.

— Papy tenait à ce que je vous le donne. Il travaillait déjà dans le parc avant ma naissance. Il a constitué des dossiers sur toutes les affaires sur lesquelles il a enquêté. Il ne s'agit pas de rapports officiels. Mais, souvent, il y a glissé des extraits de ces derniers. Et il y a ajouté ses propres notes, ses impressions personnelles…

L'air gêné, il se racla la gorge.

— Je ne sais pas si vous avez remarqué mais la cellule de la remorque est envahie de cartons. Certains contiennent des fournitures de bureau mais la plupart sont remplis des dossiers de Papy. Tout à l'heure, il en a sorti un qu'il m'a confié. Il s'agit d'un « cold case », d'une enquête non résolue… La disparition de Becca Jordan.

Remi considéra l'épaisse chemise cartonnée.

— Merci mais j'ai lu dix fois son dossier. Lorsque j'ai commencé à travailler pour le FBI, l'une de mes premières démarches a été de demander une copie de ce document au siège national du NPS, à Washington.

Rien ne signalait qu'un ranger nommé McAlister avait travaillé sur cette affaire.

— C'est normal parce que Papy n'est pas inspecteur criminel et, en principe, il n'est pas chargé de mener les enquêtes. Les rangers assurent l'ordre public dans le parc. Ils prêtent main-forte aux équipes de recherche et de sauvetage pour venir en aide aux randonneurs perdus ou en difficulté sur les sentiers. Ils interviennent aussi pour rattraper d'éventuels fugitifs et, exceptionnellement, lors de prises d'otages. Ils font à peu près tout… À l'exception des enquêtes de police.

— C'est votre travail.

— C'est mon travail, oui. Dans les cas les plus graves, comme aujourd'hui, nous appelons en renfort des enquêteurs du bureau régional d'Atlanta et de quelques parcs proches. En tout cas, vous avez raison, Papy n'était pas chargé d'enquêter. Mais il est de la vieille école, il prend des notes sur tout et il les archive précieusement. Surtout, il ne supporte pas les affaires non résolues. Au cours des dernières années, il y a eu beaucoup de disparitions dans les Smokies. Heureusement, la plupart des gens étaient seulement perdus et ont été retrouvés. Mais, comme vous le savez, certaines enquêtes n'aboutissent jamais. À moins qu'un indic vous donne un renseignement capital ou que de nouvelles preuves n'apparaissent, il n'y a aucune raison de réexaminer ces affaires. Alors parfois, Papy, à son rythme…

— … se replonge dans des enquêtes non élucidées et il essaie de les résoudre.

— Il n'est pas le seul. Je connais quelqu'un d'autre qui occupe son temps libre à mener des investigations pour son propre compte, répliqua-t-il en souriant. Comme je l'ai dit, il n'est pas qualifié pour enquêter. Je ne pense pas qu'il ait jamais résolu de crimes. Et je ne sais pas si ses notes seront utiles, d'autant plus que ses observations sont essentiellement rapportées. Il avait participé aux recherches, bien sûr. Mais ni aux investigations sur le terrain ni aux interrogatoires. Pourtant, il est possible que quelque chose qui figure dans ces feuillets vous ouvre de nouvelles perspectives. J'en doute mais c'est possible. En tout cas, il était important pour lui que je vous remette le dossier.

Elle déglutit avec difficulté.

— Vous le remercierez pour moi. C'est très attentionné de sa part.

— Ne commencez pas à nourrir de faux espoirs, d'accord ? Les chances que vous découvriez ce qui est arrivé à votre sœur après toutes ces années sont minimes. Quant à celles de la retrouver…

— Vivante ?

Il opina.

— Elles sont quasi nulles. Vous le savez, n'est-ce pas ?

Sa voix était douce, presque tendre.

Elle hocha la tête.

— Au FBI, je travaille au département des crimes violents. Je connais les statistiques mieux que la plupart des gens.

Il l'aida à sortir de la voiture et il l'escorta jusqu'à sa chambre. Devant la porte, il parut hésiter.

— Il y a autre chose que vous devez savoir.

— Oui ?

— Quand vous pensiez que quelqu'un vous suivait dans la montagne ce matin – ou plutôt, hier matin, maintenant –, quand vous entendiez ses pas faisant écho aux vôtres, vous aviez raison. J'ai trouvé des empreintes de pas qui confirment votre version de l'histoire. Lorsque vous avez atteint la corniche, la grande pierre plate qui surplombe la vallée, pour admirer le paysage, un homme vous observait depuis les buissons. Et il ne s'agissait pas de Kurt Vale. Si Vale et moi-même n'avions pas surgi comme nous l'avons fait, ce troisième homme aurait pu vous enlever ou vous tuer. Voilà pourquoi, si vous gardez ces faits à l'esprit, le coup de feu que vous avez tiré, la blessure de Vale et mon intervention ont finalement été une chance pour vous. Cette suite d'événements vous a sauvé la vie.

9

Chargé de gobelets de café et d'un sac de viennoiseries, Duncan frappa à la porte de Remi, le lendemain matin. Le vent soufflait dans les tuiles du toit en gémissant. La tempête avait un peu baissé en intensité mais elle continuait à faire rage.

Comme personne ne lui répondait, il frappa à nouveau, plus fort cette fois. Il jeta un coup d'œil sur le parking derrière lui. La rue principale n'était qu'à quelques encablures. Il n'y avait pas de restaurant dans le motel de Remi. Était-elle sortie pour aller prendre un petit déjeuner dans le quartier ? Un épais tapis blanc recouvrait tout. Même s'il ne neigeait pas pour le moment, il neigerait encore dans les heures à venir. Duncan ne pouvait pas l'imaginer tenter de s'enfuir par un temps pareil avec un bras en écharpe. Les trottoirs étaient glissants. Un faux pas et elle risquait de perdre son équilibre et de se déboîter de nouveau l'épaule.

Enfin un bruit de serrure se fit entendre, et la porte s'entrouvrit. Il découvrit une Remi délicieusement échevelée.

— Je ne vous pardonnerai jamais de m'avoir réveillée à l'aube. Quelle heure est-il ?

Son ton était loin d'être accueillant. En fait, il semblait carrément hostile.

Il sourit.

— Vos cheveux sont en bataille ce matin.

Sans conviction, elle tenta de les peigner de ses doigts mais elle ne fit qu'empirer les choses. En grommelant, elle tira la porte pour lui permettre d'entrer.

Il s'avança et, en la voyant totalement, il se pétrifia, le souffle coupé.

Vêtue d'un mince pantalon de jogging gris et d'un sweat-shirt à l'effigie des Buffaloes du Colorado, elle n'avait pas encore mis son bras blessé en écharpe et il devinait les courbes somptueuses de ses seins sous son haut. Elle ne portait pas de soutien-gorge. Visiblement, elle avait froid.

Il eut du mal à déglutir. Avec effort, il s'ordonna de la regarder dans les yeux. Non sans mal, il balbutia :

— Je vous ai apporté un petit déjeuner.

En se raclant la gorge, il lui tendit un gobelet de café et le sac de viennoiseries. Bon sang, qu'elle était belle au saut du lit ! Le fait qu'elle soit à moitié endormie et arbore un air boudeur n'altérait en rien sa beauté.

Elle frissonna comme si elle remarquait soudain à quel point il faisait froid dehors. Puis elle attrapa le gobelet de café et le huma avec délice.

— Vous êtes pardonné.

Elle avala une gorgée du breuvage avant de se diriger vers une porte au fond de la chambre.

— Donnez-moi cinq minutes.

Il aperçut brièvement un carrelage blanc avant que la porte ne se referme derrière elle.

Parvenant enfin à respirer, il s'avança dans la pièce. Dès qu'il avait posé les yeux sur Remi, il était tombé sous le charme. La veille, lorsqu'il l'avait interrogée, il avait dressé mentalement la liste de ses caractéristiques comme il le faisait chaque fois qu'il se trouvait en face d'un suspect. Caucasienne, petite et mince, yeux bruns, longs cheveux blonds raides, vingt-cinq ans environ, séduisante. Ces quelques qualificatifs auraient suffi à donner son signalement s'il avait fallu lancer un avis de recherche. Mais, maintenant, il savait que son corps était à la hauteur de la beauté de ses traits.

La veille au soir, en rentrant chez lui, il s'était à moitié convaincu que l'attraction brûlante qu'il ressentait pour elle provenait de son empathie naturelle. La situation dans laquelle elle se trouvait était difficile, douloureuse. Il avait envie de l'aider par tous les moyens possibles, il ne pouvait pas s'en empêcher. Pourtant, il espérait qu'après une bonne nuit de sommeil il serait capable de la considérer comme une simple collègue, de se comporter avec elle comme avec n'importe quel membre des forces de l'ordre. D'ailleurs, il lui fallait reprendre l'interrogatoire sur le fait qu'elle avait tiré sur Vale pendant que l'équipe se concentrait sur la disparition de Mme Foster. Mais, dès qu'elle avait ouvert cette porte, ses résolutions s'étaient envolées. Il se rendit compte qu'il était en train de tomber amoureux de Remi Jordan.

Cet émoi inattendu le mettait-il dans un conflit d'intérêts ?

Secouant la tête, il chercha un endroit où poser le sac de viennoiseries. La chambre était propre et décorée de façon étonnamment moderne avec un beau plancher. De toute évidence, le motel avait été remis à neuf depuis peu. Mais, si la pièce avait été rénovée avec goût, elle était minuscule. Elle permettait à peine de contenir un lit double, une commode, une petite table ronde près de l'unique fenêtre avec deux chaises en bois. Comme la table était couverte de papiers et que la commode ne valait guère mieux, il posa le sac sur l'une des chaises et s'assit sur l'autre.

Il sirota tranquillement son café tout en parcourant des yeux les feuillets sur la table. Il avait d'abord pensé qu'elles provenaient du « cold case » qu'il lui avait remis la veille au soir. Mais il aperçut alors la photo d'une constellation et il se rendit compte que Remi s'était replongée dans ses propres recherches. Elle avait relié par des traits sept points représentant les étoiles. Pour lui, le dessin ne ressemblait pas du tout à un cheval, encore moins à un cheval avec une corne au milieu du front. Sans doute Remi avait-elle raison et manquait-il d'imagination. Mais les mots écrits près de chaque point retinrent son intérêt.

Le sabot arrière avait été étiqueté

Melanie Shepherd, Dry Tortugas National Park, Floride.

L'arrière de la licorne portait les mots :

Amanda Powell, Hot Springs National Park, Arkansas.

Et à chacun des autres points étaient associés un nom et un emplacement.

Jacqueline Stuart, Congaree National Park, Caroline du Sud.

Mindy Brooks, Mammoth Cave National Park, Kentucky.

Rose Walling, Cuyahoga Valley National Park, Ohio,

Allison Downs, Shenandoah National Park, Virginie.

Et puis, écrite à l'encre fraîche, la dernière entrée :

Sheryl Foster, Great Smoky Mountains National Park, Tennessee.

— Merci pour le café.

Levant les yeux, il la regarda s'avancer vers lui, son gobelet à la main. Elle s'était habillée, y compris d'un soutien-gorge, elle avait remis son bras en écharpe, et réussi à dompter ses cheveux. Ils étaient encore humides de la douche mais, contrairement à la veille, ils ondulaient par vagues en grosses boucles qui cascadaient sur ses épaules.

L'envie de plonger les mains dans cette crinière et de voir si elle était aussi douce qu'elle en avait l'air le traversa. Non sans mal, il parvint à se maîtriser et à dissimuler sa fascination – une fascination complètement inappropriée, au demeurant. Il avait vraiment besoin de se ressaisir.

— Vous avez les cheveux bouclés, dit-il, énonçant une évidence.

— Ils bouclent naturellement, c'est ma croix. Hier, il m'a fallu une bonne heure pour les aplatir avant de partir sur le sentier.

— Afin de vous offrir comme appât.

Il ne parvenait toujours pas à croire qu'elle se soit exposée ainsi sciemment au danger.

Elle haussa les épaules mais le regretta visiblement aussitôt. Avec une grimace, elle posa son café sur une pile de papiers pour pouvoir se masser le haut du bras. Puis, promenant les yeux autour d'elle, elle attrapa la boîte d'ibuprofène sur la table de chevet, à côté du lit.

Il la lui prit des mains, en tira deux cachets qu'il lui tendit.

— Pourquoi ne pas les avoir fait raidir définitivement puisque vous aviez l'intention de parcourir le sentier des Appalaches tous les jours de février jusqu'à ce que vous attiriez l'attention du tueur ?

Après avoir avalé les deux comprimés, elle joua avec sa tasse.

— Je l'ai envisagé. Mais je venais de les teindre et je craignais qu'ils ne tombent si je les agressais encore en leur imposant un défrisage classique. Je n'ai aucune envie de devenir chauve.

Même s'il aimait beaucoup ses longs cheveux, il ne pensait pas qu'elle aurait été moins séduisante si elle avait été chauve. Remi était sexy en diable. Et pas seulement à cause de son ravissant visage et de sa silhouette de rêve. Elle était intelligente, unique et dotée d'un sens de l'humour très personnel.

Et… Il avait vraiment besoin de se remettre au travail et de cesser de penser à elle de cette façon.

Il se dirigea vers la table qui croulait sous les papiers.

— Depuis combien de temps travaillez-vous à réunir ces données, m'avez-vous dit ?

— Six mois, à peu près.

— Et avant ? Vous intéressiez-vous à d'autres disparitions ?

Elle hocha la tête.

— De quelle couleur aviez-vous teint vos cheveux pour votre enquête précédente ?

— Je m'étais transformée en rouquine.

Il jura.

— Mesurez-vous la chance que vous avez eue de ne pas vous faire tuer ?

Sans répondre, elle prit le sac de viennoiseries sur la chaise et s'assit à la place.

— Je sens une odeur de bacon, non ?

Il sourit à contrecœur, acceptant de laisser tomber le sujet.

— Je vous ai apporté des croissants fourrés au bacon et au fromage. Ils sont tous pour vous. J'ai mangé les miens en route. En principe, ils devraient être encore chauds. Je les ai confectionnés juste avant de venir.

Sidérée, elle jeta un coup d'œil à l'intérieur du sac.

— Ils sont faits maison ?

Il se mit à rire à la vue de la surprise peinte sur son visage.

— « Fait maison » est peut-être un peu exagéré. J'ai acheté les croissants dans une boulangerie du coin. J'ai rajouté du bacon, un peu de fromage et le tour était joué. Quant au café, il provient de ma machine à expresso.

Il avala une gorgée du breuvage brûlant.

Remi croqua l'un des croissants et le savoura d'un air émerveillé.

— Délicieux, dit-elle. Un régal, vraiment.

Il sourit.

— Si vous aimez à ce point mes croissants au petit déjeuner, vous allez mourir quand vous goûterez mes cheeseburgers. Ma spécialité.

— Un jour, je vous préparerai des pancakes. Vous m'en direz des nouvelles.

— J'en serais ravi. Et puisque nous en sommes à cuisiner l'un pour l'autre, je vous propose de nous tutoyer. Ce sera plus simple pour travailler.

Elle battit des paupières.

— Avec plaisir.

Il frappa du doigt le papier devant lui.

— Tu as effectué de très nombreuses recherches sur ces femmes disparues. Ton chef t'a-t-il laissée mener ces investigations dans le cadre de ton temps de travail ou devais-tu enquêter sur ce dossier en plus du reste ?

Elle avala une petite gorgée de café et se tamponna les lèvres avec une serviette.

— J'ai consacré tout mon temps libre à cette enquête. Depuis le départ, mon chef désapprouve mon intérêt pour cette affaire et il ne m'aurait jamais laissée y travailler pendant mes heures de service.

— As-tu interrogé les familles de ces femmes disparues ?

— Non. Je me l'étais interdit. Je n'ai jamais voulu franchir cette ligne jaune. J'avais une hypothèse, je cherchais à l'étayer avec des faits, à prouver sa pertinence. Mais je ne bénéficiais d'aucun soutien officiel. Je n'aurais pas supporté de donner de faux espoirs aux proches des victimes en me présentant comme un agent du FBI, en leur laissant penser que j'avais été missionnée pour travailler sur les disparitions. Les familles auraient pensé que le FBI avait de nouvelles pistes, qu'elles obtiendraient peut-être enfin les réponses qu'elles attendaient.

— C'est certain. Et c'est bien de ta part d'y avoir pensé. Honnêtement, je ne suis pas sûr que j'aurais eu tant de scrupules à ta place. Mais tu as eu raison, c'est évident.

Elle serra les lèvres.

— J'ai la chance, si j'ose dire, de savoir ce que vivent ces familles, ce qu'elles éprouvent.

— Tu t'es donc plongée dans les enquêtes initiales ?

— Absolument. Et je me suis rendue dans chaque parc où une femme avait disparu, je me suis entretenue avec les inspecteurs de police qui avaient travaillé à l'époque sur ces disparitions et je leur ai demandé des copies de leurs dossiers. Ils se sont tous montrés étonnamment coopératifs. Pourtant, je n'étais qu'une Fed venue mettre le nez dans leur travail sans avoir été officiellement missionnée pour le faire. Là encore, il est possible que mon statut de sœur de victime m'ait donné une certaine crédibilité. J'admets avoir parfois joué la carte de l'empathie pour parvenir à mes fins, obtenir ce que je voulais.

D'un geste de la main, elle montra les centaines de pages étalées devant eux.

— Cela dit, mes efforts n'ont pas été couronnés de succès. Au bout du compte, je n'ai pas réussi à identifier un suspect valable.

Elle finit son croissant pendant qu'il parcourait des yeux les pages et les pages de transcriptions d'interrogatoires, de chronologies de faits, de descriptions des victimes, de déclarations de témoins – même si, en réalité, personne n'avait été témoin de rien. Il s'agissait de témoignages de proches qui avaient vu la personne dans les jours qui avaient précédé sa disparition.

Remi sirota un moment son café et demanda :

— Et où en est ton équipe ? Leur as-tu parlé, ce matin ? Ont-ils pu avancer ? Ont-ils du nouveau ?

— Difficile à dire. Pour le moment, nous travaillons sur les indices retrouvés sur place, sur l'emploi du temps de la victime… Des éléments qui seront utiles si l'affaire passe un jour devant un tribunal. Mais, jusqu'à présent, rien n'a généré de véritable piste qui nous aiderait à la retrouver. Hier, nos enquêteurs ont parcouru le sentier des Appalaches en long, en large et en travers. Ils ont interrogé les rares randonneurs qui s'y trouvaient jusqu'au moment où le mauvais temps les a obligés à interrompre les recherches. Mon équipe a également consulté les journaux de bord des refuges et…

— Les journaux de bord ?

— J'oublie que tu débutes sur les sentiers de randonnées. Plusieurs refuges ont été érigés le long du sentier des Appalaches, comme celui où tu as passé la nuit d'hier.

Il s'interrompit.

— D'ailleurs, pourquoi avais-tu décidé de dormir dans un refuge ce soir-là au lieu de réintégrer ton hôtel ?

— Mon étourderie m'y a forcée. Je n'avais pas fait attention à l'heure et je me suis brutalement rendu compte que le soleil était sur le point de se coucher. J'étais trop loin de ma voiture pour la rejoindre avant la tombée de la nuit. Je craignais de me perdre dans l'obscurité et je ne voulais pas mourir d'hypothermie. J'avais suffisamment étudié les cartes du parc pour savoir où se trouvait le refuge le plus proche et je m'y suis rendue.

— D'après mes souvenirs, tu n'avais pas de sac à dos, dit-il.

— Je préférais ne pas m'encombrer pour être prête à

réagir en cas d'attaque. Mais tu évoquais des journaux de bord…

Elle le suppliait des yeux de ne pas insister sur son manque de préparation. Il n'en revenait toujours pas qu'elle se soit aventurée dans l'immense parc en plein hiver, les mains dans les poches. Cela dit, il devinait sa gêne et ne voyait pas l'intérêt d'aggraver son malaise.

Il se racla la gorge.

— Les journaux de bord, oui. La plupart des refuges en mettent un à la disposition des randonneurs. Il s'agit parfois d'un simple cahier à spirale, parfois d'un beau carnet relié en cuir. Les gens y laissent leur nom – ou plus généralement un pseudo de sentiers plutôt que leur identité officielle —, la date de leur passage et quelques phrases sur ce qu'ils ont vécu ou ressenti sur le sentier des Appalaches. Parfois, ils ajoutent des conseils ou signalent aux autres randonneurs d'éventuels dangers.

— Ces journaux de bord seraient en effet très utiles à une enquête. Peut-être devrions-nous…

— C'est déjà fait. L'examen des journaux de bord de tous les refuges situés à proximité a été l'une de nos priorités. Nous avons d'ailleurs mis en ligne des extraits de ces journaux de bord, ainsi que des photos. Cela dit, il faudrait du temps pour retrouver les différentes personnes qui ont écrit dans ces journaux de bord. Et, bien sûr, tout le monde n'annote pas ces cahiers. Tu ne l'avais pas fait.

— J'étais trop occupée à surveiller l'autre randonneur qui dormait, lui aussi, dans ce refuge, ce Zack Towers. Et à observer les alentours. Je n'ai presque pas fermé l'œil de la nuit. Du coup, je n'ai même pas eu l'idée d'explorer le refuge, de chercher un éventuel journal de bord. En tout cas, je n'ai pas vu de cahier ou de carnet qui y ressemblait.

— Celui de ton refuge est rangé dans un sac en

plastique, pour qu'il reste au sec, lui-même placé dans une boîte en bois glissée sous les lits superposés.

— Manifestement, j'ai encore beaucoup à apprendre sur les us et coutumes des randonneurs.

— Seulement si tu as l'intention de revenir marcher sur le sentier des Appalaches.

— J'y reviendrai autant de fois qu'il le faudra.

Elle avait levé le menton d'un air têtu. Elle était prête à tout, à prendre tous les risques pour réussir à capturer la personne responsable des disparitions de ces femmes.

— En tout cas, j'ai sillonné ce sentier de randonnée pendant trois jours sans que personne ne remarque mon arme dans ma poche, poursuivit-elle. C'est curieux que seul ce Zack Towers l'ait vue, non ? Connais-tu vraiment ce type ? C'est peut-être lui qui me suivait. Peut-être a-t-il appelé les rangers dans l'espoir qu'ils me confisqueraient mon pistolet, me laissant désarmée, dans l'incapacité de me défendre.

Duncan se mit à rire.

— Tu parles sérieusement ? Tu prends Sunny pour un tueur en série ?

— Et pourquoi pas ? Il a l'air inoffensif mais il est grand et fort. Il n'aurait aucune difficulté à maîtriser la plupart des femmes.

— Grand, c'est sûr. Mais il est trop maigre pour être fort. Il ne doit pas peser beaucoup plus que toi. Il a des jambes musclées comme tous les marcheurs, je te l'accorde. Pour le reste, je ne le vois pas sortir vainqueur d'une confrontation physique avec qui que ce soit. Il s'enfuirait plutôt, à mon avis.

— Tu m'as dit qu'il s'agissait d'un habitué, qu'il venait dans ce parc chaque année à peu près à cette époque.

Il leva les mains en signe de reddition.

— Tu as peut-être raison. Personne ne connaît vraiment personne. Tout le monde a des secrets. Mais commençons par tes recherches. Fais-moi un petit topo, résume-moi toutes les informations que tu as recueillies.

— Pour faire court, je n'ai vraiment pas grand-chose. Ou, pour être plus exacte, j'ai appris beaucoup de détails inutiles sur chacune des victimes. Je peux te dire comment elles étaient habillées le jour où elles ont disparu, qui était la dernière personne à les avoir vues vivantes, pour quelle raison elles étaient venues marcher dans tel parc et même ce qu'elles avaient mangé avant de s'évanouir dans la nature. Mais, mis à part leurs descriptions physiques, l'emplacement du parc national où elles ont été enlevées et ma théorie sur la constellation de la Licorne, aucun des renseignements que j'ai réunis ne s'est révélé utile. Aucune de ces femmes n'avait dans sa vie quelqu'un qui aurait voulu lui nuire. Chaque victime semble avoir été ciblée par hasard, enlevée par quelqu'un qui leur était inconnu, le type d'enlèvement le plus difficile à résoudre.

— Je n'ai pas vu de listes des personnes qui étaient entrées ou sorties de ces parcs, les jours des disparitions.

— Il n'y en a qu'une… Je l'ai quelque part.

Elle farfouilla dans ses papiers qui semblaient en désordre mais qui étaient simplement classés avec une logique qui échappait à Duncan.

— La voici, dit-elle en lui tendant plusieurs feuillets agrafés ensemble. Elle concerne la dernière disparition… Enfin, l'avant-dernière, désormais, celle de Sheryl Foster ayant modifié le classement. Bref, Allison Downs a été kidnappée dans le Shenandoah National Park. Ce parc a la particularité d'être doté d'un système vidéo qui filme tous ceux qui entrent et sortent du domaine. Comme le système est numérique et ne prend de la place que sur un disque dur, toutes les vidéos des vingt dernières années ont été conservées. J'ai eu la possibilité de les visionner et j'ai ainsi constitué un fichier de toutes les voitures et de toutes les personnes qui y sont venues quelques jours avant et quelques jours après la disparition d'Allison.

— Tu avais tout relevé à la main ? Il devait y avoir des centaines d'images à examiner et des centaines de plaques.

— Trois cent cinquante-sept. Et, oui, il m'a fallu plus de huit jours pour regarder ces vidéos et pour noter toutes ces données. Cela représentait beaucoup de travail.

— Impressionnant. Si je comprends bien, tu as donc les numéros des plaques d'immatriculation des véhicules et les descriptions de leurs occupants.

— Ce serait impressionnant si cela m'avait conduit à Allison Downs. Or cela n'a pas été le cas. Et aucun des autres parcs n'avait d'enregistrements, de vidéos, remontant aussi loin dans le passé. Ces disparitions ont eu lieu il y a des années. Je n'ai donc pas pu comparer ma liste avec d'autres, ni faire des recoupements.

— Nous, nous gardons nos vidéos indéfiniment.

Elle se redressa.

— Vous bénéficiez de caméras de surveillance ?

— Absolument. Les images sont accessibles en ligne sur le blog qui nous permet de partager des fichiers pour les besoins de l'enquête. Nous avons commencé à dresser des listes similaires à la tienne dans l'espoir d'identifier le véhicule du ravisseur. En fait, j'ai chargé quelqu'un de ce travail. C'est une tâche ardue, comme tu le sais.

Il parcourut des yeux la liste de Shenandoah.

— Mais, maintenant que nous avons une autre liste à comparer avec la nôtre, peut-être…

— Peut-être parviendrons-nous à des recoupements, à voir le même véhicule présent dans les deux parcs.

Il hocha la tête.

— Si nous avons de la chance, oui. Et à condition que le type soit entré dans le parc en voiture. Il aurait pu être à moto ou passer par les bois et éviter du même coup les caméras. Le domaine des Great Smoky Mountains est immense.

Remi eut du mal à dissimuler sa déception.

— En tout cas, une nouvelle paire d'yeux me serait bien utile. Qu'as-tu prévu de faire, aujourd'hui ? Pourrais-tu m'aider ?

— Au départ, je comptais passer te voir, m'assurer que tu n'avais besoin de rien jusqu'à la fin de la tempête et t'apporter ton petit déjeuner. Avant de remonter dans mon chalet pour travailler sur l'enquête Sheryl Foster.

Il se racla la gorge.

— De plus, il me faut avancer aussi sur mes investigations concernant ton coup de feu d'hier matin. Je comptais aller voir Vale à l'hôpital et lui poser quelques questions supplémentaires.

Elle se raidit à la mention de Vale.

— N'oublie pas de lui demander où il a jeté son pistolet.

— Je n'y manquerai pas.

Elle battit des paupières.

— Vraiment ?

Il hocha la tête.

— Et, dès qu'il sera possible de remonter dans la montagne, je demanderai à quelqu'un de fouiller la scène de crime à l'aide d'un détecteur de métaux.

— Je t'en remercie.

— De rien. En tout cas, Vale ne peut pas être le ravisseur de Mme Foster, tu es d'accord là-dessus ? Même s'il était armé. Vale est à l'hôpital. Il a un alibi en béton.

— Es-tu sûr qu'il y est toujours ? Peut-être a-t-il quitté l'hôpital contre l'avis des médecins et…

— J'ai appelé ce matin. Au moment de la disparition de Foster, il était avec un médecin.

— Rien n'est jamais simple, n'est-ce pas ?

— Tout serait plus simple si nous nous entraidions,

si tu acceptais de faire équipe avec nous. Veux-tu que nous travaillions ensemble ?

— Ne te moque pas de moi. Ce serait cruel.

Il se mit à rire.

— De toute façon, je suis obligé de garder un œil sur toi, au moins jusqu'à ce que je puisse m'entretenir de ton cas avec le procureur. Le mieux est que tu viennes avec moi dans mon chalet. Je te laisserai visionner les vidéos et consulter les listes que les gars de mon équipe ont déjà préparées. Tu pourras les comparer avec ta liste de Shenandoah et voir si quelque chose en sort. Pendant ce temps-là, j'avancerai sur d'autres aspects de l'enquête et je m'efforcerai aussi d'accélérer la procédure à propos du tir visant Vale. Je suis sûr que tu as envie que le problème soit vite réglé d'une manière ou d'une autre.

10

Assise à la grande table en bois de la cuisine américaine du chalet, Remi avait ouvert son ordinateur portable devant elle. Duncan lui avait créé un identifiant temporaire pour lui permettre de se connecter au site web utilisé par l'équipe des rangers. Grâce à cette application, elle pouvait accéder à toutes les données concernant l'enquête. Depuis des heures, elle regardait les images des entrées du parc enregistrées par les caméras de surveillance, donnant ainsi à un inspecteur de police la possibilité de se focaliser sur d'autres aspects de l'affaire. Mais cette tâche était soporifique. Elle avait l'impression de visionner ces séquences depuis une éternité. De plus, la vidéo n'était pas de très bonne qualité. Et, à force de plisser les yeux pour réussir à lire les plaques d'immatriculation, elle finissait par avoir mal à la tête.

Lorsqu'ils s'étaient accordé une pause pour déjeuner, elle avait fait le tour de la pièce principale du chalet en remuant la tête pour détendre ses muscles ankylosés. Au passage, elle avait admiré l'immense cheminée de pierre et le feu qui crépitait à l'intérieur. La vue sur les montagnes, qu'elle découvrait à travers les baies vitrées, devait être grandiose au printemps ou à l'automne mais, là, tout était blanc alentour. En tout cas, un agent fédéral ne gagnait pas de quoi s'offrir un chalet aussi beau et bénéficiant d'un panorama comme celui-ci. Donc de deux choses l'une : soit Duncan avait d'autres revenus, soit il était corrompu. Même si elle ne le connaissait pas depuis longtemps, elle était certaine qu'il était honnête, intègre.

Après ce petit repas pris sur le pouce, elle se replongea dans les images de vidéosurveillance mais, très vite, elle se sentit à nouveau comme un lion en cage. Plus elle restait assise longtemps sans bouger, plus son épaule la faisait souffrir.

— Il me semble que tu as besoin d'une dose supplémentaire de vitamine I, dit Duncan.

Fourrant son téléphone dans sa poche, il sortait de la grande pièce voisine d'où il avait passé plusieurs coups de fil pour la rejoindre dans la cuisine.

— De la vitamine I ? Est-ce ainsi que tu désignes l'ibuprofène ?

— L'antalgique préféré des randonneurs. Et des agents du FBI qui travaillent trop longtemps sur leurs ordinateurs.

Il en prit une boîte dans un tiroir et la lui tendit avec une bouteille d'eau minérale.

— Comment va ton épaule ? Je suis sûr que ma jeep est capable de rouler jusqu'à l'hôpital pour te permettre de consulter un médecin.

— Par ce temps ? Cela semble dangereux, non ?

Elle s'approcha des baies vitrées. Il ne neigeait pas pour le moment mais les arbres se balançaient toujours dans le vent.

— Le pire est derrière nous, répondit-il. La tempête va se calmer plus tôt que prévu.

— Peut-être mais mon épaule n'est vraiment pas une urgence. Quelques cachets de vitamine I, et je serai comme neuve.

Il considéra la table jonchée de dossiers et de rapports.

— Es-tu toujours aussi bordélique ? demanda-t-il d'un ton taquin avant de commencer à remettre de l'ordre dans les papiers.

Elle lui tapa la main.

— Ne touche à rien. J'ai une méthode de classement à moi. Si tu déplaces mes tas, je ne pourrai rien trouver.

— Il s'agit d'une méthode de classement ? Elle est très personnelle alors. Prouve-moi qu'elle est efficace. Si je veux consulter, par exemple, le fruit de tes recherches concernant la disparition d'une femme au Hot Springs National Park, où dois-je regarder ?

— Ici, répondit-elle en désignant une pile sur sa gauche.

— Coup de chance, j'imagine. Et pour celle de Cuyahoga Valley ?

Elle lui montra du doigt un autre tas.

— Là.

Il arqua un sourcil.

— Et celle du Mammoth Cave National Park ?

Elle pointa un dossier sur sa droite.

Il prit la première page, la lut en diagonale avant de la remettre à sa place.

— D'accord. Tu as en effet une méthode.

— Il n'est pas toujours facile d'avoir une intelligence supérieure à la moyenne, tu sais, dit-elle, pince-sans-rire. Mais chacun sa croix.

Il leva les yeux au ciel. Cette réaction lui rappelait tellement Becca que Remi sentit sa gorge se serrer.

Duncan lui prit la main.

— Remi ? Tu vas bien ?

— J'étais… en train de penser à quelque chose.

Elle battit des paupières et s'obligea à reporter son attention sur son ordinateur. Mais elle ne parvenait plus à se focaliser sur les images qui défilaient devant elle.

Avec un soupir, elle secoua la tête.

— J'ai besoin d'une pause. Regarder ces vidéos est un supplice. Vous avez besoin de caméras de surveillance d'une autre qualité.

— Il faudrait déjà que Washington nous alloue le budget

pour en faire l'acquisition. Ce n'est pas gagné. Chaque année, les sommes qui nous sont attribuées diminuent.

— Tu as passé un bon moment au téléphone. Ton équipe a-t-elle découvert quelque chose de nouveau ?

— En fait, je m'apprêtais à t'annoncer de bonnes nouvelles.

— Sheryl Foster a été retrouvée ! s'exclama-t-elle, toute contente. Elle va bien ?

Il grimaça.

— Non. Excuse-moi. Je ne voulais pas te faire une fausse joie. Le temps ne permet pas encore aux rangers et aux secouristes de reprendre les recherches.

Une profonde déception se peignit sur le visage de Remi.

— Quelle est la bonne nouvelle alors ?

— Comme nous, mon ami procureur travaille de chez lui en attendant la fin de la tempête. Je lui ai parlé de ton cas, et il accepte mes recommandations. Aucune charge ne sera retenue contre toi. À partir de maintenant, tu es libre de partir. En tout cas, tu le seras dès que je pourrai te reconduire à ta voiture.

Intensément soulagée, Remi posa la main sur sa poitrine. Elle avait soudain l'impression que les tensions qui l'habitaient ainsi que la douleur à son épaule s'atténuaient comme par magie.

— Je ne m'étais pas rendu compte à quel point cette histoire me stressait, dit-elle. Mais je me sens allégée tout à coup. Je suis étonnée, malgré tout. Je pensais que tu voudrais aller interroger Vale à l'hôpital avant de présenter tes recommandations finales.

— Je l'ai fait. Je lui ai longuement téléphoné tout à l'heure. Il n'avait rien à m'apprendre d'utile à l'enquête. Il a également dit qu'il ne souhaitait pas porter plainte contre toi. Ce n'est pas à lui de décider s'il y aura ou non des poursuites judiciaires, bien sûr. Mais il n'a pas envie de t'attaquer devant un tribunal civil pour te demander des dommages et intérêts. Il se sent coupable de t'avoir fait peur et donc en partie responsable de ce qui lui est arrivé. Il pense que l'affaire se résume à un regrettable accident. Point final.

Abasourdie par la tournure des événements, Remi resta un instant sans voix.

— C'est inattendu, surtout à l'heure actuelle où tout le monde poursuit en justice pour un oui ou pour un non.

— Tu ne sembles pas plus heureuse que ça.

— Je le suis. Bien sûr. Mais…

Elle secoua la tête, se remémorant la scène…

Elle avait entendu des bruits de pas derrière elle.

Elle s'était retournée.

Un homme en treillis se tenait à quelques mètres, l'air menaçant, haineux.

Elle lui avait ordonné de ne plus bouger.

Au lieu d'obtempérer, il avait sorti une arme de sa poche.

S'agissait-il vraiment d'un téléphone ?

— Remi ?

— Je… Je me repasse la séquence en boucle et, désolée, je le revois chaque fois tirer ce Glock de sa veste. Vale est forcément notre homme.

Duncan posa les coudes sur la table.

— Au cours de ta carrière, il t'est certainement arrivé de recueillir des témoignages, non ?

— Bien sûr. Des dizaines.

— Combien de fois as-tu entendu deux témoins oculaires relater un même événement de façons radicalement différentes ? Et pourtant, ces deux personnes étaient de bonne foi et chacune certaine que sa version était la bonne.

— Tous les enquêteurs que je connais ont été confrontés un jour ou l'autre à ce genre de situations. Mais cela ne change rien à ce que j'ai vu.

— Non ? Tu t'étais persuadé que cet homme représentait une menace et voilà pourquoi il ne pouvait qu'avoir une arme à la main.

— Donc, d'après toi, j'ai imaginé un Glock qui n'a jamais existé ?

— Je le pense, oui.

Elle fut tentée de nier, de protester. Mais Duncan avait peut-être raison, reconnut-elle. En tout cas, c'était possible. Les gens parvenaient souvent à se convaincre qu'ils avaient vu quelque chose, tant ils avaient envie de le croire, elle le savait. Était-elle victime de ce processus ? Se leurrait-elle ? Tentait-elle de se persuader qu'elle avait vu une arme parce que l'alternative – elle avait tiré sur un homme désarmé – lui était insupportable ?

— Réfléchis-y, Remi. Peut-être que, dans quelques jours, avec du recul, tu le reconnaîtras.

— Peut-être, répondit-elle à contrecœur, ayant du mal à accepter qu'il puisse avoir raison.

— En revanche, en ce qui concerne ton poste, tu n'es peut-être pas sortie d'affaire. J'ignore si le FBI va te garder ou mettre un terme à ta carrière d'agent spécial.

— De toute façon, être agent ne m'intéressait pas plus que ça. Mon objectif a toujours été de rejoindre un jour le département des Sciences comportementales. Mais avec cette histoire, je ne me fais aucune illusion à ce sujet. Peut-être vais-je m'orienter dans le privé, devenir détective privé. J'aurais beaucoup plus de liberté pour enquêter sur des dossiers qui m'intéressent.

— Si jamais ce choix se confirme et si tu as besoin de conseils dans ce domaine, tu me le diras. Ma future belle-sœur a longtemps travaillé pour un détective privé et elle acceptera certainement de te filer de bons tuyaux.

— Ta future belle-sœur ? Un mariage est donc prévu dans un avenir proche dans ta famille ?

— Absolument. La charmante Jody Ingram va épouser

mon frère aîné, Adam. Ils se sont rencontrés l'été dernier au cours d'une enquête. Il a été gravement blessé à la jambe lors d'un accident de montagne. Dès qu'il aura suffisamment récupéré, ils fixeront une date. Ce sera le premier mariage pour nous, les frères McKenzie. À moins que Ian ne se soit marié sans nous le dire. Avec lui, tout est possible.

Il montra d'un geste les piles de dossiers sur la table.

— Puisque tu en as assez de visionner les images des caméras de surveillance du parc, je te propose de discuter à bâtons rompus de l'affaire, de confronter nos idées. J'ai parlé à mon chef et aux enquêteurs de ta théorie.

— Génial, dit-elle avec un gémissement. Maintenant, ils sont tous persuadés que je suis folle à lier, j'imagine.

— Quelle importance, franchement ? Pour ma part, je suis ouvert à toutes les hypothèses si cela peut nous aider à retrouver une femme disparue et empêcher d'autres malheureuses de subir le même sort. En ce qui concerne ta théorie, un élément me tracasse. Je sais qu'il y a beaucoup de blondes dans ce pays. Mais combien d'entre elles ont les cheveux blonds, longs et raides ? Et, parmi celles-ci, combien font de la randonnée dans les parcs nationaux ? Que le tueur ait toujours eu la chance de tomber sur une victime qui corresponde à ses attentes, à ses critères, me semble tiré par les cheveux, sans mauvais jeu de mots.

— Et pourquoi ? Ce n'est pas comme s'il ciblait ses proies un jour spécifique de février. Il a eu chaque fois vingt-huit jours pour sillonner un parc en attendant la femme parfaite, une blonde aux longs cheveux raides. Dès qu'elle apparaissait, il la kidnappait.

Elle désigna d'un geste l'ordinateur.

— Crois-moi. Sur ces vidéos, j'ai vu entrer beaucoup de blondes aux longs cheveux aussi bien à Shemandoah que dans les Smokies.

— C'est combien « beaucoup » ?

— Je n'ai pas vraiment compté. La semaine dernière, par exemple, cinq ou six blondes aux cheveux longs sont entrées dans ton parc. Sur un mois entier, il a donc eu le choix parmi une vingtaine de victimes potentielles. Ce qui m'ennuie, c'est que, maintenant qu'il a enlevé Sheryl Foster, il n'a plus aucune raison de rester dans les parages. Nous n'aurons sans doute plus jamais l'occasion de l'attraper.

— Je refuse de m'avouer déjà vaincu. Résumons-nous. Que savons-nous – ou pensons-nous savoir – de lui ? Il a un type de femme, il est capable d'attendre des jours, des semaines, qu'une blonde aux longs cheveux raides surgisse. Et, là, il l'enlève. Ce que nous ignorons, c'est ce qu'il fait ensuite de ses victimes. Et, puisqu'il patiente une année complète entre deux rapts, ce qu'il fait durant les trois cent soixante-quatre autres jours de l'année. C'est un psychopathe froid et calculateur. Kidnapper ces blondes est une addiction pour lui. Peut-il vraiment attendre une année entière entre deux enlèvements ? Cela ne colle pas.

— Bonne remarque. Mais, si c'est ce à quoi tu penses, j'ai cherché d'autres cas de disparitions similaires. Je ne vois pas comment j'aurais pu en rater.

— Et s'il avait davantage qu'un seul type de victime ?

Elle le regarda, l'air perdue.

— Je ne… Je ne comprends pas. Penses-tu qu'il enlève quelqu'un, disons tous les six mois ? Et qu'il opère alors en suivant une autre constellation, celle du Dragon, par exemple, avec des critères de femmes différents ? En s'attaquant alors à des brunes ou à des rousses ?

Duncan étendit bras sur les côtés dans un geste d'ignorance.

— Je n'en sais rien, j'émets des hypothèses, j'explore les possibilités. J'essaye de comprendre comment fonctionne ce type. Une victime par an me paraît trop peu. Je ne l'imagine pas tourner en rond comme un lion en cage en barrant les jours sur un calendrier. La plupart des tueurs en série dont j'ai entendu parler tuent plus souvent. Et ils ne s'en tiennent pas toujours à un type de victimes particulier. Ted Bundy, par exemple, aimait les étudiantes aux cheveux longs avec une raie au milieu. Mais il a avoué à un biographe que son premier meurtre avait été celui d'un homme, un auto-stoppeur. Et l'une de ses premières victimes n'avait que huit ans. Lorsque le besoin de tuer s'empare d'un psychopathe, il tue la première femme qui passe, et tant pis si sa proie ne correspond pas à son profil idéal. Peut-être devrions-nous nous intéresser à d'autres disparitions pour voir si notre gars n'y était pas impliqué. Plus nous disposerons de données, plus nous aurons de chances de détecter les erreurs qu'il a commises en cours de route, erreurs qui pourraient nous aider à le démasquer.

— Le meurtrier, Dennis Rader, alias BTK, a tué dix personnes avant d'être arrêté. Mais il se passait des années entre ses meurtres, jusqu'à huit ans, une fois, répliqua-t-elle, hésitant à l'idée abandonner la théorie sur laquelle elle travaillait depuis si longtemps.

— C'était l'exception qui confirme la règle, non ?

Lui non plus ne souhaitait pas lâcher son idée.

— C'est vrai, répondit-elle à contrecœur. La plupart des tueurs en série tuent à un rythme plus soutenu. Nous pouvons réexaminer le dossier à la lumière de ton hypothèse. Mais je crains que nous ne perdions beaucoup de temps sur une fausse piste. Il nous faudrait des semaines, des mois, pour passer en revue les cas de personnes disparues dans tout le pays.

— Alors limitons nos recherches aux soixante parcs nationaux américains. Nous pouvons même nous focaliser sur les sept sites que tu as déjà identifiés, respecter ta théorie d'origine mais en la développant. Premièrement, ne nous contentons pas d'étudier le mois de février. Peut-être tue-t-il en février pour coller à la constellation de la Licorne. Mais rien ne lui interdit de frapper à d'autres moments, en été, par exemple, pour satisfaire un autre fantasme.

Remi appuya sur une touche pour réveiller son ordinateur mais, au moment où elle allait entrer une adresse web, elle renonça et se laissa retomber sur sa chaise.

— J'ai été suspendue de mes fonctions. Je ne suis plus autorisée à consulter les bases de données nationales sur lesquelles je travaille normalement.

— J'ai sans doute accès à la plupart des sites que tu sollicites régulièrement. Au fil des ans, j'ai été amené à examiner de nombreux cas de personnes disparues.

Contournant la table, il vint s'asseoir à côté d'elle. Après s'être connecté à l'une des principales bases de données consacrées aux recherches de personnes disparues, il tourna l'ordinateur vers elle.

— À toi l'honneur.

Ils passèrent divers fichiers en revue, élargissant leurs critères afin d'ajouter les découvertes de cadavres à la liste des seules disparitions dans les parcs nationaux. L'idée était que, si un même homme s'était attaqué à davantage de victimes, le corps de certaines d'entre elles avait peut-être été retrouvé. Dès lors qu'ils inclurent les morts, le nombre de cas à explorer fut beaucoup plus important. Ils retirèrent de ce long inventaire les suicides ainsi que les accidents mortels provoqués le plus souvent par des chutes ou des noyades. Ils s'aperçurent avec tristesse que les suicides constituaient la principale cause de décès dans les parcs nationaux. Apparemment, les gens trouvaient réconfortant de mettre fin à leur existence en pleine nature.

Après une courte pause pour s'octroyer un petit en-cas

composé de sandwichs au fromage grillé et d'une soupe de tomate, ils se réinstallèrent devant leurs ordinateurs, étudiant chaque affaire et prenant de nombreuses notes. Dès qu'ils estimèrent avoir réuni tous les cas de disparitions ou de morts suspectes, ils se les répartirent. Chacun de son côté, ils les repassèrent au peigne fin pour tenter de les éliminer un par un.

Finalement, Remi se rassit et reporta son attention sur les trois disparitions qu'elle ne pouvait pas écarter. Comme elle vérifiait les lieux et les dates, un profond malaise s'empara d'elle. Devinant le regard de Duncan sur elle, elle se tourna vers lui.

De l'autre côté de la table, il lui lança :

— Verdict ?

— J'ai trois cas de disparitions ou morts non élucidés.

— Moi aussi. Dis-moi les parcs où ont eu lieu les tiennes.

La gorge serrée, elle énonça :

— Dry Tortugas, Cuyahoga Valley et Mammoth Cave.

Duncan s'écarquilla les yeux et poursuivit :

— Et les miennes se sont produites à Hot Springs, Congaree et Shenandoah…

Elle serra les poings.

— Tu avais raison. Les six cas d'homicides ou de disparitions suspects ont eu lieu dans les six parcs nationaux où avaient disparu les blondes. Comment ai-je pu passer à côté d'un truc aussi énorme ? Chaque année, il enlève deux femmes au même endroit. Une blonde, puis une brune.

— Ce n'est pas ta faute. C'est ce qu'on appelle la vision en tunnel. Dès que tu as trouvé un scénario qui fonctionnait, tu as cessé d'en chercher d'autres. C'est normal, c'est humain. En tout cas, grâce à cette découverte, nous avons une chance de l'arrêter. Même s'il a enlevé Mme Foster, il n'a pas fini. Il ne va pas s'en aller mais s'attaquer à présent à une brune.

— As-tu les dates exactes des disparitions de chacune de tes trois victimes ? J'ai besoin d'une date pour chacune.

— Donne-moi un instant. Elles sont quelque part dans mes notes.

Dès qu'il les eut trouvées, il les lui lut à haute voix.

Elle compléta le tableau qu'elle avait créé pour les six nouvelles victimes puis elle hocha la tête.

— C'est évident. Chaque fois qu'il enlève une blonde, il enlève une brune…

— … deux jours plus tard, dirent-ils en même temps.

— Si Sheryl Foster a été sa première victime, il est déjà à la recherche de la suivante, dit-elle. Il va kidnapper une brune… Demain.

— Je vais appeler mon chef pour qu'il demande officiellement au FBI de nous aider dans cette enquête. Toutes les équipes doivent travailler sur les indices découverts lors des investigations sur ces anciennes disparitions non élucidées. Des indices matériels et peut-être aussi des preuves médico-légales puisque trois cadavres de ces malheureuses ont été retrouvés. Nous sommes sur le point d'aboutir, Remi. Nous allons coincer cet enfoiré et l'enfermer.

— Mais arriverons-nous à le capturer avant qu'il ne s'attaque à une brune ?

L'angoisse dans le regard de Duncan reflétait celle de Remi. Ils disposaient de moins de vingt-quatre heures pour empêcher un tueur d'enlever une autre victime. Et Sheryl Foster ? Était-il déjà trop tard pour elle ? La pauvre femme grelottait-elle quelque part dans la neige en suppliant un sadique de l'épargner et en se demandant si quelqu'un réussirait à la sauver ?

Remi jeta un coup d'œil par-dessus son épaule pour considérer le ciel.

— Duncan… Regarde.

Il se retourna sur sa chaise.

Les pins dans le jardin ne se balançaient plus dans le vent. Tout était immobile, silencieux.

— C'est fini. La tempête de neige est passée, dit-il. Les équipes de sauvetage et les rangers vont pouvoir repartir à la recherche de Mme Foster.

Il repoussa sa chaise en disant :

— Je vais prévenir Lee, lui résumer ce que nous avons découvert et lui demander de mettre tout le monde au courant.

Comme il sortait son téléphone de sa poche, la sonnerie de celui-ci retentit. Duncan consulta l'écran, puis il prit l'appel.

— Hé, chef. J'étais justement sur le point de…

Remi le vit pâlir pendant qu'il écoutait Lee. Il l'écouta un long moment, marmonnant parfois des « D'accord ». Enfin, il répondit :

— Nous sommes à mon chalet. Nous nous rendons tout de suite là-bas.

Elle le regarda revenir lentement vers la table où elle était assise. Livide, elle planta sur lui des yeux terrifiés.

— Que t'a-t-il dit ? demanda-t-elle. Ont-ils… Ont-ils retrouvé le cadavre de Sheryl Foster ?

— Non, répondit-il d'une voix tendue. Depuis plus d'une heure, les rangers et les secouristes sillonnent de nouveau la montagne. Ils sont toujours à sa recherche.

— Alors, pourquoi es-tu blanc comme un linge ? Que t'a appris ton chef ? Le tueur a-t-il déjà enlevé sa deuxième victime, plus tôt que prévu ? Une autre femme a-t-elle disparu ?

Il secoua la tête.

— Personne d'autre n'a été enlevé à notre connaissance. Mais ils ont découvert quelqu'un. Remi, ils ont trouvé des ossements, des ossements humains.

11

Duncan marchait à côté de Remi. Il lui tenait la main pour l'aider à garder l'équilibre. En effet, cheminer derrière l'un des chefs d'équipe des rangers dans la montagne enneigée n'était pas une mince affaire. Duncan aurait préféré que Remi ne l'accompagne pas. Avec son épaule blessée et son bras en écharpe, elle n'était pas en grande forme physique. Dans ces conditions, traverser les bois sur des pentes escarpées et verglacées, semées de rochers, sans véritable sentier à emprunter n'était pas simple pour elle. Mais son chef avait insisté, arguant que sa présence était indispensable.

De toute façon, il aurait été inutile d'essayer d'arrêter Remi. Dès qu'il l'avait mise au courant de la découverte de restes humains, elle avait voulu à tout prix les voir. Ils étaient donc là, avec Lee. L'équipe de rangers et d'enquêteurs se tenait derrière eux, à distance respectueuse. Duncan détestait l'idée d'être à jamais lié dans l'esprit de Remi au deuxième pire jour de sa vie. Le pire étant celui au cours duquel sa jumelle avait disparu.

Qu'elle ait à traverser cette épreuve sans personne à ses côtés pour la soutenir le rendait malade. Il se souciait d'elle – et plus qu'il ne l'aurait cru possible en si peu de temps. Mais cela n'aurait plus d'importance après cette séquence. Désormais, elle ne pourrait plus poser les yeux sur lui sans se remémorer la scène où il la conduisait. Et qui, selon toute probabilité, confirmerait sa théorie.

Après la découverte des restes de sa sœur, elle repartirait dans le Colorado et elle s'efforcerait d'oublier à jamais Duncan comme tous les mauvais souvenirs liés à ce parc maudit. À sa place, il réagirait sans doute de la même manière. Ce qui ne l'empêchait pas d'en être accablé.

— Je suis sûre que ce n'est pas elle. Ce n'est certainement pas le squelette de Becca, chuchota-t-elle pour la énième fois.

Il ne prit pas la peine de répondre. Depuis qu'il lui avait parlé de la découverte des rangers, elle répétait ces deux phrases en boucle. Les ossements humains avaient été retrouvés à environ un kilomètre à l'ouest de la corniche sur laquelle Remi s'était tenue la veille, la terrasse naturelle d'où elle avait admiré la vallée. Moins de vingt-quatre heures s'étaient écoulées entre les deux épisodes mais tant d'événements s'étaient déroulés dans l'intervalle qu'il avait l'impression qu'il s'agissait d'années.

Devant eux, les arbres et les épais fourrés cédèrent la place à une clairière bordée par des bois sur deux côtés et par des parois rocheuses sur deux autres. Les hommes de la police scientifique avaient installé une grande bâche au-dessus de la scène de crime, une toile orange fixée à quatre poteaux en métal enfoncés dans le sol. Sous cette bâche se trouvait un drap blanc.

Ils s'arrêtèrent à quelques mètres. L'un des techniciens s'accroupit, posa sa main gantée sur un coin du tissu, attendant le signal de Duncan.

— Tu n'es pas tenue d'identifier le cadavre, murmura Duncan, ravagé à l'idée de lui imposer cette épreuve. Les résultats de l'ADN nous diront…

— J'y tiens, répliqua-t-elle. J'ai besoin de savoir. Effectuer des analyses d'ADN prendrait trop de temps.

— De toute façon, il faudra les faire pour confirmer ce que tu diras. Il était donc inutile que tu viennes. Lee n'aurait jamais dû l'exiger. D'ailleurs, tu n'es pas sous ses ordres et rien ne t'oblige à faire ce qu'il te demande. Laisse-moi te ramener au chalet. Nous y attendrons que le médecin légiste ait fait son travail.

Remi releva la tête, plantant enfin son regard sur lui.

— Tu es vraiment quelqu'un de bien, Duncan. Tu ne peux pas savoir à quel point il est important pour moi que tu aies envie de me protéger. Mais j'ai besoin de savoir. Et que tu le comprennes. D'accord ?

Comme il ne répondait pas, elle lui serra plus fort la main.

— D'accord ? répéta-t-elle.

— Après cette histoire, je perdrai sans doute mon statut d'homme. Je suis censé te réconforter, pas l'inverse.

Elle sourit.

— Ton statut d'homme n'a donc jamais été en péril. Tu me protèges et me réconfortes depuis le début.

Il l'attira à lui – sans se soucier de savoir si quelqu'un les regardait et ce qu'il pouvait penser – et l'étreignit, veillant à ne pas heurter son épaule blessée dans la manœuvre.

La joue contre son torse, elle prit une profonde inspiration. Puis elle s'écarta de lui, se libérant de son emprise.

— Finissons-en, dit-elle.

Il fit signe au technicien qui retira le drap, découvrant un sac mortuaire. Lorsqu'ils étaient arrivés, Duncan avait été surpris de voir le drap. Il s'était dit que, avec ce tissu, l'équipe avait pollué la scène en laissant des fibres textiles se mélanger aux ossements et à la terre environnante. Mais, brutalement, il comprit qu'ils avaient déjà fouillé la zone, recueilli les indices nécessaires à l'enquête. Les restes humains avaient ensuite été disposés dans le sac zippé pour être transportés jusqu'à l'institut médico-légal. Il ne restait plus qu'à voir si Remi serait capable d'identifier le squelette et d'accélérer ainsi le processus. En effectuant le gros du travail avant leur arrivée, les hommes de la police scientifique avaient voulu essayer d'atténuer le choc, de respecter les sentiments de Remi.

Le technicien se pencha et, sans attendre de feu vert cette fois, il descendit la fermeture Éclair, ouvrant le sac à moitié. Le haut du cadavre apparut, de la cage thoracique au sommet du crâne – un crâne qui portait encore de longues mèches noires et bouclées, assez nombreuses pour attester que la victime avait été brune.

Il entendit le cri étouffé de Remi quand elle découvrit ce qu'il voyait aussi – le T-shirt gris orné d'une photo du chanteur de musique country Toby Keith, ainsi qu'une liste de dates de concerts remontant à une décennie. Becca Jordan portait ce T-shirt le jour de sa disparition et une photo d'elle, vêtue de ce T-shirt, avait illustré les flyers distribués à l'époque dans toutes les villes voisines. L'un d'eux se trouvait dans le dossier. Une fine chaîne d'or au bout de laquelle était accroché un médaillon en forme d'étoile pendait au cou. Le bijou ressemblait beaucoup à celui dont la description figurait également dans le dossier.

Ils avaient enfin retrouvé Becca Jordan.

Remi s'accroupit et se pencha vers le squelette. Comme elle tendait la main pour le toucher, le technicien l'arrêta.

— Mademoiselle, je suis désolé. Vous ne devez pas la toucher. Pour ne pas risquer de polluer la scène de crime.

— Donnez-moi un gant.

— Mademoiselle…

— Donnez-lui un gant, ordonna Duncan.

Il s'agenouilla à côté d'elle, posant la main sur le dos de Remi pour l'aider à garder son équilibre.

Le technicien tira un gant en latex d'une boîte et le proposa à Remi.

Mais Duncan s'en empara.

— Laisse-moi te le mettre, dit-il.

Hochant la tête, elle lui tendit la main gauche. Il y

enfila le gant puis il recula, se remettant dans sa position initiale afin de la soutenir.

Remi prit une profonde inspiration, puis se baissa pour saisir la mâchoire du squelette.

Avec un hoquet de surprise, le technicien s'avança, s'apprêtant manifestement à intervenir. Mais, d'un regard noir, Duncan le lui interdit. Lee lui reprocherait sans doute son comportement plus tard. Mais il estimait qu'en insistant pour que Remi vienne ici son chef avait, de fait, accepté le risque que ce genre de choses se produise.

Remi se montra minutieuse, faisant manifestement attention à ne pas polluer la scène de crime, à ne laisser aucune trace d'elle sur les ossements. Mais elle écarta doucement les mâchoires du macchabée, révélant une série de dents blanches parfaitement alignées qui avaient dû coûter une fortune en orthodontie au père de Becca.

— Pourriez-vous descendre la fermeture Éclair jusqu'en bas, s'il vous plaît ? demanda-t-elle. J'ai besoin que vous ouvriez complètement le sac mortuaire.

— Je suis désolé, mademoiselle, mais je ne pense pas que…

— Faites ce qu'elle vous dit, dit Duncan.

Le technicien observait quelque chose devant lui et Duncan se retourna pour suivre son regard. Lee se tenait à quelques pas avec l'équipe des rangers. Duncan planta les yeux dans les siens, le défiant de refuser à Remi ce qu'elle demandait.

Mais son chef n'hésita pas.

— Allez-y.

Duncan se retourna vers le technicien.

— Vous avez entendu.

Sans cesser de secouer la tête pour exprimer sa désapprobation, l'homme descendit lentement le zip. Il écarta à peine les pans, craignant visiblement de perdre des indices potentiels. Pourtant, tant d'années s'étaient écoulées depuis le crime qu'il y avait peu d'espoir d'en retrouver.

De nouveau, Remi se pencha au-dessus du squelette. Son bras en écharpe la déséquilibrait un peu mais elle faisait confiance à Duncan pour l'empêcher de basculer en avant. Il la retint fermement tandis qu'elle tournait doucement le poignet droit du cadavre avant d'examiner avec attention son fémur gauche.

Elle ferma alors les paupières, murmura une brève prière que seul Duncan entendit et se tourna vers lui pour lui tendre à nouveau la main.

— Tu peux me retirer le gant maintenant. Merci.

Il lui enleva le gant en latex et le donna au technicien des scènes de crimes avant d'aider Remi à se relever.

— Ça va ?

Il scruta son visage, surpris de constater qu'il n'y avait pas de larmes dans ses yeux. Elle tenait mieux le coup qu'il ne l'avait craint.

— Je ne sais pas.

Sa voix était teintée d'un mélange de tristesse et de soulagement. Elle semblait un peu déconcertée.

— Allons-y, dit-il. Ne restons pas ici.

Il lui prit la main pour l'entraîner vers son chef.

L'air sombre, Lee tapota d'un air gêné l'épaule de Remi.

— Je vous présente toutes mes condoléances, mademoiselle Jordan. Soyez assurée que nous traiterons les restes de votre sœur avec le plus grand respect.

— C'est très gentil de votre part, agent spécial Lee.

Elle fit un geste vers le sac mortuaire que le technicien refermait déjà avec soin et elle ajouta :

— Mais il ne s'agit pas de ma sœur.

12

Remi promena les yeux sur les visages des personnes assises autour de la table de la remorque du NPS. Comme la tempête de neige était tombée et que la scène de crime était plus proche du bureau satellite que de ceux du centre d'accueil de Sugarlands, Lee avait décidé d'y retravailler. Tous ceux qui étaient impliqués de près ou de loin dans l'enquête s'étaient entassés à l'intérieur.

Des rangers avaient apporté une grande table pour la réunion et l'avaient installée au centre de la remorque parce qu'elle n'aurait pas tenu dans la salle de conférences. Remi se demandait comment ils avaient réussi à la faire passer par la porte. Peut-être avait-il fallu la démonter. Elle n'en était pas sûre et, au fond, elle s'en moquait.

L'important était qu'elle intéressait enfin les membres du FBI et en particulier ceux du DSC, le département des Sciences comportementales. Maintenant, ils ne la considéraient plus comme quantité négligeable, ils ne la prenaient plus de haut et, surtout, ils ne traitaient plus ses théories avec mépris comme par le passé. Ils assistaient à la réunion par audioconférence tandis que Johnson, son pseudo-chef de Knoxville, était venu en personne. Il était assis à côté de Lee. Tout le monde écoutait les rangers du NPS et les enquêteurs résumer les derniers événements.

— Je ne comprends pas, intervint Chris Jensen, le responsable du DSC, via le haut-parleur du téléphone.

Comment Remi Jordan peut-elle affirmer que les restes humains découverts ne sont pas ceux de sa jumelle ? N'a-t-elle pas déclaré tout à l'heure avoir vu sur le cadavre le T-shirt et le médaillon que sa sœur portait le jour de sa disparition ?

D'un mouvement de menton, Duncan invita Remi à répondre. Elle se pencha vers le téléphone placé au milieu de la table.

— Ici, Remi Jordan. Depuis sa plus tendre enfance, ma sœur, Becca, se gavait de sucreries. Dès l'âge de huit ans, elle avait dû faire soigner plusieurs caries. De plus, pour des raisons esthétiques, une fois au lycée, elle refusait de porter son appareil dentaire, un appareil que mon père avait pourtant payé une fortune. Ses dents étaient de travers d'où des débats houleux à l'époque entre elle et mes parents. Le squelette que l'équipe de secouristes a découvert avait des dents parfaitement alignées. Et sans aucun plombage.

À l'autre bout du fil, Chris Jensen chuchota quelque chose à une autre personne.

Mais Remi poursuivait :

— Plus important encore, ma sœur était très casse-cou et, à l'âge de quinze ans, elle avait été victime d'un accident de motoneige, un jour qu'elle fonçait sur les pentes enneigées des Rocheuses. Dans sa chute, elle s'était cassé le poignet droit et la jambe gauche. Pour réduire la fracture de son fémur un chirurgien lui avait posé une broche métallique. Celle-ci ne lui a jamais été retirée. Or, les ossements découverts ne présentaient aucun signe de fracture à la jambe ou au poignet. Et je n'ai vu aucune broche sur l'un de ses fémurs.

— Cette broche métallique a pu tomber au cours des dix dernières années. Il est possible qu'un animal sauvage l'ait emportée.

Assis en face de Remi, le légiste demanda la parole.

— Je suis le Dr Hennington, médecin légiste. J'ai examiné ces ossements et n'y ai vu aucun signe de fracture antérieure ni de marque qui indiquerait l'utilisation de dispositifs tels que des broches. J'ai également lu les rapports médicaux figurant dans le dossier de Mlle Rebecca Jordan qui listent ses antécédents médicaux. Ce squelette n'est pas celui de Rebecca Jordan, je suis catégorique.

— Alors comment expliquez-vous qu'il ait été retrouvé avec le T-shirt et le médaillon que portait Rebecca Jordan le jour de sa disparition ? s'enquit Jensen.

Duncan leva la main pour intervenir.

— Ici, l'agent spécial Duncan McKenzie. Je crois que l'homme qui a enlevé Sheryl Foster est le même que celui qui a enlevé Rebecca Jordan, il y a dix ans.

— Attendez, dit Jensen. Il me semble que vous allez un peu vite en besogne. À ce stade, rien ne permet d'avancer une telle hypothèse et elle ne repose sur rien.

— Au contraire, elle est parfaitement logique, répliqua Duncan. Nous avons découvert des traces de pas qui prouvent que l'homme qui a enlevé Sheryl Foster avait traqué, la veille, l'agent spécial Jordan. Il n'aurait pas organisé ensuite cette mise en scène macabre en déposant sur un squelette un vêtement et un bijou de la jumelle disparue de l'agent spécial Jordan s'il n'y avait pas de lien entre les deux crimes. Nous avons un tueur en liberté dans le parc, messieurs. Et il a laissé le T-shirt et le médaillon sur une autre victime par provocation, pour prouver à l'agent spécial Jordan qu'il avait tué sa sœur.

— D'accord, répondit Jensen. Je vous concède que les deux affaires sont probablement liées. Nous allons reprendre l'enquête sur la disparition de Rebecca Jordan et demander à une équipe de réexaminer le dossier pendant que nous travaillons sur l'affaire actuelle. Avez-vous gardé en tête les noms des suspects de l'époque ?

La gorge serrée, Remi déglutit avec difficulté. Enfin,

le DSC acceptait de réexaminer le dossier concernant la disparition de sa sœur. Elle ne parvenait pas à y croire.

— Oui. Deux garçons présents au moment de la tragédie avaient été particulièrement soupçonnés. Billy Hendricks et Garrett Weber. L'un avait un alibi, l'autre non. Mais jeter un regard neuf sur eux deux serait sans doute instructif. Et peut-être devriez-vous aussi interroger un randonneur qui a passé la nuit dans un refuge du parc non loin d'ici, Zack Towers. Je ne suis pas certaine qu'il soit étranger à la disparition de Mme Foster.

Duncan serra les lèvres, visiblement contrarié. De toute évidence, il regrettait qu'elle ait signalé la présence du randonneur, du dénommé Sunny, qu'il connaissait. Il ne parvenait pas à le considérer comme un suspect mais que le FBI s'en assure ne pouvait pas faire de mal.

— Nous allons nous en occuper, déclara Jensen.

Tout le monde se mit à parler en même temps. Remi se rassit. Elle avait fait sa part. Duncan et elle avaient ouvert la réunion en expliquant à tous sa théorie, ainsi que les améliorations au scénario initial proposées par Duncan grâce aux six autres affaires non élucidées. Quand ils avaient exposé leurs découvertes, ils avaient été écoutés avec attention. Remi avait le sentiment d'être enfin prise au sérieux, au moins par les rangers et par les enquêteurs du NPS. Et cela lui faisait du bien.

Cela dit, si elle avait été autorisée à assister à cette réunion, le droit de participer à l'enquête lui avait été refusé.

Son supérieur attitré du Colorado s'y était formellement opposé. Il n'avait pas l'intention de la réintégrer au FBI. La seule raison pour laquelle il ne l'avait pas sanctionnée pour avoir discuté de l'affaire avec Duncan était que, avec l'ajout des six nouvelles disparitions de femmes survenues exactement deux jours après les six premières dans les mêmes parcs, il n'était plus question de remettre en cause sa théorie. Désormais, prétendre qu'il s'agissait de coïncidences ou que ses enlèvements n'avaient aucun lien entre eux n'était plus possible. Pourtant, Remi n'avait pas le droit de participer aux investigations.

— As-tu envie de sortir d'ici ? murmura Duncan à son oreille.

— Plus que tout, répondit-elle sur le même ton.

Il la prit par le bras et l'entraîna à l'extérieur. Dès qu'ils eurent regagné la jeep, elle déclara :

— Puisque le procureur a décidé de ne pas m'inculper, tu n'es plus obligé de me surveiller, Duncan. Tu peux donc me déposer à ma voiture et retourner à la remorque. J'imagine que tu préfères rester avec l'équipe pour les aider à progresser dans l'enquête.

— Il n'en est pas question. Tout a changé à partir du moment où nous avons vu le T-shirt et le médaillon de ta sœur sur ce squelette. Le tueur a imaginé cette mascarade macabre pour te provoquer. Il te met au défi de le pourchasser. Et voilà pourquoi tu ne dois surtout pas y aller. Ce serait trop dangereux. Lee est d'accord avec moi. Dans un premier temps, nous allons récupérer tes affaires au motel. Et ensuite, t'installer chez moi, dans mon chalet. Considère-moi comme ton garde du corps officiel. Tant que le tueur n'a pas été capturé, tu ne dois pas retourner dans le parc.

Elle fronça les sourcils.

— Je sais que, depuis mon arrivée, j'ai montré des débordements d'émotions ridicules et que j'ai parfois fait preuve d'incompétence mais je…

— Qui a dit ça ?

Elle battit des paupières.

— Qui a dit quoi ?

— Il est naturel que tu sois parfois submergée d'émotions. Cette affaire te touche personnellement. Il s'agit de ta sœur. Et, grâce à tes recherches sur les constellations, nous avons maintenant de bonnes chances de coincer ce type et de l'arrêter. Pour moi, tu es loin d'être incompétente et tu as, au contraire, effectué un travail formidable. Sans toi, personne ne se serait douté qu'un tueur en série sévissait dans les parcs nationaux. Tu vas permettre de sauver des vies et de capturer un tueur. Les seuls incompétents dans cette histoire sont ton chef et les gars du DSC qui ont refusé de t'écouter et tous ceux qui ont douté de la pertinence de tes théories.

Elle le dévisagea, abasourdie par la passion qu'il mettait à la défendre.

— Merci, Duncan. Tu ne peux pas imaginer à quel point il est bon d'avoir enfin quelqu'un qui croit en moi.

Il tendit la main droite, lui présentant sa paume ouverte.

Elle hésita puis elle y posa la sienne.

Il mêla leurs doigts.

— De rien.

Quand il la lâcha, elle sentit son corps ronronner de plaisir du simple fait de l'avoir touché.

— Par ailleurs, poursuivit-il, j'ai quelque chose à te rendre.

Entrouvrant son caban, il glissa la main dans une poche intérieure. Il en tira un SIG-Sauer de 9 mm qu'il lui tendit.

Elle le lui prit avec émotion.

— Mon pistolet. Je craignais de ne jamais le récupérer.

— Il n'est pas chargé. Mais j'ai des munitions au chalet. J'ai vu qu'il était gravé à ton nom et j'imagine qu'il représente quelque chose de particulier pour toi, qu'il n'est pas qu'une arme de service. Même si ton imbécile de supérieur ne t'a pas encore réintégrée, j'estime n'avoir aucune raison de conserver plus longtemps tes affaires personnelles. Pour moi, ce qui s'est passé avec Vale était un accident et rien ne m'interdit de te rendre ton arme.

— Merci, ce SIG compte en effet beaucoup pour moi.

C'était un cadeau de mon père pour mon dix-huitième anniversaire.

— J'ai reçu une paire de chaussettes pour mon dix-huitième anniversaire. Et un baiser de Geneviève Landry, une fille que je rêvais d'embrasser depuis des mois.

Remi se mit à rire.

— Je sais qu'il peut paraître étrange qu'un père offre une arme à sa fille. Mais, après avoir perdu Becca, il avait peur que quelque chose ne m'arrive à mon tour. Il était déjà très malade, il souffrait d'un cancer. Il savait qu'il ne serait bientôt plus là. Alors il a fait la seule chose qu'il pouvait faire.

— Il s'est débrouillé pour te protéger, même de sa tombe. Je pense qu'il t'a fait un merveilleux cadeau.

Elle passa les doigts sur la crosse gravée à son nom.

— Il me manque. Et ma mère aussi. Et ma sœur.

Une larme tomba sur le pistolet. Consternée, elle le posa sur ses genoux pour pouvoir s'essuyer les yeux.

— Excuse-moi. Je ne suis pourtant pas du genre à pleurnicher pour un oui ou pour un non. Mais tout me remue… Cet endroit, ce qui s'y est passé il y a dix ans. Toi… Tout.

Il mêla de nouveau leurs mains.

— Cela fait du bien de pleurer, Remi. Tu as traversé beaucoup d'épreuves. Tu as le droit de craquer, surtout devant moi.

Hochant la tête, elle se tamponna les yeux.

— Au cas où tu ne l'aurais pas remarqué, je ne porte pas le bras en écharpe, poursuivit-il. Ce qui signifie que tu peux t'appuyer sur moi sans craindre de me démettre l'épaule.

Il lui décocha un sourire si sexy que la température grimpa brutalement de dix degrés dans l'habitacle.

Avec un petit rire, Remi se rapprocha de lui autant qu'elle le put. Quand elle posa la tête sur son épaule, elle constata que celle-ci s'y emboîtait parfaitement, comme s'il avait été fait pour elle.

— Je t'enlacerais avec plaisir si l'état de la route le permettait, reprit-il. Mais, avec le verglas, je préfère garder les deux mains sur le volant. Tu devras faire appel à ton imagination hors du commun.

Elle sourit et ferma les paupières.

— Je m'imagine dans tes bras. Je m'y sens très bien.

— Et j'adore te câliner. Alors, chaque fois que tu as besoin d'un peu de tendresse et d'affection, n'hésite pas.

— Tu es un homme formidable, Duncan McKenzie. Tu vas vraiment me manquer quand je m'en irai.

— Et moi qui pensais que tu serais heureuse de te débarrasser de moi.

— C'est tout le contraire.

Au motel, il ne lui fallut pas longtemps pour jeter ses vêtements dans une valise et pour régler sa note. La chambre était propre, le lit confortable mais Remi était plus qu'heureuse de la quitter pour aller s'installer chez Duncan. Elle était contente de vivre quelque temps avec quelqu'un pour changer. Pour la première fois depuis des années, elle se sentait pleine d'espoir, légère. Elle avait l'impression que tout allait bien.

Malgré les difficultés avec son chef qui mettraient peut-être un coup d'arrêt à sa carrière, elle était parvenue à décrypter la logique du tueur et, grâce à ses efforts, de nombreuses personnes s'employaient désormais à faire en sorte que justice soit rendue à plus d'une douzaine de femmes disparues et sans doute assassinées. Si les quelques années qu'elle avait passées au FBI avaient contribué à ce résultat, elle ne regrettait pas d'y avoir travaillé. L'essentiel ayant été atteint, elle se mettrait à la recherche d'un nouvel emploi sans se plaindre.

Les yeux clos, elle se pelotonna contre l'épaule de Duncan qui roulait prudemment vers le chalet. Il faisait nuit noire maintenant. Une douce chaleur régnait dans la jeep, et Remi se sentait particulièrement bien contre Duncan. Il lui offrait exactement ce dont elle avait besoin à cet instant, et elle prit égoïstement ce qu'il donnait, même s'il ne s'agissait que d'une épaule.

Oui, elle avait bien chaud. Elle baignait dans une agréable, merveilleuse, chaleur. Et elle était confortablement installée, très confortablement. Enfonçant la tête dans l'oreiller, elle s'enfouit davantage encore sous les couvertures.

Attends.

Un oreiller ?

Des couvertures ?

Battant des paupières, elle se redressa. Elle n'était pas dans la jeep de Duncan, elle n'était plus blottie contre lui. Elle se trouvait dans un lit. La chambre était plongée dans la pénombre mais une porte donnant sur une pièce voisine, éclairée celle-ci, était entrouverte. Une salle de bains, devina-t-elle à la vue des murs carrelés et d'un lavabo en marbre. Elle reconnut les lieux. La première fois qu'elle était venue dans le chalet de Duncan, il lui avait fait faire le tour du propriétaire. Elle se trouvait dans sa chambre.

Dans son lit.

Son cœur, qui battait la chamade depuis qu'elle s'était réveillée dans un endroit inconnu, s'accéléra encore dans sa poitrine. Le simple fait d'être dans le lit de Duncan déclencha une bouffée de désir au creux de son ventre.

Mais, lui, où était-il ?

Comme elle promenait les yeux autour d'elle, elle remarqua soudain un feuillet posé sur la table de chevet. La pleine lune diffusait une douce lueur dans la pièce mais elle n'était pas suffisante pour lui permettre de lire le mot qu'il lui avait laissé. Remi se souvint alors qu'elle avait glissé son téléphone dans sa poche, un peu plus tôt.

Effectivement, il était toujours là. Elle s'en empara et actionna la touche « Torche » pour prendre connaissance de ce que Duncan avait écrit.

Tu étais tellement épuisée que tu t'es presque évanouie dans la voiture. J'ai compris que tu avais besoin de récupérer alors je ne t'ai pas réveillée. Dors bien. À demain dans la matinée. D.

Il avait également laissé une boîte d'antalgiques sur la table de nuit, ainsi qu'une bouteille d'eau.

Un sourire aux lèvres, elle reposa le feuillet. À bien des égards, Duncan était un homme merveilleux. Par la grande fenêtre de la chambre, elle admira la lune et le ciel étoilé. Il faisait nuit mais elle aurait été incapable de dire quelle heure il était. Son téléphone portable lui apprit qu'il était près de 23 heures. Seigneur, elle avait dormi comme un loir ! Mais Duncan avait raison. Elle en avait besoin. À présent, elle se sentait reposée, en forme, pour la première fois depuis plusieurs jours.

Même son épaule était moins douloureuse. Elle se rétablirait naturellement, sans doute bientôt, et elle n'aurait pas à suivre de séances de rééducation.

Elle se souvint soudain que Duncan avait fait installer un jacuzzi sur sa terrasse, à l'arrière du chalet. L'endroit bénéficiait d'une vue magnifique, spectaculaire, sur les bois environnants et la montagne. À la lumière du jour, le spa lui avait paru tentant. Mais se plonger dans un bain à remous en pleine nuit, avec la lune et les étoiles au-dessus de la tête était sûrement féerique. Et l'action conjointe des jets d'eau chaude et d'air lui masserait en douceur le corps et soulagerait certainement ses douleurs à l'épaule.

Elle jeta un coup d'œil à sa valise posée près de la commode. Comme elle était partie pour un séjour en montagne en plein hiver, elle n'avait évidemment pas emporté de maillot de bain. Bien sûr, si elle avait su qu'elle se retrouverait dans un chalet équipé d'un spa, elle y aurait pensé. Cela dit, elle pouvait aussi se glisser dans le jacuzzi en tenue d'Ève…

Cela ennuierait-il Duncan ? Elle ne voyait pas de rai de lumière sous la porte fermée de la chambre d'amis. Il devait dormir à poings fermés. Si elle veillait à ne pas faire de bruit, à ne pas le réveiller, qu'elle prenne un bain de minuit ne le dérangerait en rien.

Une fois décidée, elle se dirigea vers la salle de bains attenante pour une douche rapide. Puis, enroulée dans une grande serviette blanche, elle enfonça ses pieds dans ses pantoufles et traversa sa chambre jusqu'au couloir qui longeait la maison.

Elle avait laissé son écharpe sur le lit et pris deux antalgiques. De toute façon, elle était certaine que, si elle parvenait à trouver une position confortable dans la baignoire à remous, les jets d'eau chaude auraient un effet magique sur son épaule endolorie. À pas de loup, elle sortit sur la terrasse. L'air glacé de la nuit la fit frissonner. Elle referma sans bruit les baies vitrées derrière elle puis se hâta vers la grande baignoire, installée à quelques pas.

Le couvercle en avait été retiré, elle était pleine et les buses propulsaient des jets d'eau et d'air. Elle hésita. Duncan s'était-il plongé dans le jacuzzi avant de monter se coucher et avait-il oublié de le refermer ? Ou laissait-il le spa fonctionner en continu pendant l'hiver pour garder l'eau chaude ? Remi n'en avait aucune idée.

Elle mit les doigts dans l'eau. Elle était à la température idéale. Parfaite. Remi était impatiente de s'allonger dans les tourbillons bien chauds. Laissant tomber sa serviette, elle enjamba prudemment le bord, veillant à ne pas perdre l'équilibre, et se glissa dans le bain à remous. Elle poussa un gémissement de pur bonheur. L'action des jets d'eau sur son corps endolori était encore plus délicieuse qu'elle ne l'avait imaginé. Elle s'installa confortablement et, une fois calée, elle regarda autour d'elle.

Duncan se tenait à quelques mètres, les yeux écarquillés de surprise. Pieds nus, il ne portait qu'une serviette nouée sur ses reins. Il avait une main sur la baie vitrée coulissante, encore entrouverte, et il tenait dans l'autre une canette de bière.

Le souffle court, Remi s'enfonça plus profondément dans l'eau, croisant les bras sur son torse pour cacher ses seins.

— Je suis désolée, dit-elle. J'ignorais que tu étais ici. Je te croyais endormi et j'espérais que tu ne m'en voudrais pas d'avoir eu envie de me plonger dans un bain à remous.

Il esquissa un demi-sourire qui déclencha une envolée de papillons dans le ventre de Remi.

— Tu as eu raison de venir. Ça ne me dérange pas du tout.

Sa pomme d'Adam montait et descendait dans sa gorge. Très vite, il détourna la tête et promena les yeux sur les montagnes alentour tout en prenant une profonde inspiration. Quand il reporta son attention sur elle, elle comprit à quel point la voir nue le troublait. La serviette ne cachait guère son érection. Pourtant, il la voyait de dos.

Remi sentit ses joues s'embraser mais elle s'obligea à tourner la tête pour le regarder en face.

Il grimaça.

— Désolé. Chaque fois que je pose les yeux sur toi, mon corps réagit. La punition de mon esprit lubrique, je suppose.

— Chaque fois que tu poses les yeux sur moi ? Vraiment ?

Il poussa un gros soupir.

— Oh ! oui. Chaque fois. Et, pour être totalement

sincère, je ne regrette pas d'avoir surgi comme je l'ai fait au moment où tu t'enfonçais dans l'eau. C'est une image que je chérirai jusqu'à mon dernier jour.

Il se mit à rire.

— Bon, je vais te laisser maintenant. J'imagine que l'eau chaude fera du bien à ton épaule et t'aidera à te détendre. À plus tard. Je te verrai demain, dans la matinée.

— Attends.

Duncan, qui commençait à se détourner, s'immobilisa et lui jeta un coup d'œil par-dessus son épaule, les sourcils levés, dans l'expectative.

Cherchant ses mots, elle finit par lui désigner la canette qu'il avait à la main.

— N'as-tu pas une bière à me proposer ?

Il baissa les yeux comme s'il venait de se souvenir qu'il venait d'en prendre une dans le frigo. Il sourit tristement.

— Veux-tu que je te l'apporte ? Ou préfères-tu venir la chercher ?

Elle rougit.

— Eh bien, il me semble délicat de venir la chercher. Je n'ai pas de maillot de bain.

— Oui, dit-il d'une voix rauque, enrouée. Je l'avais remarqué.

Sans tergiverser davantage, il s'approcha lentement du spa avec la grâce d'une panthère, les yeux rivés aux siens. Il s'arrêta tout près de l'endroit où elle était allongée et s'accroupit. Sans détourner la tête, il décapsula la canette.

— Voilà, dit-il en la lui tendant.

S'il baissait le regard sur elle, il la découvrirait dans toute sa nudité. Mais il ne détourna pas les yeux. Il se contenta d'attendre comme s'il la mettait au défi de dévoiler sa poitrine pour s'emparer de la bière.

Gardant son bras blessé sur ses seins, elle tendit la main vers la canette. Lorsque leurs mains se touchèrent, elle eut l'impression d'une décharge électrique. Une vague de désir la traversa. Il dut la sentir, lui aussi, parce que son regard se troubla.

— Merci, murmura-t-elle.

Ses yeux se plantèrent à nouveau dans les siens.

— De rien.

Il la regarda porter la canette à ses lèvres et en avaler une gorgée. De nouveau, sa pomme d'Adam monta et descendit.

À la vue de la lueur qui brillait dans ses prunelles, elle prit sur-le-champ une décision qu'elle n'avait pas anticipée. Elle laissa tomber sa main droite.

Il battit des paupières mais garda les yeux rivés sur son visage, s'ordonnant manifestement de ne pas s'aventurer vers des zones interdites. Malgré la fraîcheur ambiante, elle remarqua une goutte de sueur sur son front.

Elle savoura une autre gorgée avant de poser la canette sur le bord de la baignoire à remous. Mais ensuite, au lieu de replier le bras, elle laissa sa main sur le bord. Elle avait donc les bras ouverts, les seins à la surface de l'eau, et elle n'esquissait pas le moindre geste pour les cacher. Et elle regarda Duncan droit dans les yeux.

Visiblement sur le point de craquer, il balbutia :

— Remi…

Sa voix était rauque, profonde.

Elle lui sourit d'un air innocent.

— Oui ? Tu voulais me dire quelque chose ?

La goutte de sueur roula le long de sa tempe.

Il dut se racler la gorge pour continuer à parler.

— Oui, en fait. À propos de mon dix-huitième anniversaire… Tout à l'heure, je plaisantais au sujet de Genevieve Landry. Cette fille avait intégré l'université un an avant moi, elle me considérait comme un gamin et elle ne m'a jamais rien donné. Et certainement pas un baiser, ajouta-t-il en souriant.

— Alors qu'attends-tu ?

Elle recula dans la baignoire pour lui laisser de la place et, d'un geste, elle l'invita à la rejoindre.

Sans se faire prier, il laissa tomber sa serviette et bondit dans le jacuzzi. Elle eut le temps d'apercevoir très brièvement ses cuisses musclées et… le reste avant qu'il ne saute dans l'eau à côté d'elle. En riant, elle tenta de se protéger du raz-de-marée qu'il provoqua.

Il l'assit entre ses jambes ouvertes et posa ses mains autour de sa taille.

Les seins de Remi étaient à la surface de l'eau, doucement massés par les remous. Elle était si bien qu'elle en oubliait presque son épaule endolorie. En réalité, elle avait oublié tout ce qui n'était pas l'incroyable sensation d'un Duncan McKenzie nu contre ses cuisses, son souffle chaud sur sa nuque et son érection contre ses fesses.

Il n'y avait pas de lampe allumée à proximité mais le clair de lune diffusait assez de lumière pour qu'elle puisse voir les contours des muscles de son cou, de son torse. Il semblait tendu à l'extrême comme s'il était abasourdi de la voir là et essayait de s'interdire d'aller plus loin. Elle décida de lui faciliter la tâche. Parce qu'elle n'avait aucune envie de se retenir, maintenant qu'elle l'avait enfin à portée de main. Elle tenait à aller jusqu'au bout.

Elle s'appuya davantage contre lui, incapable de dissimuler un sourire de triomphe typiquement féminin lorsque les yeux de Duncan se posèrent enfin sur ses seins. Mais, au moment où elle s'apprêtait à réclamer sa bouche pour un baiser torride, il la souleva pour prendre l'un de ses mamelons dans sa bouche.

Le plaisir qu'il lui donna avec cette caresse lui coupa le souffle, et elle enfonça les ongles dans les épaules de Duncan. Il ne sembla pas le remarquer. Au contraire, son érection parut plus forte encore tandis qu'il tétait, mordillait et suçotait la pointe de ses seins, l'une après l'autre. Une puissante jouissance la traversa. Dieu, il savait y faire. Il devait être un merveilleux amant, et elle s'humecta les lèvres, anticipant la suite. De toute façon, elle aurait apprécié tout ce qu'il voulait lui faire parce qu'avec un homme comme Duncan elle aimait tout.

Alors qu'il l'embrassait, la caressait et l'entraînait vers le ciel, elle prit conscience qu'elle était enfin là où elle rêvait d'être. Pourtant, elle se savait incapable de s'installer dans la région où la tragédie l'avait frappée, là où sa sœur avait été enlevée et sans doute tuée. Par ailleurs, Remi était certaine que Duncan ne quitterait jamais ces montagnes où vivait sa famille. Elle comprit qu'ils ne partageraient donc qu'une nuit d'amour. Il n'y avait aucun avenir pour eux deux. Elle ne connaissait Duncan que depuis peu et, pourtant, ses sentiments pour lui étaient déjà si forts que, le jour où elle devrait lui dire au revoir, elle en aurait le cœur brisé.

Il se recula et, fronçant les sourcils, il prit son visage entre les mains :

— Déjà des regrets ? demanda-t-il. Si tu n'as pas envie d'aller plus loin, si tu veux tout arrêter, tu n'as qu'un mot à dire.

À son expression à la fois grave et sincère, elle se dit que si elle le priait de battre en retraite, de la laisser tranquille, il en mourrait. Mais prendre conscience qu'il respecterait son choix, qu'il n'insisterait pas si elle le repoussait, suffit à raviver le désir de Remi. Duncan était vraiment un homme bien, à la fois merveilleux, intelligent, sexy, attentionné et respectueux. Elle n'en revenait pas d'être si vite tombée amoureuse de lui mais elle était déjà folle de cet homme hors du commun, elle n'aurait pu le nier. Puisque cette nuit serait tout ce qu'elle partagerait avec lui, elle tenait à en profiter.

— Aucun regret.

Elle l'embrassa à pleine bouche avant de lui murmurer à l'oreille :

— Je prends la pilule pour réguler mes cycles. Et je suis saine. Et toi ?

— Moi aussi.

Ils se sourirent, complices.

— Ça va être si bon !

Il se redressa pour changer de place dans le spa. Il lui fit face avant de se pencher vers elle, la poussant doucement pour l'inciter à s'allonger.

Elle le saisit par les épaules.

— Que fais-tu ?

Il lui lança un clin d'œil.

— Tu vas voir. Je suis sûr que tu vas adorer…

Et sur ces mots sibyllins, il disparut sous l'eau.

Lorsqu'il glissa la tête entre ses cuisses, elle se demanda à quoi il jouait. Mais quand, plaquant sa bouche sur le sexe de Remi, il caressa sa grotte secrète du bout de sa langue, elle crut mourir de plaisir. Un long frisson la parcourut et elle s'arqua, les yeux clos. De toute sa vie, elle n'avait jamais vécu d'expérience plus érotique. Une jouissance énorme s'empara de son ventre et, soulevée par un puissant orgasme, Remi cria dans la nuit.

Duncan sortit de l'eau pour respirer. Des gouttelettes roulaient en cascade sur son torse doré. Ses yeux étaient si sombres qu'ils en devenaient presque noirs.

S'allongeant sur elle, il reprit l'un de ses mamelons entre ses lèvres.

Elle poussa un long gémissement.

— Duncan…

Elle plongea les mains sous l'eau, le saisit par les hanches pour l'attirer jusqu'à elle. Elle le désirait si fort qu'elle en tremblait. Elle avait envie de le sentir en elle, de ne faire plus qu'un avec lui. Mais elle voulait aussi le prendre dans sa bouche pour lui donner à son tour le plaisir fou qu'elle venait de vivre.

— Duncan…

Elle ne parvenait pas à en dire davantage. Tendue comme un arc, elle rêvait de l'accueillir au creux de son ventre.

Il le comprit et il l'embrassa dans le cou tandis qu'elle le caressait au milieu des remous. D'un mouvement souple, il se glissa entre ses jambes. Plantant les yeux dans les siens, il la regarda profondément. Puis, d'un coup de reins, il la pénétra.

Avec un gémissement, Remi noua les bras autour de son cou et elle se pressa contre lui, le suppliant des yeux de continuer, de ne surtout pas s'arrêter. Il lui murmura des mots d'amour à l'oreille et il se mit à bouger entre ses cuisses. Il se maîtrisait, s'ordonnant manifestement d'aller et venir doucement, tout doucement, comme s'il craignait de la blesser.

Mais Remi brûlait de désir, à présent. Elle n'avait pas envie de douceur. Elle voulait qu'il la prenne fort, sauvagement. Elle avait faim de tout de lui. Et elle avait besoin qu'il apaise cette faim, maintenant, tout de suite.

Elle avait oublié son épaule blessée. Accrochée à celles de Duncan, elle souleva les jambes pour qu'il s'enfonce plus profondément en elle. Tout son corps frissonnait de désir.

Comme si une corde s'était cassée et qu'il ne cherchait plus à se retenir, Duncan reprit son va-et-vient mais, cette fois, il ne craignait plus de lui faire mal. L'eau les éclaboussait, débordait de la baignoire, et ils s'en moquaient. Des larmes de plaisir et de joie coulaient sur le visage de Remi. Un bonheur pur l'envahissait. Elle était en train de faire l'amour avec Duncan, l'homme dont elle était tombée folle amoureuse, et elle voulait chérir ce moment de plaisir partagé, devinant qu'il la marquerait à jamais.

Ils se chevauchaient, galopant vers l'extase, mêlant leurs corps, leurs cœurs, leurs âmes. Bientôt, le monde extérieur disparut. Comme s'il n'avait jamais existé. Il n'y avait plus qu'eux deux, l'amour qu'ils ressentaient l'un pour l'autre et le plaisir qu'ils se donnaient.

Remi jouit la première avec une intensité qui la laissa sans voix. Quelques instants plus tard, Duncan toucha le ciel à son tour. Il s'effondra à côté d'elle et l'attira à lui, ses mains s'enroulant autour de sa taille.

Tous deux respiraient difficilement, et leurs souffles se muaient en fumée blanche dans l'air glacé. Mais Remi n'avait pas froid. Comblée, alanguie, elle se blottit contre lui.

Elle posa la joue sur son torse, et tous deux redescendirent doucement sur terre. Elle se sentait merveilleusement bien comme si elle prenait conscience que, de toute éternité, sa place était là, dans les bras de Duncan.

Peu à peu, le monde extérieur reprit vie. Un oiseau nocturne hulula au fond des bois. Une brise légère bruissait dans les branches des arbres. L'eau continuait à bouillonner autour d'eux.

— Je pourrais rester ici, dans tes bras, jusqu'à la fin de mes jours, murmura-t-elle. Ton torse serait mon oreiller, Duncan.

Il se mit à rire et repoussa ses cheveux mouillés de son visage.

— Je serais heureux d'être ton oreiller chaque fois que tu en auras envie.

Il lui massa doucement le dos avant de demander :

— Comment va ton épaule ?

Elle recula avec une grimace.

— Pendant que nous faisions l'amour, je ne la sentais plus, je l'avais oubliée. Mais, maintenant, je déguste...

Aussitôt, la culpabilité apparut sur le visage de Duncan.

— Je n'aurais pas dû te...

— Oh ! si, tu aurais dû et tu as bien fait, crois-moi.

Tant pis pour la douleur. Je ne regrette rien. Cela en valait la peine.

Il sourit. Puis il l'embrassa à pleine bouche et, de nouveau, elle sentit son corps viril se tendre sous l'eau contre le sien. Quand il s'écarta, elle vit le désir crisper ses traits, assombrir ses yeux.

— Tu plaisantes, dit-elle en riant. Je me sens toute molle ici. Et toi, tu es déjà, ah…

— Tu es adorable quand tu rougis, dit-il.

— Je suis partante pour un deuxième round mais je te propose de sortir de cette baignoire avant que l'eau ne nous transforme en pruneaux. Retournons à l'intérieur.

— Seulement si tu partages mon lit.

— Bien sûr.

— Je vais t'aider à t'extirper de ce jacuzzi.

— Je suis capable de me débrouiller seule, ne t'inquiète pas.

Sans l'écouter, il la prit dans ses bras et la souleva.

Il sortit du spa comme un Titan émergeant de la mer. L'eau ruisselait de ses cheveux en cascade tandis qu'il enjambait sans effort le bord du baquet, pressant Remi contre lui. Sans se soucier des traînées d'eau qu'il laissait dans son sillage, il la porta jusqu'à sa chambre.

13

Remi repoussa son assiette de pancakes.

— Je vais exploser, Duncan. Ta cuisine est une drogue dure. J'y suis déjà complètement accro. Mais je n'arriverais plus à passer par la porte si je mangeais tout ce que tu m'as préparé. Tu es bien irlandais, non ?

Duncan, qui débarrassait la table et emportait leurs assiettes dans l'évier, s'interrompit pour lui répondre.

— En effet, je le suis. Du moins, mes quatre grands-parents ont des origines irlandaises. Quel rapport avec le fait que tu ne te nourris pas assez ?

Elle leva les yeux au ciel.

— Pour mon petit déjeuner, tu m'as servi du bacon, des saucisses, des pommes de terre, des œufs et des pancakes. Voilà pourquoi j'ai d'abord pensé que tu étais italien. Une vieille tradition italienne oblige les gens à servir sept plats par repas à leurs hôtes à ce que j'ai entendu dire.

À la vue du sourire sexy de Duncan, elle sentit son cœur s'accélérer dans sa poitrine.

— Je ne connais pas grand-chose aux traditions culinaires italiennes mais, un de ces jours, je te confectionnerai des mince pies, des petites tartes fourrées de confitures maison et saupoudrées de sucre glace. Une spécialité irlandaise. C'est un délice ! Presque aussi bon que faire l'amour.

Incapable de s'en empêcher, elle éclata de rire.

— Tu es incorrigible. Tu me sembles tellement obsédé que j'ai du mal à croire que ce ne soit pas toi le mouton noir de la famille.

— Je n'ai jamais dit que je n'avais causé aucun problème à mes parents.

Avec un clin d'œil, il empila la vaisselle dans l'évier.

Remi réprima un soupir. Déjà très porté sur le sexe, Duncan n'avait pas besoin de savoir qu'elle aussi mourait d'envie de faire l'amour. S'il le devinait, il l'emmènerait aussitôt dans sa chambre et ils passeraient encore une heure dans les bras l'un de l'autre. Non qu'elle ne soit pas tentée de le suivre sur ces chemins de traverse. Duncan était un merveilleux amant. Il savait et il aimait donner du plaisir à une femme, et elle adorait s'abandonner à ses caresses. Mais il était temps de se remettre au travail. Le soleil était levé. Une nouvelle journée commençait. Et ils avaient un tueur en série à capturer avant qu'une autre femme ne meure.

Il lui lança d'un ton moqueur :

— À voir ta tête, on jurerait que tu essaies de régler tous les problèmes du monde.

Elle s'empara de l'un des dossiers qu'ils avaient mis de côté pour prendre leur petit déjeuner.

— Nous réglerons les problèmes du monde plus tard. Dans l'immédiat, nous devons voir si quelque chose d'autre nous aurait échappé dans cette affaire, quelque chose qui pourrait aider Lee et les rangers à retrouver Sheryl Foster et son ravisseur.

Le gros soupir de Duncan lui prouva que cette enquête lui tenait autant à cœur qu'à elle, si ce n'est plus. Et il s'y consacrait corps et âme. Voilà pourquoi il l'avait pratiquement poussée hors du lit le matin, lui expliquant qu'une longue journée de travail les attendait et qu'ils ne devaient pas traîner sous la couette. En tout cas, ils mèneraient leurs investigations sans quitter le chalet, car Lee ne voulait toujours pas qu'elle s'approche du parc.

Vers midi, ils s'octroyèrent une pause. Ils se sentaient comme des zombies, épuisés par le manque de sommeil et frustrés de n'avoir rien trouvé qui les aurait mis sur une nouvelle piste.

— Je ne comprends pas, dit Duncan en repoussant une pile de chemises cartonnées.

— Que ne comprends-tu pas ?

Il agita la main pour englober tous les dossiers et papiers sur la table.

— La logistique du ravisseur. Comment parvient-il à enlever ces femmes et à les faire disparaître si vite et si complètement ? Comment, après avoir échappé à la police, a-t-il réussi à faire resurgir des ossements d'un précédent assassinat, le tout au nez et à la barbe des nombreux rangers affectés à cette enquête ?

— Peut-être a-t-il une voiture cachée quelque part et connaît-il un moyen de quitter le parc sans se faire voir. Peut-être a-t-il repéré une entrée oubliée. Il enlève sa proie, il l'entraîne sous la menace d'une arme jusqu'à son véhicule. Il la ligote et il l'enferme dans son coffre et, quand les rangers apprennent qu'une femme a disparu et se lancent à sa recherche, le ravisseur et sa victime sont déjà loin.

— Les rapts ont toujours lieu en février, en plein hiver. Il y a donc beaucoup de neige sur le sol. En faisant très attention, il pourrait s'arranger pour ne marcher que sous de grands arbres ou sur des rochers afin de ne pas laisser trop d'empreintes, trop de traces de son passage. Mais il en laisse forcément quelques-unes. Et comment obligerait-il sa victime à marcher avec autant de prudence que lui ? Logiquement, nous aurions dû trouver beaucoup plus d'empreintes de pas.

— Peut-être drogue-t-il ses victimes, ou les assomme-t-il avant de les porter jusqu'à son véhicule ?

— Sur une très courte distance, cette solution serait envisageable, bien sûr. Mais porter une femme sur des pentes enneigées et verglacées se révélerait vite difficile. Et ses empreintes de pas deviendraient alors plus profondes. Il lui serait presque impossible de les dissimuler.

Il secoua la tête.

— Il y a forcément une autre façon d'expliquer comment il réussit à sortir ses victimes de l'endroit où il les a enlevées sans laisser de trace.

Remi hocha la tête, se remémorant les pas de Vale crissant sur le sol gelé alors qu'il marchait derrière elle.

— Je ne sais pas. Peut-être qu'après avoir endormi ou assommé sa proie il la jette sur son épaule et descend avec elle la falaise en rappel avant de s'enfuir. Cela expliquerait l'absence d'empreintes de pas. Mais j'ignore si c'est faisable.

Duncan la regarda si longtemps qu'elle finit par baisser les yeux pour vérifier qu'elle n'avait pas mal boutonné son chemisier ou quelque chose du même genre. Mais non, elle était correctement habillée.

— Tu as peut-être mis le doigt sur quelque chose, dit-il lentement comme s'il réfléchissait à toutes les implications de ce qu'elle venait de dire. Oui, ça pourrait expliquer cette bizarrerie.

— Penses-tu qu'il soit descendu au fond du ravin en rappel ?

— Non. En tout cas, pour faire disparaître Mme Foster, il s'y est pris autrement. C'est évident. Son mari et ses enfants n'étaient pas loin. Même si le tueur avait préparé son coup et mis son équipement en place avant de l'attaquer pour pouvoir partir avec elle aussitôt après l'avoir assommée, les boucles des harnais sont bruyantes. Il lui aurait été impossible de la ligoter, de la hisser sur son dos et de la descendre en rappel avec tout son attirail d'escalade sans faire de bruit. Sa famille l'aurait entendu. Et, accessoirement, l'entreprise n'aurait pas été simple du tout.

— D'accord mais pourquoi avoir dit alors que j'avais peut-être mis le doigt sur quelque chose ?

— Parce que c'est vrai. Au cours de ta formation, tu as appris à inspecter une pièce pour t'assurer qu'elle ne comportait plus de danger. Quelle est la première règle à suivre pour atteindre cet objectif ?

— Regarder partout. D'un côté à l'autre de la pièce, en bas et en haut.

— Exactement. Jusqu'ici, nous avons oublié une dimension. Nous n'avons pas pensé à vérifier qu'il n'y avait rien sous nos pieds, à fouiller l'intérieur de la montagne.

— L'intérieur de la montagne ? répéta Remi en fronçant les sourcils. Que veux-tu dire ? Des grottes, par exemple ? Des souterrains ?

— Il y en a partout dans le parc. À ma connaissance, aucun ne débouche sur la section du sentier où les empreintes de Sheryl Foster se sont arrêtées. Mais il est très probable que, au fil des siècles, l'érosion ait creusé dans la roche des cavités naturelles sous ce chemin ou à proximité. Et qu'il y ait des accès qui permettent d'atteindre ces tunnels rapidement et facilement.

Remi acquiesça.

— Je n'y aurais jamais pensé. Mais c'est tout à fait logique.

Il sortit son téléphone.

— Je vais appeler Lee pour lui demander d'envoyer des hommes à l'endroit où Sheryl a été vue pour la dernière fois et de fouiller les alentours pour chercher l'entrée d'une caverne, d'un souterrain. Sans doute devraient-ils descendre eux-mêmes en rappel en fonction de la configuration du terrain. À partir de là, peut-être découvriront-ils comment le ravisseur réussit ses tours de passe-passe.

Il composa le numéro de son chef.

14

Peu de temps après le déjeuner, Lee rappela Duncan. Le visage de Duncan alors qu'il écoutait son chef arborait une expression d'effervescence et d'inquiétude mêlées. Frustrée de ne pouvoir entendre ce qu'il lui disait, Remi désigna son oreille pour le lui faire comprendre.

Duncan sourit.

— Un instant, Lee. Si vous en êtes d'accord, je vais vous mettre en haut-parleur pour que Remi puisse écouter notre échange.

Il pressa une touche puis posa son téléphone portable sur la table.

— Allez-y. Vous disiez que les rangers avaient découvert quelque chose.

— Une trappe, près de la corniche, dissimulée dans des fourrés, à l'endroit même où tu avais remarqué des empreintes de pas. Une bonne épaisseur de terre la recouvrait et un buisson avait poussé dessus, la rendant presque invisible. Après avoir descendu la montagne en rappel pour la remonter d'en bas, l'équipe a fini par repérer sous la corniche une cavité qui donnait accès à un tunnel naturel creusé dans la roche. Mes gars ont cherché une sortie de ce souterrain près du sentier et ils ont trouvé la trappe. Elle est lourde, difficile à soulever mais, grâce à un ingénieux processus basé sur un système hydraulique, elle s'ouvre assez pour permettre à quelqu'un de s'y faufiler ou d'y glisser un cadavre.

La caverne est suffisamment profonde pour pouvoir y rester caché plusieurs jours, pour y dissimuler une ou deux personnes et pour permettre à un tueur en série de faire tout ce que les tueurs en série font à leurs victimes.

Les poings serrés, Remi inspira profondément plusieurs fois dans l'espoir de se calmer. Malgré tous ses efforts, il lui était impossible de ne pas penser à sa sœur. Elle ne pouvait s'empêcher de se demander si Becca avait été enfermée dans cette grotte, si ses appels au secours avaient été étouffés par l'épaisseur des roches abritant cette cavité. Que lui avait fait subir son ravisseur ?

Les yeux de Duncan étaient rivés sur elle comme s'il essayait de lui transmettre sa propre force.

Mais Lee poursuivait.

— Nous envoyons un expert examiner en détail le fonctionnement de cette trappe. Selon toute vraisemblance, elle s'ouvre et se ferme via un téléphone portable.

— Qu'avez-vous trouvé à l'intérieur ? s'enquit Duncan.

— Le corps de Sheryl Foster. D'après le légiste, elle a été tuée dans l'heure qui a suivi sa disparition. Elle était déjà morte lorsque nous avons débuté les recherches.

Le cœur de Remi se serra. Luttant contre les larmes qui brûlaient ses paupières, elle formula une prière silencieuse pour la famille de Sheryl Foster.

— Nous avons également découvert les preuves qu'un autre cadavre avait séjourné dans ce souterrain, poursuivit Lee. Le légiste pense qu'il s'agissait de la personne dont nous avons trouvé les ossements hier, à en juger par les échantillons de sol aux deux endroits. Il faudra bien sûr effectuer des analyses en laboratoire pour confirmer ces hypothèses.

Remi avait du mal à respirer mais Lee continuait :

— Nous avons contacté les autres parcs dans lesquels des femmes avaient disparu pour leur demander de rechercher des grottes, des souterrains et des trappes à proximité des endroits où les malheureuses ont été vues pour la dernière fois, au cas où le tueur aurait utilisé le même mode opératoire à chaque fois.

À la fin de l'échange téléphonique, Remi expliqua à Duncan qu'elle avait besoin d'être seule un petit moment et elle se rendit dans la chambre. Elle s'assit sur le lit, serrant un oreiller contre elle, et elle s'efforça de se recentrer. Elle tenait à retrouver le corps de Becca, à l'enterrer, à lui offrir une véritable sépulture afin qu'elle repose en paix. Et elle n'en pouvait plus de passer sans cesse de l'espoir au découragement. Au cours de ces derniers jours, elle avait d'abord cru que le cadavre de sa sœur avait été découvert, avant de comprendre qu'il ne s'agissait pas de sa jumelle. Elle n'était pas certaine de pouvoir en supporter davantage.

Elle chercha son téléphone portable pour regarder quelques photos de Becca et se rappeler les bons moments qu'elles avaient passés ensemble, espérant que ces images l'aideraient à tenir, à lui redonner le moral. Mais son appareil n'était pas à côté du lit, branché sur son chargeur, parce qu'elle n'était pas dans sa chambre de motel ou chez elle. Duncan l'avait portée jusqu'ici, la veille au soir, alors qu'elle dormait et, ce matin, elle n'avait pas pensé à recharger son téléphone. La batterie devait être à plat.

Alors, au lieu de se replonger dans les souvenirs de sa jumelle, elle songea à Duncan. Il était pour elle un véritable roc au milieu de la tempête. Rien ne semblait le déstabiliser. En ce moment, il était dans le salon, plongé dans le dossier des disparitions, un dossier sur lequel elle était, elle aussi, censée travailler. Il fallait qu'elle s'y remette au plus vite, avant que l'assassin ne s'en prenne à quelqu'un d'autre, à une brune, pour parfaire son rituel macabre. Pleurnicher sur son triste sort ou sur celui de sa sœur n'aiderait personne. Jetant l'oreiller de côté, Remi partit rejoindre Duncan.

Elle le trouva dans le salon, faisant les cent pas devant les immenses baies vitrées, son téléphone portable collé à l'oreille. Il avait des papiers à la main auxquels il ne cessait de se référer pendant qu'il parlait mais elle ne parvenait pas à comprendre ce qu'il disait. D'autres feuillets jonchaient le sol. Il devenait aussi désordonné qu'elle.

Comme elle s'asseyait sur le canapé, il se tourna vers elle en souriant et lui fit comprendre par signes qu'il n'en avait plus pour longtemps.

Après avoir raccroché, il s'approcha d'elle, la dévisageant avec inquiétude.

— Tu tiens le coup ?

— Oui, ne t'en fais pas. J'avais seulement besoin d'un petit moment pour encaisser la nouvelle. J'avais vraiment espéré retrouver Mme Foster vivante.

— Moi aussi.

Elle désigna d'un geste les feuilles éparpillées aux quatre coins de la pièce.

— Mets-moi au courant des avancées de l'enquête. Il nous faut absolument capturer ce fumier.

Se penchant vers elle, il prit son visage entre ses mains.

— Tu es une femme extraordinaire, Remi Jordan.

Il lui donna un petit baiser puis recula avant qu'elle ne puisse réagir. Une brusque envie de le suivre, de s'asseoir sur ses genoux, de se blottir contre lui comme un chat et de ne jamais le laisser s'éloigner la traversa. Choquée par la tournure de ses pensées, elle s'interdit de l'approcher. Comment osait-elle désirer cet homme dans un tel contexte ? Surtout, elle se rendit compte que, si elle ne se ressaisissait pas très vite, elle allait tomber, amoureuse de cet homme merveilleux. Et cet amour ne la mènerait nulle part, elle le savait bien.

— C'était Jensen au téléphone. Il est convaincu

que Becca a été la première victime du tueur. Ce qui change tout.

Abasourdie, Remi se pétrifia. Elle avait suffisamment étudié le profilage et les tueurs en série, dans l'espoir de rejoindre un jour le département des Sciences comportementales, pour mesurer la portée de cette avancée.

— Les premières victimes ciblées par un tueur en série sont souvent des personnes qu'il connaissait.

— Nous devons donc lister tous les hommes que Becca fréquentait, conclurent-ils en même temps.

— Parle-moi de ta sœur. Dis-moi tout.

— « Tout » prendrait trop de temps.

— Focalise-toi sur sa dernière année au lycée, sur sa terminale. Tu as déjà fait allusion à Hendricks et à Weber, et le département des Sciences comportementales enquête à leur sujet. Mais dis-m'en davantage. Qui étaient ses amis ? Avait-elle des ennemis ? Raconte-moi tout ce qui te vient à l'esprit. Ne te contente pas de faits mais donne-moi tes impressions, tes idées, tout ce qui te passe par la tête. Pense aux gens avec lesquels elle était en contact, même s'ils ne faisaient pas partie de son entourage immédiat, de son cercle d'amis. Il s'agit peut-être d'un garçon qui lui en voulait parce qu'elle avait repoussé ses avances, par exemple. Aucune piste ne doit être négligée.

Le processus fut lent à démarrer. Faire remonter à la surface des souvenirs enfouis depuis plus dix ans n'était pas simple. Mais, sur l'insistance de Duncan, Remi ferma les yeux et s'efforça de se replonger à l'époque du lycée. De tout. Duncan l'y aida en l'incitant à se remémorer les odeurs… de sueur dans les vestiaires du cours de gym, des pizzas et des hot-dogs à la cafétéria, des roses dans le jardin de sa mère… De tout ce qui était susceptible de la remettre dans l'ambiance d'alors. Et, bientôt, elle revit le ravissant visage de sa sœur à l'adolescence.

Son ordinateur sur les genoux, Duncan pianotait sur le clavier tandis qu'elle parlait.

À présent, des dizaines d'anecdotes qu'elle avait oubliées affluaient à la mémoire de Remi. Elle riait et pleurait en les lui racontant. Duncan, qui avait été si gentil et tendre avec elle, ces derniers jours, se montrait maintenant dur, impitoyable, la poussant à creuser davantage, exigeant des réponses, des noms. Et cela fonctionnait. Tout lui revenait et plus facilement qu'elle ne l'aurait imaginé.

Finalement, Duncan se détendit et il lui apporta une bouteille d'eau. Il s'installa en face d'elle et lui résuma les faits importants, ceux qu'il jugeait pertinents, ainsi que la liste des suspects potentiels qu'il avait dressée en s'appuyant sur ses dires.

La longueur de cette liste la glaça.

— Il est vraiment effrayant de penser au nombre de types qui avaient envie de lui faire du mal, dit-elle.

— La plupart d'entre eux ne lui en auraient jamais fait, j'en suis sûr. Mais chacun d'eux avait une raison de lui en vouloir, de se sentir rejeté, de s'estimer injustement traité. Nous devons tous les examiner. D'après les empreintes de pas que j'ai découvertes sur la crête, le tueur est probablement très grand. Te souviens-tu si certains des garçons embarqués dans ce voyage de fin d'études étaient d'une taille au-dessus de la moyenne ? Certes, bon nombre d'adolescents continuent de grandir après le lycée. Mais y en a-t-il qui te viennent à l'esprit ?

— Oui, je pense à cinq, peut-être six, camarades qui correspondraient.

— Hendricks et Weber font-ils partie du lot ? Depuis le départ, tu les as désignés comme suspects.

— C'est vrai et, oui, tous les deux étaient très grands

— L'autre jour, tu disais que Billy Hendricks avait, lui, un alibi.

— Cette nuit-là, il était avec une autre fille, Felicia Reynolds.

— Es-tu sûre qu'il était vraiment avec elle ? As-tu interrogé cette Felicia ?

— Euh, non. Pas moi. Mais, à l'époque, la police avait vérifié son alibi. La transcription de l'interrogatoire figure dans les rapports.

— Parle-moi de l'autre suspect, du dénommé Weber. Le beau gosse du lycée, si j'ai bien compris.

— Toutes les filles étaient amoureuses de lui, y compris moi. Mais il avait une petite amie. Autant que je sache, il lui était fidèle, il n'essayait pas de nouer une relation avec une autre, en parallèle. Et, comme je te l'ai dit, s'il avait été tenté de le faire, Becca ne l'aurait jamais accepté. Ma sœur était féministe dans l'âme. Séduire le copain d'une autre n'était pas son genre.

Elle secoua la tête.

— Malheureusement, je ne vois personne d'autre qui aurait pu lui donner un rendez-vous au cœur de la nuit. Cela dit, Becca était très sociable, elle se liait facilement. Elle était surtout dans cette phase de vie, l'adolescence, où garçons et filles découvrent le sexe opposé et en deviennent fous. Il est possible que quelqu'un d'autre lui ait tapé dans l'œil lors de ce voyage. Mais qui ? Tout est là. Par la suite, j'y ai beaucoup réfléchi et je finissais par considérer tous nos camarades masculins comme suspects mais cela ne m'a menée nulle part. À mon avis, cela ne sert à rien.

— Cela peut pourtant se révéler utile.

Il s'empara du dossier des affaires non élucidées que Papy avait compilées. Après l'avoir feuilleté, il en tira un papier qu'il lui tendit.

— Voici la liste de tous les lycéens qui faisaient partie du voyage. Même si tu l'as déjà vue cent fois, jettes-y un nouveau coup d'œil. Si tu avais été Becca, qui aurais-tu eu envie de rejoindre en pleine nuit ?

Avec un soupir, Remi examina la liste et s'empara d'un stylo. Procédant par élimination, elle commença par barrer les noms des garçons que sa sœur n'aimait pas du tout puis de deux autres qui avaient une petite amie à l'époque.

— Il reste trois garçons, dont Billy. Mais je sais que la police et les enquêteurs de l'époque les ont longuement interrogés. Je ne pense pas que nous ayons grand-chose à espérer de ce côté-là.

— Peut-être, peut-être pas.

Il tapota l'épaisse chemise cartonnée.

— Il n'y a aucune photo là-dedans. C'est dommage, cela aurait pu nous aider. Et j'imagine que tu n'as pas glissé l'annuaire de ton lycée dans ta valise…

— Je l'ai oublié chez moi. Cet annuaire m'est totalement sorti de l'esprit. Alors que, d'habitude, je pense toujours à l'emporter. Quelle idiote je fais ! ajouta-t-elle avec une grimace.

Les doigts de Duncan volèrent sur le clavier. Un instant plus tard, il trouva le site web de son ancien lycée et se rapprocha de Remi pour l'examiner avec elle. Malheureusement, il ne contenait pas de photos d'archives mais uniquement les portraits des lycéens de l'année scolaire en cours.

Duncan lança alors une recherche sur Internet sur Billy Hendricks. Mais ce prénom comme ce patronyme étaient très communs. Ils obtinrent trop de possibilités pour qu'elles soient utiles. Remi s'en était rendu compte lorsqu'elle avait mené des investigations de son côté.

— Pourquoi ne pas jeter un œil sur ces sites web qui permettent aux gens de reconstituer leurs arbres généalogiques ? proposa-t-il. Quelqu'un a peut-être posté dans le sien des photos des membres de sa famille ou des événements passés les concernant qui pourraient nous aider.

— Je n'y aurais jamais pensé, reconnut-elle.

Duncan trouva plusieurs sites de ce genre et il sortit sa carte de crédit pour consulter le plus prisé par les internautes.

— Rappelle-moi d'annuler mon abonnement par la suite. Il coûte une fortune.

Elle sourit et tous deux surfèrent un long moment sur le site, après y avoir enregistré les trois noms qu'ils avaient repérés. Mais ils ne découvrirent rien d'utile. Billy ne figurait sur aucun des arbres. Et ce qu'ils virent concernant les deux autres ne leur donna pas d'éléments qui leur auraient permis de les exclure de la liste des suspects ou de les y placer au premier rang.

Duncan posa l'ordinateur de côté.

— Parle-moi de Billy. Tu disais que Becca se moquait de lui parce qu'elle lui plaisait beaucoup mais qu'elle ne partageait pas ses sentiments ?

Remi eut l'impression d'avoir été déloyale envers sa sœur qui n'était plus là pour justifier son comportement d'alors. Mais, devinant que raconter les faits sans rien omettre les aiderait peut-être à avancer, elle hocha la tête.

— Becca était un peu… irresponsable. Pour elle, tout était matière à s'amuser. Elle ne mesurait pas toujours les conséquences de ses actes. Physiquement, Billy était assez mignon mais il avait un petit côté plouc. Il était la risée des autres parce qu'il s'habillait mal et qu'il ne connaissait pas les codes, la façon de se conduire avec ses pairs… Tu vois le genre. Les adolescents sont souvent impitoyables entre eux. Bref, voilà pourquoi elle le snobait quand ils étaient au lycée. Avec ses copines, elle tournait en dérision ses expressions ou ses T-shirts. Elle avait la dent dure. Mais, hors de l'école, il lui arrivait d'accepter de sortir avec lui, d'aller au cinéma ou de le retrouver pour prendre un verre. Cependant, elle se serait sentie déshonorée de s'afficher en public avec lui.

— En se comportant ainsi, elle froissait l'ego certainement fragile de ce jeune homme.

En voyant Remi froncer les sourcils, il leva les mains.

— Je ne suis pas en train de dire du mal de ta sœur. Elle se comportait comme beaucoup de filles de dix-sept ans. Mais, si Billy avait des tendances psychopathes, l'attitude de Becca a pu être un élément déclencheur. Nous devons nous intéresser à lui, au moins pour l'écarter de la liste des suspects. Et vérifier son alibi. Avant toute chose, il nous faut interroger cette Felicia Reynolds.

Grâce au FBI, ils obtinrent le numéro de Felicia Reynolds – désormais Felicia Swanson – dans les dix minutes. Duncan l'appela. Son visage était sombre lorsqu'il raccrocha.

— Elle a menti. Billy n'a pas passé toute la nuit avec elle. Il l'a rejointe vers minuit. Or, ta sœur a quitté votre tente vers 22 heures.

Ces révélations bouleversèrent Remi.

— Pourquoi a-t-elle menti ? Ne comprenait-elle pas la gravité de la situation ? Ma sœur avait disparu.

— Elle était de bonne foi, elle n'imaginait pas Billy enlever ou tuer qui que ce soit. Elle l'aimait bien. En mentant, elle n'avait pas conscience de commettre une erreur. Au contraire, elle était persuadée qu'elle évitait ainsi aux enquêteurs de perdre leur temps en s'intéressant à quelqu'un qui n'avait rien à voir avec la disparition de Becca. Et elle m'a juré qu'elle était sûre et certaine que Billy n'aurait jamais fait de mal à ta sœur.

Remi serra les poings.

— Je ne peux pas croire qu'elle ait été aussi stupide. Les tueurs n'ont pas forcément des mines patibulaires. Ted Bundy était très séduisant, cultivé, charmant. Il a pourtant assassiné des dizaines de femmes.

— Efforçons-nous de nous reconcentrer. Billy n'est peut-être pas notre tueur. Y a-t-il des photos de ce voyage de fin d'études auxquelles tu pourrais accéder via mon ordinateur portable ? J'aimerais voir le visage de ce Billy ainsi que ceux des autres garçons qui étaient du voyage.

Remi commença à secouer la tête mais elle s'interrompit.

— Attends. Il y a le site de Becca. Après sa disparition, mon père avait créé un site web pour informer les gens de son enlèvement, les inciter à la rechercher et à signaler tout ce qui pourrait aider à la retrouver. J'y jette encore un œil une fois par an, lorsque l'abonnement arrive à échéance. Chaque fois, je me dis que je perds mon temps, que je devrais fermer le site. Mais je repense alors à mon père et, par fidélité à sa mémoire, je paie pour le maintenir en activité. Il contient beaucoup de photos de ses amis, de l'école et probablement de nos compagnons de voyage. Mon père encourageait les gens à poster des commentaires, des conseils, tout ce qui leur semblait potentiellement utile à l'enquête et susceptible de nous mettre sur une piste.

Elle lui donna l'adresse du site web.

Duncan s'y rendit et il passa rapidement en revue les différentes personnes qui partageaient la vie de Becca, à cette époque. Il parcourait des yeux plusieurs photos prises quand elles étaient au lycée lorsqu'il s'arrêta brusquement et revint en arrière.

— C'est ta sœur et toi là, non ?

Remi sourit.

— Oui. Nous étions alors en seconde. Becca s'était fait teindre en blonde pour quelques mois. J'avais oublié ce détail.

— Mais, toi, tu étais restée brune. Des jumelles, une blonde et une brune.

Le sourire de Remi s'envola.

— Une blonde. Une brune.

Ils échangèrent un long regard.

Reportant son attention sur l'écran, Duncan pointa quelqu'un qui apparaissait en arrière-plan, derrière l'épaule de Becca.

— Qui est ce garçon qui vous observe de loin ?

Elle se pencha vers l'écran.

— C'est Billy. Et il… Il a l'air… furieux.

— Et même hors de lui. As-tu une idée de l'origine de sa colère ?

Elle secoua la tête.

— Connaissant Becca, ça pourrait être n'importe quoi. Comme je le disais, elle sortait parfois avec lui à l'extérieur de l'école mais elle le snobait devant les autres. Elle ne se rendait pas compte que ce petit jeu le faisait souffrir. Je suis certaine que Billy était assez fou pour… la tuer. En revanche, je ne le vois pas penser à la constellation de la Licorne. Il n'était pas très intelligent. Chaque année, il passait de justesse dans la classe supérieure et il ne s'intéressait pas du tout aux étoiles.

— Savait-il que ta sœur était passionnée d'astronomie ?

— Tout le monde le savait. Mais il n'a sans doute jamais entendu parler de la constellation de la Licorne. Il aurait fallu qu'il entre un jour dans notre chambre et qu'il voie le poster collé au mur. Et cela ne s'est jamais produit, j'en suis sûre. Becca ne l'aurait jamais ramené chez nous, encore moins dans notre chambre et encore moins sans m'en parler.

— Ta famille vivait dans une maison jaune à deux étages, non ?

— Oui, pourquoi ?

Il cliqua sur l'onglet de la page d'accueil du site dédié à Becca puis il zooma sur le patchwork de clichés qui s'y trouvait. Remi les avait vus des centaines de fois depuis dix ans, au point qu'elle finissait par ne plus les voir vraiment. L'une des photos représentait sa famille regroupée dans le jardin au milieu des rosiers de sa mère avec la maison en arrière-plan.

Sur une autre, Becca, adossée au mur de leur chambre, souriait à l'objectif. Derrière elle, s'étalait… le poster de la constellation de la Licorne.

La gorge serrée, Remi passa un doigt tremblant sur le visage de sa sœur.

— Billy connaissait la constellation de la Licorne…

Duncan mit l'ordinateur portable de côté.

— De quelle couleur étaient les cheveux de Becca lors du voyage de fin d'études ?

— De leur couleur naturelle. Bruns. C'est d'ailleurs l'une des raisons pour lesquelles je n'ai jamais réussi à associer sa disparition à celles des blondes enlevées par la suite. Mais, si Billy est coupable, cela change tout, n'est-ce pas ? S'il nourrissait une haine pathologique envers Becca, il est cohérent qu'il tue les blondes pour la tuer quand elle était blonde et les brunes pour la tuer quand elle était brune. Les psychopathes n'ont pas la même logique que nous. Dans leur esprit, ce type de comportement pourrait avoir un sens.

— Nous devons absolument retrouver Billy Hendricks.

Remi se rendit compte soudain qu'une petite lumière rouge dansait sur son épaule. Avec un cri terrifié, elle bondit de côté, cherchant d'instinct à s'en écarter.

Sans ménagement, Duncan lui prit le bras pour la faire basculer par terre avec lui.

— Couche-toi !

Les baies vitrées explosèrent sous l'impact de balles avant de retomber en pluie sur le plancher. Des plumes volèrent.

Duncan se précipita sur la table basse en bois massif. Il la retourna et poussa Remi derrière ce bouclier de fortune.

Comme elle risquait un bref coup d'œil alentour, elle vit les coussins du canapé criblés de petits trous et comprit d'où sortaient ces plumes. Elle reporta son attention sur la table derrière laquelle ils s'étaient réfugiés. En bois épais, elle était solide. Mais parviendrait-elle à arrêter des balles ? Remi n'en avait aucune idée. Ils devaient sans doute trouver un meilleur abri si le tireur continuait de les prendre pour cibles.

— Duncan, quelqu'un…

— … nous tire dessus, je sais. À mon avis, il est en hauteur, dans l'un des pins qui entourent le chalet.

Deux détonations retentirent, et une nouvelle pluie de verre se répandit autour d'eux. Avec un juron, Duncan plaqua Remi contre le sol.

— Il est à deux heures, dit-il. Et il est équipé d'une lunette avec visée laser. Il faut sortir d'ici.

Il regarda à gauche et à droite, comme s'il évaluait les distances entre divers meubles derrière lesquels ils pourraient se protéger des balles.

— Mon arme est dans la chambre, déclara Remi.

— La mienne aussi, dit-il d'un air dégoûté.

Il promena les yeux autour de lui puis, ramassant une poignée d'éclats de verre, il les jeta à gauche de la table basse.

Aussitôt, une nouvelle déflagration se fit entendre, la table trembla et des échardes de bois volèrent.

— Heureusement que cette table est du genre costaud, dit Remi. Rappelle-moi d'embrasser celui qui l'a fabriquée.

Il lui décocha un petit sourire en coin.

— Mon père appréciera certainement ce baiser. En tout cas, jusqu'à ce que ma mère le gifle.

Remi éclata de rire.

— Je n'arrive pas à croire que tu réussisses à me faire rire alors que quelqu'un nous tire dessus en cherchant manifestement à nous tuer et que mon épaule est de nouveau en feu.

— Ah, zut. Suis-je responsable de ce regain de douleur ?

— Ne te reproche pas de m'avoir poussée et fait tomber, Duncan. Tu m'as sauvé la vie.

— Je tiens à ce que tu consultes un médecin sans tarder, maintenant.

— Si nous survivons à cette fusillade, je te promets de me rendre à l'hôpital dans les meilleurs délais. Tu n'auras pas à me forcer.

De nouveau, il regarda autour de lui.

— Voici ce que nous allons faire. Il est vital de garder cette table entre nous et le tireur. Je vais la déplacer petit à petit vers la gauche et nous allons suivre le mouvement pour être en permanence protégés. Jusqu'au moment où je pourrai courir vers la cheminée.

— Et moi, que dois-je faire ?

— Rester ici sans te faire tuer, voilà ta mission. J'ai un fusil accroché au-dessus de la cheminée et une boîte de cartouches en dessous. Une fois armé, je sortirai et contournerai le chalet pour surprendre notre gars par-derrière.

— Tu auras besoin que je te couvre. Je vais aller chercher mon SIG dans la chambre.

— Il n'en est pas question, Remi. Un pistolet ne fait pas le poids face à un fusil à lunette et à visée laser. Tu ne bouges pas d'ici et tu m'attends. Promets-le-moi.

— Bon sang, Duncan. Je suis agent du FBI, pas une femmelette sans défense. Laisse-moi récupérer mon arme et faire le tour du chalet de l'autre côté. Nous pourrons ainsi encercler ce fumier et le capturer.

Trois déflagrations retentirent, et des copeaux de bois volèrent tandis que la table basse commençait à montrer des signes de faiblesse.

Voyant Duncan froncer les sourcils, Remi céda.

— D'accord. Je resterai allongée derrière cette table jusqu'à ton retour.

— Cela vaut mieux. Maintenant, je vais la déplacer. Un, deux, trois !

Il poussa le meuble vers la gauche. La table était lourde et il dut s'y prendre à deux fois.

Remi suivit le mouvement, heureuse de constater que, lorsque Duncan l'avait brutalement fait tomber du canapé pour la pousser par terre, il avait eu la présence d'esprit de tirer sur son bras indemne. Autrement, elle n'aurait sans doute plus été capable de bouger. Elle aurait voulu s'assurer que son épaule n'avait pas trop souffert dans sa chute mais ce n'était pas le moment. Chaque minute qui passait les exposait un peu plus au danger. Les dernières balles avaient fini par fendre le bois de la table basse, et les prochaines la feraient peut-être éclater, ce qui les laisserait tous deux sans protection.

— À trois, on recommence, dit-il. Un, deux… trois !

En unissant leurs efforts, ils se déportèrent une nouvelle fois sur la gauche. Mais les quelques centimètres gagnés leur suffiraient-ils à sortir de la ligne de tir ?

Comme Duncan cherchait des yeux quelque chose à jeter, Remi lui tendit un stylo.

— Tiens. Il était dans la poche de mon chemisier.

Il le lança devant eux, à gauche de la table.

Rien.

Duncan se tourna vers Remi.

— Soit nous sommes sortis de son champ de tir, soit…

— … soit il veut que nous le pensions.

— Il n'y a qu'une seule façon de le savoir.

La tête dans les épaules, il quitta la protection de la table basse pour s'élancer vers la cheminée.

Deux balles ricochèrent sur le sol, tout près de ses pieds. Avec un juron, il se plaqua contre le mur.

Remi traita le tireur de tous les noms, l'insultant pour

avoir joué un sale tour à Duncan en lui faisant croire qu'il pouvait se déplacer en sécurité afin de mieux le piéger.

— Je vais bien ! cria Duncan. Alors cesse de l'agonir de sottises.

Après un dernier juron, pour le plaisir, elle se tut.

Veillant à rester loin des baies vitrées, Duncan se rapprocha de son fusil. D'un bond, il le décrocha, s'empara de la boîte de cartouches avant de se replier derrière un meuble. Tout en chargeant son arme, il réfléchit à la meilleure tactique à adopter.

Le tireur l'avait de toute évidence vu quitter la protection de la table basse pour se ruer vers la cheminée. Avait-il lui aussi changé de place pour avoir un meilleur angle de vue et multiplier ses chances de l'atteindre ? C'était probable. Mais, pour ajuster sa position, l'homme devrait d'abord descendre de son perchoir et grimper en haut d'un autre pin. La manœuvre prendrait du temps.

Duncan se tourna vers Remi.

— Recule plus loin derrière la table, c'est plus sûr. Et reste ici jusqu'à mon retour. Comme tu me l'as promis.

— Je ne t'ai rien promis.

— Remi…

— D'accord. Va vite et essaie de le capturer vivant. De mon côté, je ne peux même pas appeler quelqu'un pour demander des renforts. J'ai oublié de recharger mon portable. La batterie est à plat.

— Le mien est chargé mais il est resté sur la table de la cuisine, où il ne nous sert à rien.

Elle jura encore.

Il sourit tout en fourrant des cartouches dans sa poche.

— Je serai de retour pour le dîner, chérie.

— Tu as intérêt. Sois prudent, Duncan. Je ne pourrais pas… Je ne… S'il te…

L'expression de Duncan s'adoucit.

— Tu me diras tout ça tout quand je reviendrai.

Son fusil à la main, il se hâta vers la porte d'entrée. Un coup de feu claqua, suivi d'un bruit de verre brisé. Il tira le verrou et sortit.

Recroquevillée contre le canapé, les jambes repliées contre sa poitrine et les mains sur la tête, Remi entendait des échanges de coups de feu. Dehors, la fusillade faisait rage. Elle avait vu Duncan plonger à terre et rouler sur lui-même tandis que le tireur visait la cheminée éventrant la baie vitrée du salon. Des éclats de bois avaient jailli des murs en rondins. Lorsque Duncan avait récupéré son fusil, le sniper avait dû en profiter pour descendre du pin où il s'était posté et peut-être avait-il eu le temps de changer d'arbre.

En tout cas, il n'avait pas réussi à monter assez haut pour avoir la moindre chance d'atteindre Duncan au moment où ce dernier s'était précipité vers la porte. Ce qui était à la fois une bonne et une mauvaise chose. Une bonne parce qu'il avait raté Duncan. Une mauvaise parce qu'il avait certainement compris maintenant ce que Duncan avait en tête. Leur agresseur s'attendait à une embuscade et il se préparait à riposter.

Pour Remi, il n'était pas question de rester là, les bras croisés, en espérant que Duncan s'en sortirait vivant. Elle avait besoin de récupérer son arme pour pouvoir lui donner un coup de main. Certes, son bras blessé ne lui permettrait pas de tirer avec précision mais Duncan n'avait pas besoin de précision, juste d'une diversion.

Réitérant la ruse de Duncan, elle ramassa quelques éclats de verre sur le sol et les lança en l'air. Rien. Elle recommença pour être sûre. Toujours rien. Espérant que le tireur ne la suivait pas des yeux à travers sa lunette, elle se redressa. La douleur de son épaule droite fut telle qu'elle faillit se trouver mal. Des mouches noires troublèrent sa vision. Elle inspira profondément plusieurs fois pour les chasser.

Si leur agresseur la guettait, il aurait la possibilité de l'abattre sans problème quand elle quitterait la protection de la table. Contrairement à Duncan, elle serait incapable de plonger à terre, de sauter de droite et de gauche ou de rouler sur le sol pour échapper aux balles. Mais, par miracle, aucun projectile ne siffla à ses oreilles. Elle s'élança vers la cuisine, en franchit le seuil au pas de course et s'empara du téléphone portable de Duncan posé sur la table. Quand elle tendit la main vers l'appareil, une vive douleur cisailla son épaule et elle retint difficilement un hurlement. En courant, elle retourna dans le hall, à l'arrière.

Elle arrivait dans la chambre lorsqu'elle trébucha et tomba à genoux. Le téléphone lui échappa des mains. En gémissant, elle serra son épaule blessée contre elle. Des larmes brûlantes roulèrent sur ses joues. La douleur ne faisait qu'empirer. Si elle survivait à cette fusillade, elle devrait sans doute se faire opérer et elle s'estimerait chanceuse si elle ne gardait pas de séquelles. Cette idée la mit en colère et, furieuse, elle se releva. Le psychopathe qui se trouvait dans le parc lui avait déjà tout pris, y compris peut-être le plein usage de son bras droit. Il était hors de question qu'il lui vole aussi Duncan.

Elle tapota l'écran du téléphone de Duncan mais l'appareil était verrouillé. Sans le code d'accès, elle n'avait pas la possibilité d'appeler les secours, de demander des renforts.

Deux coups de feu retentirent à l'extérieur, provenant de deux armes différentes. Si Remi voulait aider Duncan, elle devait agir. Et tout de suite !

Enfilant son écharpe, elle la resserra au maximum pour immobiliser son bras contre sa poitrine. Puis elle glissa le téléphone de Duncan dans sa poche et prit son

SIG dans la table de nuit. Malgré quelques difficultés pour mettre le chargeur en place, elle y parvint.

Elle se rua vers la porte arrière, ne s'arrêtant même pas pour chercher des yeux leur agresseur. Au pas de course, elle passa près du jacuzzi, dégringola les marches de la terrasse pour s'abriter derrière un muret.

De là, elle pointa son pistolet vers les arbres. Rien. Où était le tireur ? Et Duncan ?

À proximité, elle entendit un claquement suivi d'un craquement. Elle ne parvenait pas à identifier ces bruits mais elle se précipita dans cette direction, devinant qu'ils émanaient d'au moins un des deux hommes. Comme elle contournait un bosquet d'arbres, elle s'immobilisa soudain, interdite.

Duncan se tenait à une dizaine de mètres, le souffle court, les traits crispés par l'effort. À ses pieds, gisait le tireur, inerte. Ses yeux regardaient le ciel au-dessus de lui sans ciller. Il avait la nuque brisée.

Remi courut vers Duncan, se jeta sur lui et lui enroula la taille de son bras valide. Il vacilla sous le choc avant de l'enlacer à son tour.

— Tout va bien, murmura-t-il dans ses cheveux. C'est fini.

Elle l'étreignit avec force puis recula en grimaçant de douleur.

— Il ne t'a pas touché, n'est-ce pas ?

— Je vais bien, assura-t-il. Il s'est retrouvé à court de munitions. J'aurais pu lui tirer dessus. Mais il m'a paru si… si jeune que j'ai hésité. J'ai eu envie de lui donner une chance. Mais il a sorti un poignard et l'a brandi en s'élançant vers moi. Et, là, je n'avais plus le choix.

Il fronça les sourcils.

— Je t'avais dit de m'attendre au chalet, ajouta-t-il.

— Je n'ai jamais été très douée pour obéir aux ordres.

Et je n'allais pas rester les bras croisés alors que quelqu'un essayait de te tuer.

Il regarda le pistolet qu'elle tenait toujours dans sa main gauche, le canon pointé vers le sol.

— N'es-tu pas droitière ?

Elle glissa son arme à sa ceinture.

— Je ne pensais pas tirer sur lui mais seulement créer une diversion.

Il secoua la tête.

— Dieu merci, tu n'as pas eu à en arriver à cette extrémité.

Elle sourit, soulagée de savoir que le calvaire était enfin terminé.

— J'ai essayé d'appeler des renforts mais je ne connaissais pas le code de ton téléphone.

Elle lui tendit son appareil mais il le glissa dans sa poche, comme s'il se sentait trop fatigué pour passer un coup de fil.

Le contrecoup, comprit-elle. Elle aussi avait l'impression d'avoir perdu ses repères, ses réflexes. Ils avaient tous deux besoin de reprendre leur souffle et de recouvrer leurs esprits.

Comme elle baissait enfin les yeux sur le cadavre aux pieds de Duncan, elle changea de couleur en le reconnaissant. Allongé sur le dos, son fusil à quelques pas de lui, Billy Hendricks était plus vieux que dans ses souvenirs et ses traits étaient plus durs. Mais il n'avait pas vraiment changé. Toutes ces années, elle s'était persuadé que sa sœur avait été victime d'un inconnu. Mais, en réalité, Becca connaissait très bien son assassin.

Duncan passa un bras autour de sa taille, veillant à ne pas heurter son épaule.

— Ne le regarde pas. Ne le laisse plus te faire mal. C'est fini.

Il avait raison, et elle s'obligea à détourner les yeux.

— Cela semble… surréaliste, dit-elle. Étrange, incroyable. J'ai toujours pensé que Billy était un ami de Becca, qu'il l'aimait bien. Il avait d'ailleurs posté un message adorable sur le site web que mon père avait créé. Il écrivait qu'il priait pour nous.

Un frisson la parcourut, un frisson qui n'avait rien à voir avec l'air glacé.

— Et c'était lui qui nous l'avait enlevée, qui l'avait tuée.

— Il gèle ici et tu n'as rien sur le dos, dit Duncan. Pourquoi ne pas retourner à la maison nous réchauffer devant le feu ? Vas-y, je te rejoins dans un instant, le temps de contacter mon chef pour lui demander d'envoyer la police scientifique sur la scène de crime. Ensuite, je te conduirai à l'hôpital. Ne discute pas. Ce n'est pas négociable.

— Ne t'inquiète pas, je n'avais pas l'intention de protester. J'ai si mal que je préfère montrer cette épaule à un professionnel.

Elle lui sourit puis se dirigea vers le chalet.

Duncan attendit qu'elle soit rentrée pour se laisser glisser à terre, adossé à un pin. Se sentant incroyablement las, il sortit son téléphone portable et appela Lee. Il actionna la fonction « haut-parleur » et posa l'appareil sur un rocher à proximité. Puis il retira l'une de ses chaussettes et la pressa contre son flanc gauche, pour tenter de juguler l'hémorragie. Avant que Duncan ne le tue, Billy avait eu le temps de le frapper avec son poignard.

15

— Arrêtez avec toutes vos questions, cria Duncan au téléphone. Je suis en train de geler sur place. Quand les techniciens des scènes du crime arriveront-ils ? Si je dois rester au chevet du mort toute la nuit pour le protéger des animaux sauvages, ils auront deux cadavres à gérer lorsqu'ils débarqueront enfin.

À la vue de la chaussette imbibée de sang, il fronça les sourcils. Il se félicitait que Remi l'ait écouté, pour une fois, et soit allée se réchauffer à l'intérieur de la maison. Mais, la connaissant, il était un peu surpris qu'elle ne soit pas revenue lui apporter son caban. Sans doute n'avait-elle pas conscience qu'il devait attendre l'arrivée de ses collègues dans le froid et qu'il leur faudrait du temps pour parvenir jusqu'ici.

— Ils ne devraient plus tarder, assura Lee.

— J'espère.

Le sang coulait à flots, et il jura.

Son chef l'entendit.

— Que se passe-t-il, Duncan ? Quel est le problème ?

— Le tueur m'a frappé de son couteau avant que je ne réussisse à lui briser la nuque. La blessure ne semble pas très profonde mais elle ne cesse de saigner.

— Pourquoi ne m'as-tu pas dit tout de suite que tu étais blessé ? Accroche-toi. Je les rappelle pour accélérer le mouvement.

Duncan ferma les paupières et pressa le linge ensanglanté contre la plaie, tout en écoutant son chef ordonner à l'un des rangers d'envoyer en vitesse une ambulance au chalet.

— Ils seront là dans dix minutes. Ça va aller ? Tu tiendras le coup ?

— Je n'en suis pas sûr. Je me sens de moins en moins bien. J'ai des vertiges.

— Parce que tu as perdu beaucoup de sang.

Duncan pensait qu'il était surtout en train de mourir de froid. Il aurait dû dire plus tôt à son chef qu'il avait besoin d'un médecin. Mais Lee l'avait bombardé de questions et Duncan avait été trop occupé à y répondre pour se rendre compte qu'il se vidait de son sang. Il ne parvenait pas à juguler l'hémorragie.

— Ton agresseur avait-il des papiers sur lui ? reprit Lee. Cela dit, si tu n'as pas encore cherché son portefeuille, ne le fais pas maintenant. Reste calme et maintient la pression sur la blessure.

— Je n'ai eu aucun mal à l'identifier. Je l'ai reconnu en me basant sur des photos que j'avais vues avec Remi. Et elle me l'a confirmé. Il s'agit de Billy Hendricks. Il y a dix ans, il était scolarisé dans le même lycée que Remi et sa sœur.

— Billy Hendricks ? En es-tu sûr ?

Duncan jeta un coup d'œil sur le visage du mort, le visage qu'il avait vu derrière Remi et Becca sur le cliché et dont le regard haineux trahissait son désir d'assassiner Becca. Le jeune homme avait finalement cédé à ses pulsions meurtrières.

— C'est Hendricks, j'en suis sûr. Il avait soi-disant un alibi, le soir du meurtre de Becca, il avait déclaré avoir passé la nuit avec une autre fille, une certaine Felicia Reynolds. Mais celle-ci a finalement reconnu qu'elle avait menti.

— T'a-t-elle dit pourquoi ?

— Elle était certaine qu'il n'était pas coupable, qu'il n'aurait pas fait de mal à une mouche, alors elle avait voulu le protéger.

— Peut-être croyait-elle bien faire. En tout cas, elle l'avait seulement aidé à boire de l'alcool alors qu'il n'avait pas l'âge de le faire.

Duncan fronça les sourcils.

— Que racontez-vous ?

— Les hommes du département des Sciences comportementales du FBI se sont penchés sur les antécédents de tous les garçons qui avaient participé à ce voyage de fin d'études. Ils ont mené des investigations très poussées, y compris, bien sûr, sur Billy Hendricks. La nuit où Becca Jordan a disparu, Hendricks se trouvait à plus d'une heure de route du Great Smoky Mountains National Park. Grâce à une fausse carte d'identité, il avait passé la soirée à boire et à jouer à la roulette au casino Harrah's Cherokee.

— Au Harrah's. En êtes-vous sûr ? Aucun rapport ne fait la moindre allusion à cette escapade, pas même le dossier que Papy avait constitué sur l'affaire.

— Cette faute impardonnable est due à l'éternelle guéguerre à laquelle se livrent les services de police et le FBI. Le FBI avait en effet gardé sous le coude un compte rendu d'enquête concernant Hendricks, au lieu de le verser au dossier qu'ils partageaient avec nous. Quand ils avaient interrogé Hendricks, celui-ci leur avait avoué avoir passé la soirée au casino sans en avoir le droit puisqu'il était mineur. Les vidéos de surveillance de l'établissement de jeux avaient confirmé qu'il avait bu et joué jusqu'à minuit et qu'il n'avait donc pas pu enlever Becca Jordan. Mais le Harrah's Cherokee était très ennuyé d'avoir laissé un mineur entrer, boire et jouer. Le casino risquait de lourdes sanctions, voire la fermeture de l'établissement. À l'époque, le maire de Gatlinburg était intervenu auprès du FBI pour leur demander de ne pas ébruiter cette histoire. Ayant alors acquis la certitude que Hendricks n'était pas le ravisseur de Becca Jordan, le FBI se moquait du reste. Voilà pourquoi ils ont gardé cet aspect de l'enquête dans un tiroir afin de ne pas nuire à la réputation du casino ni être obligé de lui retirer sa licence d'alcool. En tout cas, une chose est sûre : Billy Hendricks n'a pas eu la possibilité d'enlever Becca Jordan, cette nuit-là.

Duncan était abasourdi par ces révélations.

— Cela n'a aucun sens. Si Billy n'a pas tué Becca, pourquoi est-il venu chez moi et pourquoi a-t-il essayé de tuer Remi ? Il était logique pour un psychopathe de vouloir tuer une jumelle puis l'autre. Mais, s'il n'avait rien à voir avec la disparition de Becca, son comportement est absurde.

— Je ne sais pas. Il est dommage qu'il ait eu un alibi en béton pour la disparition de Becca parce qu'il n'en avait pas pour celle de Sheryl Foster. Ou, s'il en avait un, nous ne l'avons pas trouvé. Billy Hendricks était routier, spécialisé dans les transports sur longue distance, et il avait une livraison à effectuer dans la région, la nuit précédant la disparition de Mme Foster. Sur la vidéo d'une caméra de surveillance d'une station-service du coin, il apparaissait au volant de son poids lourd se dirigeant vers le parc, la veille du drame. Depuis lors, le FBI n'a trouvé aucune trace de son camion sur aucune autre vidéo. Tout porte à croire qu'il s'est caché quelque part dans le coin en s'efforçant de rester le plus discret possible. Il s'est peut-être garé devant l'un des nombreux chalets du coin inoccupés à cette époque de l'année.

Duncan avait du mal à trouver une cohérence dans ce que son chef lui apprenait. Dix ans auparavant, Billy n'avait pas pu kidnapper Becca. Mais il était possible qu'il ait enlevé Mme Foster, au cours des deux jours précédents. Et certain qu'il avait essayé de tuer Remi. Pourquoi avait-il fait une chose pareille s'il n'était pas impliqué d'une manière ou d'une autre dans la disparition de sa jumelle, dix ans plus tôt ? Si Billy avait été le meurtrier de Becca, il aurait été logique qu'il cherche à descendre Remi. Il aurait pu craindre qu'elle mène l'enquête et ne découvre qu'il avait assassiné sa sœur. Mais s'il n'était pas le tueur, pourquoi avait-il attaqué Remi ? Il n'avait aucune raison non plus d'être venu ici. Et pourtant, il ne s'agissait certainement pas d'une coïncidence.

Une blonde. Une brune.

Deux types de victimes différents.

Billy avait eu un alibi pour l'une des victimes mais pas pour l'autre…

Le sang de Duncan se glaça dans ses veines. Sa main serra plus fort le téléphone.

— Lee, vous avez dit que le FBI avait examiné les alibis de tous les garçons qui avaient participé à ce voyage de fin d'études. Les agents du FBI ont-ils également vérifié les alibis de ces garçons devenus des hommes pour les autres enlèvements ou meurtres perpétrés dans les autres parcs ? Qu'ont-ils découvert à propos de Hendricks ?

— Donne-moi un instant.

Duncan l'entendit farfouiller dans des papiers.

— Voilà, j'ai la réponse à ta question. Apparemment, Hendricks avait des alibis vérifiables et vérifiés pour certaines des disparitions mais pas pour d'autres.

— Pour lesquelles n'avait-il pas d'alibis ? Qu'avaient ces femmes en commun ?

Il attendit.

— Lee ?

— Elles étaient blondes. Les disparitions pour lesquelles il n'avait pas d'alibis concernaient exclusivement les blondes.

— Alors qu'il avait un alibi pour les disparitions des brunes ?

— Exactement.

Billy n'avait pas tué Becca.

Mais il avait pu tuer Mme Foster.

Deux victimes différentes.

Une blonde. Une brune.

Duncan reporta son attention vers le chalet.

— Il y avait deux tueurs, Lee. Pourquoi ne l'ai-je pas compris plus tôt ? L'un s'attaquait aux blondes, l'autre aux brunes. Billy avait un complice. Lui enlevait et tuait les blondes. Son partenaire se chargeait des brunes.

Il s'apprêtait à raccrocher pour appeler Remi et la prévenir du danger, mais il se souvint que la batterie du téléphone portable de cette dernière était à plat. Il devait aller la rejoindre. Vite.

Il tenta de se lever mais il retomba contre l'arbre. Avec effort, il parvint à se mettre debout. Il ramassa son téléphone et s'élança à travers les arbres.

— Remi ! cria-t-il. Remi !

Seul le silence lui répondit.

Les baies vitrées éventrées de la maison ressemblaient à des gueules béantes qui se moquaient de lui.

— Remi !

— Que se passe-t-il ? demanda Lee.

— Il y a toujours eu deux tueurs, répéta-t-il, le souffle court, tout en gravissant la pente qui menait au chalet. Quelqu'un fait équipe avec Billy. Quelqu'un qu'il connaît depuis longtemps, peut-être même depuis le lycée. Billy tue les blondes. Son coéquipier tue les brunes.

— Mais, si Billy avait tué Sheryl Foster, il avait déjà sa blonde, non ? Pourquoi s'en prendre aussi à Remi ? Elle est blonde. Et comment s'insère la constellation de la Licorne dans le scénario des tueurs ?

— Remi n'est pas une vraie blonde. Au naturel, elle

est brune. Elle a teint ses cheveux pour les besoins de son enquête. Mais connaissant Becca et Remi depuis des lustres, Billy savait qu'elle n'était pas une vraie blonde. Et son coéquipier le savait aussi. Si Billy était sur la corniche, s'apprêtant à enlever Mme Foster quand il a aperçu Remi, il a peut-être été déstabilisé, pensant que le fantôme de Becca lui apparaissait mais qu'elle était devenue blonde.

Duncan atteignit le bas de l'escalier qui montait au chalet mais, soudain pris de vertiges, il tomba à genoux. Il inspira plusieurs fois à fond avant de recouvrer ses esprits.

— Pourquoi avoir enlevé Sheryl Foster alors ? insistait Lee au téléphone. Pourquoi ne pas avoir simplement kidnappé Remi ?

— Parce que Vale et moi sommes arrivés sur ces entrefaites et nous l'avons empêché de le faire. Billy a donc ciblé Foster à la place. Mais Remi tentait trop Billy pour qu'il laisse tomber l'affaire et voilà pourquoi il était venu chez moi. Ou peut-être craignait-il que son complice n'enlève Remi parce qu'elle est une brune et qu'il voulait l'attraper avant lui parce qu'elle était la jumelle de Becca. Peut-être étaient-ils en rivalité sur ce coup-là. Qui sait comment fonctionnent ces esprits malades ?

— Tout cela a du sens, oui. Où est Remi ?

Duncan essaya d'ouvrir la porte coulissante. Elle était fermée, et il dut se faufiler par l'une des baies vitrées brisées pour pénétrer dans le salon.

— Remi ! Remi !

Il se rua dans la cuisine jusqu'au couloir, dans sa chambre. Rien. Il se précipita dans l'autre chambre, vérifia les deux salles de bains et descendit les escaliers jusqu'au sous-sol. Rien. Il ressortit par la porte d'entrée et courut jusqu'au milieu de la route. Tout commençait à tourner autour de lui. Il n'allait pas tarder à perdre connaissance.

— Réponds-moi, Duncan. Où est l'agent spécial Jordan ?

— Elle a disparu, dit Duncan, la gorge serrée. Remi a été enlevée.

16

Enfermée dans le coffre, Remi donna plusieurs coups de pied dans la carrosserie mais très vite, épuisée, elle abandonna cette manœuvre. Bien sûr, elle connaissait toutes les astuces pour s'extraire de l'intérieur d'un coffre verrouillé. Actionner le déverrouillage de secours, par exemple.

Il n'y en avait pas.

Ou démonter l'ossature de la banquette arrière pour sortir par l'habitacle.

Malheureusement, une plaque d'acier interdisait l'accès aux sièges.

Ou encore briser l'un des feux arrière et y glisser le pied ou la main pour que les passants ou d'autres automobilistes le voient et appellent la police.

Mais là encore, avant de s'introduire dans le chalet de Duncan pour l'enlever, son ravisseur, quel qu'il soit, avait pensé à protéger ses phares arrière d'un grillage.

Seul point positif : le produit utilisé par son agresseur pour l'assommer avait eu comme effet secondaire d'anesthésier son épaule. Sans cela, s'agiter dans le coffre pour tenter de s'en échapper l'aurait probablement fait se tordre de douleur.

Depuis combien de temps se trouvait-elle dans cette voiture ? Était-elle restée inconsciente dix minutes ? Une demi-heure ? Une heure ? En tout cas, le type qui l'avait enlevée ne pouvait ignorer que le chalet appartenait à un agent fédéral comme l'attestait l'insigne du NPS qui ornait la jeep garée devant. Où l'emmenait son ravisseur ? Effectuait-il des détours dans la ville pour s'assurer que personne ne le suivait ? Une myriade de questions traversait l'esprit de Remi mais elle n'avait aucune réponse à y apporter. Une seule certitude tournait en boucle dans son esprit, une certitude glaçante :

Je vais mourir.

Le visage de Duncan s'imposa à sa mémoire. Duncan. Lui au moins était en sécurité. Elle n'avait pas à s'inquiéter pour lui. Manifestement, son agresseur ne s'intéressait pas à lui. Duncan. Quel miracle inattendu et merveilleux de l'avoir rencontré ! Quel cadeau de la vie ! Elle espérait seulement qu'il ne se reprocherait pas ce qui lui était arrivé. Ce n'était pas sa faute. Mais celle du salopard qui l'avait enlevée.

Je vais mourir.

Probablement, oui. Et même, certainement. Mais Remi ne se laisserait pas faire comme un agneau mené à l'abattoir. Elle était peut-être petite et blessée mais elle avait des neurones, des ongles, des chaussures aux pieds et elle comptait bien se servir de tous ces atouts pour se battre, pour griffer ce fumier au visage, pour le frapper. Peut-être pourrait-elle tenter de s'enfuir. Très sportive, elle était capable de courir vite. Et longtemps. Pour échapper au tueur, elle devrait profiter de l'effet de surprise pour l'attaquer avant de filer.

Et s'il parvenait à la rattraper ? Eh bien, elle n'aurait plus qu'à trouver le moyen de le tuer sans se faire tuer. Si elle avait passé l'essentiel de sa vie d'adulte à capturer des tueurs en série, ce n'était pas pour se laisser assassiner par l'un d'eux.

La voiture ralentit, tourna à droite avant de s'engager sur une route à la fois raide et sinueuse. Bringuebalée de tous côtés, Remi s'efforça de protéger son bras blessé.

Mais, lorsque le conducteur freina brusquement, la projetant contre le côté du coffre, son épaule heurta avec violence la carrosserie, et Remi ne put réprimer un cri. Manifestement, l'effet des drogues que le type lui avait injectées commençait à s'estomper.

Apparemment, ils roulaient sur un chemin semé de nids-de-poule et, sur leur passage, des branches griffaient le toit et les côtés du véhicule. Remi serra les dents. Tout son corps meurtri lui faisait mal. Un peu plus loin, des bruits d'eau lui firent comprendre qu'ils étaient près d'une cascade.

Ils étaient revenus dans la montagne.

Duncan se redressa à moitié de la table d'examen pour se tourner vers Lee.

— Les rangers ont-ils retrouvé la moindre trace de…

Sans ménagement, le médecin le poussa pour l'obliger à se rallonger.

— Ne bougez pas !

— Hé ! protesta Duncan en le fusillant du regard. Vous me faites mal.

— J'essaie de vous empêcher de vous vider de votre sang. Tenez-vous tranquille si vous voulez que je réussisse à recoudre cette plaie.

Comme l'homme en blouse blanche lui enfonçait une aiguille dans la peau. Duncan sursauta par automatisme mais, bien entendu, une anesthésie locale lui avait été administrée.

Lee se rapprocha de la table d'examen.

— Cesse de t'agiter, dit-il. De toute façon, tu n'es pas en état de participer aux recherches. Pour nous aider à retrouver l'agent spécial Jordan, essaie plutôt de te servir de tes neurones. Nous devons absolument découvrir qui l'a enlevée et où son ravisseur l'a emportée.

Avant de répondre, Duncan reporta son attention sur le médecin.

— Je vais très bien. Dès que ce charmant Dr Jekyll aura fini de poser ses points de suture, je pourrai rejoindre l'équipe. J'espère seulement qu'il parviendra à me rafistoler avant ce soir.

Lee se pencha vers Duncan.

— Tu es salement blessé. On dirait qu'un loup t'a croqué le flanc gauche. Tu as eu de la chance de ne pas rendre l'âme avant l'arrivée de l'ambulance.

Le médecin interrompit un instant son travail pour lancer, l'aiguille en l'air :

— Oui, il a eu énormément de chance. Mais, la prochaine fois que vous aurez besoin de soins, merci de demander à un confrère de vous les prodiguer. Les patients comme vous me font regretter d'avoir choisi ce métier.

Et, dès qu'il eut terminé de lui poser un pansement, il sortit de la salle sans ajouter un mot.

Duncan grimaça quand Lee l'aida à s'asseoir.

— Je lui dois sans doute des excuses. Mais il était d'une lenteur exaspérante. Il savait pourtant que j'étais en plein milieu d'une enquête et que j'avais besoin de partir au plus vite.

Il attrapa sa chemise qu'il avait posée au bout de la table d'examen mais elle était imbibée de sang.

Lee la lui prit des mains et la jeta à la poubelle.

— Tu ne peux pas te promener dans les rues, habillé comme ça. À la vue de tout ce sang sur tes vêtements, les gens croiront avoir affaire à un tueur à la tronçonneuse et ils appelleront la police. Je vais demander à l'un des rangers de t'apporter une chemise propre.

Duncan secoua la tête.

— Vous plaisantez ? Ils sont tous beaucoup plus petits que moi. Aucun n'a de chemise à ma taille !

Lee fronça les sourcils.

— Comment ta mère vous nourrissait-elle, tes frères et toi, quand vous étiez petits pour que vous soyez tous devenus aussi grands ?

Duncan leva les yeux au ciel tout en bondissant de la table d'examen. Il repéra une blouse d'hôpital pliée sur une étagère et il l'enfila.

— Cela fera l'affaire pour le moment. Si vous pouviez demander à l'un de vos hommes d'aller chercher ma jeep, ce serait formidable. J'ai un sac de vêtements de rechange dans le coffre.

— Je m'en occupe.

— Par ailleurs, savez-vous dans quelle chambre se trouve Vale ? poursuivit Duncan en sortant avec son chef dans le couloir. Depuis son hospitalisation, je lui ai parlé deux ou trois fois au téléphone mais j'aimerais discuter avec lui de visu. Il doit aller mieux et je voudrais lui montrer la photo de Billy et lui demander s'il ne se souviendrait pas de quelque chose, n'importe quoi, qui pourrait nous aider à identifier le ravisseur de Remi.

— Vale n'est plus ici, répondit Lee. En arrivant, je m'étais dit, moi aussi, qu'il serait bien de l'interroger et j'ai envoyé un de mes hommes lui demander son accord pour une petite visite. Mais il n'est plus à l'hôpital. Il est parti.

Duncan s'arrêta net.

— Comment ça parti ? Il a frôlé la mort, il y a quelques jours.

— Toi aussi, il y a moins de deux heures. Pourtant, tu t'apprêtes à quitter l'hôpital, non ?

— J'ai reçu un coup de couteau. Vale a reçu une balle ! Cela fait une sacrée différence. Il me paraît incroyable que les médecins l'aient laissé rentrer si vite chez lui.

Il se rendit au bureau d'information, brandit son badge et obtint très vite tous les renseignements dont il avait besoin. Il fit signe à Lee de le suivre vers un couloir.

— Dites-moi tout ce que vous savez sur Vale, cria-t-il par-dessus son épaule.

Lee se hâta de le rattraper.

— D'accord, mais où cours-tu comme ça ?

— Il se trouve que je connais le responsable de la sécurité de l'hôpital. J'ai eu l'occasion de sympathiser avec lui au cours d'autres enquêtes.

— Mais pourquoi veux-tu lui parler ?

Duncan s'arrêta pour planter les yeux dans les siens.

— Parce que Vale a quitté l'hôpital contre l'avis de ses médecins. Il a dû signer une décharge. Et il m'avait dit au téléphone qu'il ne souhaitait pas porter plainte contre Remi ni lui réclamer de dommages et intérêts alors que, s'il l'avait fait, il aurait pu obtenir un paquet d'argent. Cela ne veut peut-être rien dire mais je préfère m'en assurer.

— Que racontes-tu ? Penses-tu sérieusement que Vale soit le complice de Billy, le deuxième tueur ?

— Peut-être. Peut-être pas. Je n'en sais rien. Mais j'ai maintenant la preuve que Vale a eu tout le temps nécessaire pour sortir de l'hôpital, se rendre chez moi et enlever Remi. Et je n'oublie pas que Remi a toujours répété que Vale était armé. Elle l'avait vu tirer un Glock de sa poche, elle en était sûre et certaine.

— Mais nous n'avons pas retrouvé ce Glock…

— Ce qui ne signifie pas qu'il n'en avait pas un. Il a pu le balancer au loin pendant que je menottais Remi.

— Tu délires.

— Non. J'ai appris à connaître Remi. Elle est intelligente, équilibrée et elle n'a rien d'une affabulatrice. Puisqu'elle affirme que Vale avait une arme, cela suffit à m'en convaincre. En tout cas, je veux savoir si des gens sont venus rendre visite à Vale pendant son séjour ici et, le cas échéant, si Billy en faisait partie.

Vingt minutes plus tard, ils se retrouvèrent devant les

images filmées par une caméra située dans le couloir. Ils virent un homme qui ne leur était pas inconnu entrer dans la chambre de Vale.

— Billy ! s'exclamèrent Duncan et Lee en même temps.

— Et il avait un sac à la main. Des vêtements, peut-être ? Destinés à Vale ? demanda Lee.

— Cette vidéo date de ce matin, ajouta Duncan. Je parie que Billy était venu annoncer à Vale son souhait d'enlever Remi. Mais Vale la voulait pour lui. Après le départ de Billy, Vale a donc décidé de l'arrêter ou peut-être simplement de kidnapper lui-même Remi.

Pendant qu'ils regardaient les images défiler en avance rapide, Lee reçut un appel. Il écouta son correspondant sans mot dire. Quand il raccrocha, il était livide.

La gorge de Duncan se serra. Mais il ne parvint pas à poser la question et se contenta d'attendre.

— Il ne s'agit pas de Remi, dit tout de suite Lee pour le rassurer. C'était Papy à l'appareil. Il est avec l'équipe que j'ai envoyée à l'endroit où Remi a tiré sur Vale. Il a trouvé une arme dans les fourrés, à une cinquantaine de mètres de là.

— Quel genre d'arme ? demanda Duncan.

— Un Glock 19, 9 mm.

Duncan jura.

— Je n'aurais jamais dû douter de Remi. Si je l'avais écoutée, si je l'avais crue, j'aurais pu…

— Quoi ? Arrêter l'homme sur qui elle avait tiré ? La victime ? L'histoire de Remi ne tenait pas debout. Tu n'as rien à te reprocher. De plus, à ce stade, rien ne prouve l'implication de Vale. Il possédait peut-être une arme dans le seul but de se protéger et, pour ne pas avoir d'ennuis, il a préféré la jeter.

— Croyez-vous vraiment ce que vous racontez ?

— Je crois aux faits. Et…

— Et en voilà un qui me paraît concluant, Lee, dit Duncan en lui montrant la vidéo. Regardez ces images.

Ils virent Billy sortir de la chambre de Vale moins de dix minutes après y être entré. Il ne portait plus le sac. À côté de lui se tenait Vale tout habillé. Tous deux se dirigèrent vers l'ascenseur.

— Vale est notre homme, déclara Duncan. Il faut lancer immédiatement un avis de recherche. Nous devons découvrir quelle voiture il conduit, comment il gagne sa vie, comment il est arrivé ici et où il pourrait se trouver. Et nous avons besoin de le savoir tout de suite !

L'arrêt brutal du véhicule dans lequel elle était enfermée fit souffrir Remi davantage encore que toutes les secousses cumulées qu'elle avait déjà endurées. Son ravisseur coupa le moteur. Ce qui voulait dire qu'ils étaient arrivés là où il avait prévu de l'emmener et qu'il était sur le point de lui faire ce qu'il avait prévu.

Elle se positionna de façon à avoir les pieds dirigés vers le pare-chocs arrière. Il lui avait retiré son écharpe et lui avait lié les mains devant elle. En revanche, il ne lui avait pas ligoté les jambes. Elle avait donc au moins ces deux atouts pour elle. Si elle parvenait à le surprendre en le frappant à la tête au moment où il ouvrirait le coffre, elle pourrait le déséquilibrer, le faire basculer. Elle aurait ainsi le temps de bondir hors de la voiture, de partir en courant et de lui échapper.

Une portière claqua. Des chaussures crissèrent sur le sol tandis que l'homme contournait le véhicule pour se diriger vers l'arrière.

Remi replia les genoux, prête à les détendre brusquement pour frapper.

Elle entendit un déclic puis le coffre s'ouvrit. Une silhouette sombre se profila devant elle.

Remi lui envoya ses pieds à la figure de toutes ses forces mais elle eut l'impression de toucher le vide, de l'air. Emportée par son élan, elle trébucha en avant et tomba du coffre. Lorsqu'elle atterrit sur une bâche, elle comprit que son ravisseur l'avait agitée devant elle comme un torero sa cape. Conformément à ce qu'il espérait, elle avait chargé comme un taureau enragé. Il l'avait piégée.

Il se mit à rire, d'un rire sadique qui la glaça. L'homme se tenait au-dessus d'elle, s'arrangeant pour être à contre-jour et qu'elle ne puisse voir son visage. Et il était trop loin pour qu'elle ait une chance de l'atteindre, à présent. De toute façon, ses jambes étaient emmêlées dans la lourde bâche.

— Votre sœur a tenté la même chose, il y a dix ans, quand j'ai ouvert le coffre pour la faire sortir.

Remi se figea et le regarda. Becca ? C'était donc lui qui avait enlevé Becca, autrefois ?

— Elle m'a cogné le visage. La petite garce a failli me briser la mâchoire.

Il ricana à nouveau.

— Elle l'a payé cher. Je lui ai rendu au centuple les coups qu'elle m'avait donnés. En tout cas, j'étais sûr que, comme elle, vous tenteriez, vous aussi, de me frapper par surprise. Mais, cette fois, j'étais prêt.

Il s'accroupit sans chercher cette fois à dissimuler ses traits ni le grand couteau de chasse qu'il tenait à la main.

En le reconnaissant, Remi faillit se trouver mal.

— Vous.

Il sourit.

— Kurt Vale, ravi de faire votre connaissance. Mais nous nous sommes déjà rencontrés, n'est-ce pas ? Sur la corniche. Si mon arme ne s'était pas coincée dans la doublure de ma poche, j'aurais tiré le premier. Et je n'aurais pas été blessé. Cela dit, j'aurais été obligé de descendre ce flic stupide qui a surgi de nulle part au pire moment. Et toutes les polices, locales et fédérales, me seraient tombées dessus. Finalement, vous m'avez rendu service. Tout le monde pense que je suis la victime dans cette histoire et personne ne me soupçonne. C'est drôle, non ?

— Tordant. Qu'avez-vous fait à ma sœur ? demanda-t-elle en regardant le couteau qu'il tenait à la main.

— Rien qu'elle ne voulait pas que je lui fasse. Au début, en tout cas, ajouta-t-il avec un clin d'œil.

L'estomac de Remi se révulsa.

— Je ne suis pas rancunier et je vais faire quelque chose, poursuivit-il en glissant son poignard dans un étui de cuir attaché à sa cuisse. J'ai décidé de répondre à toutes vos questions, de vous expliquer tout ce que j'ai fait à votre sœur dans les moindres détails et de vous mener à elle. Après tout, ce n'est que justice, non ? Vous la cherchez depuis des années. Il est temps que vous obteniez de réponses et que vous la retrouviez.

D'un geste de la main, il désigna les arbres autour d'eux.

— C'est ici que je l'ai emmenée, cette nuit-là. Dans le coffre de ma voiture, comme vous à présent. Cela a été facile parce qu'elle a suivi à la lettre mes instructions lorsqu'elle a quitté le camping pour me retrouver. Je lui avais recommandé de grimper le sentier en passant par les rochers pour qu'elle ne laisse aucune trace de pas.

— Vous mentez.

Discrètement, Remi déplaça ses jambes, essayant de les libérer de la bâche.

— Elle ne vous connaissait pas, poursuivit-elle. Becca ne serait jamais allée retrouver un inconnu.

— C'est vrai, elle ne me connaissait pas. Moi, en revanche, je l'avais déjà vue de loin. J'étais un ami de Billy, j'avais un an de moins que lui. Il en avait marre que Becca se moque de lui. Aussi m'a-t-il demandé de le rejoindre ici lors du voyage de fin d'année afin de lui donner une bonne leçon. J'ai installé ma tente dans les bois. Billy lui avait remis ma petite lettre. J'ai attendu. Et ma patience a été récompensée puisque la belle Becca est venue pour me tomber dans les bras.

— Menteur.

Le pied droit de Remi était libre. Elle tira lentement la bâche vers elle, s'efforçant à présent de dégager son pied gauche.

— Ma sœur ne serait pas allée retrouver Billy en pleine nuit non plus.

— Mais elle ne pensait évidemment pas retrouver Billy. Elle était certaine que Garrett l'attendait. Garrett, le garçon dont elle était raide amoureuse comme toutes les filles de l'école, Garrett Weber. Un pauvre type, en vérité, même s'il était la coqueluche du lycée. Il habitait ma rue. Toutes les nanas en pinçaient pour lui. Lorsqu'elle a lu la lettre dans laquelle il lui disait qu'il avait largué sa copine pour sortir avec elle, Becca n'a plus tenu en place. Rien ni personne ne l'aurait empêchée de rejoindre le beau Garrett.

Oh ! Becca. Une profonde tristesse envahit Remi mais ce n'était pas le moment de fondre en larmes. Son pied gauche était libre à présent.

Soulevant brusquement la bâche, elle la jeta au visage de Vale.

Avec un juron, il tenta d'écarter la toile qui l'emprisonnait.

Remi bondit sur ses pieds et s'élança vers le bois.

17

Duncan enfonça sa chemise dans son jean, heureux de se débarrasser de la blouse d'hôpital. L'un de ses camarades avait remonté sa jeep à la remorque du NPS, et il avait ainsi pu récupérer son sac rempli d'affaires de rechange. Un gros feutre à la main, il s'approcha de l'immense carte du Great Smoky Mountains National Park étalée sur la table.

— Patterson, vous avez dit que vous aviez quadrillé la zone numérotée 18, c'est bien cela ?

Patterson, l'un des rangers prêtés par Atlanta, hocha la tête tout en sirotant un café.

Duncan entoura la zone, y écrivit le nom de Patterson avant de se tourner vers Papy.

— Papy, où ton équipe a-t-elle travaillé ? cria-t-il.

— Tu n'as pas besoin de hurler. Je suis à côté de toi, fiston.

— Oh ! désolé.

Duncan se frotta le visage. Une heure s'était écoulée depuis sa sortie de l'hôpital, deux depuis que Remi avait été enlevée. Où était-elle ?

— Nous avons sillonné cette parcelle, dit Papy en tapotant un grand carré dessiné sur la carte. Ainsi que celle-ci. Et celle-là aussi. Où veux-tu que nous allions, maintenant ?

Lee, qui s'était entretenu par téléphone avec d'autres rangers, s'approcha de la carte.

— De mon côté, j'ai plusieurs équipes qui arpentent actuellement cinq zones au nord du parc.

Prenant le feutre des mains de Duncan, il les hachura.

— Par ailleurs, la police de Gatlinburg a installé des barrages routiers dans et en dehors de la ville. Et sur les principaux axes du secteur.

Duncan secoua la tête.

— Cela ne suffit pas. Nous aurions besoin de milliers d'hommes pour parvenir à quadriller l'ensemble du parc. Et nous savons tous qu'il est impossible de bloquer tous les points d'accès, de contrôler tous les véhicules entrant ou sortant des Smokies. La zone à inspecter est beaucoup trop vaste.

Il posa le feutre.

— D'autre part, le département des Sciences comportementales vous a-t-il appris quelque chose d'utile au sujet de Vale ?

Lee haussa les épaules.

— Ils nous ont appelés il y a une demi-heure pour nous dire que, comme son ami Hendricks, Vale était chauffeur routier, lui aussi spécialisé dans le transport de marchandises sur longue distance. Il livrait les mêmes villes que Billy mais il ne travaillait pas pour le même employeur. Vale a grandi dans le Colorado et il fréquentait autrefois le même lycée que Billy. Par la suite, il a commis quelques délits et il a été condamné à de courtes peines de prison. C'est sans doute là qu'il a fait la connaissance de Billy.

— Non, ils s'étaient rencontrés bien avant, répliqua Duncan. Ils se connaissaient déjà à l'époque du voyage de fin d'année, il y a dix ans. Vale et Billy avaient mis au point ensemble l'enlèvement de Becca, c'est évident. L'histoire du casino était probablement destinée à donner un alibi à Billy. Et personne ne savait que Vale était dans le coin.

Papy frappa la carte.

— À moins que tu n'aies une meilleure idée, je vais emmener mes gars au centre d'accueil des visiteurs de Sugarlands et interroger les uns et les autres au cas où quelqu'un aurait vu Vale revenir dans le parc avec l'agent spécial Jordan.

— Oh ! il y est revenu, c'est certain, dit Duncan. Entrer et sortir de ce parc est un jeu d'enfant pour lui. Il connaît le Great Smoky Mountains National Park comme sa poche. Il y avait attaqué Becca, il avait dissimulé un cadavre dans une grotte. Il va conduire Remi ici pour aller au bout de ses fantasmes morbides.

Papy lui posa la main sur l'épaule.

— Nous la retrouverons. Il conduit une Chrysler noire, c'est bien ça ?

— Immatriculée dans le Colorado, oui.

Il lui transmit le numéro qu'il connaissait déjà par cœur.

— Il faut également chercher le poids lourd de Hendricks. Il s'agit d'un Freightliner blanc immatriculé, lui aussi, dans le Colorado. Vale circule peut-être à bord de ce camion et non de sa voiture.

— Compris.

Papy décrocha son manteau et se dirigea vers la porte avec une dizaine de rangers tandis que Lee entourait au feutre le centre de visiteurs sur la carte, avec le nom de Papy.

Duncan promena les yeux autour de lui. Une poignée d'hommes s'activaient au téléphone, sur des ordinateurs ou étudiaient des cartes pendant que des dizaines d'autres étaient sur le terrain, sillonnant méthodiquement le parc. Mais, jusqu'ici, personne n'avait aperçu de Chrysler noire ou de Freightliner blanc se dirigeant vers le Great Smoky Mountains National Park. Comment Vale avait-il réussi à s'enfuir avec Remi sans que personne ne l'aperçoive sur cette longue route ? Sans que personne ne remarque la présence de l'un ou l'autre de ses véhicules ?

— À quoi penses-tu ? demanda Lee.

— À Vale. Je suis sûr, qu'en quittant mon chalet il s'est rendu directement dans le parc avec Remi. Mais comment se fait-il que personne n'ait vu de camion blanc ou de Chrysler sur la seule route qu'il pouvait emprunter pour s'y rendre ? Certes, je ne vis pas dans une résidence sécurisée et personne ne patrouille dans mon quartier, mais il n'y a qu'une route qui relie mon chalet au parc et elle est très fréquentée. Beaucoup de gens font le plein dans la station-service, beaucoup d'autres font halte dans l'un des restaurants ou dans l'un des nombreux commerces installés le long de cette voie. Quelqu'un aurait dû remarquer quelque chose. Par ailleurs, vous avez visionné les vidéos des caméras de surveillance de la région, non ?

— Nous avons récupéré et regardé toutes les images filmées par les caméras de surveillance dans un rayon de dix kilomètres. Aucun camion blanc n'est passé par là dans le laps de temps correspondant à l'enlèvement. Deux Chrysler noires ont été repérées mais elles étaient immatriculées dans le Tennessee. La police de Gatlinburg a retrouvé leurs propriétaires et les a mis hors de cause.

Duncan baissa la tête, les mains posées sur la table.

— Réfléchissons mieux. Nous passons à côté de quelque chose, c'est certain, mais quoi ? Il n'a pas pu la porter à travers les bois. S'il avait essayé, nous aurions retrouvé des traces de leur passage. Il l'a forcément emmenée en voiture. Sans doute était-elle attachée sur la banquette arrière ou dans le coffre. Mais ils sont partis à bord d'un véhicule, c'est évident. Sommes-nous sûrs et certains que Vale n'apparaît sur aucune des images des caméras de surveillance ? Cela paraît impossible.

— Les hommes qui ont étudié ces images ne sont

pas des amateurs. Ils ont examiné avec soin tous les véhicules capturés par les objectifs. Et, avant que tu ne poses la question, toutes les entrées du parc sont surveillées par des caméras de surveillance. La police a vu chaque conducteur au volant de chaque voiture et de chaque camion pénétrant dans les Smokies. C'est incompréhensible. À croire qu'il l'a emmenée à bord d'un hélicoptère ou de quelque chose du même genre.

— Et qu'en est-il de l'enquête de voisinage ? A-t-elle donné quelque chose ?

— Rien. Le porte-à-porte est terminé. Tous les chalets, camping-cars, granges et même les jacuzzis situés dans un rayon de dix kilomètres autour de chez toi ont été fouillés. Leurs habitants interrogés. Remi n'est pas là-haut.

Duncan ferma les yeux, la tête entre les mains. Vale avait emmené Remi loin de chez lui dès qu'il l'avait enlevée, il en était certain. Ils n'avaient pu emprunter qu'une seule route, parce qu'il n'y en avait qu'une. Vu l'emplacement des caméras de surveillance, elles avaient forcément filmé tous les véhicules qui montaient ou descendaient la montagne. Alors, comment Vale avait-il réussi à passer à travers les mailles du filet ? Comment avait-il pu gagner le parc sans être repéré ?

Il releva soudain la tête.

— Une voiture de police. Vale circule à bord d'une voiture de police ou du NPS, un véhicule auquel la police ne s'est pas intéressée en visionnant les vidéos. Dites-leur de repasser les bandes mais de chercher cette fois une voiture de patrouille ou, en tout cas, un véhicule officiel.

Lee avait déjà son téléphone collé à l'oreille. Tandis qu'il discutait avec la police de Gatlinburg, Duncan étudiait la carte du parc, la zone la plus proche de chez lui. Vale prenait un énorme risque en revenant dans le parc avec Remi. Pourtant, Duncan était certain qu'il l'avait fait. Il connaissait l'importance des rituels pour un tueur en série et il savait aussi que Val tenait à signer son crime. Voilà pourquoi il avait besoin de ramener Remi dans le parc. Mais où la chercher ? Le domaine des Smokies s'étendait sur plus de deux cent mille hectares. Il aurait été logique qu'il retourne sur la corniche où Mme Foster avait été enlevée. Mais l'endroit a déjà été fouillé deux fois aujourd'hui. Sans résultat. Alors où était allé ce fumier ?

Il chercha sur la carte les chemins qui montaient jusqu'à la crête où Becca avait disparu, dix ans plus tôt. Quatre sentiers y menaient, sans compter celui qui passait devant la remorque du NPS, qui n'était pas ouvert au public.

Duncan se pétrifia. Une piste située à proximité de l'endroit où avaient campé les terminales autrefois et que très peu de gens fréquentaient serait extrêmement tentante pour quelqu'un comme Vale. En fait, elle réunissait toutes les conditions d'une voie royale pour circuler dans le parc en toute discrétion.

Lee raccrocha, le visage sombre.

— Tu avais raison. Une voiture de police est descendue de la montagne dans les cinq minutes qui ont suivi ton coup de fil m'annonçant que Billy Hendricks avait été tué. Et le policier qui conduit habituellement ce véhicule n'est pas joignable. Une patrouille se rend chez lui.

— Où habite-t-il ? demanda Duncan, même s'il était à peu près certain de connaître la réponse.

— À un peu moins de deux kilomètres de chez toi.

— Lance un avis de recherche sur cette voiture…

— La police de Gatlinburg est déjà sur le coup. Ils étudient les images prises par les caméras de surveillance pour déterminer le trajet de ce véhicule.

Il lui indiqua le numéro d'immatriculation.

— Tous mes gars vont chercher cette voiture de police. Nous allons visionner les images captées par nos caméras à toutes les entrées du parc pour voir s'il apparaît.

Duncan se dirigea vers la porte.

— Où vas-tu ?

— Inspecter le sentier ornithologique qui se trouve à proximité de la remorque, répondit-il en s'emparant de son manteau et de ses gants. C'est par là qu'il est passé, j'en mettrais ma main au feu.

— Duncan, arrête, intervint Lee. Tu n'es pas en état de…

Il ne put finir sa phrase. Duncan était déjà dehors et courait vers sa jeep.

Elle pensait lui avoir échappé mais, en réalité, il la poussait vers l'endroit où il voulait la mener comme un chien force un agneau égaré à rejoindre le troupeau. Elle courait comme une dératée mais, au bout du sentier, elle se retrouverait coincée. Forcément. Il n'y avait pas d'issue ni d'autre voie à emprunter. Sans doute l'entendait-elle marcher derrière elle, ses pas crissant sur les épines de pin ou sur des branchages. Et son rire porté par le vent. Il n'essayait pas de forcer l'allure, ni de se cacher. Qu'aurait-il gagné à le faire ? Elle avait commis l'erreur de s'engager sur cette piste, persuadée qu'elle pourrait le distancer, se cacher, qu'il ne parviendrait pas à la rattraper. Mais il connaissait ces bois mieux qu'elle. Il était chez lui dans ce parc. Il savait que le sentier longeait la falaise en devenant de plus en plus escarpé. Et qu'il débouchait sur un ravin de plusieurs mètres de profondeur. En haut du mont, elle se rendrait compte qu'elle ne pouvait aller plus loin sans tomber dans le vide. Elle serait alors contrainte de faire demi-tour, de revenir sur ses pas. Et il serait là, un grand sourire aux lèvres et, à la main, son long poignard qui ressemblait à une machette.

Elle devait trembler de peur. Elle ne voulait pas mourir.

L'imaginer fuyant, éperdue, avant de comprendre qu'il l'avait poussée à se jeter dans une souricière l'amusait beaucoup.

— Becca avait fait exactement la même chose, lui lança-t-il en riant. Elle avait remonté le sentier, sans se rendre compte de son erreur. Tout comme vous. Cela devient trop facile !

Le sentant se rapprocher d'elle, Remi accéléra.

Aide-moi, Becca. Quelle direction as-tu prise ? Laquelle dois-je éviter ?

Elle promena les yeux autour d'elle, cherchant désespérément un endroit où fuir. Mais sur sa droite se dressait la paroi rocheuse de la montagne, et sur sa gauche tombait un ravin vertigineux.

Peut-être trouverait-elle un peu plus loin une cachette ou un moyen de lui tendre un piège. C'était son seul espoir pour le moment. Plaquant son bras blessé contre sa poitrine, elle s'élança en avant.

Avec un juron, Duncan manœuvra la jeep sur le terrain où était installée l'antenne-relais. Il avait d'abord descendu la montagne jusqu'au parking où il avait un jour conduit Remi pour lui permettre de récupérer son sac à main dans sa voiture. Le parking était à présent désert. Il en avait fait le tour pour s'assurer que Vale n'avait pas dissimulé la voiture de patrouille sous les arbres. Mais aucun véhicule n'aurait pu passer par là, les bois étant particulièrement denses à cet endroit. Même un quad n'y parviendrait pas. Duncan était donc remonté dans la montagne, jusqu'à la crête, là où il s'était rendu quelques jours plus tôt pour voir où Sheryl Foster avait été enlevée. Et, une fois encore, il constata qu'il n'y avait personne.

Il redescendit lentement le chemin forestier pour une

nouvelle inspection, scrutant la pinède alentour, tout en réfléchissant aux derniers événements. Il venait de passer devant la remorque du NPS et le parking réservé aux rangers lorsque son talkie-walkie, rangé dans sa boîte à gants, se fit entendre. Il s'en empara et pressa une touche pour répondre.

— Duncan.

— C'est Lee. Où es-tu ?

— Près de la remorque du NPS. Pourquoi ?

— Une caméra installée en bas du sentier qui nous est réservé et qui nous permet d'accéder à la remorque a filmé la voiture de patrouille volée, il y a une petite demi-heure. Vale est quelque part sur notre chemin forestier, Duncan.

Duncan écrasa la pédale de frein. Il venait de passer devant le sentier ornithologique, le sentier où les amateurs observaient les oiseaux, le sentier où il s'était garé pour parler à Remi après son interrogatoire. Puisque Vale était monté par-là, peut-être avait-il emprunté ce chemin. En tout cas, cela valait le coup d'y jeter un œil.

Actionnant la marche arrière, il retourna devant l'entrée du chemin. En effet, des traces sur le terrain boueux où la neige avait fondu et l'herbe aplatie prouvaient que quelqu'un était récemment passé par là.

— Il est sur l'ancien sentier ornithologique, Lee. J'y vais.

— De quoi parles-tu ?

— Il y a des années, il s'agissait d'une route mais, par manque d'entretien, elle a finalement été jugée trop dangereuse et on l'a condamnée. Désormais seuls ceux qui s'intéressent aux oiseaux s'y aventurent et à pied. Papy m'avait montré ce vieux chemin abandonné quand il m'avait fait faire le tour du propriétaire du parc, à mon arrivée.

Lee ordonna à des rangers de prendre leurs manteaux.

— Reste où tu es. Nous partons tout de suite pour te rejoindre.

— Je n'ai pas le temps de vous attendre.

Et, jetant le talkie-walkie sur le siège à côté de lui, il accéléra.

Remi s'arrêta et se plia en deux, le souffle court. La distance qu'elle avait parcourue n'était pas très importante mais le terrain était difficile. Traversée par une bouffée d'adrénaline, elle avait foncé à toute vitesse à travers les bois, au lieu de s'économiser comme le faisaient les coureurs de fond. Elle souffrait d'un point de côté, ses cuisses la brûlaient, la douleur de son épaule devenait insupportable. La peur et les souffrances accumulées finissaient par miner ses forces. Elle craignait de s'effondrer sur le sol et de rester à terre comme une méduse échouée.

— Reeemiiii ! J'arrive, chérie.

Le ton moqueur de Vale la glaça. Cet homme n'était pas humain. Il semblait n'avoir jamais besoin de souffler, de se reposer. Imperturbable, il continuait d'avancer d'un pas égal.

Elle n'avait jamais autant détesté quelqu'un. S'efforçant de recouvrer son souffle, elle se remit à courir. Le sentier se rétrécissait de plus en plus, devenant de plus en plus dangereux, mais soudain, il déboucha sur une clairière. Il y avait des arbres sur sa droite, de grands rochers sur sa gauche et, en face d'elle, un vieux bâtiment qui semblait sur le point de s'écrouler. Peut-être un ancien refuge ou une ferme abandonnée. Remi hésita. Que devait-elle faire ? Passer par les bois ? Escalader les rochers en espérant retrouver très vite le chemin ? Ou se hasarder dans la baraque en ruine ?

Qu'as-tu fait, Becca ? Aide-moi.

Des bruits de pas se rapprochaient derrière elle. Il allait plus vite, à présent. Il allait bientôt la rattraper. Elle devait choisir une direction.

Qu'aurait fait Becca ?

Remi prit sa décision et elle s'élança en avant.

Braquant le volant, Duncan freina brusquement et s'arrêta devant la voiture de patrouille volée. Vale avait roulé jusqu'à l'endroit où le sentier devenait trop étroit pour s'y aventurer à bord d'un véhicule. Un peu plus haut, le chemin débouchait sur une clairière et disparaissait sur quelques mètres avant de réapparaître de l'autre côté des arbres. Vale l'avait probablement fait exprès pour se donner la possibilité de fuir au plus vite, une fois son crime accompli. Et peut-être espérait-il aussi avec cette manœuvre bloquer d'éventuels poursuivants.

Son talkie-walkie à la main, Duncan bondit de la jeep. Tout en inspectant l'habitacle de la voiture de police, l'arme au poing, il appela son chef.

— Lee, c'est Duncan.

— Nous venons de trouver le sentier. Nous montons.

— J'ai dix minutes d'avance sur vous. La voiture de police volée est là.

Comme il fallait s'y attendre, le coffre était vide. Il se pencha à l'intérieur et y découvrit un long cheveu blond.

Remi y avait été enfermée, comprit-il en promenant les yeux autour de lui.

— Le policier qui conduisait d'habitude cette voiture a été tué, annonça Lee. Son corps a été découvert dans un fossé. J'ai trois rangers avec moi. Je vais demander des renforts maintenant que nous savons que nous sommes sur la bonne voie. Attends-nous, nous arrivons.

Duncan s'accroupit pour étudier les traces de pas,

s'efforçant de reconstituer ce qui s'était passé en se basant sur les empreintes laissées sur le sol.

— Je ne peux pas attendre. Apparemment, il avait enfermé Remi dans le coffre. Elle a dû essayer quelque chose. Peut-être l'a-t-elle frappé quand il a ouvert. Elle sait se servir de ses poings, j'en parle d'expérience. Il avait emporté une bâche avec lui. Sans doute avait-il l'intention de la rouler dedans pour la transporter quelque part. Mais elle s'est échappée, elle s'est sans doute enfuie à travers bois. Je connais ce sentier, Lee. Il mène à un ravin. C'est une impasse, une souricière. Au bout, c'est le vide. Elle sera obligée de faire demi-tour et de revenir vers lui. Le temps presse. Il sera bientôt trop tard.

— Compris. Ne te fais pas tuer, d'accord ? Tes frères m'étrangleront s'il t'arrive quelque chose.

Duncan s'élança en avant. Il sauta par-dessus un arbre tombé et grimaça lorsque le tiraillement des points de suture sur son flanc gauche lui rappela qu'il avait été blessé.

Tiens bon, Remi. J'arrive. Accroche-toi.

Il fonça dans les bois sans se soucier du bruit qu'il faisait. Cela n'avait plus d'importance. En fait, il espérait que Vale l'entendrait. Après tout, il était armé, contrairement à Remi. Duncan savait où finissait cette piste. Elle menait à une mort certaine si vous aviez un tueur à vos trousses. Et Vale avait une longueur d'avance. Avait-il déjà fait du mal à Remi ? Était-il en train de lui faire subir toutes les horreurs que Hendricks et lui avaient infligées à toutes ces malheureuses au cours des dix dernières années ? Duncan comprit qu'il devait faire quelque chose, n'importe quoi pour aider Remi. Pour lui faire comprendre qu'il était tout près. Pour lui redonner espoir et envie de se battre. Il fallait se débrouiller pour que Vale se détourne de Remi et s'en prenne à lui.

Levant son arme, il tira en l'air.

Remi sursauta au bruit du coup de feu. Vale aussi.

Son poignard à la main, il s'arrêta net devant le bâtiment délabré dans lequel il s'apprêtait à entrer et il jeta un coup d'œil par-dessus son épaule.

Remi avait compris que, dans l'espoir d'échapper au tueur, sa sœur s'était précipitée à l'intérieur de la ferme en ruine. Elle décida donc de ne pas suivre son exemple et, au lieu d'y pénétrer, elle contourna le vieil édifice. Elle se sentait terriblement exposée. Mais elle ramassa une grosse pierre, déterminée à fracasser le crâne de Vale s'il l'approchait. Comme elle risquait un œil hors de sa cachette, elle le vit devant la bicoque, hésitant manifestement à s'y aventurer.

À ce moment, un autre coup de feu fendit l'air.

Vale se retourna. Fourrant son poignard dans son étui, il tira une arme de sa ceinture, un Glock 19, celui que Remi avait vu l'autre jour sur la corniche. L'arme au poing, il rebroussa chemin, redescendit le sentier.

Remi se figea en comprenant que, depuis le départ, Vale était armé et aurait pu l'abattre d'une balle. Il avait eu dix fois l'occasion de le faire. Mais il avait préféré la traquer comme un chasseur joue avec sa proie, jouir de sa peur. Et, maintenant, il allait tuer l'auteur des coups de feu, quel qu'il soit.

Sa douleur à l'épaule devenait insupportable. Laissant tomber la pierre, Remi s'adossa au mur de l'ancienne ferme, le souffle court, s'efforçant de recouvrer des forces. Celui qui avait tiré lui avait donné un peu de temps supplémentaire. Elle devait utiliser ce répit pour établir un plan qui lui permettrait d'échapper à Vale lorsqu'il reviendrait.

Parce qu'il reviendrait.

Elle pénétra dans le bâtiment en ruine dans l'espoir d'y trouver quelque chose, n'importe quoi, pour se défendre. L'endroit était minuscule et il n'en restait plus grand-chose. Au fil des ans, la nature avait repris ses droits. Le toit s'était envolé, les murs s'étaient en partie écroulés, des pierres avaient roulé en bas de la falaise. Pourquoi quelqu'un avait-il construit ce chalet si près du bord ? C'était dangereux. En tout cas, si elle s'était précipitée à l'intérieur pour tenter d'échapper à son poursuivant, elle serait tombée dans le vide, emportée par son élan, et elle se serait écrasée au fond du ravin.

Es-tu morte ainsi, Becca ?

Elle pria pour que cela n'ait pas été le cas, pour que sa sœur n'ait pas enduré cette indicible terreur de basculer dans le vide en sachant qu'elle allait se briser les os en bas, sur les rochers.

Un autre coup de feu se fit soudain entendre, beaucoup plus près que les précédents.

— Vale ! cria une voix. Sortez de votre cachette, pauvre malade !

Duncan ! Elle reconnut la voix de Duncan. Mais que cherchait-il à faire ? À devenir une cible pour la sauver ?

Non, elle ne voulait pas qu'il meure. Il n'était pas question qu'il se sacrifie pour elle. Elle devait l'aider. À tout prix. Tournant les talons, elle retourna en courant dans la ferme en ruine. Comme elle dérapait sur le sol boueux, elle aperçut quelque chose qui brillait sur la terre, une lame peut-être. Pourrait-elle s'en servir pour se défendre ? Elle revint sur ses pas et examina l'intérieur de ce qui avait sans doute été autrefois une cheminée de pierre. Elle s'en approcha avant de tomber à genoux.

Au milieu des cendres d'un feu éteint depuis des lustres, sur une grille en fer forgé se trouvait…

Becca.

Ses os étaient recouverts de suie. Il ne restait que quelques mèches de sa magnifique chevelure d'autrefois. Et sur son fémur gauche était vissée une broche d'acier. C'est elle qui avait attiré l'œil de Remi.

Bouleversée, elle fondit en larmes.

Assommé par le coup qu'il venait de prendre sur la tête, Duncan vacilla et eut du mal à recouvrer ses esprits.

Vale se mit à ricaner.

— Vous voyez mille étoiles, non ?

Son poignard à la main, il s'approcha de Duncan.

— Pour ma part, je ne me suis jamais intéressé à l'astronomie. Mais Billy en était obsédé. Tout ça à cause d'une fille dont il était dingue et qui se moquait de lui. Becca.

Il désigna d'un geste le flanc de Duncan.

— Je ne sais pas pourquoi je me fatigue à tout vous expliquer. Vous vous videz de votre sang, vous allez mourir dans quelques instants. C'est trop facile. Ce n'est pas drôle.

— Rendez-moi mon arme si vous trouvez que c'est trop facile.

Vale afficha un sourire éclatant.

— Si j'avais eu envie d'un duel au pistolet, je n'aurais pas balancé les nôtres dans le ravin après vous avoir désarmé. Je préfère vous tuer autrement.

Il s'approcha, brandissant son poignard.

Duncan bondit de côté et lui fit un croche-pied.

Comme Vale s'effondrait sur le sol, Duncan lui arracha le couteau des mains juste à temps pour éviter la lame.

Avec un juron, Vale se releva péniblement, puis s'essuya la bouche en le fusillant du regard.

— Vous allez me le payer.

— Où est Remi ? demanda Duncan, tentant de gagner du temps.

Tandis que tous deux se tournaient autour comme deux fauves prêts à se jeter l'un sur l'autre, Duncan promenait les yeux autour de lui, à la recherche d'un bâton, d'une grosse pierre, de tout ce qu'il pourrait utiliser pour lui donner l'avantage. En temps normal, il aurait eu le dessus sur Vale sans problème. Mais il avait perdu beaucoup de sang et il craignait de perdre connaissance.

— Où est-elle ? répéta-t-il.

— Disons qu'elle est avec sa sœur, répondit Vale en riant.

Le cœur de Duncan cessa de battre. Non, ce n'était pas possible. Ce fumier mentait. Duncan voulait, devait, croire que Remi allait bien. Tout le reste était impensable.

Ils continuaient à se tourner autour. De nouveau, Vale bondit sur lui mais, une fois de plus, Duncan esquiva. Il sentit la lame du poignard frôler son oreille.

— Posez ce couteau, Vale. Il n'est pas trop tard pour trouver un arrangement. Si vous vous rendez et si vous me dites où est Remi, je demanderai au procureur de ne pas proposer la peine de mort.

— Me rendre ? Vous plaisantez, je suppose. Ce n'est pas moi qui suis en train de me vider de mon sang. Et c'est moi qui tiens le couteau, permettez-moi de vous le rappeler.

— Pensez-vous vraiment que j'étais venu seul ici ?

Les sourcils froncés, Vale jeta un œil autour de lui.

— Vous bluffez. Vous n'avez pas de renforts.

— Vous croyez ?

Duncan sortit son talkie-walkie et pressa un bouton.

— Lee, à quelle distance êtes-vous ?

Vale, qui s'avançait vers Duncan s'arrêta quand Lee répondit.

— À quelques centaines de mètres. Nous avons entendu des coups de feu.

— Je tirais en l'air pour signaler ma présence à Remi et à Vale. Maintenant, je n'ai plus mon arme et il a un couteau. Venez vite et tirez les premiers. Vous poserez des questions plus tard. Tuez ce fumier, ajouta-t-il.

Vale plissa les yeux.

— Vous venez de signer votre arrêt de mort.

Avec un cri guttural, il chargea comme un taureau.

Duncan laissa Vale se précipiter sur lui mais, au dernier moment, il joignit ses deux mains pour le frapper avec violence à la tête.

Sonné, Vale laissa le poignard tomber.

Duncan voulut s'en saisir mais Vale réussit à s'en emparer en premier. L'œil féroce, il taillada le bras de Duncan.

Ce dernier chancela en arrière, en proie à une nouvelle vague de vertiges.

Vale avait lui aussi du mal à garder son équilibre.

Mais, comme Duncan reculait, il se cogna contre un arbre derrière lui.

Vale sourit.

— Cette fois, je vous tiens.

— Duncan ! Attrape !

Reconnaissant la voix de Remi, Duncan tourna la tête. Il saisit par réflexe ce qu'elle lui lançait et qui ressemblait à un club de golf. Il s'en servit aussitôt pour asséner à Vale un gros coup sur la tête.

Touché à la tempe, Vale s'écroula tandis que son couteau rebondissait sur le torse de Duncan avant de valser en l'air.

Duncan se redressa mais il vacillait sur ses jambes. Les poings serrés, il attendit que Vale se remette sur pied. Mais le tueur ne se releva pas. Duncan se rendit compte alors que le club qu'il avait utilisé était constitué d'une longue tige métallique.

— Duncan, ça va ? Duncan ?

Remi se précipitait vers lui. Il la prit dans ses bras et la serra contre lui, le visage enfoui dans ses cheveux.

— Remi. Dieu merci, tu es en vie. Remi.

Les yeux écarquillés de peur, elle regarda le flanc de Duncan.

— Tu saignes. Il t'a poignardé.

— Non. La plaie vient de se rouvrir mais c'est Billy qui m'avait poignardé.

Elle battit des paupières.

— Billy ?

Il la serra de nouveau contre lui.

— Je vais bien. Ne t'inquiète pas pour moi. Et, Dieu merci, tu vas bien aussi.

Des bruits de pas précipités les firent sursauter. Lee et quatre rangers sortaient des bois en courant, l'arme au poing.

Comme ils les contournaient pour se jeter sur Vale, Duncan se laissa lentement glisser sur le sol. Mais il ne lâcha pas Remi. Il la retint contre lui, incapable de la laisser s'éloigner de lui.

— Duncan, tu saignes beaucoup. La plaie sur ton flanc est profonde… Et, oh non, tu es aussi blessé au bras !

Les yeux remplis d'angoisse, Remi secouait la tête.

Il passa ses doigts dans ses cheveux.

— Tu vas bien. S'il te plaît, dis-moi que tu vas bien.

Elle sourit.

— Je vais bien.

— Duncan, dit Lee en les rejoignant. Où diable as-tu trouvé cet os ? Il y a une broche accrochée dessus.

— Un os ?

Il regarda Vale, les rangers, puis reporta son attention sur Remi.

— Que m'as-tu lancé pour me permettre de frapper Vale ?

— Un miracle. Becca. Elle nous a sauvés, Duncan. Becca nous a sauvés tous les deux.

18

Le soleil se levait. Ses premiers rayons apparaissaient derrière les Rocheuses, les montagnes bien-aimées de Remi, dont les cimes se découpaient à l'horizon dans un ciel sans nuage. Un gros bouquet de fleurs printanières à la main, Remi marchait au milieu des pierres tombales bien alignées. Dans le passé, se rendre dans ce cimetière la déprimait. Voir le nom de Becca gravé sur le marbre en sachant qu'en réalité le corps de sa sœur ne se trouvait pas là la plongeait toujours dans une profonde tristesse. Tant que Becca avait été portée disparue, elle n'avait évidemment pas pu être enterrée.

Maintenant, sa jumelle avait été retrouvée.

Et voilà près d'un mois qu'elle avait rejoint le monument funéraire familial qui serait sa dernière demeure.

Tout en cheminant entre les tombes, Remi sentait des larmes brûler ses paupières. Toutefois, il ne s'agissait pas de larmes de chagrin comme dans le passé mais de soulagement. Elle avait le sentiment du devoir accompli. Elle avait tenu la promesse faite à son père sur son lit de mort. Et Becca reposait enfin à côté de leurs parents, des parents aimants qui veilleraient sur elle pour l'éternité.

Remi ne saurait jamais exactement comment sa sœur était morte mais cela n'avait plus la même importance que par le passé. Parce que tout était fini. Enfin. Pour eux tous.

Pour la première fois de sa vie adulte, Remi se sentait…

libérée. Maintenant, elle avait la possibilité d'avancer, de prendre un nouveau départ. Le voile noir jeté sur sa vie depuis la disparition de Becca s'était envolé. Elle avait obtenu des réponses à la plupart des questions qui la hantaient depuis la tragédie et elle avait ramené sa sœur à la maison.

Alors pourquoi n'était-elle pas heureuse ? Pourquoi avait-elle le cœur si lourd ?

Elle savait pourquoi.

Duncan.

Il lui manquait et beaucoup plus qu'elle ne l'avait imaginé. Pourtant, ils n'avaient été ensemble que quelques jours. Mais ce qui les avait réunis et tout ce qu'ils avaient partagé – l'enquête, le stress, le danger, la passion, le plaisir – avaient été d'une rare intensité. Tout s'était passé si vite, si fort, entre eux qu'elle n'y avait pas cru.

Voilà pourquoi, lorsque les ossements de Becca avaient été retrouvés et dès qu'un médecin avait examiné son épaule et qu'un autre lui avait assuré que Duncan allait se remettre de ses blessures, Remi avait rapatrié sa sœur dans le Colorado, à la maison. Là, elle avait organisé ses funérailles, une petite cérémonie intime, avant de laisser sa jumelle dans ce cimetière avec leurs parents. Et elle avait alors décidé de reprendre le cours de sa vie. Ou du moins d'essayer de le faire. Mais tourner la page, passer à autre chose, s'avérait beaucoup plus difficile que prévu.

Duncan.

Il l'avait appelée plusieurs fois de sa chambre d'hôpital. Mais elle avait été trop lâche pour lui parler. Elle n'avait pas su quoi lui dire. Aussi s'était-elle contentée de lui répondre par texto qu'elle allait bien. Elle en était restée là.

Comment pourrait-elle commencer une nouvelle vie, avec ou sans lui, et avancer alors qu'elle ne savait même pas ce qu'elle voulait faire de son existence ni où elle avait envie d'aller ? Jusqu'alors, elle avait un but – retrouver

Becca. À présent, elle se sentait déboussolée comme un navire perdu en mer, ne sachant pas vers où se tourner.

Finalement, son chef avait accepté de la garder au sein du FBI. Mais, rétrospectivement, Remi avait pris conscience que tout ce qu'il lui reprochait depuis des années était fondé. Au départ, elle avait voulu travailler au FBI pour Becca, pour multiplier ses chances de retrouver sa sœur. Maintenant qu'elle n'avait plus besoin de la chercher, elle ne voyait plus l'intérêt de poursuivre sa carrière dans cette voie. Elle avait perdu le feu sacré. Elle rêvait de changer son fusil d'épaule, de faire quelque chose d'autre mais elle ignorait quoi.

Heureusement, son père avait eu autrefois la sagesse de souscrire une assurance-vie qui la mettait à présent à l'abri du besoin et qui lui donnait le temps de réfléchir avant de décider de la suite. Elle avait démissionné de son poste au FBI. Et elle s'interrogeait sur son avenir.

Secouant la tête pour en chasser ces pensées un peu angoissantes, elle considéra le bouquet qu'elle tenait à la main, un bouquet composé d'iris, de jonquilles, de pensées et de roses qu'elle avait cueillies dans le jardin de sa mère. Encore un vestige du passé dont Remi avait été incapable de se détacher toutes ces années. Après la disparition de sa sœur, elle n'avait jamais osé quitter la maison de ses parents. Maintenant, elle avait l'impression d'y étouffer. Elle ne s'y sentait plus chez elle, elle n'y avait plus sa place. Aussi l'avait-elle mise en vente. La confier à une agence immobilière lui avait paru bizarre mais juste. Un geste libérateur. Dans quelques semaines, elle fêterait ses vingt-huit printemps et, pourtant, elle se sentait comme à la fin de ses études secondaires, lorsqu'elle s'interrogeait sur son avenir professionnel et qu'elle se demandait quelle voie la tentait, quel métier elle avait envie d'exercer.

Elle espérait vraiment le découvrir avant l'âge de la retraite.

Comme Remi parvenait devant le monument funéraire de sa famille, elle s'arrêta brusquement, interdite. La gorge nouée, elle promena les yeux autour d'elle. Les tombes de ses parents et de sa sœur étaient fleuries de magnifiques roses rouges. Or, Remi n'était pas retournée au cimetière depuis les obsèques de Becca. Elle avait proposé à d'anciens amis du lycée qui vivaient encore dans la région de se réunir autour de la sépulture pour une cérémonie intime célébrée par un prêtre de sa connaissance. L'enterrement remontait à trois semaines.

Alors, qui avait laissé ces roses ?

S'agenouillant sur le sol, près de la tombe de sa mère, elle grimaça quand une vive douleur cisailla son épaule. Celle-ci ne la faisait presque plus souffrir depuis qu'elle suivait des séances de rééducation. D'ailleurs, elle ne portait plus le bras en écharpe. Mais parfois, comme à cet instant, une sorte de décharge électrique la traversait, lui rappelant que, si elle allait mieux, elle n'était pas totalement guérie. Elle se frotta l'épaule puis elle ramassa les fleurs qu'elle avait apportées et les disposa autour des roses.

Après avoir fleuri les tombes de ses parents, elle s'approcha de celle de Becca. C'est alors qu'elle découvrit une feuille de papier pliée et coincée sous le vase. Elle s'en saisit et la déplia. L'écriture ne lui était pas inconnue. Elle l'avait vue sur un autre petit mot laissé à son intention sur une table de chevet, une nuit froide de février, cela faisait une éternité.

Remi. Avec l'arrivée prochaine des fêtes de Pâques, qui symbolisent les résurrections et les nouveaux départs, j'espère que tu pourras, toi aussi, tourner la page du passé et vivre ta vie. Je te souhaite de tout cœur d'être en paix et heureuse. Et sache que tu ne seras plus jamais seule. Je suis et serai toujours là avec toi, en pensée, en esprit. Toujours.

Avec tout mon amour,

Duncan.

Une goutte tomba sur le feuillet. Remi leva les yeux vers le ciel, s'attendant à voir des nuages de pluie. Mais il ne pleuvait pas. Elle pleurait. Avec un soupir, elle s'essuya les yeux et relut le message.

Avec tout mon amour, Duncan.
Tout mon amour.
Mon amour.

S'agissait-il d'une formule de politesses irlandaise ou ces mots signifiaient-ils qu'il l'aimait réellement ?

Idiote ! Cesse d'ergoter ! Et fonce !

De nouveau, Remi regarda autour d'elle.

Bouge-toi. Il est grand temps, non ?

Elle se tourna vers la pierre tombale et battit des paupières.

— Becca ? Est-ce toi qui me parles ?

Debout !

Remi se releva difficilement. La voix qu'elle entendait était si forte, si… réelle. Comme lorsqu'elle était dans les Smokies, et que, allongée sur le sol, blessée, elle avait entendu sa sœur lui ordonner de se lever et de fuir.

Elle promena les yeux autour d'elle, soulagée qu'il n'y ait personne dans les parages pour se rendre compte qu'elle entendait des voix.

Elle s'humecta les lèvres.

— Becca ? Est-ce toi ? Essaies-tu de me dire quelque chose ?

Le vent se leva soudain, faisant trembler la lettre de Duncan qu'elle tenait entre ses doigts. Elle avait tellement pleuré que le message était devenu illisible. Elle ne pouvait lire à présent que les derniers mots :

Avec tout mon amour, Duncan.

Une violente bourrasque lui arracha soudain la feuille des mains. Elle se pencha pour la rattraper mais elle s'envola plus loin. Remi courut derrière mais, chaque fois qu'elle pensait l'atteindre, le vent se remettait à souffler pour l'envoyer plus loin, hors de sa portée et vers le parking.

Elle hésita, s'arrêta pour regarder derrière elle les pierres tombales de ses parents et de Becca.

Cours !

Remi sourit à travers ses larmes.

— La subtilité n'a jamais été ton fort, n'est-ce pas, sœurette ?

Elle s'essuya les yeux et considéra les trois tombes. Et elle comprit soudain que, si leurs corps étaient là, ses parents et sa sœur étaient en réalité dans son cœur pour toujours. Elle les emporterait partout où elle irait. En partant, elle ne les abandonnerait pas. Ils ne seraient jamais seuls.

Et elle non plus. Ils étaient reliés pour toujours.

Le vent se leva de nouveau, gonflant ses cheveux.

Elle sourit.

— Je vous aime, maman, papa. Je t'aime, Becca.

Elle leur envoya un baiser avant de quitter le cimetière.

— Merci, Becca.

Et elle s'élança vers sa voiture.

Duncan posa le plateau de jambon qu'il venait de trancher au centre de l'immense table de la salle à manger de ses parents. Adam installa à côté la dinde découpée en morceaux.

— Je pense que nous n'avons rien oublié, dit Adam.

Duncan hocha la tête. Comme à son habitude, sa mère avait mis les petits plats dans les grands. Et elle avait sorti les couverts en argent qu'elle conservait normalement dans une boîte doublée de velours, les belles assiettes en porcelaine et les verres en cristal. Les chandeliers avaient quitté leur place habituelle sur la cheminée pour parfaire la table de fête. Les bougies blanches mêlaient leur parfum de vanille aux arômes du succulent repas de Pâques qu'ils s'apprêtaient à partager en famille.

Des rires s'échappaient de la cuisine. Son père et sa mère plaisantaient avec Jody.

Duncan remarqua qu'il y avait une assiette en plus à table.

Adam suivit son regard.

— Le côté optimiste des parents me sidérera toujours. À quand remonte la dernière fois que Ian a assisté à une fête familiale ? demanda-t-il en secouant la tête.

— À Noël, il y a un an, lança une voix de la porte.

Tous deux se retournèrent pour voir Colin entrer dans la salle à manger.

— Quant à moi, je n'en rate aucune pour que vous puissiez profiter de la conversation du fils préféré.

Un grand sourire aux lèvres, il ouvrit les bras, comme s'il leur offrait par sa simple présence un magnifique cadeau.

Adam et Duncan échangèrent un regard avant de lever les yeux au ciel dans un bel ensemble.

— Maman ! crièrent-ils tous les deux.

Leur mère sortit de la cuisine en s'essuyant les mains sur un torchon.

— Qu'avez-vous à hurler dans la maison comme si vous aviez quatre ans ? Où avez-vous donc été élevés ? Je vous jure que je…

Elle interrompit sa tirade en voyant Colin, presque aussi grand que Duncan et Adam.

— Bonjour, maman. Je viens d'arriver !

— Colin !

Elle l'embrassa avec chaleur avant de lancer par-dessus son épaule à l'attention de son mari resté dans la cuisine.

— Colin est là !

De nouveau, elle le prit dans ses bras pour l'étreindre avec force. Serré contre elle, Colin regarda Duncan et Adam et articula sans émettre un son :

— Qu'est-ce que je vous disais ? Je suis le fils préféré.

— Il était temps que tu arrives, lança Adam. Tu as vu l'heure ? Nous allons enfin pouvoir passer à table.

Il adoucit ses mots d'un sourire tout en s'approchant de son frère pour l'embrasser à son tour.

En riant, Duncan salua, lui aussi, Colin avec chaleur mais, très vite, il se dirigea discrètement vers le salon pour couper court à ces effusions familiales. Dès qu'il fut hors de vue, il cessa de sourire. Faire semblant d'être heureux, que tout allait bien, lui était de plus en plus difficile. S'il survivait à cette journée en famille, à ces rires et à ces sourires, cela tiendrait du miracle.

Il s'accroupit devant la cheminée pour regarder danser les flammes. Deux mois s'étaient écoulés depuis que Remi Jordan avait traversé sa vie comme une tornade, détruisant tout sur son passage avant de s'en aller en le laissant démoli. Il avait compris depuis longtemps qu'il tenait à elle. Mais il n'avait mesuré à quel point que lorsqu'il avait failli la perdre, quand elle s'était fait enlever par un tueur en série. Pourtant, après lui avoir rendu visite à l'hôpital pour s'assurer qu'il survivrait à ses blessures, elle était partie. Elle était retournée dans le Colorado sans un regard en arrière… Il secoua la tête. Se rendre là-bas incognito il y a quelques jours pour déposer des fleurs et un petit mot sur la tombe de sa sœur était idiot de sa part. De toute évidence, Remi ne partageait pas ses sentiments. Sinon elle aurait déjà répondu à ses appels ou à ce message débile. Maintenant, il allait devoir trouver le moyen de continuer à vivre avec un trou béant dans la poitrine, là où se trouvait autrefois son cœur.

Si seulement, il savait comment.

La sonnette retentit. Fronçant les sourcils, il regarda par-dessus son épaule pour voir si son père ou sa mère allaient ouvrir la porte. C'était leur chalet, après tout. Et Duncan ne s'attendait nullement à ce que son plus jeune frère, le mouton noir de la famille, Ian, ait finalement décidé de fêter Pâques avec eux. Quel que soit leur visiteur, il était venu voir ses parents.

Dans la salle à manger, le reste du clan discutait avec animation. Adjoint au shérif, Colin était au cœur d'une opération secrète. Il avait beaucoup de responsabilités, de travail, et pourtant, il arrivait toujours à se débrouiller pour être là à Noël et à Pâques afin de les fêter en famille. En tout cas, tout le monde était trop occupé à lui parler pour remarquer que quelqu'un avait sonné.

Avec un soupir, Duncan traversa le salon pour gagner la porte d'entrée.

Lorsqu'il l'ouvrit, il resta sans voix.

— Salut, Duncan.

Remi lui souriait avec chaleur.

— J'espère que tu ne m'en veux pas de débarquer à l'improviste chez tes parents. Ton chef m'a donné leur adresse.

Une légère brise jouait dans ses boucles brunes. Elle les repoussa avec impatience.

— Tu as teint tes cheveux, balbutia-t-il.

Sa remarque n'avait aucun intérêt mais ce fut tout ce que son cerveau parvint à formuler.

Le sourire de Remi s'estompa.

— Oui, je n'avais plus de raison d'être blonde alors

je leur ai redonné leur couleur naturelle. Par ailleurs, j'ai démissionné, je ne travaille plus pour le FBI. Et voilà.

Elle attendit, son regard cherchant le sien.

Duncan resta figé sur place, ne sachant pas quoi dire ni quoi faire. Il ouvrit la bouche à plusieurs reprises, mais il semblait soudain incapable d'émettre un son.

— Duncan ? cria la voix de sa mère derrière lui. Qui est là ?

Comme elle s'approchait avec curiosité de la porte ouverte, Duncan remarqua son visage resplendissant de joie. Sans doute espérait-elle voir son plus jeune fils. Si elle fut déçue de constater qu'il ne s'agissait pas de lui, elle ne le montra pas et elle adressa à Remi un sourire chaleureux et accueillant.

— Bonjour, mademoiselle. Et joyeuses Pâques.

Remi lui rendit son sourire et lui serra la main, mais son expression était maintenant plus indécise.

— Madame McKenzie, c'est ça ? Je suis Remi Jordan. Désolée d'interrompre votre déjeuner de Pâques. Mais je cherchais Duncan et je…

— Remi Jordan ?

Les yeux de sa mère s'écarquillèrent de surprise.

— L'agent du FBI qui…

Elle hésita, ne voulant évidemment pas rappeler de mauvais souvenirs à propos de Becca et de ce qui s'était passé.

Remi mêla leurs doigts.

— L'agent du FBI qui était venue chercher sa sœur disparue. Et qui l'a retrouvée, oui.

La mère de Duncan la prit dans ses bras.

— Ma pauvre enfant. Entrez, entrez. Vous arrivez juste à temps. Nous nous apprêtions à passer à table.

Secouant la tête, Remi recula.

— Oh non, madame. Je ne veux pas déranger. J'aurais

dû passer un autre jour mais j'avais vraiment besoin de parler à Duncan. Et si c'était possible…

Elle se tourna vers lui.

— Duncan ? Puis-je te dire un mot ?

Il s'éclaircit la gorge, s'efforçant de recouvrer sa voix. La revoir le plongeait dans un état second dont il ne parvenait pas à s'extirper. Sa mère et Remi le regardaient toutes les deux avec inquiétude. Il nota une pointe de contrariété dans les yeux de sa mère, comme si elle craignait qu'il ait perdu ses bonnes manières.

— Excuse-nous un moment, parvint-il à balbutier.

Il prit la main de Remi et il l'entraîna à l'arrière de la maison.

19

Remi laissa Duncan l'entraîner à l'extérieur du chalet, profitant du fait qu'il ne la regardait pas pour refouler les larmes stupides qui brûlaient ses paupières. Elle ne s'était jamais sentie aussi humiliée et honteuse de toute sa vie. Elle avait dépensé une somme folle – les compagnies aériennes ayant doublé leurs tarifs pour le week-end de Pâques – pour sauter dans le premier avion en partance pour le Tennessee. Elle avait traversé la moitié du pays pour le voir. Même si elle ne s'attendait pas forcément à ce qu'il pose un genou à terre pour lui déclarer sa flamme et lui promettre un amour éternel, elle avait espéré au moins un sourire. Elle avait pensé qu'il la serrerait dans ses bras, l'embrasserait peut-être, pour qu'elle comprenne qu'il était heureux de la retrouver.

Au lieu de quoi, il lui avait jeté un regard noir et il ne s'était même pas donné la peine de la présenter correctement à sa mère avant de la faire sortir de la maison familiale.

Elle aurait dû rester dans le Colorado.

Pourquoi avait-elle été imaginer un conte de fées en se basant sur ce message laissé sur la tombe de sa sœur ? Elle avait totalement fantasmé sur ces quelques mots griffonnés à la hâte, certaine qu'il s'agissait d'une déclaration d'amour, d'une demande en mariage à peine déguisée. Alors qu'il n'avait sans doute voulu que lui présenter ses condoléances et lui souhaiter bonne chance pour la suite. Fin de l'histoire. Elle se sentait bête, pathétique et ravagée de douleur. Duncan venait de lui briser le cœur.

Maintenant, elle n'avait qu'une envie : remonter au plus vite dans sa voiture de location, retourner dare-dare à l'aéroport et quitter cette région maudite pour soigner ailleurs son humiliation et son âme en miettes.

Comme ils arrivaient dans un immense jardin perché au bord de la montagne, elle resta un instant saisie par la beauté du panorama. Voilà longtemps qu'elle avait compris que la famille de Duncan était riche mais elle mesura soudain à quel point il fallait être fortuné pour s'offrir une demeure pareille. N'étant pas née, elle, avec une cuillère en argent dans la bouche, elle se rendit compte que tout les séparait, Duncan et elle. Elle n'aurait vraiment jamais dû venir.

Il s'arrêta et se retourna pour lui faire face. Incapable de soutenir l'intensité de son regard, elle recula et s'adossa au mur de rondins de bois.

Duncan enfonça les mains dans ses poches.

— Pourquoi es-tu ici ? demanda-t-il.

Elle se sentit rougir.

— Je suis moi aussi très contente de te voir.

— Remi. En te présentant chez mes parents à l'improviste, tu n'imaginais quand même pas que…

— … que tu serais heureux de me voir ? En tout cas, tu ne l'es pas, c'est évident. Message reçu cinq sur cinq. Et je me rends compte que venir ici était une erreur, une erreur énorme, et accessoirement ruineuse.

Décidée à s'en aller, elle voulut s'éloigner mais il lui bloqua le passage. Les poings serrés, elle le fusilla du regard.

— Laisse-moi passer, Duncan. Inutile d'essayer de m'intimider. Je sais me défendre. Alors recule avant que je ne t'envoie un coup de genou à un endroit sensible.

Il leva un sourcil surpris mais, obtempérant, il s'écarta.

Puis il planta les yeux dans les siens avant de s'éclaircir la gorge pour pousser un juron.

— Tu n'as visiblement pas beaucoup de mots à ton vocabulaire, remarqua-t-elle. Aucun problème. De toute façon, je crois que nous nous sommes tout dit. Cette fois, j'en ai vraiment fini. Passe de joyeuses fêtes de Pâques en famille. De mon côté, je m'en vais et tu ne me reverras jamais.

Tournant les talons, elle se dirigea vers la barrière mais avant qu'elle n'ait pu faire trois pas, il la rattrapa et la saisit par le bras.

Sans ménagement, il la fit pivoter vers lui et il captura sa bouche. Remi fut tellement surprise qu'elle n'eut pas la présence d'esprit de lui envoyer un coup de genou comme promis. Et très vite, comme leurs langues entamaient une danse sensuelle, elle perdit toute capacité à réfléchir ou à agir. Seul le plaisir que lui procurait ce baiser lui importait.

Duncan se pencha vers elle pour la plaquer contre le mur du chalet. Son baiser avait un goût de désespoir, de colère et de désir mêlés. Mais il était aussi teinté d'autre chose, quelque chose qu'elle ne parvenait pas à définir. Quand il rompit leur étreinte et recula, tous deux avaient du mal à respirer.

Le souffle court, il planta les yeux dans les siens et la profonde douleur qu'elle y vit briller la désarçonna.

— Pourquoi es-tu venue ici ? répéta-t-il.

Elle l'avait fait souffrir. Profondément. Et elle ne l'avait pas imaginé avant cet instant précis. Le désir qui les avait jetés dans les bras l'un de l'autre, deux mois plus tôt, était toujours là. Mais elle voyait briller dans ses prunelles bleues une myriade d'émotions et de sentiments qui n'avaient rien à voir avec le désir. Elle comprit qu'elle avait en face d'elle un homme qui l'aimait, qui tenait à elle et qui avait peur d'espérer.

Sa colère s'envola. Elle se détendit. Un sourire aux lèvres, elle posa les mains sur son torse.

Il sursauta à son contact. Mais il ne s'écarta pas.

— Merci pour les fleurs que tu as envoyées à ma famille. Et pour ton petit mot.

Il fronça les sourcils.

— Tu aurais pu me remercier par téléphone.

Elle hésita, se sentant toujours idiote. Mais elle s'était donné du mal pour venir jusqu'ici et elle n'avait pas l'intention de s'en aller sans lui avoir dit ce qu'elle avait eu l'intention de lui dire. Si, après l'avoir entendue, il ne souhaitait pas aller plus loin, alors elle s'en irait. Elle retournerait dans le Colorado pour panser ses blessures et apprendre à vivre sans lui.

Il le faudrait bien.

Après avoir pris une profonde inspiration, elle répondit :

— Je ne suis pas venue pour te remercier mais pour te dire quelque chose que j'aurais dû te dire il y a longtemps.

Le visage de Duncan se durcit et il recula, se blindant intérieurement pour écouter la suite.

— Quoi que tu aies à dire, je suis sûr que tu aurais pu le faire par téléphone. Ma famille m'attend pour passer à table. Je te raccompagne à ta voiture.

— Je t'aime.

Il sursauta et il tourna la tête vers elle.

— Qu'as-tu dit ?

Déterminée à tout donner, elle s'avança et attrapa sa ceinture pour l'empêcher de s'éloigner.

— Je suis désolée, Duncan. Désolée d'être partie. Mais il le fallait. Je devais ramener Becca à la maison, l'enterrer correctement, lui permettre de reposer auprès de nos parents. Et du même coup, pouvoir, moi, tourner enfin la page, laisser le passé derrière moi. Essaie de comprendre. Toute ma vie, je n'ai eu qu'un but : retrouver Becca. Une fois cet objectif atteint, j'ai eu l'impression de flotter dans l'espace, d'avoir perdu ma boussole intérieure, de ne plus savoir quoi faire de mon existence. Je devais me recentrer, retrouver un sens à ma vie.

— Tu étais venue me dire au revoir à l'hôpital et, ensuite, tu es partie. J'ignorais que tu partais pour de bon. Tu ne répondais pas à mes coups de fil. Tu t'étais contentée de m'annoncer par texto que tu allais bien. Je méritais mieux.

Le cœur de Remi se serra en mesurant la souffrance de Duncan.

— Je sais. J'ai eu tort. J'ai eu tout faux. Ce n'est pas une excuse, mais j'étais désorientée, totalement perdue. Les mots que je voulais dire étaient là, sur le bout de ma langue. Mais je n'arrivais pas à les prononcer.

Elle prit une profonde inspiration et essaya de formuler ce qu'elle avait envie de lui dire. En espérant que cela suffirait.

— Je craignais que mes sentiments pour toi soient le fruit d'une illusion, qu'ils n'aient aucune réalité. Comment aurions-nous pu tomber amoureux, comment imaginer un amour authentique alors que nous n'avions passé que quelques jours ensemble ? Nous nous connaissions à peine. Je n'étais pas prête à tenter l'aventure, à sauter dans l'inconnu. Je n'étais pas prête pour l'amour, je n'étais pas prête pour toi. Donc oui, je suis partie, je me suis éloignée. Mais je suis ici, maintenant. Je suis revenue. Je suis revenue pour toi, Duncan. Il y a deux mois, je n'étais pas prête. Mais je le suis à présent.

Il scruta ses yeux puis fit un pas. Vers elle.

— Que racontes-tu, Remi ? Pour quoi es-tu prête ?

— Pour avancer avec toi. Je t'aime, Duncan. Je veux tout ce que tu m'avais écrit dans la lettre. Un nouveau départ, une nouvelle vie. J'ai envie d'être heureuse. Et une seule personne a le pouvoir de me rendre heureuse. Toi.

À ces mots, Duncan sentit un frisson lui parcourir

l'échine et il la prit dans ses bras. Cette fois, il ne l'embrassa pas, se contentant de la serrer étroitement contre lui.

— Je croyais t'avoir perdue, dit-il.

Elle noua les bras autour de sa taille.

— Je suis ici.

Il recula et prit son visage entre les mains.

— Pour combien de temps ?

Elle battit des paupières, se demandant ce qu'il voulait dire.

— Pour aussi longtemps que tu voudras de moi, Duncan. J'ai mis la maison de mes parents en vente. J'ai empaqueté toutes mes affaires dans quatre grosses valises qui sont dans le coffre de ma voiture de location.

— Où vas-tu habiter ?

Il la bombardait de questions sans lui donner beaucoup d'indices sur ce qu'il éprouvait pour elle. S'il ne partageait pas ses sentiments, elle aurait du mal à s'en remettre. Sa fierté et son cœur en souffriraient.

— Chez toi ? Avec toi ? En tout cas, je l'espère. Encore faut-il que tu en aies envie, bien sûr.

Ses yeux s'écarquillèrent.

— Que j'en aie envie ? Parce que tu en doutes ? Tu es sérieuse ?

Il tira sur une chaîne qu'il portait au cou. Une bague ornée d'un diamant y scintillait.

La gorge serrée, elle balbutia :

— De quoi s'agit-il ? De ce que je pense ?

Il posa un genou à terre et il lui prit la main.

— Remi Elizabeth Jordan…

— Comment connais-tu mon deuxième prénom ?

— Je suis enquêteur criminel.

Elle sourit.

Il sourit.

— Remi, j'aime ta bouche impertinente, ton petit corps sexy, ce magnifique cerveau à l'intérieur de ta jolie petite tête. J'aime tout de toi, je suis fou de toi. Mais j'aime surtout l'idée de t'épouser pour le meilleur et pour le pire et de t'aimer jusqu'à ce que la mort nous sépare.

Au bord des larmes, elle répondit.

— N'est-ce pas au prêtre de prononcer cette phrase ?

— Est-ce un « oui » ?

— Je ne me souviens pas que tu m'aies posé une question, répliqua-t-elle, taquine.

— Rien n'est jamais facile avec toi, ma douce… Veux-tu être ma femme, ma chérie ?

Sa voix était si pleine d'amour et de tendresse que Remi faillit exploser en sanglots.

Incapable de prononcer un mot, elle tendit la main gauche. Elle tremblait tandis qu'il glissait la bague à son doigt.

Se relevant, il l'embrassa avec passion. Elle lui rendit ses baisers avec la même fougue, émerveillée d'aimer et d'être aimée par cet homme hors du commun, intelligent, sexy et tendre.

Quand il finit par rompre leur baiser, un tonnerre d'applaudissements retentit au-dessus de leurs têtes avec des cris joyeux et des sifflets. Ils levèrent les yeux et découvrirent cinq visages heureux, les pouces en l'air.

Les joues de Remi s'embrasèrent mais Duncan éclata de rire et lui réclama un autre baiser, au grand amusement de l'assistance. Il se recula avant de capturer à nouveau sa bouche comme s'il ne pouvait se rassasier d'elle.

Son expression redevint grave.

— Je t'aime, Remi.

— Je t'aime, Duncan. Plus que tu ne le sauras jamais.

De nouveau, il prit son visage dans ses mains et planta ses yeux dans les siens.

— Tu ne seras plus jamais seule, mon amour. Tes parents et ta sœur sont à jamais dans ton cœur, et l'amour que vous aviez partagé comme tes souvenirs avec eux les rendront à jamais présents. Mais, maintenant, tu m'auras, moi aussi. Et une nouvelle famille qui apprendra à t'aimer presque autant que moi. Ils sont parfois un peu… envahissants, je le sais. Si tu as besoin de plus de temps, nous ne sommes pas obligés de rester ici. Nous pouvons aller dans mon chalet et…

Elle posa un doigt sur ses lèvres pour le faire taire.

— Et nous priver de ce délicieux déjeuner qui sent si bon que j'en ai l'eau à la bouche ? Sûrement pas.

Son sourire sexy lui fit regretter un instant sa décision de rester. L'avoir pour elle toute seule était plus alléchant que n'importe quel plat.

Il essuya doucement les larmes de ses joues et lui offrit le bras.

— Allons, ma future femme. Je vais te présenter ta nouvelle famille.

Il l'embrassa de nouveau avec tendresse avant de l'entraîner vers la maison où ses parents et ses frères les attendaient pour accueillir Remi à bras ouverts.

BLACK ROSE
HARLEQUIN

Ne manquez pas dès le mois prochain
dans votre collection

BLACK ROSE

le premier tome de la nouvelle série

Enquête à Eagle Mountain

Quand la neige enfouit les secrets…

Un roman inédit chaque mois
d'avril à mai 2020

HARLEQUIN
www.harlequin.fr

Retrouvez en avril 2020,
dans votre collection

BLACK ROSE

La menace du froid, de Cindi Myers - N°583

SÉRIE ENQUÊTE À EAGLE MOUNTAIN 1/2

Eagle Mountain… Dans son écrin de montagnes, la ville semble assoupie. Mais bientôt, une femme est retrouvée morte dans la forêt. Puis une autre, et une troisième enfin… Missionné pour enquêter sur les crimes, Ryder Stewart fait la connaissance de Darcy, amie de la première victime. Troublé par la jeune vétérinaire, il réalise avec effroi qu'elle ressemble aux cibles du tueur et pourrait bien être sa prochaine proie…

Viens à mon secours, de Rachel Lee

« J'ai besoin de toi »… En entendant l'appel au secours de Blaire, la jeune ranger qui surveille la zone de montagne proche de la sienne, Gus sent les battements de son cœur s'accélérer. Quel danger a poussé Blaire, si sauvage, si solitaire, à faire appel à lui ? Et ne tient-il pas là, enfin, l'occasion de l'aider, de la protéger, et – qui sait – de transformer leur relation distante en quelque chose de plus profond ?

Un protecteur aux abois, de Beverly Long - N°584

Un garde du corps ! Pour Megan, l'idée semble une aberration. Et qu'importe que Seth Pike, l'agent que sa sœur a recruté pour elle, soit l'homme le plus sexy de la terre… Bientôt cependant des événements inquiétants – accident de voiture, menaces nocturnes – la contraignent à changer d'avis. À contrecœur, elle accepte que Seth l'accompagne dans la tournée de présentation des magasins de prêt-à-porter qu'elle vient d'ouvrir…

Ensemble face au risque, d'Elle James

Où est Riley ? A-t-elle été enlevée, se cache-t-elle pour protéger sa vie ? C'est la double question qui hante Grace depuis que son amie a disparu sans laisser de trace. Alors que la police piétine, elle demande son aide à Declan, chef de la sécurité de la société pour laquelle elle travaille. Côte à côte, ils se lancent alors dans une enquête aussi complexe que dangereuse. Une mission qui peu à peu les rapproche…

HARLEQUIN BLACK ROSE

Retrouvez en avril 2020,
dans votre collection

BLACK ROSE

Le sceau de la vérité, de Jennifer D. Bokal - N°585

Partagé entre doute et compassion, Wyatt fixe Everly, venue de Chicago pour identifier le corps de son frère. D'une voix tremblante, elle lui fait part de son intime conviction : la mort de son frère n'est pas naturelle et, en tant qu'ex-agent du FBI, Wyatt doit l'aider à trouver son meurtrier. Ébranlé par sa détresse, Wyatt se laisse convaincre et accepte de sortir de sa retraite pour découvrir la vérité…

Un impitoyable piège, de B.J. Daniels

Jamais Hank n'aurait dû revenir à Big Sky, la ville qu'il a quittée après la mort brutale de Naomi, sa fiancée… Et jamais il n'aurait dû confier à Frankie, la séduisante détective, l'enquête sur les circonstances de ce drame. Car, tandis que le voile se lève petit à petit, Hank comprend qu'il connaissait peu Naomi. Et que les révélations sur son pseudo-suicide vont les entraîner, Frankie et lui, dans une spirale dangereuse…

Le venin du soupçon, de Robin Perini - N°586

Erin et Brandon ont été enlevés ? Lorsqu'on lui transmet cette information, l'agent spécial Hunter Graham est sous le choc. Tout cela est arrivé par sa faute… Car s'il n'avait pas séduit Erin, deux ans plus tôt, elle n'aurait jamais été repérée par les criminels qui le traquaient alors. Et pas un instant sa vie – et celle de Brandon, le petit garçon qu'ils ont conçu cette nuit-là – n'aurait été menacée…

Coupable héritage, de Linda Turner

Mackenzie est furieuse. Patrick O'Reilly, un agent spécialisé dans le trafic d'œuvres d'art, vient non seulement de lui révéler qu'il la surveille depuis qu'elle a repris la librairie historique de son père, mais aussi qu'il la soupçonne d'avoir vendu des documents volés par ce dernier. Résolue à laver l'honneur de sa famille, Mackenzie accepte de collaborer avec O'Reilly…

HARLEQUIN BLACK ROSE

OFFRE DE BIENVENUE !

Vous êtes fan de la collection Blanche ?
Pour prolonger le plaisir, recevez gratuitement

◆ **1 livre Blanche gratuit** ◆
et 2 cadeaux surprises !

Une fois votre colis de bienvenue reçu, si vous souhaitez continuer à recevoir nos romans Blanche, cela se fera automatiquement. Vous recevrez alors chaque mois, 3 volumes doubles inédits de cette collection au tarif unitaire de 7,20€ (Frais de port France : 2,05€).

➡ LES BONNES RAISONS DE S'ABONNER :

Aucun engagement de durée ni de minimum d'achat.
◆
Aucune adhésion à un club.
◆
Vos romans en avant-première.
◆
La livraison à domicile.

➡ ET AUSSI DES AVANTAGES EXCLUSIFS :

Des cadeaux tout au long de l'année.
◆
Des réductions sur vos romans par le biais de nombreuses promotions.
◆
Des romans exclusivement réédités notamment des sagas à succès.
◆
L'abonnement systématique et gratuit à notre magazine d'actu ROMANCE.
◆
Des points fidélité échangeables contre des livres ou des cadeaux.

➡ REJOIGNEZ-NOUS VITE EN COMPLÉTANT ET EN NOUS RENVOYANT LE BULLETIN

N° d'abonnée (si vous en avez un) BOZEA3

Mme ☐ Mlle ☐ Nom : .... Prénom : ....

Adresse : ....

CP : Ville : ....

Pays : .... Téléphone :

E-mail : ....

Date de naissance :

☐ Oui, je souhaite être tenue informée par e-mail de l'actualité d'Harlequin.

☐ Oui, je souhaite bénéficier par e-mail des offres promotionnelles des partenaires d'Harlequin.

Renvoyez cette page à : **Service Lectrices Harlequin – CS 20008 – 59718 Lille Cedex 9 - France**

Date limite : **31 décembre 2020**. Vous recevrez votre colis environ 20 jours après réception de ce bon. Offre soumise à acceptation et réservée aux personnes majeures, résidant en France métropolitaine. Prix susceptibles de modification en cours d'année Vous pouvez demander à accéder à vos données personnelles, à les rectifier ou à les effacer. Il vous suffit de nous écrire en nous indiquant vos nom, prénom et adresse à : Service Lectrices Harlequin - CS 20008 - 59718 LILLE Cedex 9. Harlequin® est une marque déposée du groupe HarperCollins France – 83/85, Bd Vincent Auriol – 75646 Paris cedex 13. Tél : 01 45 82 47 47. SA au capital de 3 120 000€ - R.C Paris. Siret 31867159100069/APE5811Z.

Rendez-vous sur notre site

www.harlequin.fr

- **Découvrez** toutes nos actualités, exclusivités, promotions, parutions à venir...
- **Partagez** vos avis sur vos dernières lectures...
- **Lisez** gratuitement en ligne
- **Retrouvez** vos abonnements, **vos romans dédicacés**, vos livres et vos ebooks en précommande...

L'application Harlequin

Téléchargez notre application gratuitement
et profitez de plein d'avantages !

- 5 ebooks gratuits inclus dans l'application
- 50 nouveautés tous les mois
et + de 7 000 ebooks en téléchargement
- Des petits prix toute l'année !
- Une facilité de lecture en un clic hors connexion
- Et encore plein d'autres avantages...

Télécharger dans l'App Store

DISPONIBLE SUR Google Play

**Notre application offre un large choix de littérature sentimentale ! Sélectionnez votre style parmi toutes les idées de lectures proposées par Harlequin...
A chacune son ebook !**

Suivez-nous !

facebook.com/HarlequinFrance
twitter.com/harlequinfrance

OFFRE DÉCOUVERTE !

Vous souhaitez découvrir nos collections ? Recevez **votre 1er colis gratuit*** **ave** **2 cadeaux surprises !** Une fois votre colis de bienvenue reçu, si vous souhaite continuer à recevoir nos livres, cela se fera automatiquement. Vous recevrez alor vos livres inédits** en avant-première.

Vous n'avez aucune obligation d'achat et cette offre est sans engagement de durée

*1 livre offert + 2 cadeaux / 2 livres offerts pour la collection Azur + 2 cadeaux. La collection Gentlemen démarre avec le 1er colis payant.

**Les livres Ispahan, Sagas, Best-Sellers Féminins et Gentlemen sont des réédités.

☛ COCHEZ la collection choisie et renvoyez cette page au
Service Lectrices Harlequin – CS 20008 – 59718 Lille Cedex 9 – France

Collections	Références	Prix colis*
❑ **AZUR**	Z0ZFA6	6 livres par mois 28,79€
❑ **BLANCHE**	B0ZFA3	3 livres par mois 23,65€
❑ **LES HISTORIQUES**	H0ZFA2	2 livres par mois 16,59€
❑ **ISPAHAN**	Y0ZFA3	3 livres tous les 2 mois 23,35€
❑ **PASSIONS**	R0ZFA3	3 livres par mois 25,09€
❑ **SAGAS**	N0ZFA3	3 livres tous les 2 mois 27,66€
❑ **BLACK ROSE**	I0ZFA3	3 livres par mois 25,09€
❑ **VICTORIA**	V0ZFA3	3 livres tous les 2 mois 25,69€
❑ **GENTLEMEN**	G0ZFA2	2 livres tous les 2 mois 17,35€
❑ **MAGNETIC**	K0ZFA3	3 livres tous les 2 mois 23,07€
❑ **BEST-SELLERS FÉMININS**	E0ZFA2	2 livres tous les 2 mois 18,75€

N° d'abonnée Harlequin (si vous en avez un) ____________

Mme ❐ Mlle ❐ Nom : ____________

Prénom : ____________ Adresse : ____________

____

Code Postal : ______ Ville : ____________

Pays : ____________ Tél. : ____________

E-mail : ____________

Date de naissance : ____________

❐ Oui, je souhaite recevoir par e-mail les offres promotionnelles des éditions Harlequin.
❐ Oui, je souhaite recevoir par e-mail les offres promotionnelles des partenaires des éditions Harlequin.

Date limite : 31 décembre 2020. Vous recevrez votre colis environ 20 jours après réception de ce bon. Offre soumise à acceptation et réservée aux personnes majeures, résidant en France métropolitaine, dans la limite des stocks disponibles. Prix susceptibles de modification en cours d'année. Vous pouvez demander à accéder à vos données personnelles, à les rectifier ou à les effacer. Il vous suffit de nous écrire en nous indiquant vos nom, prénom et adresse à : Service Lectrices Harlequin CS 20008 59718 LILLE Cedex 9. Service Lectrices disponible du lundi au vendredi de 8h à 18h : 01 45 82 47 47.

Harlequin® est une marque déposée du groupe HarperCollins France – 83/85, Bd Vincent Auriol – 75646 Paris cedex 13. SA au capital de 3 120 000€ – R.C. Paris. Siret 31867159100069/APE5811Z.

Composé et édité par HarperCollins France.

Achevé d'imprimer en février 2020.

Barcelone

Dépôt légal : mars 2020.

Pour limiter l'empreinte environnementale de ses livres, HarperCollins France s'engage à n'utiliser que du papier fabriqué à partir de bois provenant de forêts gérées durablement et de manière responsable.

Imprimé en Espagne.